「探偵趣味」創刊号　大正14（1925）年９月
──江戸川乱歩が編集当番で、30ページだった。

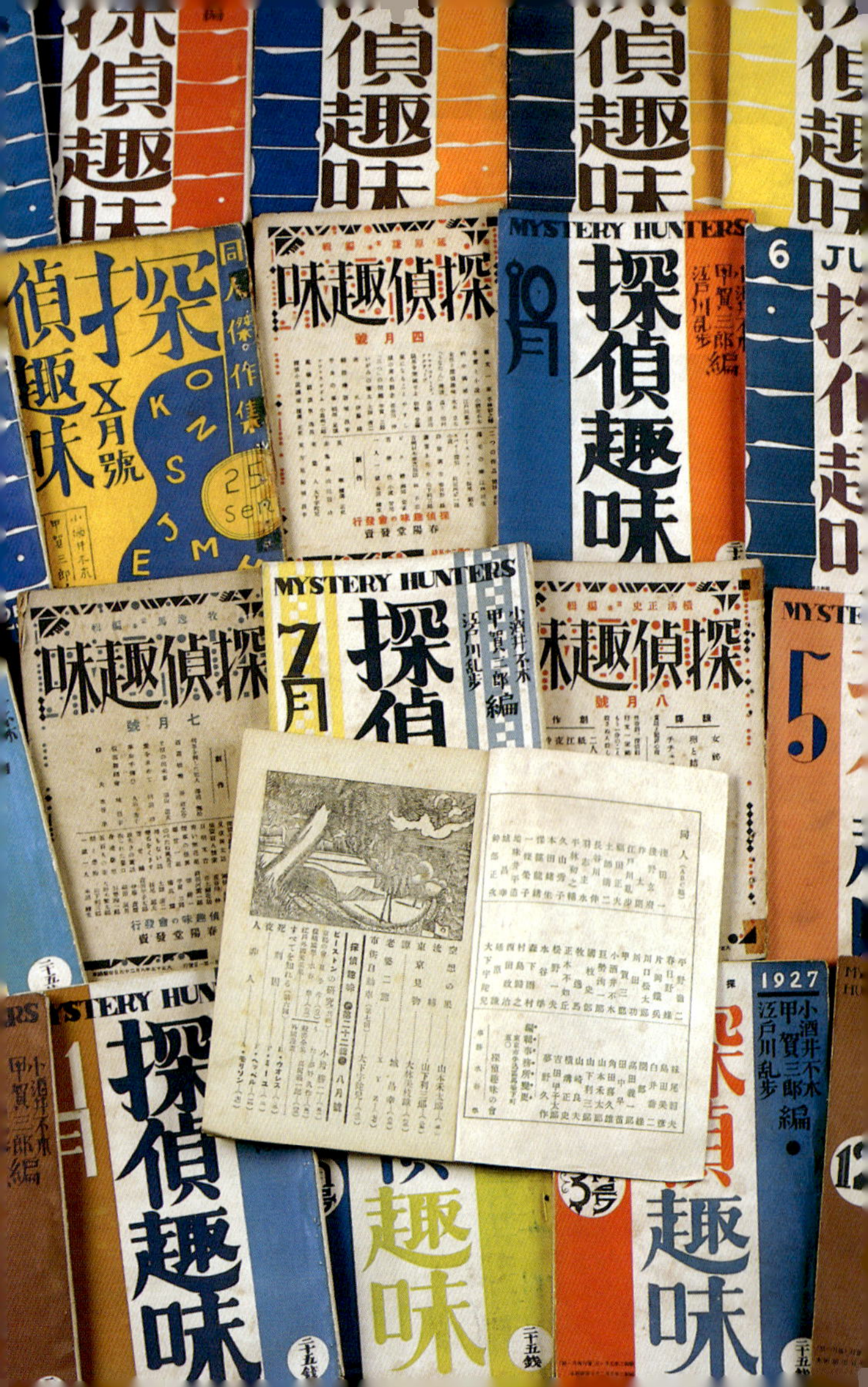

探偵趣味
MYSTERY HUNTERS
10月
小酒井不木
甲賀三郎編
江戸川乱歩
四月號
七月號
八月號
7月
5
6
1927
二十五錢
8月號
25 sen

光文社文庫

「探偵趣味」傑作選

幻の探偵雑誌2

ミステリー文学資料館編

光 文 社

まえがき

「ミステリー文学資料館」は、二十世紀に大いに発展した日本のミステリー文学の成果を来世紀に伝えるべく、資料蒐集《しゅうしゅう》・整備に努めてまいりました。日本唯一のミステリー文学の資料館として、より多くの愛好者、専門家の方々にご利用いただけますよう、一層の充実を図っているところです。

このたび、新たな活動として、開館以来、とくに閲覧希望・問い合わせの多かった雑誌の傑作選を企画し、第一弾として、『「ぷろふいる」傑作選　幻の探偵雑誌①』を刊行しました。おかげさまで、たいへんな好評をいただき、増刷をさせていただきました。その第二弾として『「探偵趣味」傑作選　幻の探偵雑誌②』をみなさまにお届けします。

「探偵趣味」は、江戸川乱歩《えどがわらんぽ》、横溝正史《よこみぞせいし》、夢野久作《ゆめのきゅうさく》、甲賀三郎《こうがさぶろう》、水谷準《みずたにじゅん》など、錚々《そうそう》たる作家が寄稿した雑誌で、当時の探偵文壇の熱気が伝わってきます。歴史に残る名作から埋もれた佳作まで、探偵小説のエッセンスをお楽しみください。

〔ミステリー文学資料館〕

目次

まえがき　ミステリー文学資料館　3

探偵文壇形成期の活気を伝える「探偵趣味」　山前　譲　8

素敵なステッキの話　横溝正史　11

豆菊　角田喜久雄　29

老婆三態　ＸＹＺ（大下宇陀児）　51

墓穴　城昌幸　67

流転　山下利三郎　107
自殺を買う話　橋本五郎　119
隼《はやぶさ》お手伝い　久山秀子　137
ローマンス　本田緒生　151
無用の犯罪　小流智尼（一条栄子）　165
いなか、の、じけん　夢野久作　175
煙突奇談　地味井平造　217
或る検事の遺書　織田清七（小栗虫太郎）　241

手摺の理《ことわり》　土呂八郎　253
怪人　龍悠吉　271
兵士と女優　オン・ワタナベ（渡辺温）　299
頭と足　平林初之輔　307
戯曲　谷音《こだま》巡査（一幕）　長谷川伸　313
助五郎余罪　牧逸馬　331
段梯子の恐怖　小酒井不木　349
嵐と砂金の因果率　甲賀三郎　355

木馬は廻る　江戸川乱歩　375
「探偵趣味」から現在へ　二《に》階《かい》堂《どう》黎《れい》人《と》　393
当時の探偵小説界と世相　398
「探偵趣味」総目次　400
「探偵趣味」作者別作品リスト　445

探偵文壇形成期の活気を伝える「探偵趣味」

山前《やままえ》　譲《ゆずる》
（推理小説研究家）

明治維新によって移入された西洋文化のひとつに、探偵小説も含まれる。黒岩涙香《くろいわるいこう》らの翻訳が人気を呼んだが、日本人による創作探偵小説がたくさん書かれるようになったわけではない。その後、大衆的な読み物として探偵小説は定着していくが、専門に書く作家は少なく、十分その本質を理解していたとは言い難かった。大正期の半ばになると、翻訳出版が盛んになり、半《はん》七《しち》シリーズの岡本綺堂《おかもときどう》やイギリス帰りの松本泰《まつもとたい》が意欲的に作品を発表している。さらに「新青年」が創刊され、探偵小説を積極的に紹介した。そして、一九二三（大正十二）年、江戸川乱《えどがわらん》歩《ぽ》が「二銭銅貨」でデビューし、ようやく日本でも本格的な創作探偵小説の時代を迎えたのだ。数年後には、ひとつのグループを形成できるほど探偵作家も増えた。

そうした流れのなか、二五（大正十四）年四月に誕生したのが、「探偵趣味の会」である。設立経緯は江戸川乱歩の『探偵小説四十年』に詳《くわ》しい。大阪毎日新聞社会部副部長だった春日《かすが》野緑《のみどり》と、当時大阪在住だった乱歩の出会いが発端である。ふたりが探偵作家、愛好家、新聞記者、法医学者、弁護士などに呼びかけると、たちまち多くの人が集まった。会費は月五十銭。

毎月、講演と映画の会が開かれ、探偵作家中心の例会もあった。ただ、会則に定められている事業の最初が、「犯罪及探偵に関する研究と其発表」とあるように、純粋な探偵作家の集まりではない。「探偵趣味」はかなり曖昧《あいまい》な用語だった。

その「探偵趣味の会」の機関誌として、十数人が編集同人となり、二五年九月に創刊されたのが「探偵趣味」である。第一輯《しゅう》は江戸川乱歩が編集当番で、わずか三十頁《ページ》ほどのものながら、随筆やアンケートなどヴァラエティに富んだ内容だった。以下、同人が交替で編集当番を務めていく。当初は大阪のサンデーニュース社が発行元だったが、二六年一月の第四輯からは東京の春陽堂《しゅんようどう》が赤字覚悟で発売元を引き受け、書店にも並ぶようになる。同年十月の第十二輯から編集当番制を廃止して、小酒井《こさかい》不木《ふぼく》、甲賀《こうが》三郎《さぶろう》、江戸川乱歩の三人による編集を謳《うた》った。実際に編集したのは、第六輯から編集実務を担当していた、のちに「新青年」の編集長となる水谷《みずたに》準《じゅん》である。

当番制の廃止と同時に、広く同好者を勧誘して同人を増やした。別に「探偵文芸」を主宰していた松本泰はいないものの、四十人余りの同人は当時の探偵文壇そのものである。創作も多くなり、大下《おおした》宇陀児《うだる》の長編「市街自動車」が連載されるなど、ようやく「探偵趣味」は本格的な探偵小説雑誌となった。探偵趣味叢書《そうしょ》を企画し、春日野緑の短編集などを刊行したのも二六年である。また、同年から二九年まで毎年、「探偵趣味の会」編で年度別傑作選の『創作探偵小説選集』を春陽堂より刊行した。

ただ、江戸川乱歩や横溝《よこみぞ》正史《せいし》が東京に転居し、「探偵趣味」の編集システムが東京中心に変更されたことで、「探偵趣味の会」は東西に分裂するような形となった。関西のメンバーは、いずれも短命に終わった「探偵・映画」「映画と探偵」に協力し、二八年には「猟奇」を創刊する。そして、「探偵趣味」の中心にあった東京在住の作家は、探偵小説ブームとともに作品発表の場が広がり、同人誌の域を出ない「探偵趣味」への創作の寄稿は減っていく。投稿原稿も積極的に採用したが、既成作家を凌駕《りょうが》するような新人は登場しなかった。二八年九月、次号より編集は浅川《あさかわ》棹歌《とうか》が担当し、発売元も平凡社に移すと告知されたものの、リニューアルした次号が発売されることはなく、全三十四冊で「探偵趣味」は廃刊となる。

ほとんどの号が百頁に満たないだけに、発表された小説は短いものが多いけれど、多彩な物語が当時の探偵小説のイメージを伝えてくれるだろう。そして、誌面の隅々に、探偵文壇形成期の興奮と活気が満ちているのが「探偵趣味」である。

素敵なステッキの話

横溝正史

横溝正史（よこみぞ・せいし）
一九〇二（明治三十五）年、神戸市生まれ。神戸二中を卒業して銀行に勤務。二一（大正十）年、「新青年」の探偵小説募集に「恐ろしき四月馬鹿《エイプリル・フール》」で入選。その後、大阪薬専に学んで家業の薬局を営むが、二六年、江戸川乱歩の勧めで上京、博文館に入社した。翌年に「新青年」の編集長となる。その頃の創作はユーモアとペーソスが中心だったが、三二（昭和七）年、作家専業となってからは怪奇性を増し、結核療養後の三五年に発表した「鬼火」「蔵の中」で耽美《たんび》的な作風を確立した。ほかに「かいやぐら物語」「蔵の中」など。戦後は本格物に意欲を見せ、「本陣殺人事件」と「蝶々殺人事件」を発表、第一回探偵作家クラブ賞受賞作の前者に活躍した名探偵・金田《きんだ》一耕助《いちこうすけ》がとくに人気を呼び、『獄門島』『八墓村』『犬神家の一族』『悪魔が来りて笛を吹く』『悪魔の手毬唄』などの長編を発表する。社会派推理の台頭で一時筆を断ったが、七〇年代に入って再評価され、一大ブームとなった。『仮面舞踏会』『病院坂の首縊りの家』などの新作も発表している。一九八一年死去。
会の創立当初から中心メンバーであり、「探偵趣味」への登場も顕著だが、初の長編となる「女怪」の連載が中断したのが惜しまれる。

本田準《ほんだじゅん》は船乗をしている叔父《おじ》からステッキを貰った。飛切り上等というのではなかったが、でも内地で買えば十二三円はする物に違いなかった。

彼はつい一年程前までは、神戸《こうべ》で薬屋をしていたのだが、ふとした事から東京へ遊びに来て、そのまま今の雑誌社H—館へもぐり込んだのだった。

従って東京で叔父に会うのは、その時が初めてだった。

「横浜へ船が入ったものだからね」

そう言って思いがけなく、ひょっこり下宿へ訪ねて来た時、叔父の手にはそのステッキが握られていた。

「どうだ、何処《どこ》かで飯でも食わないか」

叔父は上りもしないでそう言った。

「ええ、お供しましょう」

二人は銀座へ出て牛屋《ぎゅうや》へ上った。

二人とも飲める筋だったので、直ぐ酔払ってしまった。飲むと直ぐ唄い出す本田準だった。

「お前とこんなに飲むのは初めてだな」

「そうですね、叔父さんがこんなにお飲みになるとは知りませんでした」

「馬鹿言え、俺だってお前の親父の弟じゃないか」

事実本田準が叔父と酒を飲むのは、それが初めての事だった。

同じ神戸に家を持っていた時も、外国航路に乗込んでいる叔父が帰って来るのは、年に二度か三度しかなかった。それもせいぜい三日位しか落着いていなかった。それに本田準の性質として、親類というやつは、どんな親類でも苦手だった。だからたまに叔父が帰って来ても、滅多に顔を合わすような事はなかった。

叔父は酔うと何でも呉れたがる性質と見えて、身に着けているものを片ッ端からやろうやろうと言い出した。

最初まず小遣いとして五円呉れた。それから金のペンシルを呉れた。それから又時計をやろうと言い出して聞かなかった。それだけはしかし、さすがの本田準も固く断った。それを宥《なだ》めるのに一苦労しなければならなかった。

「そうかい、そんなに遠慮するのなら仕方がないが、しかしまあ、旅の空にいるようなものだから、お前もさぞ不自由だろう。欲しいものがあったら何でも言いな」

叔父は上機嫌だった。

横浜へ帰らなければならない時間が来たので、二人は牛屋を出た。玄関で叔父が靴の紐を結んでいる時、本田準は何気なくステッキを取上げた。

「いいステッキですね」

「うう」

叔父は下から見上げながら、

「ナーニ、大したものじゃないが、内地で買うと、それでも相当するだろう、欲しけりゃやろうか」

本田準もステッキだけはほんとうに欲しいと思った。

「戴きたいですね、是非」

「じゃ、やろう、持って行きな」

そこで本田準は、そのステッキを突きながら、叔父を新橋《しんばし》まで送って行った。

本田準の雑誌社に於ける仕事というのは、そう大して難しいことでもなかった。

彼は大てい朝の十一時頃に出勤すると、手紙を五六本書き、それから原稿を二三篇読んで、いいと思った奴は工場へ廻す、ただそれだけの仕事だった。退《ひ》け時刻の四時になると、誰れよりも一番に飛出すのは彼だった。

夜になると、ひどい暴風雨でもない限り、極《きま》って神楽坂《かぐらざか》へ散歩に出かけた。そういう時、彼の良いお供をして呉れるのは、叔父から貰ったステッキであった。

「なあに、雑誌なんてものは、こうして怠けている方がいいんだよ。プランという奴は、考えたからって出て来るものじゃないからね、俺なんか、怠けているように見えるが、これで、しよっちゅう雑誌の事を考えているんだぜ」

それは満更《まんざら》嘘でもなかった。

こう四六時中《しょっちゅう》雑誌の事で頭を占領されていちゃ耐《たま》らないなと思う事があった。もっともそれは大てい、何か煩悶のある時にきまって起るヒステリー的現象であって、その他の場合、概《がい》して彼は幸福だった。

ただ彼の一番困るのは訪問だった。

家の中の仕事なら、人の何倍でもやれるという自信は充分あったが、外交となると、彼はからきし駄目だった。もっとも先輩の恩恵で、彼はただ編集の方さえ見ればいいという位置に置かれてあったが、それでも一つの雑誌に携わっている以上、時々人手のない時は彼自身訪問の方もしなければならなかった。

そういう場合、彼はすっかり参ってしまった。ただそれだけで、雑誌社なんか止そうかと考える事すらある位だった。

そういう彼が、ある日どうしても小説家のＡを訪問しなければならなくなった。

Ａは最近、小説家としてよりも、寧《むし》ろ思想家としての仕事に、より多くの功労を挙げているような人物だったので、それだけに、大へん気難しい男だという評判だった。機嫌の悪い時など、雑誌記者なんか、抓《つま》み出しかねまじい勢いだという噂を、本田準も何かのゴシップで読んだ事があった。

この訪問はすっかり彼を参らせた。彼は三日もそれがために憂鬱になったぐらいだった。

しかもその結果はと言うと、彼のおそれていた通り、まんまと失敗に終った。

彼はすっかり、Aを憤らせてしまった。まさか抓み出されはしなかったけれど、それはただ、彼が抓み出される前に、いい潮時を見て逃げ出したからに過ぎなかった。

Aの家の玄関から、蒼皇《そうこう》として逃げ出して、省線電車に乗って、初めてほっとした時、本田準はふとステッキを忘れて来た事に気が付いた。叔父から貰ったあのステッキである。しまったと思ったけれど、もう遅かった。二度と再び、Aの閾《しきい》を跨ぐ気には、どうしても彼にはなれなかった。ステッキも惜しかったけれど、それ以上にAの方が恐ろしかった。

彼はAを呪うと同時に、訪問を心から呪った。

それから二週間程後のこと、彼は懇意《こんい》な間柄である小説家のBと一緒に銀座を散歩していた。Bは最近「女と猫」という小説を書いて、一躍文壇に乗出した男である。本田準とはそれ以前からの馴染みであったが、二人の年は八つも違っていた。無論Bの方が上だった。

ライオンの前まで来た時、二人はパッタリとCに出逢った。彼も同じく、最近売出したばかりの新進の小説家だった。Cの出世作は「男と犬」という題だった。

「やあ！」

「やあ！」

Cは快活にステッキを挙げて挨拶した。

「どうしてる？」

「なあに、相変らずさ」

「書けるかい？」

「どうして、どうして」

それから二言三言押問答があった後、彼等は打連立《うちつれだ》ってライオンへ這入った。

「君は本田君を知っていたかね、Sをやっているんだが」

テーブルへついた時Bがそう言った。

「いや、初めてだ」

Cは椅子から半分腰を浮かせながら、

「お名前はかねがね承って居ります、僕Cです。どうぞ宜しく」

と割合に丁寧に挨拶をした。

本田準は、口の中でもごもご言いながら、無器用に頭を下げた。

「君の『腕くらべ』を読んだよ」

麦酒《ビール》が来た時、ふと思い出したようにBが言った。

「有難う、どうだね、感想は」

「あんまりよくないね。どうも僕は少し不自然だと思うね」

「そうかね、非難はもとより覚悟の前だが、不自然というのは少々思いがけない批評だね」

「不自然だよ。僕は『男と犬』には相当敬服したが、どうも今度の『腕くらべ』には参ったね。ああいうのは君――」

そしてそこに、麦酒が廻るに従って、いかにも小説家らしい、それも最近売出したばかりの小説家らしい議論が始まった。

それは一方から言えば、熱と真剣さの溢れたものであったけれど、又別の方から言えば、実に、何百人、或いは何千人かの文学愛好者によって、すでに議論しつくされた議論だった。

本田準は仕方なしに、黙って麦酒を飲んでいた。

「まあしかし——」

一しきり議論があった後、少し議論負けの形になったBはぐっと麦酒を飲み干すと、それによってこの問題に鳧《けり》をつけるべく、勢いを駆った。

「それはお互いの見方の相違だから、どんなに議論をしたって、どうせ堂々めぐりに過ぎないよ。まあ堅くるしい話はこれで止めようじゃないか」

「フン、それがまあ賢明な方法だね」

Cも直ぐに機嫌を直して、コップを取上げた。これで議論は終ったわけである。

「時に君は、なかなか気の利いたステッキを持っているじゃないか」

暫《しばら》くして、ふとCの持っているステッキに眼を付けたBはそれを奪うように手に取りながらそう言った。

「ウム、一寸いいだろう」

本田準はそう言われて、初めてそのステッキを眺めたが、驚いた事には、それはたしかに、彼がAの家に忘れて来たものに違いなかった。

「一寸拝見」

Bの手から受取って、よくよく見ると、間違いもなく彼のステッキだった。握りの裏に、三日月形の傷痕のあるのが、彼の目印だった。

「どうしたんだい、買ったのかい?」

「どうもしやあしないよ、気に入ったらやろうか」

「おやおや、さては何処かから、かっ払って来たな」

「人聞きの悪い事を言うなよ、なあにね、実はA先生のものなんだがね、この間僕んとこへ来た時、先生忘れて行ったんだ。A先生の事だから、どうせ買ったものじゃなかろうがね」

やっぱり本田準の忘れて来た同じステッキに違いなかった。彼はその事を言おうとしたが、その時Bが彼を遮《さえぎ》って言った。

「すると、どうせ只《ただ》なんだから、貰ってってもいい訳だね、僕はステッキを一本欲しいと思っていた所なんだ。じゃ遠慮なく僕のものにするがいいかい?」

「いいよ、いいよ」

話は至極簡単にすんだ。あまり簡単なので、本田準がくちばしを容れるひまもなかった。彼は少々呆気《あっけ》にとられた形で、やけに麦酒を一杯ひっかけた。

それから一週間程してから、彼は又いやな訪問に出かけなければならなかった。今度はDという画家だった。同じいやな訪問なら、いっそ事、実業家とか、政治家と言った風な、ひどく畑違いの方が、かえって彼には気易いように思えた。

芸術家という種類は、どうにも彼には苦手だった。しかし彼にはそんな選りごのみをしているわけには行かなかった。

Ｄの宅は目黒《めぐろ》にあった。名前の有名な割合に貧弱な家だった。門を入ると、まず彼の嫌いな犬が、ヒステリックな声を張上げて吠えつけたので、彼は直ぐにこの訪問の結果の、あまりよくない事を予想した。

彼が当惑いながら、シッ、シッと犬を追っていると、玄関のわきの庭の方から、むっくりと、色の黒い背の低い男が、どてらに懐手《ふところで》をしたまま出て来た。

「黒ッ、黒ッ」

その男が無精らしい声で二三度そう言うと、犬はすぐおとなしくなって、そのすそに頭をすりつけた。本田準は少からず自尊心を傷つけられて、その犬に一層の不愉快を覚えた。

「先生はいらっしゃいますでしょうか？」

彼が慇懃《いんぎん》に腰をかがめながらそう言うと、

「先生？　ウン、Ｄなら俺じゃが」

その男はこちらを見もしないで、片足を挙げて犬の顎を掻いてやりながらそう言った。

「アッ、そうですか」

本田準はさっきから、汗の出る程握りしめていた名刺を前に差出しながら、

「私、Ｈ——館から来たものですが」

と固くなって言った。

「ウン」

Dはその名刺を受取るでもなく、そうかと言って、こちらを振返るでもなく、相変らず片足で犬の顎を掻いてやりながら、鼻の奥の方で返事をした。

本田準はたちまち名刺のやり場に困ってしまった。そういう場合、馴れた男なら、何とか話の糸口を見付けるのだろうが、彼には金輪《こんりん》ざいそんな事は出来なかった。彼は黙って、犬とDの足の運動を見詰めていた。ひどく世の中が心細くなって来た。

暫くしてさすがにDも、その足の運動に疲れたのだろう。むっくりと此方《こっち》を向くと、

「や、まあ上り給え。いや」

と本田準が彼の後について、庭へ入ろうとするのを遮って、

「君は玄関から上って呉れ給え。玄関、分かってるだろう」

と言った。

本田準はそれだけでもう真赤になった。彼はあたふたと、玄関へ廻ったが、靴を脱ごうとした時、たちまち、彼はお馴染みのステッキを見付けた。

「おや!」

と彼は靴の紐をとく手を止めて、そのステッキを引寄せた。たしかに例のステッキに違いなかった。Bが来ているのかしら。そう思いながら玄関を眺めたが、Bのものらしい履物は見付からなかった。

しかしそれだけで本田準は大分気が軽くなった。

座敷へ入って行くと、Dはさっきのままの姿で、縁側に腰を下ろして敷島《しきしま》を吸っていた。本田準が改めて挨拶をすると、相手は黙って庭の方へ向って、心持ち頭を下げた。

「Bさんが来ていらっしゃるんですか」

本田準は今見たばかりのステッキを、取りあえず問題にしようと決心した。

「いや」

と、少し吃《ども》り気味な言葉つきで、相手はただそう言っただけだった。体は相変わらず向うを向いたままだった。

「でも玄関にBさんのステッキがありますが」

そう言いながら、彼は又、いかにもBを知っている事を吹聴しているように取られやあしないかしらと内心恥しくなった。

「ウン、あれか」

そう言いながら相手は相変らず敷島を吹かしていた。本田準はその次の言葉を待っていたが、仲々出て来なかった。

「あれはたしかにBさんのステッキですが」

少しステッキに拘《こだわ》りすぎると思ったが、しかし彼には他の話の糸口を見付ける事が出来なかったので、仕方なしにそう訊《たず》ねた。すると案の定、相手はさもうるさそうに、

「そうだ、Bのステッキだよ。しかし今は俺《わし》のものだ。この間俺のステッキと交換してやった

んだからね」
と、例の、吃り気味の言葉で早口に喋《しゃべ》った。そして、あとは相変らず、取りつく島もない程に、向うを向いたまま敷島の煙を、盛んに上げていた。

それから約三週間程後の事だった。

社にいると本田準はひどく快活で元気だった。訪問は下手だったけれど、訪問客を追払うのには、彼は相当自信を持っていた。

その日彼は朝から四人の訪問客を受けたが、四人ともていよく原稿の売込みをはねつけてしまった。そしてその事にひどく満足していた。
「何処へ行っても、鬼のように邪慳《じゃけん》な編集者がいて、原稿を読みもしないで突返すのだった」

かつては食うや食わずの文学青年だった男が、後に小説家として隆々たる名声を挙げた時、その当時の生活を題材とした書いた小説の中に、そう言う文句があったが、そういう時彼の頭の中にはいつもその文句が浮び出した。しかもその文句を思い出して彼がいつも同情するのは、彼にはねつけられた原稿売込者ではなく、彼等をはねつけた彼自身に対してであった。

彼は何となく世の中の事が、逆《さかしま》だらけのような気がするのだった。

彼は四人目を送り出すと、直ぐ五人目の客の方へ廻った。そしてまるで惰性のように、その五人目の客に対しても、朝から何回となく言って来たと同じ言葉を使っていた。
「どうも私の方には向かないような気がしましてね。面白い事は面白いんですけれど、何と言いますか、少し軽過ぎはしませんか。私の方は何しろ、これで相当権威を持って行きたいと思っていますので……」

レコードなら、もうとっくに使えなくなっているだろう程何回となく使った言葉を以って、彼は又その五人目の客に応対していた。彼にはもう、自分の不誠実さを顧《かえりみ》る程の純真さもなくなっているらしかった。

五人目の客を送り出していると、そこへ見知り越しの詩人Ｅが訪ねて来た。

「やあ、いらっしゃい」

と元気よく彼が声をかけると、近眼のＥはびっくりしたようにこちらを向いたが、

「あ、この間は失礼しました」

と、頭を下げるとバラリと前へたれる長髪を、左の手で押さえながら言った。

「御面会はどなた、Ｋさん？」

本田準はいかにも働き者らしい歯切れのいい調子で訊ねた。

「ええ、どうぞ」

Ｅは下駄を抜ぎながら、持っていたステッキを玄関番に渡した。

ふと見ると、それが驚いた事には、例のステッキに違いなかった。

「おや」

危く彼はそう言うところだった。辛うじてその言葉を飲み込んだものの、彼は腹をかかえて笑いたくなった。

が、幸いにもそこへ、彼に対して六人目の訪問客があったので、漸《ようや》くその衝動を押える事が出来た。

彼はその客を、Ｅとは別の部屋へ通した。しかし客との応対の間も時々そのステッキを思い出すと、思わず笑い出しそうになるのだった。しかし、そのおかげで一番儲物をしたのは、その六人目の客だった。ステッキ一本ですっかり気持を擽《くすぐ》られた本田準は、わけもなくその男に原稿料を払ってしまった。

ところがその客を送り出して玄関まで出て来た時、ふと見ると、例のステッキがまだそこに残っていた。

「Ｅさんは？」

と訊ねると、

「今、お帰りになりました」

と玄関番が答えた。

「でも、ステッキが残っているじゃないか」

「あッ、お忘れになったのだ」

玄関番がそう言いながら駆出そうとするのを、素速く本田準は遮った。

「いや、僕が持って行こう」

彼はスリッパのまま、たたきに飛び下りると、そのステッキを持って飛出した。門の所まで来ると、だらだら坂を下りて行くＥの後姿が見えた。

「Ｅさん！」

　と呼ぶと、彼は直ぐに振返った。本田準はステッキを高く振ってみせた。

　Ｅは強い近眼鏡の奥から、眼をパチパチとさせていたが、間もなく気が付いたと見えて、笑いながら引返して来た。

「いや、どうも恐入ります」

　Ｅは小腰をかがめてそれを受取ろうとした。

「どうしたんです。仲々素敵なステッキじゃありませんか、お忘れになっちゃ勿体《もったい》ないですよ」

　本田準はひどく愉快で耐《たま》らなかった。

「いや、どうも」

　Ｅはそのステッキを受取ると、子供のような後姿をみせて悠々と坂を下って行った。

（一九二七年六月号）

豆菊

角田喜久雄

角田喜久雄（つのだ・きくお）

一九〇六（明治三十九）年、横須賀《よこすか》に生まれ、東京・浅草《あさくさ》で育つ。東京府立三中在学中の二二（大正十一）年、「毛皮の外套を着た男」が「新趣味」の探偵小説募集で入選。二五年には、奥田野月《おくだのげつ》名義の「罠の罠」で「キング」の懸賞に入選した。さらに翌二六年、「サンデー毎日」の大衆文芸募集でも「発狂」が入選している。同年、最初の短編集『発狂』を刊行したときは、まだ東京高等工芸学校の学生だった。卒業して海軍水路部に入ると作品も減ったが、三五（昭和十）年、『妖棋伝』を発表すると、伝奇時代小説作家として注目され、『髑髏銭』『風雲将棋谷』と話題作を発表した。三九年に作家専業となっている。終戦直後から五年ほどは再び探偵小説に意欲的となり、『高木家の惨劇』『奇蹟のボレロ』といった本格長編で警視庁の加賀美《かがみ》捜査一課長を活躍させたほか、『歪んだ顔』『虹男』『黄昏の悪魔』などのサスペンス長編を発表した。その後は時代小説の長編が多く、探偵小説は短編のみとなった。五八年、「笛吹けば人が死ぬ」で日本探偵作家クラブ賞を受賞する。一九九四年死去。

探偵作家として本格的に創作活動をはじめた頃に創刊されたため、「探偵趣味」には意欲的に小説を発表している。

一

真紅のダリアは青磁色《せいじいろ》の花瓶にさした。

黄色い向日葵《ひまわり》は桃色の花瓶にさした。

白いコスモスは透明な硝子瓶《ガラスびん》にさした。

左様《さよう》なら。

ダリア。

向日葵。

コスモス。

秋風が吹いて来たから私はまた彷徨《さまよ》い出そう。路のコンクリートが冷え出すと、私はもう、狂犬の様に、じっとしては居られない。そうして、何処《どこ》へ歩み行くとしても、私はただ一本の草花を持って居れば沢山なのだ。

では、左様なら。

ダリアを呉れた娘さん。

向日葵を呉れたお嬢さん。

コスモスを呉れた奥様。

草花は、皆、綺麗《きれい》に花瓶にさしてやりました。枯れてしまうと心配だと、そう仰有《おっしゃ》るのですか。しかし、そんな事は私の知った事ではない。私は今、新しい鮮かな花を求めている。どこかで、私に花を呉れようと待って居る娘さんが居る様な気がしてならない。探し求めるという事は、実際、退屈な、無益な事でしかあり得ないが、珍しい花が私を待っているという事を考えるのは、どこやら楽しいものである。

冷いコンクリートの路は、何んと朗かな音響を伝える事であろう。あの音響は、私向きな、そう云う言葉があるならば都会夢幻曲の可愛らしいプロローグである。

私は、帽子を冠《かぶ》ろう。

私は、杖《ケーン》を取ろう。

ダルハムが無かったら買いに走らねばなるまい。スリイキャッスルは切れては居なかろうか。

そうして、左のポケットにはハーモニカを入れる。右のポケットには笛のついた風船を入れる。ズボンのポケットにはラジオ用のBS二十番の絹捲線《きぬまきせん》を忘れてはならない。尻のポケットには武蔵野館《むさしのかん》のプロとトランプの一組を押込む。

さて、私は空《から》の財布を持っている。

左様なら。娘さん。貴女は本当にすなおな方でしたねえ。貴女の眼の色を忘れません。

左様なら。お嬢さん。貴女は本当にお美しい方でしたねえ。貴女の唇を忘れないで居ましょう。

左様なら。奥様。本当に美しい身体を御持ちでした奥様。あの素晴しいお声は忘れる事が出来ないでしょう。

だが、しかし、私は今五十銭欲しいと思う。それ丈あれば、夕刊を買って軽い晩食をとる事が出来る。

二

夜であった。

淋しい街。

少い人通り。

夜風が吹いて、秋の、夜霧が、街なみに、ゆらゆらゆら、流れて行く。

冷い夜霧。白い夜霧。

私が歩んで行くのはコンクリートの路である。呪文《じゆもん》の様に半月が浮んで、呪いに縛られた四角い建物が、真黒く、押並んで静まっている。

が、それは宜《よろ》しい。

私の欲しいのは一本のバットである。ただ一本の煙草のために、私は霧を蹴散して、コンクリートを蹴飛ばして、ひたすらに、彷徨《さまよ》っているのだ。彷徨い乍《なが》ら、邪慳《じやけん》にも、私の頭脳は、あのストロウにダルハムを巻き込む時の、その時の溜らない触感を描き続けているのだ。が、バットである。とに角バットでもいいから一本にありつきたいのだ。

で、うつ向いて歩く。うつ向いて歩こう。思わぬ幸運が私を待っているかも知れない。思わぬ拾いものがあるかも知れない。で、うつ向いて歩く。

コスモスの奥様。貴女は、一本の煙草に、さもしくも餓《う》えているこの私の姿を見て、定めしお笑いになるでしょうね。しかし、奥様。風船球で宜しかったら何時でも私のポケットにあるのですよ。何ァに、貴女の涙程、私は運命を持合せていると申上げるのです。

で、思わぬ拾い物にぶつかった次第である。思わぬ拾い物。

路がコンクリートであるから、私はぞっとした。落ちて居たのは石膏像《せっこうぞう》の首で、拾い取ったとて何になるのか。その大きさから察するに、身体をつなげば一尺五六寸にはなろう石膏のビイナスの首である。しかし、これが何になるのか。

一九二七年型の帽子は、思いっ切り前を下げるべきである。靴はミリタリィ型が好ましい。スプリングコートの代《かわ》りにレインコートを着る。そのレインコートのポケットへ押込んだビイナスの首が、ある謎を投げかける。末世的《まっせてき》な犯罪の暗示である。が、霧に酔った、目に浮かれた、余りに荒唐的な空想であるだろうか。

ふらふらと歩む。五六間。

霧の底にぴかりと来た。星で、いや、ふいと消えてしまうと霧が流れて、黒い何物かの影を現わした。きらりと、また光り出した。それは、星ではもちろん、ない、自動車の後尾燈で、明聊《めいりょう》に、1526と読む。一歩進むと、黒い影が、くっきり自動車の後姿に変って、同時に、人道に乗上げて街路樹をへし曲げている車体を認めた。乗捨てた車であろうか。しからば、後尾燈の点滅をどう説明するか。

もう一歩進むと見事なクライスラーであるが、ぞっとした。冷水を浴びた感じである。

突然、車の窓から、真白なビイナスの首が振向いて、にっこりしたからである。ビイナスの、いやいや、そんな筈《はず》はあり得ない、たしかに、女の、真白い、夜眼にだからか、凄い様な、その女の首が振向いて、それはたしかににっこり笑ったものである。ぞっとして、

「どうなさいました？」

咄嗟《とっさ》の恐怖をまぎらわすためで、

「ええ、一寸故障しましたの」

「運転手は？」

「逃げてしまいました」

「逃げて？」

「ええ。不審《おか》しい事？　貴方は車の修繕、御出来になりまして？」

「少しは……」

「じゃ、済みませんけど、一寸《ちょっと》見て戴けませんこと……」

にっこりされると馬鹿な私である。が、調べて見ると何んでもない。前方の衝突緩和機が曲

っている丈で、スタートを入れて軽くバックすると、もうそれ丈である。

「どうも有難う。御上手ですこと」

「どう致しまして。それでも、運転手が居なくてお困りではありませんか？」

「ええ、本当に困っているのですわ」

「若し何んでしたら、御迷惑で御座いませんでしたら私が御送りしましょうか？」

「本当にそうして戴けると助かりますわね。是非どうぞ」

私が運転手台へ腰を卸《おろ》すと、女は後の席から出て来て助手席へかける。近く、風体《なり》から見ると堅気《かたぎ》ではない。衣裳や七三の髪が散れているのが女盛りを凄く見せて、車がぐいと動き出す途端、ぷうんと魅惑的な体臭が私の鼻をかすめた。

「何方《どちら》へ？」

「真直《まつす》ぐ」

「真直ぐ行くと間もなく郊外ですよ」

「真直ぐ」

で、真直ぐ。

夜は更けて、霧が深い。

張つめた気が一時にゆるんだ様に、ぐたりと倒れかかって来た女の眼から、私の手へ、冷い雫《しずく》がぽつりと落ちた。

三

真直ぐに走る。

真直ぐに。

私は先刻《さっき》からある匂いを感じていた。それは女の膚《はだ》から漂って来るので、どうやら豆菊《まめぎく》のそれらしい。淡々とした秋らしい匂いである。

私は、ふと、忘れていた事を思い出した。思い出すと、もう、ひたすらに、その事で心が一杯になってしまう。あのシガーレットの膚触《はだざわ》りである。

「奥さん。失礼ですが煙草をお持ちでは無いでしょうか?」

女はのろのろと身体をゆすって、しかし、銀製の小さなシガーレットケースを取出す。私は、中から、遠慮なく一本抜いて、

「有難う」

細巻きのコンスタンチンミクルーリ。真に、今宵にふさわしい薫《かおり》である。

と、女。

「止めて」

車を止めると、ふらりと、女、まるで亡霊の様に、蒼白くすっと立って車をおりた。おりると、ふらふらふら、車の後へ歩み寄って、組合せて作ってある例の車の番号を、一度取はずす

と、また組合せた。612——

霧の底を吹き寄せる冷い風。うるんだ月。

静かで、静かで。まるで人の気配もない夜の街だから、のろのろと動く女の姿は、まして、薄ら寒い鬼気《きき》を帯びて居る。

また、助手席に戻って来た女。

「急いで」

何故か私は愉快になって来た。二本目のミクルーリ。煙を口笛と一緒に輪に吹き出す。

「急ぐんですね、奥様。真直ぐに……」

「え、真直ぐに。急いで、急いで……」

では、走らそう。私は愉快で堪《たま》らない。豆菊の匂いが私の心を無性《むしょう》におどらす。

「急いで、急いで……」

「急いで、急いで……」

「あ！」

女の声が筒抜けた。

「あの音!?」

「え？」

「あの音!? あああッ………急いで！ 急いで！ あの音！」

「どの音!? 音なんぞ聞えはしませんよ」

「急いで！　あの音！　車よ！　自動車よ！　追ってくる！　追ってくる！」

月夜の狂乱を見る。蒼褪《あおざ》めた顔。憎悪《ぞうお》と恐怖に燃え上った両眼。絶望に引歪《ひきゆが》められた唇。驚《きょう》愕《たん》すべき一瞬の変化ではないか。

精一杯に走らそう。六十哩《マイル》を越えている。私は愉快で溜らない。でも、何《ど》うした事か、私の耳は何の音も聞かないし、何の気配も感じない。そこには、霧と、曲角《カーブ》と、風のうなりと、女の狂乱と、そして、強い一層強い豆菊の匂いがある計《ばか》りだ。

四

女は、私の膝に眠っている。絶叫の果《はて》、気を失って倒れて了《しま》ったのだ。しかし、間もなく我にかえるであろう。

四隣《あたり》は白みかかっている。

霧は霽《は》れた。

車は、まだ三十哩の速度を保っている。

私の膝に眠っている女は、夜受けた印象とは大分違って、その痩《や》せが眼に立つ。それに、病気ででもあるのじゃァないか、血色が酷《ひど》く悪いのである。恐ろしく長い睫毛《まつげ》が何やらにうるおっている、上品な鼻付《はなつ》き。かさかさに乾いた唇。その唇から、そっと接吻《せっぷん》を盗む。

と、ぱちりと女の眼蓋《まぶた》が動いた。鼻孔《びこう》がふくらんで、すーっと息を吸い込む。胸の辺がどきりと動き出す。手足が動く。女は眼を見開いた。見開いた眼が私の眼に見入る。そうしてにっこり微笑が浮ぶ。が、途端《とたん》、その眼が痙攣《けいれん》した。さっと流れた暗い影。愕然《がくぜん》として飛起きて四隣を見廻したが、暁の明るさに、さも、安堵《あんど》した様に、また、ぐたりと私の膝に身を投げかけて、

「ああ、もう朝ね。ここ何処？」

「知りません」

「まア……」

　でも、嬉しそうな眼付きである。総《すべ》てを許した女の眼付きである。ぽーっと頰が赤らんだ。

女の手が私の片手を探している。

「何処へ行くんでしょう？」

「知るもんですか」

「貴方、怒って居らっしゃるの？」

「どう致しまして。いい朝ですよ」

「ほんとに、いい朝だわ。あたし、とても愉快になって来たのよ」

　ぴょんと跳《は》ね起きた女は、まるで、子供の様にクッションの上で身をゆすった。

「あたし唄を歌おうかしら……ああ、何んて、今朝は愉快なんだろう……」

　速度三十哩。

　田舎道《いなかみち》。

　一体、何方《どっち》へ向って走っているのか。

一体、何をどうしようと云うのだろうか。

が、爽かな暁。

女の歌う「我が巴里《モン・パリ》よ」

　うるわしの思い出
　モン・パリ、我が巴里
　たそがれ時の……

語尾がふるえて、さも清々《すがすが》し気な朝の空気が流れる。その空気に、夢ではない、私は、強い豆菊の匂いを感じたのだ。

女の腕が私の首にまきつく。女の眼が、私の眼に見入っている。女の唇が、痙攣している。

五

不思議な旅はなお続いている。

ガソリンの購入が可能である限り、この旅は終らないのではあるまいか。

昼は、車を山蔭にとめて、二人は、木蔭に深い眠りをむさぼった。

眼が覚めれば、また旅が続いた。私も知らない、女も知らない、誰も知らない目的地へ向って……

秋である。日がかげると風は冷い。そうして、夕靄《ゆうもや》と一緒に女の憂鬱《ゆううつ》がまして行く。女は、女皇の様に気むずかしくなって行く。猫の様に臆病になって行く。怒りっぽくなって行く。

車の速度は、五十哩に高められる。

「速く、速く！」

と、呟《つぶや》く。

「急いで、急いで！」

と、急《せ》きたてる。

日が上《のぼ》る。

町を抜け、橋を渡り、田甫《たんぼ》を飛ばし、また町を抜ける。

星が流れる。綺麗な夜である。

「急いで、急いで！」

と、女は繰りかえす。

しかし、私は、あの強い豆菊の匂いの事計り考えている。

六

不思議な旅はなお続いている。

朝になる。

女は、元気に、陽気にはしゃいでいる。

乱れた髪が、私の気持を無性にかきたてる。眼と、唇と、指が二十日鼠《はつかねずみ》の様に、私にうるさく戯《たわむ》れかかっては、愛撫を繰りかえす。

女は、時々涙もろくなっては、私に哀願したり、詫びたり求めたりする。そうしては、直《す》ぐまた、露骨に挑みかかってくる。

私は、不思議な女の性格を考えては見ない。

私は、その女の身許を探ろうとは考えても見ない。

私は、この先どうなるだろうか等と案じても見はしない。

その必要が全然ないからだ。そんな事をする必要があるもんか。

しかし、私は、恐ろしい魅力と執念を持って迫ってくる、あの豆菊の匂いの事計りを考えている。

七

旅は続いている。

夜になり、朝になった。

気持の行きづまりを感じていた私は、どうにも、それを口にするより外はなかったのである。

「今朝も豆菊の匂いがする」

「ふん」

と、女は反抗して来た。

「それが何《ど》うしたと云うの！」

「何うしたとも云いはしないさ。僕は少々あの匂いに飽《あ》いて来たんだ」

「つまり、あたしが嫌になったと云うのね？」

「多少違うね。僕はこの車の操縦が嫌になったと云う丈なんだ。ね、この車を捨てようじゃないか」

「駄目！」

女はぶるぶる身をふるわした。

「駄目よ。そんな事云わないでね。あたしを捨てちゃァいやだわ」

「僕は、豆菊の匂いが嫌いになったんだよ。この車から、豆菊を捨てる事が出来れば、ねえ、それでいいじゃァないか」

「えッ‼」

女は恐怖の叫びをあげた。

「僕はね、あの後のクッションの下から豆菊の一束を引張り出してしまいたく思うんだ」

「ええッ‼」

女の歯ががつがつ音をたてた。

「そそそんな事ないわ。クッションの下だって。何もありゃァしないわよ。ね、ないと仰有《おつしや》い。ないと……ないと……」

女は、私の身体に獅噛《しが》みつく。その唇が戦《おのの》きながら、あわただしく私の唇を追い求める。

「仰有いよ。ないと、ないと……」

「クッションの下に、豆菊を仕舞っておく事が何故そんなに必要なんだろうねえ」

「知らない、知らない。有りゃァしない。そんなもの。駄目よ。駄目よ。そんな……」

「でも、あの匂いだ。不快なあの匂いだ。ね、あの匂いだ」

「駄目よ。駄目よ。仰有いな、ないと……仰有い……」

女は、気を失って、ぐたりと倒れた。それならば、暫《しばら》く寝て居るもよかろう。

私は、もう、之《こ》れ以上、とうてい、あの匂いを嗅《か》いでは居られない。とに角、豆菊を捨ててしまわねばならない。

車をとめて、客席の、奥のクッションに近寄る。強い匂いである。何という異様な刺戟臭であろうか。下等な淫売窟《いんばいくつ》のどこかで、時として嗅《か》がされる、悪香水の腐敗した様な臭気である。

で、隅のネジを緩めてクッションを外す。

猛然と噴出して来た強烈な臭気。私はぐらぐらとした程である。

中には一杯に豆菊の花がつまっている。

取出そうと思って手を差入れる。が、差入れた手をぎくりと引いた。豆菊の下で、指先にぬるりと触れたものがあるからである。

不思議と思う者は思うがよかろう。そこには何らの恐怖も無かった。私は、少しの恐怖をも感ずる事なしに、まるで一本の釘を見出した程に、その腐敗した死骸に対したのである。

豆菊の下に横たわっていた男の死体。それは運転手であろう。血一滴こぼれた跡もないが、後頭部に大きな打撲傷がある。すでに腐敗を起しているその顔面は、ほとんど形容を越えて蒼《あお》黒《ぐろ》く醜く歪《ゆが》んでいる。又、何という醜《ひど》い臭気だろう。

私は、又、隅から首の無いビイナスの石膏像を見付けた。で、レインコートのポケットから、あの晩拾い取った首を取出して継《つ》いで見る。ぴたりと合う。

自動車が走っている。突然女が立上って、手に持っていたビイナスの像で運転手の頭を打つ。ビイナスの首が破れて路におちる。像と、運転手の死体とはクッションの下へ押込まれ、折よく持合せていた豆菊の花が臭気よけの目的でつめ込まれる、その辻妻の合った、ほとんど事実に違いない想像は、私に何らの興奮ももたらさなかった。私は、ただ、微《かす》かな、ものうい憂鬱《ゆううつ》さに心を占領されている丈であった。

しからば、豆菊も暫く死骸と共寝をして貰おう。

ビイナスの像と死骸の上に、叮寧に花を並べかぶせる。

では、帰ろう。

東京へ。

東京へ。
今朝は、何と鬱陶《うっとう》しい曇りであろうか。

八

女は沈み切って沈黙を守っている。
それは、ささやかな秋の破綻《はたん》だ。
東京へ。
東京へ。
東京へつく。
女の家《うち》へつく。
「左様なら」
と女が云う。
「左様なら」
と私も云う。
別れるのだと私は思う。私にはこれ以上何の未練もない。
では左様なら。
車を廻《まわ》す。

ある淋しい美術館へ。そこで車をおりた私は、後尾の番号を612から1526に戻す。そうして、誰にも見られずその場を去る。

もう、全く、それ丈の話なのだ。

それ丈の話なのだ。

ハーモニカを吹く。それが、何時《いつ》の間にか「我が巴里よ」を吹いている。

うるわしの思い出
モン・パリ、我が巴里……

九

二日たち、三日《みっか》たつ。

私は淋しくて溜らない。終日、落着かず、いらいら計りしている。

私の鼻は豆菊の匂いを嗅ぎ求めている。その匂いは決して不快な思い出ではない。なつかしい秋の思い出である。未練はないと思いながら、矢っ張、私はあの女に惹《ひ》かれているのだ。

ふらふらと彷徨い出す。

コンクリートの路をたどる。

歩みながら、うつろな心でダルハムを巻く。

そうして、到頭《とうとう》、女の家の前迄来てしまった。這入《はい》ろうか。這入るまいか。

「おい、お前、この間の人だろう」

と、後で声がした。十六七の少年が立っている。

「この間、姉さんを送って来て呉れたんだろう。お這入りよ」少年に手を引かれて女の家へ這入る。

粗末な部屋の片隅に、すやすや女は眠っている。可愛い眠りである。枕元にふんわり浮いている風船球が、強く私の感傷をゆすぶった。

「姉さんは病気なのかい？」

「うん、そうだよ」

と、少年は眼をぎろぎろさせて、

「ずっと前からさ。姉さんを抱えていた御主人が余り姉さんをいじめたもんだから、姉さんは病気になってしまったんだよ。姉さんは男の人さえ見ると震《ふる》えるよ。病気のせいで、夜になると、誰かに追っかけられていると思うんだよ。自動車に乗ったって、時々《ときどき》、だまされて悪い所へ連れて行かれるんじゃないかと心配する位なんだよ。男の人で、姉さんと仲のいいのは、俺《おれ》とお前丈だと思うよ」

窓際には、あの豆菊が沢山、花瓶にさされて、秋の日を受けている。

「ああ、豆菊があるね」

「豆菊は姉さんの大好きな花なんだよ。俺が先刻買って来たんだけど、お前にも少しやろうか」

「有難う。だが僕は沢山だよ。さしてやる花瓶がないから」

何故、貰うのを断る気持が働いたのだろうか。

ポケットから風船を出して、思いっ切り吹いて見る。ぴいい……と長く尾を引く竹笛の音が、しっくりその部屋の空気にはまっている様な気がしたのだった。

（一九二七年十二月号）

老婆三態

XYZ（大下宇陀児）

XYZ＝大下宇陀児（おおした・うだる）
一八九六（明治二十九）年、長野県生まれ。本名・木下龍夫《きのしたたつお》。九州帝大応用化学科を卒業して農商務省臨時窒素研究所に勤務。同僚の甲賀三郎に刺激されて探偵小説を書き、一九二五（大正十四）年四月、「新青年」に「金口の巻煙草」を発表。二九（昭和四）年に作家専業になると、『阿片夫人』『蛭川博士』『宙に浮く首』『魔人』ほかの長編を発表し、精力的な創作活動を続けた。人間心理の分析に独自の視点をもち、「義眼」「情鬼」「烙印」「偽悪病患者」「爪」「悪女」といった短編や長編『鉄の舌』でロマンチック・リアリズム探偵小説を確立する。戦後は「柳下家の真理」「不思議な母」などの短編を発表。戦後の世相を巧みに捉えた長編『石の下の記録』で、五一年に探偵作家クラブ賞を受賞した。同年、探偵作家クラブの第二代会長に就任。NHKラジオの人気番組「二十の扉」のレギュラーとしても知られた。ほかに『虚像』『悪人志願』など。一九六六年死去。没後にSF長編『ニッポン遺跡』が刊行される。
「探偵趣味」には長編『市街自動車』を連載したが、完結したものの未解決の事項が多い。その長編を連載中だったため、「老婆二態」とその続編は変名で発表された。

その一　老婆と水道

「おばあちゃん、おばあちゃんてば！」

　ぐいぐいと肩を揺すられて、村井《むらい》家の老婆はふっと眼を覚ました。七十五になる中風《ちゅうふう》のお婆さん、膝の上に本を開いて眼鏡を掛けたまま居眠っていた。

「おばあちゃん、あたちにめがねかちて」

　孫娘の君《きみ》ちゃんは、祖母の肩に両手を置いて言った。

「どうします、眼鏡などを――」

「あたちね、おはりしごとするの。いとがはりにとおらないのよう」

「ホ、ホ、ホ、ホ――」

　老婆は笑《ほほえ》まし気な声を立てた。右半身が中風でよくいうことを利かない。辛うじて歩けるが使うのには左手が便利だ。左手を不器用に動かして眼鏡を外した。

「あらおばあちゃん、このめがねこわれてる？」

「どうしてなの」

「あたち、おめがいたいの。みえないわ」

鼻のとっ端へ老眼鏡をかけて、一生懸命糸を針のめどに通そうとする孫娘に、老婆はも一度声を立てて笑った。

「ホ、ホ、ホ、ホ——」

と、そこへ村井夫人がすらりと現れた。美しいが稍《やや》険のある顔、どこかへ訪問にでも出る前なのか、黒縮緬《くろちりめん》の紋付に革のオペラバッグ、艶やかな髪が波を打っている。

「まあ、君子さんは！　お針なんぞ持つんじゃありません」

村井夫人は不機嫌である。君ちゃんの手から針と糸とを取り上げてしまった。

「おばあさん、気を注《つ》けて下さいよ。子供に針なんぞ持たせて危いじゃありませんか」

「いいえねぇお前、君子があたしの眼鏡を貸して呉れっていうだろう、ホッホ、ホ、ホ——」

「いいえ、困ります。おばあさんはいつでも不注意なんです。おばあさんが針を出してやったのでしょう」

村井夫人はきっと言って、それでも娘のエプロンをちょっと直してやって、やがてその場から姿を消した。

午後二時、老婆は茶の間でうつらうつら、又居眠りを始めていた。

ゴトンという音で、半分落ちかかった顎をがくんと振って眼を開く。茶の間に続いた台所へ午後の日が一杯にさし込んで、流し元にはお河童頭、孫娘の肩まで見えた。

「おばあちゃん、おばあちゃん！」

「はいはい、何んですぇ君子さん」

「あたち、ねぎきってもいいわねぇ」

「おやおや、今度はお料理なの。おいたをしてはいけませんよ」

「ううん、あたちねぎきんの」

葱を一本、左手に摑んだ君ちゃんは、俎《まないた》の上にそれを載せて、仔細《しさい》らしく小頸をひねる。何んと思ったか、水道の栓を捩《ね》じった。

ピタ、ピタ、三和土《たたき》が低いので水の音は高い。老婆は何故ともなく昔を憶《おも》い出した。あそこの流し元に、自分も幾度坐ってお料理をしたことか。あの方はお総菜の六《む》つかしい方だった。お気に入らないと、黙ったままで箸を置きなすった。この家で、昔のままでいるのはお台所だけだ。嫁もよくあそこだけ手を付けずに置いて呉れた――

ふと気が付く。君ちゃんはどこから探し出したか踏台を持って来た。棚の下にそれを置いてよちよちと攀《よ》じ登った。棚の上の出刃がキラリと光る。老婆はあっ！　と声を立てた。右足を不自由に引き摺って、老婆は流し元へやっとこさ身を運んだ。

どたん！

君ちゃんが踏台から落ちるのと、すっと空を切って出刃が降るのと、そして老婆がばったり倒れるのとが、狭い場所で同時に起った。

わーん、君ちゃんは声を限りに泣いた。

「おお、どれどれ」

老婆は言おうと思ったが口が利けなかった。もがいて、起き上ろうとしたけれど出来なかった。

「あわ、あわ」そんな風に声を立てた。

仰向けに倒れたのが水道の下で、三和土にぺったり背を付けて、顔の上から水道の水が落ちた。

だだだだ、だだだだ、水は間断なく老婆の口へ落ちていた。

×　×　×　×

十五分後に村井夫人が帰宅した時、小さい君ちゃんはまだ泣いていた。母親の顔を見ると余計に泣いた。

「どうしたの君子さん！　あ、あなたおててを切ったのね、あらまあひどい！」

折悪しく大きな子供達は皆学校に行っていた。女中の一人は外へ出て、一人は夫人がお伴に連れて行った留守中の出来事。君ちゃんの小指は、根元からぷっつりと切れていたのだ。

で、台所の流し元に、もうすっかり冷たくなっていた老婆については、村井夫人も村井氏も、老婆が孫娘に怪我をさせた申訳に、覚悟の自殺を遂《と》げたものとしか信じられなかった訳である。

お葬式は翌々日に行われた。

その二　老婆とアンテナ

おいしは六十四である。田舎で生れて田舎で年を取った。つい去年までは稲扱《いねこき》のお手伝いをした程で、大変丈夫なお婆さんだ。指などは小若い百姓よりずっと節くれ立って太い位だ。

ある晩、総領《そうりょう》夫婦と口争いをした。おいしの方に理がなくてたちまち言い負される。その揚句、東京にいる二番息子の準平《じゅんぺい》が恋いしくなって、どうしても東京へ行くと頑張り始めた。

「きく、お前が言い過ぎただ。おっ母様の前に手をついて謝って来い」

そういう声を襖越しに聞いて、おいしは余計我を張った。総領の嫁が叮寧《ていねい》に謝ったけれど諾《き》かなかった。

「なにね、わしは謝ってなど貰い度くはござんしねえ。おきくには理屈があるでな、わしが負けたことにして置きますだ」

「ねえおっ母様、わしも言い過ぎたしきくだって悪い。きくにはわしが後でよく言い聞かせるで、もうそんなに大きな声をしねえでおくれや」

「大きいのは地声でござんす。悪かったらわしが謝りますだ。親に謝らせたらお前も気持がいいずら。準平のところへ行けばな、お前様達夫婦は気楽になれるで、まあ、そう止めずに置いとくんなんしょ」

「準平のところへは、また暇になったらわしが連れて行きます。おっ母様はまだ汽車に乗ったことはねえし、危いずらに」

「いんえ、わしだって一人で行けます。こんな家にはもう一時でも居ることは出来ましねえ」

おいしは、丁度準平から東京見物に出て来いという手紙の来ていた折でもあるし、いっそう気が強くなってこう言いつのってしまった。

「そんねに言うなら明日にでも出かけるがいいだ。おきく、準平のところへ電報を打って来い。母、明日一番で立つ、こう打つのだ」

とうとう、総領息子も腹を立てて、こう言い捨てたまま奥の部屋に這入る。で、次の日の朝おいしは信玄袋を肩にして、汽車に乗り込んだのである。

汽車に乗ってしばらくすると、おいしは少し悲しくなった。初めての一人旅というばかりでなく、何だか途方もない失敗をした様な気がして来た。もう準平のところへ行きっきりに行っていようという気もあって、善光寺《ぜんこうじ》詣りの費用の積りで貯えてあった二百円も持ち出して、当分要《い》るだけの着物も持って来た。が、段々に淋しくなる。いっそ、次の駅から切符を買い換えて、家へすぐに帰ろうか、或る時はそうも思った位だが、総領の嫁の小憎いことを一生懸命憶い出しては、その気弱さに打ち勝とうとした。

三十五銭の弁当を買った頃は、それでももう東京の方が近くなった。お弁当のお茶の残ったのを、ちゃんと始末して信玄袋に入れてしまうと、何だか妙に気が落ち付く。準平のところへとに角行って見た上で、それから帰ったっていいずら、そう思って窓から移り変る景色を眺めるだけの余裕が出来た。

そして、いよいよ東京へ着いて見ると、おいしはほっと安心してしまった。準平は昔ながらの愛くるしい靨《えくぼ》を浮べて自分を迎えて呉れるし、寄席や浪花節もすぐ近所にあった。天丼という御飯は、見たことも聞いたこともない程おいしいものであった。汽車の中で、何故あんなに気弱いことを考えたか、おいしは時々自分の心を可笑しく思った。

だが、おいしのこの喜びは長く続かなかった。十日、二十日一カ月の終りになるとおいしは東京に飽き飽きしてしまった。何故と言って、準平が外出すると後はおいし一人きりである。田舎と違って無駄話しに来て呉れる人もない。準平が帰るまで、じっとしているより他ないのであった。それに、もっと悪いことがある。おいしが準平に気を許せなくなったことだ。

「おっ母さん、今夜会社の人達が集って宴会をやるんですがね、お金を貸して呉れませんか。ええ、十円要《い》るんです」

準平が最初にそう言った時は、十円の会費は少し過ぎると思ったけれど、持って来た二百円のうちから快く出してやった。

「おっ母さん、今度県人会があるのですがね、五円ばかし貸して下さい。今月末には会社のボーナスが出ますし、おっ母さんにもお小使いを沢山あげますよ」

二度目にも、快く出してやった。

なんだかんだと言って、準平の手へおよそ五十円ほども渡してしまったが、月末になってもボーナスはどうなったのか、準平は三日程家へ帰らなかった。

心配していると、四日目の朝になって準平は蒼い顔で帰って来た。

「おっ母さん済みません。ボーナスがあんまり少いのでやけを起してしまったのです。堪忍して下さい。その代りにね、おっ母さんがいつも留守の時は退屈だって仰有《おっしゃ》るから、ラジオを買って来ましたよ」

「…………」

おいしは呆れて返事が出来ない。

「これはアンテナってものです。レシーバーってものは後で買って来ます」

準平に、果たしてラジオのセットを全部買う意志があったかどうかは解らない。おいしの御機嫌をとるために、田舎者にはちょっと珍らしく見える銀色の針金だけを買って来たのかも知れない。とに角準平は、そのギラギラ光るアンテナ用の針金を、壁の帽子掛へ投げる様に引掛けて、再びぷいと外出してしまった。

おいしは泣きたくなった。もう準平を信じることは出来ない。このままでいると、いまに二百円を皆取られてしまうだろう。田舎の家へは、あれだけ立派な口を利いても来たし、せめて三月位は東京にいてから帰り度い。ああ、来るのじゃなかったにょ、おいしはどうしていいか、途方に暮れた。

で、さしずめ残りの金を取られない算段をしようと思った。準平から言われれば、口の巧まさに釣られてどうしても出してやることになる。隠して置いて、失くしてしまった。そう言うより他無いと思った。

どこに隠そうかと思って、あちこち探すうちに天井へ目を付けた。机をあそこまで持って行って、天井板を一枚押し上げよう。あそこなら大丈夫だ。

机に乗ったが天井へは手が届かない。本箱から洋書を出して積み重ねた。やっとのことで新聞紙に包んだ紙幣束《さったば》を隠すと、天井板を元通りに直し、本の上から足を下ろそうとしたが、その途端である。洋書がつるっと滑っておいしは前へよろけた。

準平が帽子掛へ掛けて行った買ったままのアンテナ線、ぐるぐる大きな輪に巻いたのがどうしたものか二本の釘に渡っていて、おいしはそこへ自分の頸を持って行ったのである。

バタバタ、バタバタ、おいしはしきりに踠《もが》いた。

×　　×　　×

田舎から兄が来た時に、おいしが家をどんな工合で出て来たかは解ったけれど、矢張り自殺の理由はぼんやりしている。

「なあ準平、おっ母様は百五十円を失くしたのかも知れねえぞ。それで気を落したんずらい。俺ァ、おっ母様を東京へ寄越すのじゃなかった」

「そうですね、そうでしょうよ」

準平はそう返事をして、涙をぼろぼろ濡《こぼ》している兄の顔を見ていた。

その三　老婆と鼠

七十という声を聞いて、源六《げんろく》婆さんはめっきり弱ってしまった。

その年のお彼岸には、それでもまだお寺詣りに行くことも出来たし、お萩を作って仏壇に供えるだけの元気があった。

お盆になると、もうとてもそれが出来ない。お墓へ魂迎《たまむか》えに行くのがやっとのことで、お供えものも碌に作らなかった。雨戸を閉めきりにして、寝ていた方が楽であった。

お婆さんのほんとの名はたきよというのだが、村の人達は誰もたきよ婆さんとは呼ばない。源六婆さん、それで通っている。無論、源六というのはこのお婆さんの連合《つれあい》で、今から二十年前に監獄で死んだ。死刑になる前の日に、どういう隙を見出したものか、自分で首を縊《くく》って死んでしまった。で、それ以来、お婆さんは一人っきりで淋しく暮していた。

「源六がよ、あいつはまあ死ぬところで死んだってものだ。だが、源六婆さんもよ、どうせ碌な死《し》に態《ざま》はしまいてなあ」

村の人達はどうかするとこんなことを言った。

お婆さん夫婦が、どれだけ惨虐な性質を持っていたか、また、その一生涯のうちにどれだけの悪事をして来たか、それはわざとここには言わないが、源六が監獄で首を縊って死んだ時、お婆さんもまた監獄にいた。源六のことを聞かされてしなびた唇をびくびくと動かせただけだったそうだが、とに角、その後二年してお婆さんは娑婆に出て来た。

「わしもな、年は取ったし、今迄の業がつくづく恐ろしくなった。村の人には憎まれたくねえて。これからせいぜい仏いじりでもしますでな、お仲間にして置いておくれなよ」

海岸にあるその村へ、お婆さんは帰って来るとすぐにそう言った。逢う人には誰にでもそう言って眼をしょぼつかせた。

事実、お婆さんはその積りだった。連合の源六爺さんのことにしても考えれば考えるほどああした死に態をするのが当り前だと思った。で、それだけにまた源六爺さんがいとおしく、朝晩のお勤めも十分にして、せめて大叫喚《だいきょうかん》地獄とやらへだけは行かせ度《た》くないと念じていたものだが自分が死んだら、いったい誰がお水を上げて呉れようぞ。生きてる間、そうだ、老いさらばえた自分の息が続く間だけでも、後世を願って置かずばなるまい。お婆さんは出来るだけ、現世の悪業を薄くしたいと思っていた。

お婆さんがその積りになったけれど、村の人達は相手《あいて》にしなかった。

「源六婆ァめ、何をぶつぶつ言ってるんだろ」

「お経だとよ。仏心が出たのだとよ」

「なにを鬼婆め。年をとったからいい様なものの、あれでまだ何をするか知れやしねえぞ」

村の人達は誰一人お婆さんを信じるものはなかった。

駐在所の巡査からの言葉もあって、村の人はお婆さんを追い立てなかったし、畑を売った金がいくらか手に有ったのでお婆さんはたった一人きりでも、まず、食うには困らずにいた。

で、七十になってその年の夏、お婆さんはひどく弱り込んで来た。どうせもう、村の人に交際《つきあ》って貰おうということは諦めていたけれど、源六爺さんのお墓参りは続ける積りだったのが、今はそれも出来ない。お向いにある米屋へ、米を買いに行くのがやっとこさで一週間位ぶっ続けに、寝通したこともあった。

寝る日の方が多くなった頃、お婆さんはふと大きな慰めを見出した。壁の穴や、押入れの隅から、ちょろちょろ、ちょろちょろと出て来る鼠である。鼠とお友達になろう。お婆さんはそう決心した。

鼠はなかなか人に馴れなかった。追わないものだから、段々図々しくはなって来るけれど、お婆さんがちょっと身を動かすと、パァッと逃げ散る。お婆さんが眠ったふりをしていると、大胆な奴が枕元へ来る。時によると皺だらけの顔の上まで昇って来る。それでも眼を覚ますとたちまち逃げた。

だが、一週間経ち十日経つうちに、鼠共はお婆さんを次第に信頼して来た様に見えた。ほんとに信頼したのか、それとも見くびったのか、それは誰にだって解らないけれど、とに角、鼠はお婆さんを怖がらなくなった。寝床で、お婆さんがもぞりっと身を動かすと、鼠はきょろっとして、首を振るけれど、たった二尺程走っただけでこちらへ向き直る。おどけて鬚《ひげ》を掻いて見せる奴もいた。

お婆さんが喜んで、枕元へ集まる五六匹の鼠のために、切ない身体を動かしては何かと餌を集めて置くと、鼠の数は段々に増した。五匹が十匹となり二十匹となる。生んだのか集まったのか、一月程のうちにお婆さんの家は鼠で真黒になってしまった。

村の人達は何も知らなかった。相変らずお婆さんのところへは誰一人お客さんが来ない。

「雨戸がもう長い事閉まってるが、なに、まだ生きてはいるよ」

「生きてるのなんのって、昨日は米屋へ餅米を買いに来たそうだ。息をせいせい切らしてはいたがな、なんでも三日目に二升ずつ買ってくとよ」

「ほう、鬼婆め、まだえらい元気だな」

村の人は憎々しげにこんな噂をし合っていた。

八月十日の朝、源六婆さんは、ひどく身体のだるいのに気が付いた。

嘔き気があって熱がある。頭が痛いな、そう思っているうちはまだよかった。恐ろしく暑い日で蝉がじんじん鳴いている。お婆さんはありったけの布団を出して見たけれど、それでもひっきりなしにがたがた慄《ふる》えた。顔の前の鼠が無暗に大きく見える。猫の様に膨大な一匹がキューッと言って自分の額に飛びかかって来る。お婆さんはそれを追い払うことも出来なかった。

夢とも現《うつつ》ともなく、お婆さんは薄暗い部屋の中をのた打ち廻って苦しんだのを覚えている。身体中に腫物が一面に出来て、それをボリボリ、ボリボリ引掻いたのを覚えている。

そして、

「ああ、夜になったぞ」

そう思ったのを最後として、それっきりすべてが不明瞭になってしまった。

翌日の朝まで生きていたのか、それともその夜の中に息を引取ったのか、それは最後まで解決出来なかったことである。

×　　×　　×

源六婆さんが、米を買いに来ないというので、まず米屋の亭主が騒ぎ出した。外から雨戸に耳を押し付けると、確かに何かの音はする。それでもどこか様子が変である。亭主は思い切って中に這入って見た。

「あ！」

亭主はのけ反るばかりに驚いて、蒼い顔をして巡査駐在所に駈け込んだ。巡査、お医者さん、そして消防隊の組長、皆んながどやどやと源六婆さんの家に乗り込む。

鼠、布団、肉、骨、歯基《はぐき》、そして掌骨！
人々は、わっ！　と言って一散に逃げ出した。
そして話はまだあるのだ。
村の人々は、たった三人だけを残して、皆ペストで死んでしまった。

（一九二七年八、九月号）

墓穴

城昌幸

城昌幸（じょう・まさゆき）

一九〇四（明治三十七）年、東京生まれ。本姓・稲並。二十歳のときに同人誌「東邦芸術」を発刊、さらに「ドノゴ・トンカ」「文芸汎論」などで、城左《さ》門《もん》の筆名によって詩作を続けた。詩集に『近世無頼』『日々の願い』などがある。二五（大正十四）年、「探偵文芸」に「秘密結社脱走人に絡る話」を発表、編集にも携わった。つづいて、「新青年」ほかに、「その暴風雨《あらし》」「怪奇の創造」「シャンプオオル氏事件の顛末」「都会の神秘」などを発表、妖異・耽奇《たんき》の世界を描く。散文詩のような短編は人生のさまざまな断面をとらえ、江戸川乱歩は「人生の怪奇を宝石のように拾い歩く詩人」と評した。三八（昭和十三）年からは「若さま侍捕物手帖」のシリーズを始め、多くの読者を獲得し、映画化もされた。終戦直後の四六年には「宝石」の編集主幹となり、のちには発行元の社長となっている。戦後の作品に「幻想唐艸」「スタイリスト」「その夜」「猟銃」などがあり、『金紅樹の秘密』『死者の殺人』と長編を発表した。代表作をまとめた短編集に『みすてりい』がある。一九七六年死去。

エキゾチックな「東方見聞」など、「探偵趣味」にもその持ち味を出した短編を八作発表している。

1

一緒に踊って居る相手方《パートナー》の、浮き彫りの様にくっきりと白いうなじから肩へかけての線が、どうした分《わけ》か時々、大変遠い処に在《あ》るものの様に私には感ぜられる。恰度《ちょうど》、照尺の度を合わせている時の、望遠鏡を覗いている様な。

私はふっと視線を外《そ》らすと天井を、天井から下っている綺麗な玉枝電燈《シャンデリア》を見上げた。と見上げると同時に、その煌々と輝いている玉枝電燈が、急に、ふわり、と投げ出されたかの様に、私の眼上に落下して来た！　と思われて「あ！」と小声でこう口の裡《うち》で叫ぶと、それと共に、私はくらりと眩暈《めくるめ》いた。同時に足拍子《テンポ》が乱れて、相手方の、足を、踏んでしまった。

「あら？」

「すみません。何だか急に頭の工合が変になって」

「まあ、それはいけませんわ」

「失礼ですが休ませて頂きます」

そうして、叮重《ていちょう》に一礼すると、私は、踊って居る放縦な、華やかな群れから、噎《むせ》ぽったい脂粉と香料と人肌の渦から、スイータァ・ザンユーと何遍も繰返して居る有頂天なサキソホーンの悲し気に酔い狂った渦巻きから、変に重苦しい頭を抱えてベランダへ出た。出て、冷たい、晩秋の夜風にひやりと頬を撫《な》ぜられて私はほっと息を吐いた。

だが、それにも益して、外景《おもて》は美しい月夜であった。青く、すきとおる様にれいろうとした月夜であった。月の光は処々《ところどころ》にそそり立った、黒々と押し黙る樹立にも、まるく刈り込まれた灌木の群れにも、石をたたんだ小径《こみち》にも、もの影にうずくまる瀬戸の腰掛にも一様に、その蒼白い光をひっそりと降り灑《そそ》いでいた。

それを見ていると、私はその蒼白さにそそのかされて、ふらふらと当途《あてど》なく月に濡れた小径の光を追い始めた。——全体、三鞭酒《シャンパン》を飲み過ぎたのか知ら？　それとも、あんまり踊り過ぎたせいか知ら？　と、未だ少し重い後頭部を叩きながら、浸み渡る月の光にたわむれながら。次第に間遠となるジャズのどよめきにそれとなく耳を傾けながら。

そうした散歩を、私は二十分もして居たろうか。急に、ぞくっ、とした悪寒を覚えた。で私は忙《あわ》てて直ぐ屋内に引返そうと、はや大分遠くになってしまったサキソホーンの響きを便りに、足早に、灌木に囲まれた小径の甃石《しきいし》を幾曲りかする内、不案内の私は、何時か路を間違えて、この家の裏手に出てしまったのである。

だが、ま、どこでもよい。とも角、早くうちの中へ這入らなければ風邪を引いてしまう、と呟きつつ、私は、その裏口の三四段の石階を登ると、扉を排《お》して中へ這入った。

そこは、一度右折すると正面に玄関のホールを横に見る、小暗い廊下の端《はず》れであった。そのホールの奥が、サキソホーンの響き狂って居る場なのだ。

こう、あらましの見当が付くと、安心して私は一寸身態《みな》りを調《ととの》えると、その、少し薄暗い廊下をうつ向き加減になって歩き始めた。だが、その右折する角迄来た時、私は、おや？　と思わず首をかしげながら佇んだ。それから振返ると、一旦行き過ぎてしまった或る場所を、もう一度、注意深く見直したのであった。と云うのは、私の腑に落ちなかったことがあったからである。それは、ほぼ、ここから裏口の中程辺りの廊下に、天井から下っている電燈以外の光線が、恰度扉位いの幅でぼんやりと、臆病気にためらっているのを見たからである。

――あの灯りは何だろう？

私は天井を見上げた。左右の、腰板を打った灰白色の壁を黙々と佇んでいる扉達を見廻した。

――あの部屋から？

その灯りは、右手の手前の部屋の扉の下の、僅かな透き間から洩れて居たのであった。その、薄黄ろい臆病気な光線は……。

そしてその光線を凝視《みつ》めていると、何故か私は、不吉な予感を暗示されたのである。云い知れぬ秘密に戦《おのの》いている様に思われたのである。私はその影を追って、黝《くろ》く佇む扉を見た。

――あの部屋から？　あの部屋で？

やがて注意深く、足音をたてぬ様に、押え切れぬ好奇心に煽られながら、私はそっとその扉の前に来た。それから、耳を澄ました。

けれども、しかしその部屋の裡《なか》からは、ことりとも音がしなかった。否、そしてその代りに、私の澄んだ耳朶《じだ》を強く打ったものは、あの舞踏場で高鳴りするジャズの宴であった。「バレンシア……」と叫ぶ、あの真紅の、南国の恋唄であった。

私は又、足元の、薄黄ろい色におののいているに光線に眼を落とした。それから、意を決すると、ぴたりと身体を扉に擦り寄せて、静かに、静かに取手《ハンドル》を廻した。廻し切ってからほとんど本能的に左右を鋭く見廻すと、私は極く僅かばかりの扉を肩で押した。押すと、その隙間から、私は片目で、裡の様子を窺《うかが》った。

その部屋は、図書室として作られたものらしく思われた。突き当たりの壁にも、扉と平行の壁にも、ぼんやりとした光線によって、書籍の背皮がひっそりと押し並んでいるのが見える。そしてその、例の薄黄ろい光線は、稍《やや》手前寄りの、独逸《ドイツ》風の卓子の端に置かれた、鉄製の燭台にまたたく蠟燭《ろうそく》である。

その外に？

だが、私の視野には、唯それだけしか映らなかった。

私は焦慮した。私は大胆になった。私は更に扉を押した。

そして、私の視野が以前の倍となった時、取手を握っていた私の手には、思わず力がはいり、と同時に、私は息を吞んだ。

その、今の独逸風な大きな卓子の先、もっと窓寄りの方に今一つ小さい茶卓が置かれてある。その茶卓を挟んで、二人の男が相対して立っている。向かって左側の、正面の書棚を背にして立っているのは、夜会服を着けた少し痩せ気味の男である。それに向い合って矢張り夜会服を着けた、肩幅のがっしりした男が、左手に短銃を擬して立って居る。そうだ左側の男は、その両手を挙げている。

盗人？　いいや、そうではない。そうの様子とは見えぬ。これは、それ以上のある闘争なのだ。

それ以上の？　二人の顔を見るがよい。薄黄ろい蠟燭のおびえた光線に描かれた、その顔を見るがよい！

右手の、短銃を握っている男の全身には、しかも些少《さしょう》の隙さえ無い。一点に寄せられた両眼は、飽《あ》くなき憎悪に充ちて、顔面の神経は極度に緊張している。威嚇して、その形の上でこそ、彼は勝利者であれ、しかも、その闘争は最後の結末を付けてはいないのだ。少しのゆるみなく、そしてその儘相手を執拗に凝視して、その凝視の網の裡に、獲物を捕らえようとするかの様だ。

だが、相手はどうだ。書棚を背にして、両手を上げている男は、これは威嚇している者以上に緊張して居る。

その顔には、明らかにそれと指示出来る恐怖と、猶《なお》、何とかしようと云う反発性とが烈しく交錯して居る。一瞬一瞬に彼は、だがその恐怖の圧迫を感じつつも、死を予想しつつも、しかも、彼は未だ何かを頼んでいる。

彼の力にであろうか！

いいや、機会《チャンス》を！　偶然が齎《もた》らそうかも知れぬ機会を！

そうした儘で、二人は少しも物を云わぬ。沈黙のみが、ひとり闇黒への通路を領しているのだ。

すると、短銃を擬して居た男が、一歩、前に進んだ。用心深く。だが、その相手は後へ下れぬ。後へ下れぬ。後の書棚が、彼にその余地を残さなかった。彼は、そうする動作の代りに、その表情に、一層の恐怖が、反発心を無理に押しつぶしたのを示すに止まるだけであった。同時に、機会への可能性が蝕《むし》ばまれる！　その口元は怪しく痙《ひきつ》き攣《しび》れた。痙き攣れた儘、その唇は、否、その表情全体が、そのままで彫造物の様に硬化した。死の匂いが、感ぜられたのだろう……。

何時か、だが短銃を擬して居る男の右手に短刀が握られた。短刀を？　だがそれを認めた相手の顔には、更に悲愴な、意志の堪え難い苦悶が現われた。

あの短刀で殺すのだ。多分、短銃は、音がするからであろう。

と！　一瞬の後、短刀を持った男の身体全体に超人的な飛躍が起った。それはあたかも、ジャングルに棲む豹の様に俊敏な。

そしてその相手は、己れの全存在を与《あず》けて悲劇的な奈落へ堕ち込んで行ってしまった。最早、全ての賽《さい》は投げられたのだ。彼の、上げて居た手は怪しく虚空に円を描き、描きつつ力なく垂れ下って来た。その身体全体が崩れようとした。

と一早く、加害者は身を引いた。しかも、未だに注意深くその被害者に短銃を擬しながら。その短刀は、相手の下腹部深く突き刺って居た。どたり！　と不気味な音をたてて、その体は床に頽《くず》れた。

その響で、怪しくゆすれた蠟燭の灯が、すす、と横にかしいで、消えかかって又明るく燃え立った。その灯りに、二人の、哀れな相手と、凝然とそれを見下している男との姿が又なく、すさまじく描き出された。

思わず、私ははっ……として扉を引いた。音のしない様に取手を元に戻した。その時、初めて我に帰った私の耳元に、「……イン、バレンシア、ロンガゴー、ウイ……」と云う、ジャズの、真紅な南の恋のざれ唄が、サキソホーンとピアノとバンジョオと、それ等によって高く、しかも高く響き来ったのである。

その騒音を耳にするや、私は何故か、聞いてはならぬものを聞いたかの様に両手で耳をおおうと、肩をすぼめて、足早に、廊下を舞踏場へと逃げ去ったのである……。

2

……踊り狂って居る人達の姿、次の間の長椅子に、何故か非常に疲労を感じた身体をもたせて痴呆の様な眼付きで、我ともなくぼんやりと私は見詰めていた。

「みんな踊っている……ところで、人が殺されている……ふん、そして誰もそいつを知らない。……今迄、自分達と同じ様に手拍子打って踊っていたひとりが、ふいともう踊れなくなって倒れている。これは事実だ。ところがそれは御存じない。ふふ、不思議なことだ。……いや、ちっとも不思議ではないさ。殺されちまったんだからな。死人は踊れはしない。うん、死人はな……」

　こんなことを、私は口の中で世迷言《よまいごと》の様にぶつぶつ呟いていた。

　そして時折、サキソホーンが、堰《せき》を切られたり止められたりする奔流の様に、「キャロライナの恋人よ！」と我鳴りたてていた。

「キャロライナの恋人よ！　か」

　それが繰返される度毎に、私は、まるで子供達が楽隊の後に尾いてゆく様な気持になって、それを小声で和すると、足拍子を取っていた。

「おう、キャロライナの恋人よ！」と。

　すると、その踊っている群に、私は今、ひとりの男を見付け出した。たった今、人を殺した奴をだ！

「あいつ、あいつ踊ってやがる。誰も知らないと思って踊ってやがる。ふん、相手の奥さんと何か話して笑ってるな……平気なもんだて！　ところがふん知ってるぞ！　きさまのしたことは何でも彼でも、この俺が知ってるぞ！……人を殺しやがって！　そうだ俺は知ってるぞ！貴様がたった今人殺しをやったてぇことを知ってるぞ！　どうだ!!」

　私は思わず、その瞬間ふらっと立上った。が、くらりと烈《はげ》しい眩暈《めまい》を感じて、どしん、と又突かれた様に長椅子へ腰を落した。

……だが、それにしても、気の毒なあの男は、青白い屍となって、あの闇《くら》い書庫の裡に横わっている。その腹部には、鋭い短刀が深く突き刺って！　可哀想に……。

可哀想に？　だがそんなことをお前が云えた義理か？　第一、殺されるのをお前は目の前に見ていながら、何の手段にも出なかったではないか？　当然加害者に向って妨害すべき、被害者を救う何等の手段にも出なかったではないか？

まったく、これが普通の場合であれば、私はかく非難されなければならない。だが、今の私自身の立場としては、そうすることは必要でなかったのだ。否必要でないのみか、以上に私に取ってもまた好都合であったのだ。

必要でない？　好都合？　そうだ。私もまた被害者があした運命に堕ち入ることを、加害者と共に希望していた者なのだ。それでは共犯者か？　いいや、それと同時に、私は又その加害者に対してもまた、被害者が抱いて居たと思われる憎悪を持っている者なのだ。つまり、そうだ。手取早く話そう。殺した奴と殺された奴と私とは、各自その余の二人を極度に憎悪して居た。あの二人がいなければ、俺ひとりだったら、と云う気持ちを、この私を入れた三人は冥《めい》冥《めい》の内に各自抱いていたものなのだ。そしてひそかに、各々が、その機会を狙っていたのだ。して見れば、私が、先程の闘争に、何の手段を弄《ろう》する必要があろうか？　そうして今、そのひとりが三人から除かれたのだ。

後二人！　私とあの加害者との闘争が次に残された分である。

私と、あの加害者？　私はその敵手の姿を踊りの群に眺めた。すると、彼の姿を見ている裡に、私は又も、あの暗い書庫の裡に倒れている死体を思い浮かべた。あの屍は、未だ誰の眼にも触れずあの儘であるのだろう？　あの儘で……。

と、何故か私は、未だ誰も知らない内に、今一度、私と彼とをあんなに迄苦しめた奴の哀れなむくろを見たい、と云う怪しい欲望に捕われた。

「そうだ。未だ誰も知りやしない……」

私はふらりと立上った。何気ない風に左右を見廻すと、気付かれぬ様に、するりと部屋を脱け出て廊下に出た。幸い誰も居らぬ。それで、私はまるで夢遊病者の様な足取りで、しかも早く、絶えず前後左右に気をくばりながら以前の、暗い書庫の前にたどり着いた。

だが、その部屋の取手を手に掛けた、その時、何故か私は不気味な予感を覚えて、身内に烈しい戦慄を禁じ得なかった。だが、今一度、廊下に人影のないのを確かめると、私は不思議な感情に追いたてられる儘、烈しい胸の鼓動を押えて書庫の中へ、二度、忍び入ったのである。

中は暗かった。

一すじ、二すじ……ブラインドを下ろした窓の隙間から、青白い、冷やかな月の光が細く、くっきりと床上に投ぜられているばかりであった。

しばらく、私は凝然《じっ》と立止った儘、それと覚しい方向を見定めた。

そして、やがて、その暗い部屋内に、黒々と、蟠《うずくま》る独逸風の卓子を見た。時折りぴかりと光る書棚の書籍等を見た。そして遂に、窓よりに在る、あの茶卓を見出した。私はすり足で、その茶卓に近寄って行った。それからその向うを窺い寄った時、何か、強く、ぴかりと私の眼を射たものがある。見れば、それは仰向けに倒れている屍の、腹部に突き刺った短刀の柄の金具であった。か細い、隙洩《すきもれ》る月光に反射する金具の光であった。私は茶卓を廻ると、奴の死顔を見下した。

その時、私は廊下を、何やら声高に語り合いながら近づく人々の足音を聞いた。

私はドキ！　とした。

すると、その人々は、この書庫の前に立止ると、やはり何か話し合いながら、その扉を開けた。

咄嗟《とっさ》に、思わず上身をかがめると、死骸の首部を飛び越えて、私は、書棚と窓側の壁との間の隣室へ通う扉へ進むと、それへ下げられてある天鵞絨《びろうど》の厚い垂帳《カーテン》の後へ、身を隠した。と、私がそれへ隠れるや否や、ぱっと燈りが点けられた。

這入って来たのは、この家の主人と、二三の来客らしかった。矢張り声高に何やら話し合いながら、書籍を取出すと見えて、がらがら、と云う玻瑠戸《ガラスど》を引開ける音がそれに交じった。私は、些少の身動きもせず、なるべく平べったくなって、その扉にへばり付いて居た。不幸にも、この扉は平常使用せぬと見えて、固く錠が下りている。私は息をためて、少しも早く、一刻も早くこの人々が部屋から立ち去ってくれることを祈った。と云うのは、死体は例の独逸風の卓子のひどく大きい為に邪魔されて、出入口辺りからでは、一寸見た分には解らぬからである。それに、それよりも今、若しか私がその人々に発見されでもしたら？　……これは飛んだことになった。私はごくりと息を呑んだ。

と、「おや！　大変だ!!　人が殺されて……」

だが、その瞬間、私が念じた甲斐もなく、その人々の中でこう叫ぶ声がした。

「え？」

そして異口同音に、余の人々がそれに応ずると、刹那、ぴたりと、物音も話し声も途絶えた。

――これはいかん！

だが、その時、私が更に怪しんだことは、今、最初に、死体を発見して叫んだ声の持主に就《つ》いてだ。

あの声は？ 聞いたことがある！ あの声は若しかするとあいつではないだろうか。あいつ、私の相手、ここで殺人を犯したあの当人ではないだろうか？

「や！ ××氏だ！ 皆さん、お静かに、直ぐ警官を呼んで……あ、それから婦人達には話さないで……」

次に、こう云うのは主人の声だ。

人々は、大分、この死体に近寄って来た様だ。口々に、短刀が、又どうして、なぞとささやいている。だが、死体に人々が近寄ることには困った。と云うのは、つまり又、私の隠れ場所にも近寄ると云うことになるのだから。早く気付かれぬ様に脱け出てしまいたいものだ、と気は焦りながら、私は微塵も動くまいと、天鵞絨の垂帳の後でこわばった様になって居た。

すると、何か各自ささやき合って居た人々が、急にぴたりと黙ってしまった。

どうしたんだろう？ 私は耳を澄した。

「誰だ！ そのカァテンの後に隠れているのは！ 出て来給え！」

私は愕然とした。ずーん、と、足元が限なく沈んでゆく様な気がした。

何と云う、悪い破目になったものだろう。しかも、私を猶《なお》腹立たしめたことは、今私を発見して、出て来いと叫んだものが、この場の真の殺人犯人であり、又、私の憎むべき敵手である彼であることだ。

「出て来い！　さもないと射つぞ！」

その、彼が又こう叫んだ。

観念して、気を落ちつけようと努力しながら、悪びれずに、私は垂帳を排して人々の前に現われた。

「あ！」

その人達は、一様にこう小さく叫ぶと、少し後へ退った。

そしてあいつは、彼は、一歩他の人々よりも先に出て、先程もこの死体になった男へ向けて威嚇して居た短銃を、今、私の眼前に擬して立って居た。

最初、彼は一目私を見ると、これは意外だと云う面持を表わしたが、直ぐ、狡猾《こうかつ》に唇を歪《ゆが》めると、「君か」と小声で呟いた。そしてから、私の顔を見ずに、左右の、主人を初め来客の二三を顧《かえりみ》ると言った。

「犯人ですな。殺人罪の」

そして、彼のこの言葉に対して、その余の人々もまた、至極同感である、と云う様に頷いた。

だが、この言語道断の間違いようよりは、現在の真の犯人が、しかも私の敵手が、涼しい顔をして、私をおとし入れようと、彼に取っては絶好の機会を利用しようとしていることが、言葉も出ない程に、私を激《げき》させた。

「バ、馬鹿なことを云うな！　馬鹿なことを！　キ、貴様が殺しといて！……殺しといて、……殺しときながら俺に罪をなすり付けるなんて！　そうはいかない。俺は見てたんだぞ！見て、見て、そうだ。貴様が此奴《こやつ》を短刀で刺したてえことを、俺はちゃあんと見ていたんだぞ！……」

すると、彼はこの私の叫びを、軽く肩で笑いながら、主人を振返って言った。

「非常に昂奮していられますね。何分、人をひとり殺《あや》めたのですから、まあ無理もない分ですが。ハハハ、では、ひとつ警察へ電話をかけましょう」

すると主人も、いかにも同感だと云う様に頷いて、私に向って半ばは慰める様な口調で言った。

「どうした事情からかは存じませんが、もはやこうなった上は、男らしく、静かになさったらどうです？」

だが、その、主人の言葉は、私を絶望のどん底へ突き落とした。これが与論なのだ。私は唇を噛んだ。そして、彼憎むべきあいつを見ると、彼はふてぶてしく落ち着いて電話を懸けている。

「ハア、左様です。直ぐ御出でを……皆その儘にしてありますから……」

矢庭に、私は彼に躍り掛ると、卓子の端に電話を懸ける為に彼が置いた短銃を取るより早く、銃口を彼の腹部に当てた儘引金を引いた。

「あ！　あ！」

　彼は短かくこう叫ぶと、右手に電話器を握った儘、少し首を仰向けにして、身体をくねらせたが、直ぐ、背筋で卓子の縁をずるずるとこする様に跼《せぐく》んで行ったが、どうと、横倒しに床上に頽《くずお》折れた。

　それを私は凝視《みつ》めて居た。だらりと両手を下げながら。そして、彼が最早少しも動かぬのを見終った時、初めて、私は自分がしたすべてのことに気付いた。私は、何と云うことなく室内を、恐怖して佇む人達を、にぶい眼付きで見廻した。

「これで俺は、二人殺したことになった」

　その時、まるで空虚になった私の耳に、心に、未だ何事も知らず打ち囃《はや》す、ジャズの軽やかな小太鼓の音が流れ入った。グッドバイ、シャンハイ……。

　私はガクリと両膝を一度に床へ突いた。そして両手で顔をおおった。

　何と云う愚かなことだったろう！　三人が三人とも、各自、他の二人の墓穴をのみ掘っていたものと考えながら、しかもそれは、皆己れ自らの墓穴であったのだとは！　それも底知れずの……。

（一九二八年二月号）

恋人を喰べる話

水谷準

水谷準（みずたに・じゅん）

一九〇四（明治三十七）年、北海道函館生まれ。本名・納谷《なや》三千男《みちお》。早稲田高等学院在学中の二二（大正十一）年、「好敵手」で「新青年」の懸賞に入選してデビューする。さらに「孤児」ほかの短編を「新青年」に発表し、早稲田大学在学中には「探偵趣味」の編集を担当した。卒業後は博文館に入社、二九（昭和四）年、「新青年」の編集長になると、モダニズム溢れる編集で注目された。創作活動も続け、「空で唄う男の話」「お・それ・みを」「胡桃園の蒼白き番人」など浪漫性とペーソスの融合した幻想短編を発表。また、ルルーの『黄色の部屋』ほか、翻訳も手掛けた。三三年からはユーモア探偵小説を提唱し、「さらば青春」「われは英雄」などを発表する。ほかに「司馬家崩壊」など。戦後は作家専業となり、五二年に「ある決闘」で探偵作家クラブ賞を受賞。「薔薇仮面」「夜獣」といった長編をまとめるが、五〇年代後半にはゴルフ関係の随筆や翻訳が中心となった。

二年半ほど実質的な編集長を務めただけに、「探偵趣味」にはコラムを含めて数多く執筆している。投稿作品のセレクトもほぼ任されていた。また、代表作の「恋人を喰べる話」ほか、短編もヴァラエティに富んでいる。

一

私の友人、的場《まとば》悠助《ゆうすけ》は、その短い一生の間に、一体何をした事でしょうか？ 彼は画かぬ画家であり、唱《うた》わぬ詩人であったのです。僅かではあったが、親からの財産を譲り受けて、郊外の小さな家に、たった一人きりで自炊をしながら、絵を頭に画き、心では詩を唱って、まるでその日を、僧院の生活のように送っていたのです。

何故彼も、一人前の青年らしく、快活と悒鬱《ゆううつ》とを玩具として遊ばなかったか？ 多分それは、彼が生れつきこの世にそぐわなかったからでもありましょう。又彼のひどく無気味な醜い容貌が、あらゆる世間的な交渉を、彼から奪ったのでもありましょう。それに彼は、稀に見る程な内気な性質であったのです。

その的場が、このように人の世から離れて暮しているのに、何としたことか、厭な病いが胸を襲い始めて、彼は日毎に痩せ衰えて行ったのでした。私は彼の唯一人の友人であったので、彼が病床に横たわってから、何くれとなく介抱してやったものです。そして、どうにもならぬ死の影が、日に日に彼の胸から体全体を蔽《おお》って行くのを、じっと見守っていなくてはなりませんでした。

さて、ある日、それは彼が死ぬ五六日前の事でありましたが、私は彼の枕元に坐って、あれこれと取りとめのない話を語り合いました。病人というものは、殊《こと》に明日の日も分らぬ病人なぞは、悪いとは知りつつも、ひどく話したがるものと見えます。彼はしきりと恋愛論について語るのでした。それ迄、あまりそうした話をしたがらなかった彼としては、珍らしい事なので、従って彼は大変興奮しているのです。いや実際、恋の無かった者が、恋について語るのは、一つの感激だと私はしみじみ思った事です。

やがて彼は、枕元の果物鉢を引き寄せて、自らもその桃色の肉を吸いながら、私にしきりと奨《すす》めました。私は無花果《いちじく》の実を、人間の肉のような気がして、とても食う気がしないのでした。それを聞くと、馬鹿な奴だという様な顔付きをしていた的場は、暫らく経って、ひどく気難しげな表情をするのでした。それ切り彼は眼をつぶってしまいましたが、ふいと突然、私の方を向いて云ったのです。

「君、僕にも恋の経験があるんだ。勿論《もちろん》君は知るまい。それを話そう。恐ろしい話だ。だが僕には甘い追憶なのだが」

それを聞いて、私がどんなに驚いたか、想像もして御覧なさい。彼の様に醜い相貌《かお》の内気な男に、どうして恋なぞがあり得たのでしょう。

この私の思いが、表情に迄も現われたのを、ちらと見やりながら、枕に頭を埋めたまま、的場は話しだしたのです。

その物語を諸君も御聞きになりませんか。いや諸君がこの話の真偽を何と思おうと、それは諸君の勝手です。

二

——君は浅草の、S歌劇の事を知ってるだろう、あの甘いヴォドビルの時代が、何かの加減で滅亡してしまって、S歌劇団は四散の憂目に遇って、再び浅草に姿を現わさぬかと思われたものだった。

僕がどんなに浅草の雑踏を歩き廻ったか、それを多分君は知るまいが、そんな事はどうでもいい、僕はあの甘いヴォドビルが無くなって、夢のような気分に浸る事ができなくなったのを、どんなにか残念に思ったことだろう。だから、かつてはS歌劇団に居たR・Bが、その残党や新人を狩りたてて、再び浅草に打って出た時には、僕は小躍りせん許《ばか》りに有頂天《うちょうてん》になったものだ。夜になると家を脱けだして、あの相も変らぬ色彩と、昔通りの、全くその踊りの一手から歌の調子さえも変っていない所の、甘いヴォドビルに酔ったのだ。その酔い心地がどんなものであったか、もちろん誰が見てもその歌劇のどこにだって新味など無くて、過ぎ去った夢を繰り返すだけなのだから、大抵《たいてい》の観客は活動写真や安来節《やすぎぶし》などに行くのだが、その為に僕は、まるで歌劇のかかっているK館の二階一等席を、僕一人で買いしめているもののようだったのだ。僕はその初日から、ほんとに憑《つ》かれたとでも云う風に、毎日毎晩通いつめたのだ。

ああ、その一等席の、掌でこすられて、ほとんど禿《は》げちょろけになった天鵞絨《びろうど》の椅子に腰を下して、どんなにか胸を躍らせ、舞台に踊る不思議な生物を、僕は飽かず眺めたことだろうか。それは泣いても泣いても涸れる事のない女の涙腺のような、それにもましてあふれ出る、懐しい感情の泉であったのだ。

君は一度だって、あの幼稚な歌劇を見舞ってやった事はあるまい。だが想像だけはつくだろう。

ところで僕はある夜の事、不思議な感覚のために驚かされた。それは僕が、その歌劇団の一人の少女に、明らかに恋をしていると気付いたからなのだ。

その少女は、ある時は何人かの女等に混って、水兵服の身も軽々と、痩せた足を宙に投げる。かと思えば、長い衣裳を着けて、可憐《かれん》な腰元にもなる事だが、彼女が現われる度毎に僕の胸は異様に締めつけられて、痛くうずくのだ。それ程に美しいのではなく、寧《むし》ろ小柄で痩せていて一座の人気者になるなぞとは、お世辞にも云えないのだが、何故であるか、僕はすっかり魅了されたのだ。

多分思うに、彼女の持前なのか、悲しげな上目使いが初め僕の心をかき乱したのだろう。

それから僕のK館通いは、唯《ただ》もう彼女の為のみになった事だ。彼女の出ないヴォドビルが、どんなに昔懐しいものであろうと、僕はぼんやり天井を眺めながら、その少女——芸名を百合《ゆり》亜《あ》というのだが、百合亜ばかりを思いつめていた。

僕がこんな思いである事が、何か不思議な作用で、百合亜に通じたのでもあろうか。彼女は以前とは違った眼差《まなざし》で、僕を上目使いに見るやうになったのだよ。それで僕の恋が、それ迄の状態で満足できなくなった事は、君だって想像はできるだろう。

　或る日の事、僕は思い切って館がはねてから、不良少年がやるように、裏木戸で彼女の帰るのを待ったのだ。彼女の見窶《みすぼ》らしい着物が、どれ程垢じみたメリンスであったか、又擦《す》り切れた鼻緒を挟む足指が、どんなに骨ばっていたか、それを一々話してはいられない。とも角暫らく僕は、百合亜の跡を尾けたのだが、思い切って声をかけて見たのだ。

「百合亜さん」

　振返った彼女は、一寸驚いたようではあったが、

「まあ……あなたは……」と云って、かすかに笑った。

「僕です、僕を、知っているのですか？」

「いえ、ええ、今夜、二階の席に……昨夜も、その前も、その前の晩も！」

「ああ、知ってたんですね、有難《ありがと》う、有難う、百合亜さん」

　僕は嬉しさの為に、おどおどした位であった。それから僕等は、最寄《もよ》りの喫茶店に這入って咽喉を湿しながら、何年越しの恋人のように語り合ったが、その儘別れるのはあまりに残念に思われた。

「百合亜さん、今晩は僕の家に来ませんか。いえ、僕一人なんですよ、自炊をしているのです」

「まあ、自炊を」百合亜は驚きの中に、何だかひどく嬉しそうな表情を交えた。「あなたが御迷惑でなかったら、私行ってもよござんすわ。でも、そんな事をしたら、あなたはきっと私を

性質《たち》の悪い女だと御思いになるでしょうね。それだったら、——それだったら、私、家に帰りますわ」

さう云いながら、百合亜は陰鬱な顔をしたのだ。僕は多分彼女の家が冷たい処《ところ》だと思って、くわしく訊ねて見ると、実際ひどい家庭らしいのだ。で、とも角百合亜は僕の家に来る事になった。その間の消息が、或いは不良少年と不良少女との相談らしく受取られては、ちょっと不愉快だが、どちらにしたって、多少の不良性は帯びていたかも知れないね。

百合亜は僕の家にやって来たが、もちろん長く居るつもりなぞ無かったのだ。すぐにも帰ろうと云うのを、僕は引きとめては引きとめ、とうとう彼女も帰る気を捨ててしまったのだよ。初めの内は百合亜だって、得体《えたい》の知れぬ僕を見ては、たとえ見知越《みしりご》しで、それに自分を愛して居てくれる人だとは解っていても、少なからず不安であったらしいのだが、日が過ぎるに従って、僕の心持もよく解り、そればかりか彼女も僕を、愛しいものに思い出したのだ。

僕等のこの変梃子《へんてこ》な恋は、やがて真物《ほんもの》になって、二人はまるで以前からの恋人同士のように、今では百合亜も歌劇なぞに出ずに、僕と小さな生の営みを始めたのだ。

それにしても百合亜は、僅か十六にしかならぬ少女であったから、君は彼女がぬけぬけと僕との生活を受け入れた事を、きっと不審に思うだろうが、その点では、百合亜は実際不思議な少女であった。彼女は時とすると、二十以上の女のようにも見え、かと思うと、まるで人形と一所に遊ぶ七つ位の子供とも見えるのだ。そんな事で、僕がどんなにか狂おしい魅力のために、真実痴漢となり果てたかは、君も想像してくれたまえ。

その頃だ、僕は誰にも逢いたくはなかったので、家の表は閉して、旅行中という事にしていたものだ。多分君なぞは、日光《にっこう》あたりから僕の手紙を貰った事だろう。それは僕の家に以前使われていた者が日光に居たので、僕の悪戯《いたずら》気からそこから手紙を出さしたりしたのだよ。

百合亜は生れつきが口数の少ない子であったのか、僕と一所に暮していても、あまり口を利きはしなかった。静かに静かにしている事が、彼女の楽しみであったのかも知れない。僕の胸に抱かれても、それ程はしゃぐのでもなくて、ただ小さな声で歌を誦《くちずさ》んで見たりする位のものだった。そのまどろっこしい心持が、僕を悩ましく甘えさせるのだ。

「百合亜。お前は何を考えているのだい？」

「………」

「お前の一番の幸福は何だろう？」

「私は、死んで見たいの。死ぬ事ができたら、何もいらない」

「馬鹿だね。死ぬ事なら、いつだって死ねるじゃないか」

「そんな死に方なら厭だわ。私は眠りながら死んで見たいのだわ。でなければ、私の好きな人に抱かれながら、その手で絞《し》め殺して貰いたいのだわ。例えば、あなたなんかに」

「じゃ、こんな風にかい？」

僕は百合亜の首に手をやって、愛撫と一所にぐいと絞めた。

「………」

彼女は黙っているのだ。眼をつぶって、今にも死んで行きそうに見えたが、それでもじっと待っていた。それを見て、僕は急に恐ろしくなって、ぱっと手を離したものだよ。

「お前は本当に死ぬ気なのだったの？」

「………」

僕は半ば気狂いじみた心持で、この魔物のような少女の、充分には発育し切っていない四肢や胸を、力の限り抱きしめるのだよ。その産毛の為に光った柔かい肉体は、まるで花片《はなびら》で作ってあるのか、僕はもうもみくちゃにしてしまいたくなるのだ。

君はそういう少女をかつて愛した事があるだろうか。女は解釈のつかぬ生物だとは云うけれど、それでも曲りなりに解ったつもりになるのが当り前だ。それなのに、僕は一体どうした事だろう、日毎に百合亜の正体がぼやけて来るのだ。何か彼女の持っている独自な世界があって、僕にそこを窺《うかが》う事を許さないのであろうか。だから時には、彼女が聖母のように神々しくて近寄り難く、或る時は白痴にも見える事だ。彼女が云った死の慾望だって、それはよく女が口癖にするところの、あの「死にたい」という言葉ではないらしいのだ。どこかそれには、別な底力があると見えるのだよ。

こうやって僕等は、またたく間に四カ月程を暮してしまった。そして、とうとうこの生活の終りがやって来た。

ある真夜中のこと、百合亜がふと眼を醒まして、気分が悪いと告げたのだ。僕はすぐ癒《なお》ることと思っていたのに、彼女は異様な寒さに打ち震い、頭がずきんずきんと痛むと訴えるのだ。僕は彼女を暖くしようと、色々な方法を講じたけれども、彼女は益々蒼ざめて行く。僕は百合亜を胸に抱いて、赤児をあやすように眠らせようとした。彼女の体は、まるで氷のように冷えていた。そして、ひくひくと痙攣する神経が、僕の体に迄も伝わるような気がするのだった。百合亜は故知れぬ苦痛をじっと味わっているように見えた。それがどれ程に苦しいものであるか、僕にはようく感じられるのだ。僕はどうする事もできなくて、——医者のありかも知らなかったし、又てんで医者の事など思いもしなかった。

僅か三十分もの間に、百合亜は全く別人のようになった。この様な急激な変化を与える病気は、何と名づけらるべきものだろうか。やがて苦しい息をそっと吐いて、百合亜はじいっと僕を見つめたのだ。それは普通の凝視ではない。例えばダ・ヴィンチのマドンナの、あの眼差しでもあろうか。

長い長い時間のあとで、百合亜は云った。

「私の首を絞めて下さらない？　そうすれば、何だかこの苦しみが薄らぐように思えますの。ね、私は死んでもいいのです。そしたら私はきっといい児になれますわ。首を絞めて下さいな」

僕はその時、一種の催眠術にかかっていたのだろうか、彼女の冷たい体を一層強く抱きしめ、両手で彼女の首を絞めたのだ。百合亜はにっこり笑った。その笑いを一層にこやかにしようと、僕は両手に力を入れた。

それから、実に長い長い時間が過ぎた。

気が付いて見ると、百合亜はぐったりとなって、僕の腕にもたれているのだ。彼女は笑いを唇と歯に見せて、最早息を吐いていなかったのだ。

「百合亜、百合亜。……………百合亜」

僕は愕然《がくぜん》として呼んだ。だが答えがなかった。それから僕が彼女の眠りを醒まそうと、どれだけの力をつくしたか、それは云う迄もない事だ。だが百合亜の眼は、永遠に閉じた儘であったのだ。

百合亜が死んだとなると、僕はそれ程に驚きも悲しみもしなかった。来るべきものが来たような、一切の結末がかくあらねばならぬような、不思議な甘さが僕の心に溶け込んだのだ。

僕は二日の間、彼女の冷たい死体を抱いた儘でいた。そうして三日目の真夜中に、それをビール箱に叮嚀に蔵《しま》い込んで、埋葬の仕度をした。

ほら、その窓の前が、二坪ばかりの空地になっているだろう。そこの木の下に、僕は夜通し穴を掘って、夜の白む頃万事をしとげてしまう事ができた。そしてがっかりとして、約二日というものは、正体もなしに眠り続けたものだ。

もう僕は、全く生き甲斐のない体となったのだ。だから早速彼女の跡を追うて、僕も死んで行くべきであったのだが、それがどうしても出来ないのだ。いや、臆病になったのではない。僕には、僕が死んだとて、誰も埋めて呉れ手のない事が、一番苦痛であったのだ。そして又、僕はこの家を去るにも忍びず、ついぐずぐずして毎日を過すと、それ迄の緊張に疲れ果てた僕の肉体から、今のこの病気がぐんぐんと芽をだし始めたのだ。

僕はこうやって、寝ながらも思う事だ。百合亜の墓の土が、柔らかで柔らかであれ！　天から降る雨が、静かに滲み込んで、百合亜の唇を湿してくれるように。又、名も無い草の実は、その柔土《やわつち》に身を憩《やす》めて、人知れず咲いてくれ。

お終いには、僕は毎日病む身を無理に起して、そっと埋めた場所に立つと、百合亜の上に生い立つ一本の木は、彼女を埋めてからというもの、眼に見えて元気になるらしいのだ。

百合亜の死体の上に、その木の根が少しずつ伸びて行ってやがてうねうねと蛇のように、彼女の手や足や首にからみつくだろう。又、ある根なぞは、あの花片のように柔らかな肉の中へ、指先を突き入れてぬらぬらとこね廻すように、一分一厘ずつ、日に日に伸びて行くだろう。それから、人間の肉体なぞはじきにも腐ってしまう事だから、やがて彼女の骸骨が、すっかり木の根の為に抱きすくめられて、丁度籠に入れた花束みたいになりはしないだろうか。

又、ある時には、僕はその木の幹に触れて見るのだが、それは云わば彼女の墓標であるか、本当はざらざらした樹皮であるのに、まるで百合亜の胸のような、あの石鹸の膚触りを感ずる事だ。細やかな枝は、今にも垂れ下って来て、僕の首に巻きつくかとも思われる。又一枚の葉を拗《むし》り取って、丁度百合亜の柔らかな唇を吸う時のように、又、何よりも甘い舌をしゃぶる時のように、僕の血が緑色になるまでも、長い間嚙みしめていると、本当に君、百合亜の姿を感ずるのだ。

僕は大分語り疲れたようだ。…………

ところで最後に君に告げる事は、君の眼の前の、その果物こそは、実は百合亜の墓標になった無花果の木の実なのだ。君は先刻《さっき》無花果の実が、人間の肉みたいで厭だと云ったが、ああ、それが僕にはどんな恍惚《エクスタシイ》を与える事だろうか。とても想像がつくまいな。僕は百合亜の肉を食っているのだよ。

噛みしめると、じゅうっと滲みでる油のような液汁には、百合亜の髪の毛の匂いと、体のあらゆる部分の微細な香りまでもがひそんでいるのだ。

どうだ、君も僕の恋人の肉を喰べては見ないか。僕には唯《ただ》一人の恋人であったが、それは如《い》何《か》なる女の肉にもまして、甘いにちがいないのだ。思い切って喰べて見給え。

おお、百合亜、百合亜…………。

ああ、百合亜、百合亜……。

君、僕は一人で居たい、もう帰って呉れ給え。

（一九二六年十月号）

浮気封じ

春日野緑

春日野緑（かすがの・みどり）

一八九二（明治二十五）年、東京生まれ。本名・星野《ほしの》龍猪《たつい》。旧制一高時代には、のちの甲賀《こうが》三郎《さぶろう》と面識があった。中退後、新聞記者となるが、探偵小説に関心を寄せ、一九二二（大正十一）年創刊の「サンデー毎日」に翻訳を発表し、「ダイヤの小匣」ほかの短編を執筆する。大阪毎日新聞社会部副部長をしていた二五年、江戸川乱歩とともに「探偵趣味の会」を結成、他社新聞記者や弁護士などに参加を呼びかけた。もともとスポーツ関係が専門で、関連著作もある。「探偵趣味の会」が解散したあとは、読売新聞の運動部長などを務め、探偵小説との縁は薄くなった。読売新聞から出向して樺太新聞の編集局長を務めていた四五（昭和二十）年、終戦を迎えて脱出できず、ソビエトに抑留される。帰国後はフリーでスポーツ評論を手掛けた。一九七二年死去。

自らが興《おこ》しただけに、「探偵趣味」では第二輯の編集当番となったほか、事務的な面でもかなり尽力した。小説には、「へそくり」以下、青野《あおの》大五郎《だいごろう》を主人公にした短編がある。機知に富んだものだが、探偵小説的な興味は薄い。「サンデー毎日」に発表したものを中心に、「探偵趣味叢書」として短編集『秘密の鍵』を二六年に刊行している。

「ありそうで実はない話」とか、「なさそうで実はある話」などという事は、実際に余りなさそうではあるが、さりとて決して少いことではない。時には呀《あ》ッと思わせるような事がわいて出てくるものである。まあ、早い話が、「あんな真面目な顔をしていながら、アレでなかなか喰えないんだよ」とか、「あの人は随分と遊ぶという評判だが実はなかなか堅いんだとさ」なんていうのも、その平凡なる一例といえよう。

「何だい、隣の妻君は、暇さえあれば亭主と喧嘩ばかりしてやがるくせに、お腹が大きくなったじゃないか」なんてことは、日常茶飯《にちじょうさはん》の事ながら、考えようによっては不思議千万でもある。もっともこんなのは、他人前《ひとまえ》でケナして二人きりの時にはいちゃついてばかりいる当世夫婦気質《かたぎ》なんていう奴よりは徹底していていいかも知れない。

が、彼青野大五郎《あおのだいごろう》にとって、今度の事ばかりは全くもって不可思議千万、どうしてこんな手紙を妻君から寄越《よこ》されたのか、テンデわけが分らなかったのだ。――彼が東京へ出てきたのはつい四五日前のことではあり、大阪をたつ時には、いいというのにわざわざ駅まで送りにきた位のお蔦《つた》さんだのに……そして又、彼が東京へついてフラフラッと一日過してしまった翌《あく》る日には、ちゃんと手紙までよこして甘いことをたっぷり書き列《なら》べておきながら、その次にきた手紙のあの文句はどうだ。昔から離縁状《りえんじよう》というものは三下り半に決っているはずだのに、これまた、書きも書いたり細かい罫紙《けいし》に無慮《むりよ》十七八枚。生れて三十何《さんじゆうなん》年というもの、こんなに長い手紙を読んだのは初めてであり、学校の本だってこんなに長いのを一時に読まされたことなんかないのだから堪《たま》らない。その日宿を出がけにそれを受けとった彼は、銀座のカフェーで封を切ってみて、まずその分厚なのに辟易《へきえき》しながら、コーヒーを一杯すする間に漸《ようや》くのことで二枚目まで目を通しただけで、隣りのお客のヘンナ眼付で睨まれたのが恐ろしくなって、そこを飛び出しちまうと、急に何だか胸騒ぎがして半ば夢中で歩きながら、今読みかけたところを、今一度くり返し始めたのである。

　まずその書き出しがこうだ。

「私はあなたの妻です。妻たる以上は、あなたの身上に関して誰よりも詳《くわ》しく、誰よりも微細に知っていなければならぬと思います。ところで、私は今日、ある人にある所で逢ったのです。ええ、ある人です。男か女か。それは御想像に任せましょう。とに角、その人は私に対して、あなたに関する微細な点まで話してくれたのです。私は、初めどうしてもそれを信じませんでした。極力反対しました。けれどけれど私はとうとう打ち負かされてしまいました。あなたの今までのお言葉を信じていた私は、見事裏切られたのです。あなたはよくもまあ、今まで私をいつわり、裏切っていたものですね。今の私は、その人の言葉を信ずる外ないと思うと同時に、あなたの私に対して加えられた侮辱に対してとめどなき憤《いか》りに燃えざるを得ないのです」

とまあこんな風なのである。

そして、それから三枚か四枚の間には、裏切だとか、侮辱だとか、嘘つきだとか、およそ他人に対して使うすべての悪口《あっこう》という悪口を一斉射撃のように列べ尽くしてあるんだから堪らない。どうしてこんなに多くの悪口雑言を彼女が知っているのか、そんな言葉ばかりを集めた字引でもあるのかと疑ってみた程であったのである。――だから、評判ののんき者であるところの彼、青野大五郎が銀座のカフェーに居たたまれなくなって、赤い顔して飛び出してしまったのも無理はなかったのである。

◇

「一体全体何をこんなに憤慨しているのであろう？　裏切ったとか、何とかいう以上は、どうせ、この俺が茶屋遊《ちゃやあそ》びをする事でも、誰かがいつけたのだろう。それにしてもそんな余計な事をしゃべる奴があるとも思われない。幾ら何でも同じ会社に勤めている者に蔭口叩かれる程に、この俺は憎まれてはいないはずだし、誰しもお互にそんな事はいわないのが男同志の信条でもある……。してみると、これは会社以外の奴かナ？　とすると誰だろう。××かナ？　○○かしら？」

彼青野大五郎の頭は銀座通りを歩いているうちに、さんざんに悩まされ、傷めつけられていった。傍らをすれ違う人々の顔すら、今の彼の眼には入らない位であったから、況《いわ》んや彼が上京して唯一の楽しみである銀ブラの最も主要なる目的の一つの、いわゆるモダーンガールの美しさをたしなむ余裕なんか、とうの昔に消しとんでいたのである。だから、彼が不二家《ふじや》の前で、

「おい、青野じゃないか」といって、旧友の磯田《いそだ》に肩を叩かれた時なんか、随分妙な顔つきであったに違いないのである。

「何だ貴様は、相変らず不景気な顔をしているじゃないか、どうしたのだ」とひやかされた時には、さすがの彼も参ったが、やがて磯田に引っ張られてタイガーの二階へ陣どった時には、あたかも紅葉デーの折柄ではあり、文金島田《ぶんきんしまだ》のスバラしく美しい女給たちに、眼を奪われると共に、すっかりまた気もちがよくなって、持ち前の快活な大五郎に戻ったのであった。

「綺麗《きれい》だネ、驚ろいたネ、東京もすばらしく景気がよくなったのだネ。大阪にはもうずっと前からユニオンでこんな真似をしていてね、毎晩彼等、いや彼女等の帰る午前二時前後には多くの彼等とタクシーとが市をなしているんだよ、ここもきっとそんなんだろうね！」なんて冗談がいえるようになったから愉快ではある。

しかし、その時、その美しく飾られた女給の一人が、ビールを運んできた時に、ついでもらおうと思って、あわててポケットから出した左の手と一緒に、問題の手紙十七八枚が床の上にバラまかれてしまったから困った。「おい何だい、それは、アッ、ラヴレターだナ。貴様は相変らず女ばかりタラシていると見えるナ」と突っこんでくる磯田も随分口の悪い男ではある。

仕方がない、彼は一仔《いっし》一什《いちじゅう》を磯田に話した。「ねえ君、幾ら何でも僕の外における行動をわざわざ嚊《かかあ》左《ざ》衛門《えもん》にいいつけるなんて奴があると思うかね。僕はどうしても分らないんだよ、一体誰がそんな事をしやがったんだろう？」といえば、磯田はカラカラと笑って、「貴様もバカだナ。大方借金取りでも貴様の家へ行ったんだろうよ。ハッハハ……」と、テンデ相手にされなかった。

◇

彼は間もなく磯田に別れて、でも多少は軽い気持ちになって、夜店をひやかしながらあれから京橋《きょうばし》へ出て、とうとう呉服橋《ごふくばし》際の宿屋まで歩いて帰ったのである。

そこで彼はとに角返事を書こうと思った。黙っていてはどんな事になるかも知れない、とはいえ、何と返事を書いたものだろう。実際お蔦さんにしゃべったのが男だとすれば、それはおそらく磯田のいう通り、お茶屋か料理屋の借金取りでもあろう。が、もし男でなく女だとしたなら誰だろう？　まさか芸者や仲居《なかい》がそんなマネはするはずはなし、とすると、この頃彼の逃げているあの女が思い余《あま》って家へおしかけたのかナ……と考えてくると、どうやらそれらしくもある。仕兼《しか》ねまじい女だとも思える。こいつは愚図愚図《ぐずぐず》してはいられぬ。

そうだ。かりにも十六枚も十七枚も、恨みつらみを書こうというのはヨクヨクの事に違いない。きっとそうだ、あの女に違いない。こうと知ったら、東京なんかへ来るんじゃなかった。いやな思いをしてでもあの女の処へ行ってりゃ、わざわざ今時おしかけもしなかっただろう。失敗《しま》った、失敗った。

よし、思い切って俺は告白をしよう。どうせ見つかっちまったものなら、潔《いさぎ》よく白状しよう。それでいけなけりゃ別れるばかりだ。どうせ三下り半を十七枚半も書く女なんだから、いい加減のゴマ化し文句じゃ追っつくことじゃない——。

◇

その夜、彼青野大五郎は、一世一代の智恵を絞って、妻君のお蔦さんに詫証文《わびしょうもん》を書いたものである。そしてその中にはもちろん、第二号のある事を告白し、かつ、「今度帰ったらきっと話をつけて別れるから、まあそんなに怒らずにおいてくれ、俺はこんなにのんきな遊び人に見えても、実は決してそうじゃない。根が正直で、真面目な人間なのだから、今こうして告白するのだ」と、いとも神妙《しんみょう》に、連綿《れんめん》と書きつらねたばかりでなく、「今度帰る時にはすばらしい土産をもってゆく。昨日天賞堂《てんしょうどう》へダイヤの指輪をあつらえに行ったが、指の太さが分らないので困った。すぐ知らしてよこしておくれ。紐ではかってね……」とまで記したのである。

◇

が、しかし、彼青野大五郎の何と愚かであったことよ。

彼がその手紙を投函して、ひと寝入りして眼がさめてみると、又もやお蔦さんから手紙が来ていて、それには次のような文句が書いてあったのである。

「私のやきもちも随分うまくなったでしょう。昨日の手紙を読んで、あなたはどうお思いになりまして？　あれはみんな私のでたらめよ。あなたが東京で浮気をしなさらないように、実は浮気封じのつもりで書いたのよ。むろん、私はあなたを信じていますわ。外に女なんかこしらえるあなたじゃないということはよく判っていますけれど……」

けれど……。

（一九二七年一月号）

流転

山下利三郎

山下利三郎（やました・りさぶろう）

一八九二（明治二十五）年、四国に生まれ、京都で育つ。伯父の家を継いで山下姓となり、額縁商を営んだ。一九二二（大正十一）年、「新趣味」の懸賞に「誘拐者」で一等入選し、さらに「詩人の愛」「頭の悪い男」「小野さん」などの短編を「新趣味」や「新青年」に発表する。小学校教員の吉塚《よしづか》亮吉《りようきち》が探偵役として登場し、よく江戸川乱歩と同時に掲載されたが、新味を出すには至らなかった。「探偵趣味」や「猟奇」にも積極的に参加した。しかし、探偵作家として注目されることなく、二九（昭和四）年でいったん創作は途絶える。三三年、京都に「ぷろふいる」が創刊されると、山下平八郎《へいはちろう》と改名して再び創作に意欲を見せ、文筆に専念しようとしたらしいが、長編『横顔はたしか彼奴』といくつかの短編を発表しただけに止まった。

「探偵趣味の会」では京都方面の会員のまとめ役となっていた。編集当番にこそならなかったものの、「探偵趣味」には「正体」ほか数編の短編を発表、随筆もたびたび寄稿している。

「蕗子《ふきこ》が殺されたのは、その晩の僅かな時間のあいだでした……。

私が訣別《わかれ》の詞《ことば》を書いた手紙をもって戸外へ出ると、そこは彼女の家の裏まで田圃《たんぼ》つづきです。彼女の居間に灯のついていることが、幾度か窓の下へ近よってゆくことを逡巡《しりごみ》させましたが、ようやく思切って忍足に障子の際までゆくと、幸いその破れから内部を覗くことができました。

母に死別《しにわか》れて間のない、傷みやすい蕗子の心を波立たせたくない。能《でき》ることなら何も知らせずに、このまま土地を離れてしまいたい。この手紙だって、自分が旅立ってしまうまでは、見てくれない方が好いのだと思っていたのですが、都合の好いことには蕗子は他の部屋にでも行っていたのか、その部屋は空っぽだったのです。

分厚い手紙が、指先を放れて、窓障子の間からぱさりと音をたてて落ちました。

私は見咎《みとが》められないように窓の下を放れて、私の家へ帰りましたが、そのからんとした空家……もうこれでお別れかと思うと、梁《はり》にかけられた蜘蛛《くも》の巣までに愛着が感じられたのです。気を取直して荷物を携げて停車場までゆきましたが、予定の汽車が出るまでには、まだ二時間近くも余裕があります。

駅前の休憩所で時間を待合わせる間にも、駅を出入りする人影に気をとられていました。お笑い下さいますな、万一あの手紙を読んだ蕗子が、ここへ駈つけて来はしないかと、ふとそんなふうに考えられたからです。

(済みませんでした、旅へなど出ないで下さいな)。

彼女の唇からそうした詞《ことば》が聞けるものなら、その場で生命を投出したところで惜しくはなかったでしょう、私はとても静《じっ》と沈着《おちつ》いては居られませんでした。

休憩所をふらふらと出て、夢遊病者《むゆうびょうしゃ》のように町から村を過ぎ、私の住居だった家なんか見《み》顧《かえ》りもしないで、畑の畔つたいに彼女の部屋の方へ近寄っていったのです。

せめて余所《よそ》ながら蕗子の顔を一目見てから、慾を云えば何とか一言口を利いてから出立したくなりました。折角《せっかく》心持が緊張しているうちにやり遂げたかった計画も、こうした状態《ありさま》でずるずると一角から崩れはじめました。

どうしてそんな気になったのでしょう。不図顔をあげて、灯のさす窓を仰いだ私は、障子へすゥと流れるように映った男の影法師を見て、思わず眼を瞠《みは》ったのでした。

おう、蕗子の部屋には中谷《なかたに》が来ているのだ、そうだ、この土地へ来てからたった一人の友人で、まるで兄弟のように親しみ合っていたのが、蕗子というものを中心とするようになってから互いが妙に白け合ってしまい、とうとう蕗子から私と云うものをまったく駆除してしまったあの中谷、今日私を他郷《よそ》へ流転の旅に送出《おくりだ》そうとした中谷が来ているのだ。

私は少時《しばらく》そこに立縮《たちすく》んでいました。

ところが或事に気付いた私は愕然《ぎょっ》としました、外《ほか》でもありません。中谷なら髪を長く伸している筈ですのに、いま映った影法師はたしか毬栗頭《いがぐりあたま》だったではありませんか。

不思議さのあまり呆然そこに佇んでいると、不意に背後から私の利腕《ききうで》をぐッと掴んだものがあります、愕《おどろ》いて振顧《ふりかえ》ると見も知らない男が私の方を睨みつけながら、ぐいぐい腕を引張ります。不意ではあり何のことだか夢のような心持で、抵抗《てむか》いもせず蹤《つ》いてゆくと、その男は私を蕗子の家の表口から連れこみました。

すべてこの出来事が私にとって解けない謎だったのです。

台所には蕗子の妹で十三か四になる艶子《つやこ》が、近所の内儀《おかみ》さんたち二三人に囲まれて、畳に打伏したまま潸々《さめざめ》と泣いていました。

その次の間の仏壇にはつい先月窒扶斯《ちぶす》で亡くなった母親の位牌《いはい》が、灯明の灯にてらされながら、立ちのぼる淋しい香煙に絡《から》まれていました。その次が蕗子の居間です。

内部の情景を一目見せられた私は、想わずあっと愕《おどろ》きの叫びを立てましたが、俄《にわか》に体中が慄《ふる》え出し、奥歯のかちかち触れ合うのが止みません……何という惨《むご》たらしい出来ごとでしょう。

医者らしい男の外に制服の警官たちが、険しい眼付《めつき》で私を迎えたその脚下には、蕗子が白い胸も露わにあけはだけたまま倒れています。

蒼白い蠟《ろう》のような頬には髪が乱れかかり、その頸には燃えるような真紅の紐が捲きつけてありました。

そして呆れている私の顔を見て、冷《せせ》ら笑っている警官の手には何と、誰が封を切ったものか私から蕗子に宛てて投込《なげこん》だ手紙が握られていました。それきり私はすッと四辺《あたり》が暗くなって深い深い谿《たに》へ落ちてゆくように感じましたが、その後は誰が何を云ったのやら、判然《はっきり》とおぼえて居りません。

けれども現実は飽くまで現実です。

蕗子殺害の嫌疑をうけた私は厳しい取調べをうけました。私が急に家を畳んで旅に出ようとしたのが一番いけなかったので、旅立とうとした悲壮な心持なんかは説明したところで係官にはよく理解ができなかったのです。中谷も参考人として喚《よ》ばれましたが、親しかった以前に引かえて、彼は冷然と私に不利な証言をしました。

現場不在証明《アリバイ》……そんなことは出来ませんでした、何でも蕗子が殺された時間には、私はまだ空家になった私の家でただ一人、行李《こうり》に凭《もた》れかかって黙想に耽っていたのでしたから。

私は心から中谷の陋劣《ろうれつ》な心事を憎みました。どうかして復讐してやりたいという望みを押えることができません、そこで取調べのとき中谷の聞いている前でこう云ってやりました。

（蕗子と私とはかなり長い間特別な交際を続けていました。私がこの土地へ来て間なしに彼女と知り合い、精神的にも物質的にも私としては出来るだけの好意と愛とを寄せていました。死んだ彼女の母も或程度まではそれを黙っていてくれたのです。それが近頃になって蕗子は私に、ある男が云い寄ってくるので困るがどうしたら好かろうかと話しました。その男というのは私におおかた察しがついていました。

私はいろいろ考えてみました、蕗子と私とはかなり年齢も違っています。私としては相続しなければならない家もありますので、養子を迎えなければならない蕗子に、幸福な結婚生活をさせるについては種々障害があります。そこで蕗子によく云含めて私は快く一旦手を切りました。ところが折《せっ》角《かく》私の心づかいも無になって蕗子の口からその男の非難をよく聞かされたものです。口振りから察しても蕗子は決してその男を愛していないらしかったのです……）とね。妙な意地ずくからこんな出《で》鱈《たら》目《め》を申立て、愛する蕗子の死後を瀆《けが》して実に彼女に対して申しわけのないことですが、聞いている中谷は見る見る真蒼な顔をして、額に脂汗《あぶらあせ》をにじませ、今にも倒れそうな状態《ありさま》でした。

それを見て私は心の中に非常な満足を覚えましたものの、由《よし》ないことを云ってしまったと後悔しないわけにゆきませんでした。何故ならばそれがため余計に私の弁解が益《やく》立《だ》たなくなってしまいました。中谷も一旦は調べられましたが素《もと》より狡智《こうち》に長《た》けた彼は巧く云《いい》遁《のが》れたようです。

種々《いろいろ》審理の末、私はとうとう十二年の宣告を受けてしまいました。

蕗子の死んだことが私の生活にとって致命的な大打撃でした。唯一の憧れであった蕗子が死んでみれば放浪に出ることなんか意義のないことで、免訴になったところで何の生《い》き効《がい》があるでしょう。中谷へ皮肉な復讐から蕗子と特別な交りのあったことを、一般に信じさせてしまった上は、私自らもそれを慰めとして十二年の刑に服した方が、彼女への謝罪の道だと考えた末、控訴もしないで刑につきました。

十年の刑務所生活、その間に世の中は変りましたね。まだ残っている刑期を恩典にあって放免されたのがこの秋でした。

娑婆《しゃば》に出てみると蕗子の妹艶子は、誰に聞いてもその行衛《ゆくえ》が判りません。中谷の消息も捜りましたが知れないのです。

狭いようでも広い世間で、逢いたいと思う人々は仲々廻合《めぐりあ》わないものですね……。

いや、もうこんな話は止しましょう。こんな下らない身の上噺《ばなし》じゃ小説にもなりますまい、ほんとうに御退屈でしたろう……」

放浪者は淋しく笑って卓の上に残った茶碗を取上げたが、すぐ冷たそうに唇から放してしまった。自分自身の話に亢奮《こうふん》したらしく眼は輝いて頰に血の気が上り、先刻のような寒そうな悒《ゆう》鬱《うつ》なようすは、どこにも残っていなかった。

氷雨のためにびしょ濡れだった衣服も靴も、燃盛《もえさか》るストーブの活気でもうことごとく皆乾いていた。

「まるで垂水洋鵝《たるみようが》さんの小説のようですね」

小村《こむら》のこの詞《ことば》に放浪者はちょっと眼をぱちくりさせた。

「何でございます、それは」

「いや、この人はそういったようなことをよく小説に書く人ですが、それよりもっと興味のあるお噺でした。しかし十年近い年月をよく忍耐できましたね。一体誰がその蕗子という娘を殺したのでしょう」

「誰が殺したにしたところで、それはもう過去《すぎさ》ったことで、幾ら詮議《せんぎ》したとて彼女は生還《いきかえ》っては来ないではありませんか。蕗子が生存しない以上私がこの世に残って何をしようと同じことです。刑務所で暮すことも決して苦痛だとは考えませんでした」

「実に不可解な心持ですな。事実として考えることのできないような」

「いくら小説をお描きになる貴方でもまだお若いから、御想像がつかないかも知れませんが、中年者の恋はそれだけ棄身《すてみ》で真剣なのです……いや、図に乗って四十を越えた私が気のさすお話をして恐縮です。もう夜も更けたようですからこれでお暇いたします。初めてお目に懸った貴方に、とんだ御散財をかけて済みません、ではこのお名刺も戴いてまいります」

叮寧《ていねい》に頭を下げた放浪者は静かに上衣の釦《ボタン》をかけて立上った。

その抜け上った額や、痩せて弛みのできた頬が、いかにも人の好さそうなそして平和らしい相貌に見えて、小村は何となしにこの儘で別れてしまうのが寂しかった。

「今からどこへいらっしゃるのです、まさか東京へ帰るのじゃないでしょう」

「はい、実は梅田《うめだ》停車場の裏の方に、少々知辺《しるべ》がありますから、行って泊めて貰おうかと思っています」

「あのウ、悪く思わないで下さいよ、万一その家が起きてくれなかったら、宿屋へ泊る足しにでもして下さい」

小村は蟇口《がまぐち》から一枚の紙幣をつまみ出して相手に握らせた。放浪者はひどく辞退していたが、熱心な小村の辞《ことば》に動かされてしまった。

「御好意に甘えさせて貰います。御親切は永く忘れません、御縁があればまたお目に懸《かか》れるでしょう。どうぞ立派な小説をお描きになりますよう、陰からお祈りしています」

「不意にお呼止めしたのを慍《おこ》りもなさらないで、よく来て下さいました。ほんとうにいつか又お目にかかりたいものですね」

小村に送られて階段を降り、卓の間を縫って扉口まできたが、こんどは先刻のように怪訝《けげん》らしい眼で眺める人は誰も居なかった。

扉の内と外とで感銘的な挨拶が交された。

「いろいろ有がとうございました、では御機嫌よく……」

「貴方もお壮健で……お気をつけていらっしゃい」

戸外は相かわらず紺絣《こんがすり》を振るように、霙《みぞれ》が風にあふれて降って、疎《まば》らに道ゆく人も寒そうに傘の下に軀を固くしながら歩いている。放浪者は腕を組合せたまま肩をすくめて、電車にも乗ろうとしないで灯影の少い街に向って消えてゆく。可惜《あたら》かわした上衣の襟に袖に、降りそそぐ氷雨をまともに受けて。

「電車にも乗らないで……ひとに姿を見られるのが厭《いと》わしいのだろうか、前科者の怯目《ひがめ》を自分から遠慮してかかっているのか？」

いつまでもいつまでも硝子扉の蔭から、その姿が見えなくなるまで見送って、こう呟いた小村はそれからやっと二階へ引返し暖炉の傍へ寄ったまま、先刻からの状景をもう一度彼の頭脳の中にくりかえして見た。

私は先刻ここで川上《かわかみ》と頻《しき》りに主題循環論をやった、そのうち川上は帰ってしまったのだ……

それから私はこんな氷雨ふる夜を捕吏に逐《お》われて逃げ廻る破獄囚《はごくしゅう》のことを考えながら、あの窓から覗いて……あの煙草屋の前を力なげに歩んでいる放浪者に心を惹きつけられた……慍られはしないかと思いながら跡を逐《お》うて呼んでみたが、彼は素直に私の招きに従ってくれた……私はあのとき雑誌記者だと云わないで小説家と答えた。あんな小さな雑誌の名を問われたら却って困るのだった……それからあの放浪者はよく飲んだ。貪るように食った。よほど餓えていたのだ……それから語りだした彼自身の数奇な経歴。

小村はふとした好奇心を満足させるためにした行為が、飛んだ任侠的な結果に終ったことに異常な愉快さを感じて独りで微笑んだ。

その後およそ二た月ほどの日が流れた。

或××雑誌に久々ぶりで小村静雄《しずお》の創作「霙ふる夜」が掲載された、作の善悪や反響の如何《いかん》はさて措《お》いて、主題が嘗《かつ》てカッフェへ招いた放浪者の談話そのままであり、そして送られた稿料で膨らんだ蟇口を押えながら、小村が文豪然と気取りながら道頓堀《どうとんぼり》あたりの盛場を、漫歩していたことは疑いもない。

或日その漫歩から帰ってきたとき、彼の机の上に集まった郵便物の中から余り見たことのない手蹟の手紙を発見した。

封を切ってみると枯淡な達筆で墨の色も鮮かに書かれてあるのが、却って小村には読辛かったが漸《ようや》く辿り読むとこうであった。

関西へは久し振にての旅行、大阪在住の旧友方に逗留中、かの夜痛飲の果酔余の興にかられ友人の作業服を着用し、街上に迷出候処、あまりの寒気にさすがの酔もさめはて難渋《なんじゅう》の折柄、幸いにも貴下の御呼止にあずかり、御心尽しの御饗応《きょうおう》に蘇生の想いを致し候。

お別れの後、その事帰宿いたし友人夫婦より余りの酔興と叱言頂戴その翌日要件相済帰東仕候えど、取後《とりまぎ》れ御礼遅延の儀平に御寛容賜りたく、併せて気後れより素性相偽り申上候罪お詫申上候。

その砌《みぎ》り即興的にお話申上げし創作「蕗子事件について」本日××誌上に御力作御発表、敬服再読仕り候、御恩恵の金五円はテーマ譲渡料として正に頂戴可仕候。呵々。

尚お、粗品ながら別送の小包御笑納相成度く、向後益々御健康祈上候。敬具。

洋　鵜　生

小村は慌しく机の上を見廻した。何だか油紙で包装した小包がおいてあった、けれども彼はそれよりさきに、封筒を取上げて今更のように顔を赤くした、同時に眼の下を冷たいものが、たらたらと流れた。

「垂水洋鵜……ア、そうだったのか？」

かの放浪者こそ小村が常に尊敬している、文壇の大先輩だったのだ。

（一九二七年八月号）

自殺を買う話

橋本五郎

橋本五郎（はしもと・ごろう）

一九〇三（明治三十六）年、岡山県生まれ。本名・荒木猛《あらきたけし》。大阪自動車学校、電気学校を卒業。日本大学美学科中退。自動車運転手などに従事する。二六（大正十五）年、「新青年」に「レテーロ・エン・ラ・カーヴォ」を発表。同時に荒木十三郎《じゆうざぶろう》名義で「赤鱏のはらわた」を発表し、異色のデビューとなった。二八（昭和三）年から「新青年」の編集に携わり、そのかたわら、「海龍館事件」「お静様の事件」「地図にない街」「カフェ・チチアンの不思議な客」「鮫人の掟」など、ヴァラエティに富んだ短編を一年に一、二作発表している。三二年に博文館を退社。翌三三年、唯一の長編『疑問の三』を新潮社の新作探偵小説全集の一冊として書き下ろし刊行するが、その後は数編を発表したに止まった。荒木名義では、「ぷろふいる」に発表した時代小説「叮嚀左門」などがある。戦時中に病《やまい》を得て郷里で療養生活に入り、戦後は女銭外二《めぜにそとじ》と改名して、「二十一番街の客」「印度手品」「朱楓林の没落」を発表するが、一九四八年に死去。

後期の「探偵趣味」に、「塞翁苦笑」以下、多くの短編を発表し、荒木名義でも「狆」ほかを発表している。

1

——妻らしき妻を求む。十八歳以上二十七八歳までの、真面目にして且《かつ》愛嬌あり、常識を有し、一生夫に忠実にして、血統正しく上品なる婦人ならば、貧富を問わず、妻として迎え優遇す。

　当方三十一歳、身長五尺三寸、体重十三貫二百匁、強健にして元気旺盛、職業薬業、趣味読書旅行観劇其他、新時代の流行物。禁酒禁煙。将来の目的、都会生活を営み外国取引開始。保護者の許可を経て、最近の写真、履歴書、本人自筆の趣味希望等、親展書にて申込ありたし——。

　そんな広告に微笑しながら、新聞の案内広告を見ていた私は、その雑件と云う条《くだり》に至って、思わず新聞をとり直した。

——自殺買いたし、委細面談。但し善良なる青年のものに限る。××町野々村——。

　私が驚いたのは、その要件の奇抜よりも、該広告主の姓名に於てだ。××町と云えば、かの墓場と酒場の青年画家、私には親しい友人であるところの、野々村新二《ののむらしんじ》君より他にはない筈《はず》。

　とまれ尋常の沙汰ではないぞ、と私が瞬間感じたのは、彼《かの》野々村君の平素と云うのが、こうした青年達のそれとはかけ離れて、至って平々凡々《へいへいぼんぼん》たるものであったからだ。

私はとにかく行って見ることにした。勿論《もちろん》私が、常にもなくそう気軽に腰を上げることの出来たのは、一に友人を思う情の切なるものがあったからだが、そこにはまた、私として、新聞の広告欄にすがらねばならぬ程、それ程みじめな境遇に置かれていたからである。

寒い朝だった。古マントに風を除《よ》けながら、漸《ようや》く私が訪れた時には、もう彼は起きていて、心からこの失業者を歓迎して呉れた。

火鉢にはカンカン火がおこっていたし、鉄瓶の湯は沸々《ふつふつ》と沸《たぎ》っていたのだが、何とはなく、私はこの、僅か二三カ月見なかった友の様子から、一種違った、妙な弱々《よわよわ》しさと云ったものを感じた。痩せていると云うのでもなく、また失望した時のそれとも違う。どう云って慰めていいか、私には、その正体を見極めることが出来なかった。

「妙な広告をしたじゃあないか」

私は早速訊ねて見た。

「うむ」

とそこで野々村君は、急に憂鬱な表情になって、やがて静かに、該広告をするようになったいんねんを話し始めたのである。

聞けば聞く程痛ましい話だ。私は、友がかく有名になった以前の、その奇怪な哀れな物語に引き込まれて、暫《しばら》くは、私自身の現在をも忘れていた程だった。

でその話と云うのは、いったい芸術家と呼ばれる者の修業時代は、他から見るように呑気なものではなく、惨苦そのもののような、だから、時にはやり切れないで（勿論それには色々の意味があるが）あたら華かな青春を、猫いらずや噴火口に散らす者もあるのだが、その〇〇〇〇〇〇〇〇〇〇〇〇頃は、文字通りに喰うや喰わずの、カンヴァスも無ければチューブも持たない、至って風雅な生活をしていたのだが、どうかしたはずみに、その喰うや喰わずの生活も出来なくなって終《しまい》にまる一日、何も口にしないような日が続いた、そのある日のこと……。

2

風はないが、寒い日の暮方だった。

彼はさる荒れ寺の、半ば朽ち歪んだお堂の縁に腰を下して柱を背にうつつなく眠っていた彼自身を見出していた。

このお寺は都会のそれで、庭から直ぐに墓地が拡がり、墓地を低い破れ塀が廻らし、その彼方を夕暮の中に丘陵が連り、丘陵には電柱の頭が見え、そこにはすでに灯が点ぜられていた。丘陵を遠く、町の夜空が、ぼうっとうす明く照り淀んでいた。

彼の眼は涙を感じた。心は温い家庭を思った。乃至《ないし》は華かな酒場を偲《しの》んだ。あかあかと燃えているストオブや、ゆるやかに香りをたてた紅茶の皿や、暖気に重くなったカーテンの緑色や、談笑や、煙草や、そして一銭の財布も持たぬ彼は、真実よるどころない現在を哀れんだのであった。

〇〇〇〇〇〇〇〇〇〇〇〇〇〇〇〇〇〇〇〇〇〇〇〇〇〇〇の一本も呑むことが出来た。が今日は？

彼は四回目の空腹に襲われることを考えた。此度《こんど》は最後だと思った。

彼の脳裡は色んな想念に乱れた。秋の展覧会や、多くの紳士淑女や、かと思うと暗いしるこ屋の一隅や、鉄道の踏切やまた母の顔や見も知らぬ恋びとの姿や、ちぎれちぎれのそれ等の情景は、皆悲しい色彩をもって明滅した。

とふと、彼の視界を黒い物が動いた。石塔の間を音もなく行く、それは確《たしか》に人間の姿だ。しかも若い男だ。気が付かなかったが、それまで石塔のひとつに腰かけていたに違いない。影はそろそろと歩いて行く。

「飯を食わせろ」

そう云って飛び付き度《た》いような親しさを彼は感じた。不思議に友人か何かのように考えられた。彼の両足は何と云う意味もなく、相当の間隔を保ったまま、その青年と同じ歩調で同じ方向へ歩いて行った。

青年は墓場をぬけて、破れ塀に添うた小路を丘陵に向って歩いた。首を垂れて影のように歩いた。

幾時頃であったろうか、もうあたりはすっかり暗くなってともすれば視界が失われたりするのだった。彼が丘陵と見たのは鉄道の土手であった。〇〇〇〇〇〇〇〇〇〇〇〇〇ものを左下に見た時、彼は、何故か来てはならない処《ところ》へ来たような気がした。そして思わず足を止めた。

とその瞬間、何処にどう潜ったのか、彼は青年の姿を見失ってしまったのであった。

あてどない俄盲目にも似た彼は、突然底知れぬ暗闇の中にとり残されたのだ。独りだ、と感じると、今更のような寒さと共に、かつて知らなかった生々しい恐怖が、しかも奇怪な落着きをもって、彼の皮膚の上を這い廻った。ぞろぞろと撫でさすって過ぎた。

静かに線路に下り立った彼は、身を跼《かが》めてレールに耳を当てた。遠い黄泉《よみ》の国からかでもあるように、不思議な濁音が響いて来る。それは美しい韻律をもって、例えば夢のからくりのようにいとも快い刺激を鼓膜に与えた。彼は尻を立てた黒猫のような格好で、忘我の中に、そのまま凝乎《じっ》と蹲《うずくま》っていた。

音響がひどく烈しく、段々《だんだん》近く聞えて来た。と、

「危い！」

誰かが彼の肩を摑んで引き戻した。とほとんど同時だった、彼の袂《たもと》のすれすれを、ゴォーッと凄まじい唸りを残して真黒い列車が通り過ぎた。彼の眼には列車の窓の、華かな明りだけが残った。

「危なかったじゃあないか、いったいどうしたんだ？」

彼を救った人間は、こう云って闇の中で、彼の衣服の泥を払った。彼は別に有難いとも悲しいとも感じなかった。ただ涙が、さんさんと止めどなく溢《こぼ》れ出した。

「まあ煙草でも呑み給え」

それを無意識に彼は受取った。そしてこの青年が墓地からの同行者であったこと、善良な、

富裕な、しかも教育のある人間であることを、彼は涙の中から一度に感じた。

「済みません、僕は、僕は何も喰っていないのです」

彼は、初めて感謝の念をもって答えた。恥しさもなかった。

「何も喰っていない？　じゃあ君、僕の家へ行こうじゃあないか」

友達のような親しさではないか。彼は今日までの貧しさを全部話した。そして自殺する考えではなかったこと、しかし早晩、そうなるような気がする、と率直に付加えた。

「僕も実はねえ」

と、青年は語尾を濁らしたが、やがて何か考え直した様子で、

「何だったら、僕が君の自殺を買えばいいんだ、それが金のことなら――」

と、また後は消えてしまった。

彼はとにかく、青年の好意に甘えることにした。青年は路々、金に困っている若い人々の話を訊いた。そして深い黙考を続けながら歩いた。彼はつとめて虔《つつ》ましく、彼自身や、または同様の運命にあるであろう幾多の青年の、無名の画家の話をした。沈み切った真実を以って、人はパンのみに生くるものにあらず、と云うキリストの言葉が、それ等未成の偉人達には、一番かなしい事実であると云うことを。

だが彼としては、この不可思議な好意を受け入れる以前に何故この一面識もない青年紳士が、かくも異常な時間に、異常な場所に来合せ、しかも旧知以上の親切をもって、彼のこの、貧しさ寂しさを慰めて呉れるかを、考うべきではなかったろうか。

ふたりは、やがてその青年の住居へ来た。

3

青年の住居と云うのは、その鉄道線路を背景にした新開町の、樹木の多い高地にあって、新しい二階建の、隅から隅まで手の届いた、一見閑雅な建物であった。

ふたりが玄関の、スリガラスをはめた格子戸の前に立つと、「お帰りなさいませ」と、上品な婆やの顔が、それを内から開いて迎えた。

彼は二階の六畳に通され、そこで夕食のもてなしを受けた。その食卓がいかに善美に、その品々がどれ程美味に、この哀れなる者の涙を誘ったことであろう。だが彼は、思う三分の一も、それを咽喉に通すことが出来なかった。だが腹は一杯であった。

「君、ゆっくりやって呉れ給えよ」

そう促して、共に箸を手にしたのであったが、青年は至って物倦《ものう》げな様子で、その貴族的な顔に疲れの色を浮べ、ほとんど食わないと云っていい位少食だった。そこには希望のない人間の、あのなげやりな様が窺われた。彼は青年の様子から、普通人には見ることの出来ぬ、何か巾の広い、弱々しい親しさ、とでも云った風なものを感じた。

部屋には、一間《けん》の書架が二対飾られ、それには内外の書籍が、美しく肩を並べていた。また洋材の三角な高机や、床の違い棚には、諸種の美術品や参考品が、調和よく置かれていた。

人間の心境もあるところまで進むと、その全体が、こうも静かになるものであろうかと、彼は、その青年の優しい様子を、一種尊敬の念をもって眺めたのであった。

食事が済むと、彼は促されて入浴した。人一人を容れるに足る程の湯舟であったが、そこでも亦《また》、彼は、僅かに二人切りの生活に、このセチ辛い都会の中で、殊更に自家用の風呂を所有することの出来る、富裕な青年を羨まずにはいられなかった。

湯を出ると、部屋は奇麗に取り片付けられ、青磁の火鉢に銀瓶が沸《たぎ》っていた。茶菓が出されていた。

「泊って行ったらいいでしょう？」

青年は微笑みながら云った。

「いいえ、それでは――」とまでは彼も辞退したが、考えて見れば、帰る、と云い得る自分の家はなかった。彼は自己の分裂を悲しみながらも、青年の好意に頼る他はなかった。

「ね、そうして呉れ給え。その方が僕としても都合がいいんだ、是非、頼み度《た》いこともあるし――」

そして青年は一寸眼を瞑《つぶ》った。彼は、頼むと云われた言葉に不安を感じた。そしてこれまでの、食事や入浴やが、ひどく不気味に悔いられて来た。俺を何に使う考えだろうか？　利用せられるのではないだろうか？

「実はね」

青年は多少声を落して、

「これは君の自殺を買うための頼みなんだが」と話し始めた。それに依ると、明晩ある所まで使いに云って貰い度い、そして金を受取ったならば、その金は君自身好きなように使い果して呉れればいい。自分の頼みは、その家まで行って貰うことにあるので、それ以外は皆君の自由だ。勿論《もちろん》金を受取ったからって、再び此処《ここ》へ帰らなくともいい、いや帰らない方がいい、と云うのである。

彼は、そのあまりに不合理な依頼に、一時は躊躇《ちゅうちょ》もしたが要するに恩人の頼みだ。受取った金は、再び此処へ持ち帰ればいい。そうすれば自分の責任も済む。と独り考え定めて、その依頼に、快く応ずることにしたのであった。

「で、何と云って行くんですか?」

「うむ、一寸待って呉れ給え」

青年は、眼を瞑って、暫くその言葉を考える様子をした。その秀でた顔面には、その間、いろいろな感情が浮いては消えた。だが青年が眼を開いた時には、それ等の痛ましい閃きは、皆ひとつの、ある強さに変っていた。

「少し厄介だけれどね、僕がこれから云う言葉を云って貰いたいんだ、何、それ程こみ入った挨拶でもない、いいですかね」

訓導が児童に接するような態度で、青年はその言葉と云うのを唱え始めた。実際、それは唱えると云うのが当っていた。彼は青年のそれにつれて、真面目に、所謂《いわゆる》挨拶の言葉なるものを暗誦して行った。

「最初はね、誰でもいいから家の人に会って、いいですか、恩田《おんだ》さんに会わして下さい、急用なんです、伴田《はんだ》からです」

「恩田さんに会わして下さい、急用なんです、伴田からです」

「その通り、次に、恩田と云う老人に会ったらね、いいですか、敏子《としこ》さんに会わして下さい」

「敏子さんに会わせて下さい」

「そう、もっと怒りっぽく云ってもいい。だが敏子には会えない。そこで老人が、何かきっと体采《ていさい》のいいことを云うからね、その時は君の必要なだけ、百円でも二百円でも呉れと云えばいいんだ、うむ直ぐに呉れるからね、それを貰って、その金で、君は君の生活を立て直し給え、ああそれだけ」

そう云ってしまうと、青年はさも最後の努力で使命を果した、と云った様子で、疲れて沈黙《だま》ってしまった。

「恩田さんに会わせて下さい、急用なんです、伴田からです――」

彼は口の中で、も一度それ等の言葉を繰返して見た。何のことだか解らなかった。だが彼は、青年を疑う気にはなれなかった。考えれば考える程起る不審を、青年に諮《ただ》す勇気も持合せなかった。彼の正しい感じに依《よ》れば、この恩人はあまりに疲れていた。若《も》しくは虐げられていたようであった。同情を受ける現在にありながら、彼はなお、この富裕な青年に同情を寄せる事が出来たのであった。

彼は請《こ》われるまま、すべての問題を信の一字に託して、その夜は絹夜具の中に平和な夢を結んだのだった。

4

翌晩――午後の九時過ぎであった。

それまでに入浴、散髪などを強いられ済した彼《かの》野々村君は無理義理やりに、青年の美しい衣服を着せられ、教養ある富裕な青年として、その風采に必要なもの、例えば、正確な型のソフトや、銀の懐中時計や、嫌味のない棒ステッキ、毛皮のトンビに白の繻子《しゅす》足袋、ま新しい正の日和《ひより》下駄《げた》、と云った一分の隙もない装《こしら》えを与えられ、愈々《いよいよ》目的の家に向って、その不思議な使命を果すために、恩人の住居を出発した。

閑寂から雑沓への、郊外の電車は込まなかった。彼は若い女達の、明かに衣服の美を羨望する、そのひそやかな視線を全身に感じた。だが、そうした女性特有の敏感さも、それ等異性の体臭と共に、今日は彼にも快かった。

同時に彼は、昨日以来の突然な幸福を、絹物の肌触りの中で、まるでひと事のように考えていた。恩人の使いが何を意味しているのか、何故にかく、一介の自分が不当の財を受け得たのか、それを考え進めることさえも出来なかった。彼はただ、幸福な夢の中に揺られていた。

電車を乗り換え、乗り捨てると、彼は示された町を訊ねた。そこは山の手の、屋敷の多い通りであった。

何かあるんだな、と彼が思ったのは、暗い町柄にもかかわらず、かなりの人数が右往左往していることだった。しかもひとところ、煌々《こうこう》と無数に臨時燈をかかげ、その真昼のような明るさの中に、青磁色無地、剣かたばみを大きく染め残した式幕で門前を廻らし、その左右に高張りを立てて、静まりかえった大家《たいか》を見た。門前に一台の自動車が置かれていた。

右往左往の人々は、多くはこの家から出たり入ったりした。

宴会かな、とふと高張りの字に眼を止めた彼は、思わずおやッと足を止めた。自分の目的地がそこではないか。

念の為《た》め、行人をとらえてその使《つかい》すべき家がそれであることを確めると、彼は勇敢にも、その式幕を潜って表玄関に達した。

玄関にはテーブルを置き、其処には家令らしい老人が、紙硯を前に羽織袴で控えていた。彼は一度口の中で復習してから、教えられた通りを静かに述べた。

「恩田さんに会わして下さい。急用なんです、伴田からです」

彼は胸がドキドキした。がそれでよかった。

「恩田さんとな、暫時《しばらく》お待ちなさい」

機械のように老人が奥へ行くと、かなり間を置いてから、幼い女中が案内に出た。

「どうぞ、こちらへ」

で、彼が通されたのは奥まった洋室だった。応接室とは見えなかったが、簡素な、茶を呑むに格好な造りだった。

待つ間もなく、細面の上品な老人が這入って来た。やはり羽織袴で、酒の加減であろう、上機嫌に見えた。

「わしが恩田じゃが、あんたが伴田さんかな、うむよく来られた、苦しいところをよく来られた、わしはとうから察して居りますじゃ」

老人の面には、チラと同情の影が通り過ぎた。彼は眼を瞑って云った。

「敏子さんに会わして下さい」

「うむ無理もない、じゃがのう伴田さん、世の中の事はむつかしいもんじゃ、意の如くならんもんじゃ、わしは会わせたいが世間がそうはさせぬ。喃《のお》、此処は此の老人に免じて、一先ず引上げて下さらんか？　それも素手とは云わん、無理ではあるが金で辛棒して貰い度いんじゃどうかな？」

彼にはこの応対が、事実であるとは思えなかった。自身其処にありながら、何かの芝居を見ているような気がした。老人が、金を呉れることだけは解った。

「二百円下さい」

彼は思い切って云った。顔全体に血の上るのが感じられた。

「いや、よう聞き分けて下された、お礼を申しますじゃ。これで先ずわしの面目も立つと云うもの、では暫く――」

云い流して室を出たが、老人は直ぐに引返して来た。手には瑞曳《みずひき》をかけた部厚な紙包が持たれていた。

「些少《きしよう》ながら、これに金三百円ありまするじゃ。百円はわしの寸志《すんし》、のお伴田さん、男子は何よりも気骨が大切じゃ。小さな事に有為な生涯を誤らないで、折角勉強して下さい」

彼は一度頭を下げると、おずおずと、冷え切った手先にそれを受け取り、以前の女中に案内されて玄関に出た。そしてすすめられる自動車を断り、駈けるような気持で町を電車通りへぬけた。

彼にはおぼろながら、その金子《きんす》の意味が解ったような気がした。何か慌ただしい気持が腹の中で燃えた。あの婆やと二人切りの住居で、使いの安否を気づかいつつあろう青年伴田氏の、寂しい姿が想像された。いかにすべてを与えると約束されたにしろ、彼にはそのまま、何処かへ行ってしまう気にはなれなかった。それが最初からの考えでもあった。

彼は漸《ようや》く、ガランとした郊外電車に身を委すことが出来た。

5

「ところがねえ、僕が伴田氏の家に帰って見ると、君——」

野々村君は、もう声に涙を含め、そこで言葉を途切らしたのだった。

「帰って見ると？」

つり込まれて、私は思わずこう訊き返した。

「——死んでいたんだ、恩人は死んでいたんだ、剃刀で咽喉を切って——。僕は、僕は身も世もなかった、死体に取りすがって埋もれる程泣きたかった——」

　ふたりの間には、ながい間言葉がなかった。うそ寒いものが部屋に流れた。

「僕への遺書があってね、僕はそれで現在まで勉強することが出来た。今日こうして生活出来るのも、皆伴田氏のお蔭なんだ。それを思うと非常に心苦しいのだが、僕にもまた、伴田氏同様の運命が訪れている——」

　流石《さすが》に私も、自殺を買って呉れとは云い得なかった。私は友の身を気づかいながら、永久にその売手の現れないことを祈りながら、若しくはその借用者の、善良な女性の中に現れることを祈りながら、この哀しい友の家を後にしたのであった。

　町々には、柔しい冬の陽が解けかけていた。

（一九二七年五月号）

隼《はやぶさ》お手伝い

久山秀子

久山秀子（ひさやま・ひでこ）

一九〇五（明治三十八）年、東京生まれ。本名は片山襄か。東京帝大国文学科卒。著者近影に和装の女性の写真を載せたこともあったが、海軍兵学校で教師を務めた男性である。二五（大正十四）年発表の「浮かれている『隼』」を最初に、「新青年」によく翻訳されていたマッカレーの「地下鉄サム」シリーズの趣向を踏襲し、女性掏摸《すり》を活躍させた。浅草六区を拠点とする隼《はやぶさ》お秀《ひで》の姿は当時の世相を活写している。なかには隼が名探偵ぶりを見せるものもあった。「新青年」と「探偵趣味」を中心に、二九（昭和四）年まで同シリーズを十編余り発表。同年十二月に改造社から日本探偵小説全集の一冊として『浜尾四郎久山秀子集』を刊行する。その後は三七年まで散発的に短編があるほか、三四年に久山千代子《ちよこ》名義で「当世やくざ渡世」を発表した。戦後は、五五年に「梅由兵衛捕物噺」と題した捕物帖が数編あるが、詳しい消息は不明。

「探偵趣味」にはお馴染みの「隼」シリーズを発表したが、なかでも「四遊亭幽朝」は珍しい怪談仕立ての掌編だった。そのほか、さまざまなアンケートに答え、江戸川乱歩らとともに座談会に参加するなど、覆面作家ながら積極的に「探偵趣味の会」に関わった。

一

「おいおい」

後から呼止められた。写真の変り目、ふくらんだ蟇口《がまぐち》を引抜いて、ふた足み足、ぽかりと小屋から吐出されて、ほっと一と息ついた所。見つかる筈はないと思ったが、さすがにぎょっとして振向いた。

「あら富田《とみた》のおじさんなの。驚いたわ」

「そうだろ。高山《たかやま》刑事でなくってしあわせだった」

「嘘よ嘘よ」

「まァいいさ。わたしも会えて安心した」

「何か御用なの？」

「ちょっとね」

「どうして帝国館にいることが分って？」

「ワルカ楼《ろう》のお君《きみ》さんに聞いたのさ」

おじさん（私立探偵・富田達観《たつかん》氏）は、あたしを促して、ゆっくりした歩調で歩き出した。

「ところで早速だが、色物席萬歳館《まんざいかん》に出ていた和千代《わちよ》ってタレ義太が、三日前に毒殺されたことを聞いたかね？」

「聞いたわ。だけど自殺だって噂よ」

「警察でもそう言っている」

「おじさんの見込みは違うの？」

「見込みなんかてんで無い。ただ分っているのは、わたしに探偵を依頼した、被害者の父親の言う所によると、被害者はその日家を出るまで、自殺しそうなそぶりは少しも無かったそうだ。それからも一つは、同じ席に出ていた被害者の師匠の和駒《わごま》と、前座《ぜんざ》の艶語楼《えんごろう》って落語家が、嫌《けん》疑者《ぎしゃ》として警察にあげられている」

「じゃ、警察でも、ほんとうは自殺だとは思っていないの？　やぱり豚刑事は嘘つきね」

「高山君のせいじゃないよ。……時に、萬歳館に知ってる人は無いかね？」

「有るわ。仙楽《せんらく》って爺《じい》さん、もう楽屋へ来てる時分よ」

「それは好都合。直ぐ行くことにしよう」

浅草一帯には、もう電燈が輝き始めていた。

二人は人波を分けて、萬歳館の前に立った。

「えーっ——しゃい」この声に誘われて、おじさんは客席へあたしは路次を抜けて楽屋口へ。おじさんのいいつけで、（今晩は）とはいって行った。高座では和駒さんのかわり、清元《きよもと》の延《えん》太子《たこ》さんが、累《かさね》の一《ひ》とふし。
〽仇なる人と知らずして、悋気《かくき》嫉妬《しっと》のくどきごと、われと我が身に……

二

萬歳館の楽屋。延太子さんは、(お驕《おご》んなさいよ)と仙楽さんに浴せかけて、さっさと帰って行った。延太子さんの次にあがった柳桜《りゅうおう》さんの、しとしととはこんで行く人情噺《にんじょうばなし》が思出したように時々漏れて来る。それが乗り移ったか、仙楽さんも、火の気の無い火鉢を隔《へだ》てて、ほそぼそと話し続ける。

「今から考えると、あの晩和駒さんが弾き語りをしなかったのも、おかしいってばおかしいがね。もっともこれは、まるでねえ事でもねえんだが。

ともかく和千代さんは、高座からおりると、続けさまに湯を飲んだよ。その湯呑で、確に和千代さんの前に、艶語楼が飲んでたんだ。で、その湯呑のふちに、——何てったっけ——その毒薬が付いてたのさ」

「和千代さんは、それからどうしたの?」

「じき、——そら、あの講釈で言う——しってんばっとうの苦しみを始めたんだがね。——それで病院へかつぎ込んだ時は、もういけなかった」

「いったい和千代さんは、和駒さんや艶語楼さんに、恨まれるようなことでも有るの?」

「こりゃ驚いた、二つ名のある姐《ねえ》さんのようにもねえ。隼お秀の沽券《こけん》にかかわりますぜ」

「いいわよ」

「ハハハハハ……。今お聞かせしますよ。じつァね、ひと月ばかりめえから、和駒さんと艶語楼とが、出来たって訳なんだ」

「まア。じゃ和千代さんと艶語楼との仲は、どうなったの？」

「だから面倒なんでさァね。いくら師匠だからって、和千代さんも男を寝取られちゃ、面白かねえからね。又、和駒さんや艶語楼さんにしたって、ねざめは悪いやね」

「それじゃ、邪魔だから和千代さんを――どうしたって訳なの？」

「おっと、そこまでは知らねえ」

「こないだ、和千代さんのなくなった晩に、ほかから楽屋へはいって来た者は、誰と誰だか知らなくって？」

「さア、待ちねえよ……」

　この時、片手に羽織をかかえ込んだ前座が、こっちを振向いた。

「師匠。柳桜さんがおりて来ますぜ」

「おいしょ」仙楽さんはよろりと立上る。「あちらでも御用とおっしゃる。ちょっと十五分ばかり与太《よた》って来やすからね。お寂しくとも、暫く御辛棒なさいまし」

　客席から拍手の音が起る。柳桜さんがおりて来た。

三

あたしが客席にはいって行くと、目ざとく見つけたおじさんは、自分の方から立って来た。

「どうだ、分ったかね？」何でもないような調子できく。

「ええ、だいたい分りましたわ」

「それじゃ直ぐ出よう」おじさんは先に立った。


二人は間もなく、とあるバーの隅のテーブルに、向い合っていた。おじさんは例の通り、バットの吸口をぐじゃぐじゃにかみながら、次の質問に移る。

「それで事件の有った日に、ほかから楽屋にはいって来たのは、誰と誰なのかね？」

「すしやと、三味線屋と……」

「三味線屋だって？」

「ええ。和駒さんが修繕にやっていたのが、出来て来たんですって」

「事件の有った晩は、それを使ったんだね」

「そうでしょう」

「その三味線は、警察に押収されたんだろうな？」

「いいえ。和千代さんに付添って和駒さんが病院に行くと、間も無く和駒さんの旦那から、楽屋へ電話が懸ったので、和千代さんのことを知らせたんですって。すると、三四十分もたった頃、旦那が自身でやって来て、和駒さんが置いてったほかの物と一緒に、三味線も一つに包んで、持って帰ったんだそうです」

「その旦那って人のうちは、どこだろう?」

「誰にきいても、知らないんです」

「三味線屋の方は、分っているかね?」

「四谷忍町《よつやしのぶちょう》。下座《げざ》の婆さんが知ってました」あたしの言葉が終るか終らない中に、

「姐さん、会計」おじさんはもう、ポケットから銀貨をつかみ出していた。

四

あたし達二人が、目的の忍町に着いた時には、時計は既《すで》に九時近くを指していた。あたしは、おじさんに言われた通りひとりで駿河《するが》屋の店にはいった。

番頭と、レシイバーを耳にあてた小僧とは、あいそ良く迎えた。

「こないだ萬歳館の楽屋へ、使いに来た若ィ衆さんはいないの?」あたしは、あてずっぽうにきいた。

「さァ、誰でござんしたでしょうか……?」

「幸どんですよ」小僧が口を挟んだ。

「何か御用でいらっしゃいましょうか？」番頭はあたしを見上げて、ちょっと言葉を切った。

「実は一昨日の朝から、宿の方へさがって居りますんで……。何ぶんにもこの店に参りましてから、やっと半月ばかりにしかなりませんので、いっこう、慣れませんものでございますから」

「いえ、大した事じゃないんですの」あたしは言葉を濁した。「どこなんでしょう、あの方のお宿は？」

「東大久保《ひがしおおくぼ》の二番、――ぬけ弁天《べんてん》の近くだとか申しておりました。何でしたら……」と小僧に向って、「お前、お供をして行っておいで」

「まァすみませんね。この辺は、いっこう不案内なもんですから……。では、いっしょに行って下さいませんか」

「へえ」小僧は残り惜しげに、レシイバーをはずしながら、「番頭さん、今、丸一の掛合噺《かけあいばなし》が始ったとこなんですよ」

「ぐずぐず言わないで行っておいで」

番頭はきめつけた。

五

「確にこの辺が、二番地なんだけど……ちょっと待って下さいまし」こう言って、小僧は路次の入口にあたし達を待たして、ひとりで暗い奥に消えて行った。

　あたしは何げなく、前の門燈を仰いだ。青葉に包まれた門燈には、火を慕う虫が無数にとまって、吉田《よしだ》と書かれている。

「あら、和駒さんの旦那の苗字と、同じですわ」あたしはおじさんを振りかえった。

「なに、旦那の苗字？——よし」おじさんの唇が、きゅっと引き締る。そしてバット臭い口が、あたしの耳に近づいて、暫くささやきが続いた。ところへ、

「不思議ですね。どうも見つからないんです」と言いながら小僧が帰って来た。

「どうも御苦労。暫くわたしとここに待っていてお呉れ」おじさんは、今度はあたしに向って、

「では今言った通りに、——いいかね？」

　あたしは、くぐりを開けてはいって行った。


　二三分後には、あたしは明るい玄関に立っていた。さっきはいって行った女中と入れ代りに、青白く痩せた、小柄な男が出て来た。濃い眉が神経質にじりじりとせまって、両のこめかみの上に、静脈が青くうねっている。

「あら、やっぱし和駒さんの旦那だったのね」

　この言葉の反応を、一分一厘も見のがすまいと、あたしは男の顔を、注視した。

　男の顔には、著しい驚きの色が現れた。眉がぴくりと動いて男は、空咳を一つした。

「僕には、あなたに見覚えが有りませんが」

「あたし和佐子《わさこ》ですわ、――和駒さんの弟子の。……この度はお師匠さんには、どうも飛んだ御災難でいらっしゃいまして……」あたしは丁寧に頭を下げた。

「いえ……その……」男はどぎまぎしている。あたしは無頓着に、

「お師匠さんが、あんな風な訳にお成りになったので、あたし達弟子は、素昇《すしょう》さんについて、急に旅に出ることになりましたの。これから夜行で、甲府へ立つんですわ。あたし新宿《しんじゅく》から乗ろうと思いますのよ。それで、お師匠さんもそうおっしゃるんですけど、旦那がこないだお持ちになった三味線をあたしに貸して下さいな」

「今夜の夜行で立つんですね？　……よろしい。今持って来て上げましょう」男はすっかり落ちつきを取りかえした足どりで奥へはいった。と、玄関のガラス戸が、一寸ばかり開いた。男はふた度、三味線の包みを持って出て来た。がらり、――ガラス戸が開いた。

「やァ幸どん」駿河屋の小僧が、声をかけた。顔色を変えて男が立ちあがるのを、

「まあお静かに」と止めながら、はいって来た、おじさん、――私立探偵富田達観氏の低い声には、力が籠っていた。

「吉田さん、もういけません。楽屋へ電話のかけ方が、お誂《あつら》え通りに行きすぎました」

「僕には何の事だか分りませんが」

「誤解なすっちゃいけない。わたしは警察の者じゃありません。場合によっては、あなたの味方です。ここに証人が二人もいるんです。お隠しになってもいけません。和駒さんが三味線を修繕に出したのを知って駿河屋へお住込みになった。ね。そうして三日前の晩、途中で三味線

に毒を仕込み、変装して、楽屋へお持ち込みになった。――いや、お手際でしたが、まァ何だって、和千代を毒殺なんぞなさいました？　わたしは被害者の親から、探偵を依頼されたんですが、御事情によっては、お話し合いの出来るように、お骨折りも致しましょう。なァに、刑事巡査の四十人や五十人、たばになってかかっても、わたしが大手をひろげたら、匂も嗅がせや致しません」

吉田氏は、ごくりと唾《つば》を呑みこんだ。

「有難うございます。なくなった和千代さんには、何とも申しわけが有りません。とんだ物の間違いです。わたしが毒殺しようと思ったのは、和駒――わたしの世話を受けながら、わたしの顔に泥を塗った、あの女です。あの女は、いつも弾き語りをするのです。和千代が三味線を勤めようとは、思いませんでした。それにしても、御慧眼《ごけいがん》恐れ入りました。どうして三味線に毒を仕込んだことが、お分りになりました？」

「ハハハハハ。まったくの偶然。実は今夜、萬歳館へ行きました所、延太子とかいう女が、清元の累を語っておりましてね。――そこの三味線をちょっと拝借」おじさんは悠然と、上り口に腰を掛けた。その間にあたしは、風呂敷を解いて、手早く棹《さお》をついだ。受取ったおじさんは、調子を整えて、デデン――と撥《ばち》を入れた。その、撥持つ右腕をなめて、三味線の胴を押え、ふたたび嘗《な》めて、にっこり笑った。

「あっ、ここにこんな穴が」なめた腕の押える所、胴に刻《えぐ》られた穴を見た小僧の声は、とんきようである。

小僧に次の声を発する間もあらせず、おじさんは、又もやデン——と、ひと撥。

〽仁者《じんしゃ》のことばにハァはっと、雪にかしらは下げながら、底の善悪とじかくす、氷をふんで、さびた声が、場末の夜更けに澄み渡った。歳はとっても富田達観、その昔、野暮の元締めのようなお役所に在りながら、音に聞えた通人《つうじん》である。

（一九二六年七月号）

ローマンス

本田緒生

本田緒生（ほんだ・おせい）

一九〇〇（明治三十三）年、名古屋市生まれ。本名・松原鉄次郎《まつばらてつじろう》。肥料問屋の養子となるが、戦争による統制で廃業となり、食料営団に勤務。二二（大正十一）年十一月、「新趣味」の探偵小説募集に「呪われた真珠」で佳作入選。その際、筆名を生家の名字をもじって木多緒生としたが、本多緒生と誤植され、それを改めて以後の筆名とした。また、翌月の同募集にはあわぢ生《せい》名義の「美の誘惑」で二等入選しているが、この名義ではほかに「蒔くかれし種」しかない。本田名義では、「財布」や「街角の文字」など山本青年を主人公とするナンセンス物を発表、三四（昭和九）年までに二十編余りの短編がある。江戸川《えどがわ》乱歩《らんぽ》は大下宇陀児《おおしたうだる》や松本泰《まつもとたい》とともに情操派に分類し、奇妙な電柱広告に端を発する「蒔かれし種」を代表作としていた。創作だけでなく、二八年創刊の「猟奇」の発行を支援したり、「ぷろふいる」の愛読者の集まりに参加したりと、探偵小説ファンとして名古屋で積極的な活動をした。七八年、久々の短編「謎の殺人」を「幻影城」に発表する。一九八三年死去。

創刊号から二七年末まで、「探偵趣味」には毎号のように原稿を寄せ、第八輯では編集当番を務めた。「或る対話」以下、小説も六作ほど発表している。

ローマンス等と云うものは誰でもが大抵一つ宛《ずつ》位は持っている程のものである。しかしそれが他人のローマンスであるとなると、それを聞こうと云う事は、かなり興味のあるものじゃないかとそう思う。だからこの一篇も、どうやら存在価値を一つ位は持っていようと云うものだ。では山本《やまもと》君に関する事から書くとしよう。

山本君の件

昼飯をうどん二つで簡単にすませた山本君は何の気なしに自分の机へ戻って来た。

それは山本君の、肩の辺りが漸《ようや》く変色し始めようと云う紺サージの合服が、どうやら役に立とうと云う秋の初めの事である。場所は山本君がまだN銀行へ変らない前の×会社の事務室の中。

机の前に戻って来た山本君はその時ふっとその机の上に小さな紙切れが一つ、黙って乗っかっているのを発見した。何の気なしにそれを手に取って見るとそれはノート・ブックの一頁を無理に引きちぎった物らしく、それに四角な、そして無意味な……いや、無意味であろう様に見えている処の幾つもの文字が打たれてあるのを見出した。……そう！　書かれているわけでは決してないので、それは日本字のタイプライターによって、文字通り正四角形にその一つ一つが押しつめられて打たれてあったのである。

はっと思うと山本君は、思わずどきんと一つ、劇《はげ》しいショックを、はっきりとその胸に感じた。そして同時に山本君は何とはなしに顔を赤くしてしまったものである。

しかしどうして、又何故に、それを見た瞬間、劇しいショックを感じ又赤い顔する必要が、彼山本君にはあったであろうか？

山本君はそれを見ると一緒に、

「おや？」

と思った。思うと同時に

「暗号では無いか？」

とすぐに考えた……と、独りでに劇しいショック、そして何となく顔が赤くなってしまったわけである。

探偵小説が飯より好きで、総《あら》ゆる探偵小説を読んだであろう処の山本君、で、それが全《まった》く今は中毒と名付け得られ相に迄なっている山本君。数字を見ればすぐにもアルハベットを代表しているのではないかと考え、無意味な文字の配列を発見したが最後、山本君はそれから何等かの意味を探し出さなければ承知をしない。だからこの×会社では、山本君はシャロック・ホルムスのニック・ネームを頂戴している、事程《ことほど》左様に山本君と探偵趣味とは切っても切れない悪縁につながれているわけなのである。

さて山本君は例の紙切れを取り上げると、すぐに一目見てそれを暗号だと見て取った。だから思わず身内がぎゅっと引きしまると同時に何とも知れず身体中の血が一時に騒ぎ始めたわけなのである。

だが読者諸君よ。山本君が又しても無から有を探し出すべくノンセンスな努力をしているのだとして嘲笑しようと云うのは今の所先ず控えていただきたい。と云うのは山本君のローマンスは疑う余地もなく、まさしくこの一片の紙切れより出発している事に決して違いは無いからである。

紙切れには次の様な数個の文字が現われていた。

公　三　救　壇　の　心
第　園　花　か　を　た　か
十月四日　六時
救いを求むる

で、いよいよ山本君はこの暗号を解くべく漸く夢中になって行った事であった。何度も何度もこの紙面の文字を色々に書き並べては山本君は一人で首をひねって見た事であった。

だが、山本君はいかにしてそれを解き得たであろう？　その事については今ここでくどくど説明する事は故意《わざ》と省いて置く事にする。

とまれ山本君はとうとうその文字をもって次の通りに組み立て直したものである。

> 公園　第三、心の花壇　救
> 十月四日　救いを求むる
> 六時　かたをか

要するに十月四日の午後六時、公園の或る地点において何等かの恐るべき事件が生ずる筈である……と、こう云う風に山本君は考えたものである……いや考えたばかりではなく、遂にはそれは最早《もはや》動かすべからざる事実に違いないと迄山本君は信じ切ったものである。

そして十月四日。それは間違いもなく今日である。今日の午後六時、それはもう後数時間にしてやって来ようと云う。山本君は次第に気が気でなくなって来たものである。勿論《もちろん》山本君はその日その時間、その公園迄出かけて行こうとしている事云う迄もなく、しかるが故に山本君は立って見つ坐って見つ、歩いて見つ、秋の日短《ひみじか》を又格別に、かこって見たと云う次第なのである。

一足飛びにその六時がやって来たものと仮定しよう。いや六時ではない。もう五時を聞くと間もなく第一番に仕事を片づけると、いつもは誰も彼もと帰宅を誘って歩く様な山本君にも関わらず、黙って一人限り……むしろ一人でも同伴者の生ずる事を恐れてでもいるかの様に、あたふたと会社の門をすべり出て行った。

公園に着いたのがやっと五時半、規定の六時にはまだざっと三十分は充分にある。山本君は、で、公園の中を一廻りぐるりと歩きまわって見た。心の花壇。それは山本君にはすぐに分った。噴水塔のすぐ前に、ハート形に植え込んだ花壇が十ばかり、松の茂みをぐるりと取り囲んで並んでいる。その三つ目のハート形の花壇……そこには真赤なダリアの花が丁度盛りに咲き乱れていた。

山本君はそこで時計を取り出して見た。針は丁度五時三十五分を指している。辺りは段々に淋しくなって行った……。

山本君はそこで時計を取り出して見た。針は丁度五時四十分を指している。広い公園には人影も今はまばらになって行った……。

山本君はそこで時計を取り出して見た。針は丁度五時四十五分を指している。午後から吹き出した時候外れの、びっくりする程冷い風が、容赦もなく広い広い場には吹き通って行った。……

山本君はそこで時計を取り出して見た。針は丁度五時五十分を指している。何だか少し薄靄《うすもや》が這い寄って来たらしかった。……

山本君はそこで時計を取り出して見た。針は……針は五十五分を指している。後五分！　さあいよいよだ。そう思うと山本君は思わず大きく一呼吸した。とたんにふっと、山本君はその時自分の前を横切る一人の男に気がついたのだった。

男はこれでたしかに三度自分の前を通る。一見してそれは甚《はなは》だ善良ではなさ相な男であるのがすぐに分った。

「不良青年……」

山本君は呟いて見た。呟くと同時に山本君は更に身内をかたくしないわけにはゆかなかった。

山本君は六度目、時計を引き出して見た。と、それはたしかに正六時！　六時！

と、その瞬間！

山本君は思わず飛び上った！　山本君の胸の動悸は一時にはっと止ってしまった。

事件！……事実、事件だ！……事件は起きたのである！

若い女性の救いを求むる悲鳴が、山本君の立っているすぐその背後から、その時突如として湧き起って来たのである。

山本君の身体は次の瞬間まりの様に声を目がけて飛んで行った。と、そこには一人の女が一人の男に捕えられて、今や正に落花狼藉《らっかろうぜき》たらんとする。山本君は今は夢中で二人の中に飛び込んで行った。不意の人影に驚いてその男はその儘《まま》女をそれなりにして大急ぎで身をかくしてしまった。そしてやがてその救った女に山本君が気がついた時、山本君は思わず「ああ」と叫ばないではいられなかった。その女こそは誰あろう。山本君と同じ会社の女事務員、片岡春子《かたおかはるこ》嬢《じょう》に外ならなかったのである。しかもエンゼルの矢の何と不思議なる力よ！　二人の魂はこれを機会に遂に完全に結びついてしまったものである。そして……そして現在、山本君の唯一の愛する細君こそはこの春子夫人に外ならないわけなのである。……

さて、次に山本君の友人、酒井《さかい》君の話しを書く事にしよう。

酒井君の件

同じ日の同じ場所での同じ時間の出来事である。

酒井君はその時昼飯をすますと、食堂から事務室へ一人でぶらぶら歩いて行った。と、階段を上った廊下の所に一枚の紙切れが放り捨てられてあるのを発見した。手に取って見るとノートの頁を引きちぎった物に日本字のタイプライターで無意味な幾つもの文字が打ってある。

酒井君は
「なあんの事だ」

と思うとすぐそれを再び廊下へ投げ捨てようかと思ったがふとそこで、この紙切れを利用して最も愉快な、そして又最も興味ある一つの遊びをして見ようと思いついたのである。

「ふふん……シャロック・ホルムス先生……」

酒井君はそして思わずこう薄笑いをしたものである。

そこで読者諸君よ。酒井君がその紙切れを如何《いか》なる風に、又如何なる方法によってその最も愉快なる、そして最も興味深き遊びをなしたものか？　大よそは見当もついたであろうと思われる。がとに角酒井君はそれを黙って、ひそかに山本君の机の上に乗っけて置いたと云う事は間違いもない事実であった。

ところが事実、山本君はそれを暗号として考え始めたものである。そしてどうやらそのかくされた意味なるものを遂に発見したものの様である。で、段々訊いて見ると、山本君は……その時、それをいかに得々として山本君は語った事か！ ……公園の三つ目のハート形の花壇において何等かの事件が起る筈である事をその暗号から知り得たと云う話。酒井君はすっかり驚かされてしまったものである。成程どんな無意味な物からでも、探せば意味の生ずるものである事を、そして同時にその無から有を探し出した……むしろ創造した山本君の根気強さに、酒井君はすっかり驚いてしまったわけであった。が、とに角事件がここ迄進んだ以上、今更それが自分の単なる悪戯《いたずら》であると告白する事も出来ないので黙ってそれなり山本君の行動を眺めているより外仕方もなかったのである。ところが驚いた事には翌日やって来た山本君の顔の表情は失望どころかこれは又意外に大きな喜悦《きえつ》の表情を持っている。

「事件が起きたかい？」

こう訊いて見ると、

「起きたどころか……」

そして山本君は後はウフフフと口の中でさも嬉し相に笑って見せる。

酒井君は目を見張った。ではあの紙切れは矢張事実暗号であったと云うのだろうか？

だが更に驚いた事には、山本君とそして女事務員、片岡春子嬢との間には、それから何となく不思議な様子が見え始めた事である。それがしかも、やがて二人の結婚が発表され、さらにそのそもそものローマンスが、あの一片の紙切れから始まっている事を聞かされた時、酒井君の驚きは、まあどんなに大きくかつ劇しかった事であったろう！

片岡春子嬢の件

矢張同じ日の同じ場所での同じ時間の出来事である。

昼を少し早くすませた片岡さんは、女仲間のタイプライター係りの方へ遊びに行った。タイプライターと云うものをまだ一度も打った事の無い片岡さんは、で、どうか一度だけはあの可愛らしいキイに指を触れて見たいとそう思った。ところが片岡さんは外国語には残念ながら余り御得意ではないのである。だから可愛らしいキイこそ無いが同じタイプライターである所の日本字の方を打って見ようと考えた。

で、片岡さんは自分のノートの頁を一枚引きちぎると、それにちょいちょい、出鱈目《でたらめ》の文字をたたいて見たものである。その日の日付やら時間やら、平仮名で自分の名前やら活動写真の題名「救いを求むる」等、無暗《むやみ》と打ち出したものである。

もちろんその紙切れをその後一体どこへやってしまったか？　そんな事考えもしなければ又覚えてもいなかったのは云う迄も無い事ではあったが……

さて、いよいよひけ時間になって例の通りに会社の連中引っくるめて、片岡さんと外に今一人の女事務員も加わって、秋晴れの快い大通りを、ぞろぞろと帰り始めた時である。何の気もなくふと耳に入った酒井君の言葉をきくと同時に片岡さんは思わずはっとなって耳をそば立てた。

酒井君は同僚の長瀬《ながせ》君にこんな事を云っていたのである。

「日本字のタイプライターでね、何だか知らぬが無暗に打ってあったんさ。それをそっと机の上に乗っけておいた……ところがね、君、例のシャロック・ホルムス先生……」

ここ迄云うと、もう自分が先に、堪えられなくなったと云う様に吹き出しながら、

「……とうとうそれを暗号と思い込んでしまったものさ。それを又奴さん、根気強くも、遂々《ついつい》それから或る意味を完全に作り上げてしまったと云うものさ。どうもはや……何とも……」

そして酒井君と長瀬君とは山本君のいかに探偵小説狂なるかを今更に思い合して声を一緒に、とてもおかし相に笑ったものである。

片岡さんはそれを聞くとすぐにその悪戯の材料が、自分が打ったあの楽書き……いや楽打ちの紙切れである事が分ったが、その山本君のいかにも真面目に暗号を解いているその様子を目の先に思い浮べると、思わず大きく笑ってしまった事であった。

なおも耳をすますと山本君は結局その暗号の指定通りに公園迄出かけて行ったと云う話し、片岡さんはそこまできくと何だか一寸山本君が可哀そうにも思われて来たのである。

と云うのはその山本君のいかにも善良な姿を思い浮べて見ると、そうしてうまく友人の悪戯に引っかかってしまった事が何だか少し気の毒にもなって来たからである。その上、元々この

悪戯の第一の根本が、意識はしないがとに角自分が拵《こし》らえたものに違いはない。終《しま》いには片岡さんは山本君に対して何だか自分自身が悪い事でもしたかの様に思われて来たのであった。

で、とうとう片岡さんは或る事を決心すると皆には黙ってそっと一行から別れてしまった。そして大急ぎで電車に乗ると山本君の行っている公園迄、いきせき切って駆けつけたものである。

片岡さんは要するにその暗号が酒井君の単なる悪戯である事を山本君に知らせてやろうとそう思ったのである。

ところがどうしたものか山本君はそこには居なかった。たしかにハート形の花壇の三つ目の場所に違いはないと思っても、山本君の姿はそこには見えない。時計を出して見ると五時四十分、では事によったら山本君は未だここにはやって来ていないのかも分らない。とに角六時迄待って見よう……そう思ったので片岡さんはそこにしばらく立っていた。

だが山本君は仲々やっては来なかった。片岡さんは気が気ではなくなって来た。それに片岡さんは、さっきから、何となくこう変な恰好《かっこう》の男がじろじろ自分の顔を眺めては通って行くのに気がついていた。それもかれこれ三度ばかり。で、どうにも今は堪えられなく、きっかり六時になったのを機会にいよいよ帰ろうとしたそのとたん、とうとう例の不良青年の手に捕えられてしまったのである。

だが幸いそれもどこからか飛び出してきた山本君が完全に救ってくれたのである。片岡さんは例の紙切れの始末を語るより先に、この勇敢なる山本君の救助に対し、どれ程大きな感謝の意を表した事か！

そしてそれが結局やがてはこの所謂《いわゆる》ローマンスとなって表われて出たわけではあったのである。

ところで諸君。ではどうして同じ公園に来た二人の男女がきっかり六時を打つ迄出会《でくわ》さないでしまったのだろうか？

理由は簡単である。山本君はハート形の花壇の三つ目をその左から数えた、のに反して片岡さんは、これは明らかに右から数えていたのであった。だから二人は松の茂みを囲んだ背中合せにそうしてお互に心づかずに立っていたのだと云うわけなのである。

そしてもう一つ肝腎な話しは、山本君は今でもこのローマンスの本当の事は知っていないのである。自分のローマンスがいかに探偵小説的に終始したか？　それを唯一の誇りとし又それに限りなく満足していると云う。

がローマンス等と云うものはその大抵が底を割って見ればこんな物であろうかも知れないと筆者は思っているんだけれども。

（一九二七年三月号）

無用の犯罪

小流智尼（一条栄子）

小流智尼（おるちに）

一九〇三（明治三十六）年、京都生まれ。本名・北本栄子《きたもとえいこ》。京都高等女学校卒業。「探偵趣味の会」に参加して創作をはじめ、一九二五（大正十四）年、「映画と探偵」に「丘の家」を発表する。筆名は『紅はこべ』や、「隅の老人」シリーズで知られるバロネス・オルツィをもじったもの。翌二六年には「探偵趣味」に、「無用の犯罪」「手袋」を発表した。同年八月、掏摸《すり》を主人公にした「そばかす三次」で「サンデー毎日」の大衆文芸募集乙種に入選する。翌年一月には筆名を一条《いちじよう》栄子に改め、そばかす三次がやはり活躍する「戻れ、弁三」を「サンデー毎日」に発表している。「探偵趣味の会」のほか「猟奇」にも参加して創作活動を続けたが、三一（昭和六）年に丹羽《にわ》賢《けん》と結婚してからは小説を書くことはなかった。合わせて十編ほどしか創作はないが、当時としては珍しい女流作家として注目される。

「探偵趣味の会」の会合には積極的に参加し、小流智尼名義では「南京街」など三編、一条栄子名義では「平野川殺人事件」など二編と、多彩な短編を「探偵趣味」に発表している。

一

郵便屋の猿爺《さるじい》さんは、意地の悪い野茨《のいばら》や執念深く手足を奪おうとする蔓草《つるくさ》を掻分け押除け、遮二無二《しゃにむに》息をもつかずに、氏神様の裏山を、奥へ奥へと進んで行った。

彼の身体は小供のように小さくて雑木の枝を潜り抜けるのに都合がよかったが大きな赤行嚢《あかこうのう》を担《かつ》いでいるのと、上り坂であるのと、それに郵便局を出る時小使室の一隅でグッとやって置いた気付薬《きつけぐすり》が、漸《しばら》く、五体を駈廻り始めて、それでなくとも心許ない老の足取りがいよいよ乱れている。がしかし間もなく見覚えのある個所に着く事は出来た。そこは少し平坦で立木も疎《まば》らであった。爺さんは背の行嚢をズッシリ下して、ホッと一息吐くと思わずへたへたと行嚢の上へ腰を下してしまった。そして真白の息を身体ごと吐きながら、

「もう大丈夫！　もう大丈夫！」と心の中で繰返した。懐中から小型の磁石を取出して眉を引寄せて見ると、磁石の細い鋭い針が、遥に遠く聳《そび》える御神木の梢からスッと延びて来て丁度《ちょうど》彼のその骨張った胸を突刺すごとく見えた。ぶるるっと一つ身震えして彼は立上った「きっかり北と、よしよし間違いはねえぞ」

此の寒空に、フツフツ湧いて出た汗がこの時一度に冷えてタラリと膚を伝う。彼は右手寄り

に雑草の中へ三四歩足を踏み入れた。すると突然目の前に物凄い深い茂みが展開された。狭い深い谷の突端に三抱え程もある苔蒸《こけむ》した巨木が三本嚙合うように鼎立《ていりつ》している。恐らく地に隠れると直ちに合体しているのであろう。其対合《そのむかいあ》った個所は何れも朽落《くちお》ちてそこに一つの真暗な巨大な洞を作っていた。広さは木の周囲をみて畳六枚より広いとは思えないが、深さときたらてんで見当もつかない。側に佇《たたず》むと湿気を帯びた一種異様な、人間界ではかぐことの出来ない臭気が鼻を打つ。その洞を囲んで少しの間丈の低い雑木雑草がぎっしり一杯突いても引いても動かばこそと密生している。蛇一匹潜り抜けるのも容易でない程枝と幹と葉と腐葉とが組合っている。

鮮かな真赤い大鼻を斜に控えて暫くじっとその物凄い息づまりな光景を眺めていた猿爺さんはやがてもとの空地に戻って赤行嚢を解きにかかった。汚れた麻縄をクルクル外しながら。重量の張るのはナマが入っているからだとは局で嚢を背にした時直感したのだが、さてその現金が銅貨ばかりなのやら、若《も》し又ひょっと百円紙幣ででもある事やら、今の今迄考えても見なかったのに気が付いた。

「はて何ちゅう間抜けた事ぞ！」

爺さんは焦々と行嚢の口を開いて手当り次第に書留や油紙の小包を掴出した。最後に、底重い四角の包が現れた。まぎれもない真四角であった。

「紙幣でよ！　なんと‼」

爺さんは包を両手で目より高く捧げて、黄色い大きな前歯と穢《きたな》い歯茎を剝出して、

「ケ、ケ、ケ、ケ……」と咽喉で笑った。そして早速に躍るような手付きで包装紙を掻破り始めた。

「これより御盛運、これより御盛運――」

そんな奇妙な掛声をかけながら、そして一寸おどけた身振りで裂捨てた紙の端くれを目近く寄せて見た。そして「十二月十五日、ブラジル移民局」という紫色の版を読んだ。

「ブラジル移民……ブラジル移民」

何だか聞いたような名だと思いつつ今度はそれをそっくり掛声に貰って瞬く間に丁寧な包装を悉皆《しっかい》取捨てた。皺一筋ない。角きっぱりと断落した二十円紙幣の大束が爺さんの骸骨の手に支え切れずに地に落ちた。およそ五百枚もあろうか。が爺さんは数えても見なかった。俄《にわか》にアタフタ慌て出して中腰になってそれを黒繻子《くろじゅす》の風呂敷に包み直してその結目を丈夫な木の枝の先端へ堅く縛りつけると注意深く今更ながら周囲を見廻した。爺さんは先刻の薄暗い茂みの中へ這込んで行った。洞の辺りへ小さな顔が現れ、両手が現れた。爺さんは風呂敷包みのぶら下った木を探り出してその端を洞の向う壁にしっかと押付けた。洞は案外狭くて枝の先は風呂敷包の辺まで尺余りもプスプスと壁の中へ突刺された。落ちぬよう幾度も試みてから手に持った一端を届く限り横に伸して木の凹みへ嵌込《はめこ》んだ。じいっと瞳を凝して闇中をみつめているとようやくにしてボンヤリ黒い魂が浮動してくる。爺さんはすっかり安心して、寧ろかような格好な隠匿場所を選定した自分の智慧を誇りたい位な気持で得々と這出した。そして、一旦掻出した細い封書や書留小包を再び元の赤行嚢へ押込んで引担いで見返り勝に、来た時とは反対の側から下りていった。そうして途中の草叢へそれを綺麗さっぱりと投込んでしまった。通い馴れた県道に出ると、吹き荒ぶ木枯《こがらし》に捲かれて、乾切った白い道に濛々《もうもう》と砂煙が上っていた。彼方に見える一団の村落は、今しがた西山に入かかった真紅の太陽の光線を浴びて、さながら極楽浄土の様に金色に輝いていた。それは役場とお寺と学校とそれから郵便局とを中心に立並んだ二百戸足らずの貧しい民家であった。猿爺さんが住馴れた竹藪の中の一坪小屋はその中でも一番貧しかったのである。今爺さんはそれ等を背にして、灰色の眉毛と髭とを木枯に靡《なび》かせつつ喪心《そうしん》したような足取りで、勤務先の×町郵便局へ帰っていった、勉めてトボトボと。

二

「わしは、鎮守様の並木横で一息入れながら、あんさんの言いなすった昨日のことを考えて、居よりました。わしこの身体がもうお役にたたんようになったのはわしにもよう判っとりますでよ、もっとも至極《しごく》のお言葉でやすに、けどもな局を止めたらその先どねえして食うて行けましょうぞい。な、それを考えて居よると悲しゅうてつい……」爺さんは本当に悲しくなって来て思わず水鼻《みずばな》をすすり上げた。

「……知らぬ間にうとうとしたとめえてフッと気が付いて起上った時、行嚢が――、ありませなんだ……」

猿爺さんは免職の辞令と一緒に警察へ引渡された。無論どちらも十二分に覚悟の前であった。警察では来る日も来る日も時には夜半にまで叩起《たたきおこ》されて様々に訊問された。爺さんは簡単明瞭に淀みなくそれに答えた。事件の起る前日に局長から辞職の予告を受けていたという事が爺さんの立場を最も不利にしたのであったが、何しろ十数年以前から近隣五ヶ町村の名物男として只一回の過失もなかった彼の平常から推量して後暗い事がある筈がないと思われた。爺さんの思惑通りである。警察は五日目の朝水鼻垂らした、猿爺さんを裏門から突放した。爺さんは傴僂《せむし》のように背を屈めて何処《どこ》ともなく立去って行った。

三

嘗《か》っての日、極楽浄土の様に入日に輝いて見えた貧しい村の、竹藪に取残された一坪小屋はその後雨が洩り月差込み一日一日と荒果てていった。藪外の尼寺からムクムク着肥った庵主さんが時々やって来て周囲から腐った板切れを引剥しては薪の代に持っていった。瞬く中に半年過ぎて五月雨の降続く頃となった。藪の中は毎日の小糠雨《こぬかあめ》に沼の様に泥深くなった或日の事その日も終日ソボソボと雨は降り注いでいた。やがて薄ら寒い夜が翼を拡げて来た。その蔭に谷が林が村が山が包まれ終った時、一坪小屋の廻りへ静かに這寄った人影があった。泥棒猫のように跫音《あしおと》を忍ばせつつヒョロヒョロと壁に縋付《すがりつ》くと壁は脆くもパラリと壊れ落ちた。人影は暫く佇んでいたがやがて戸を開けて吸われるように戸内へ入った。そして腐膨《ふくれ》れた畳の端へ倒れ込むとその儘半刻経っても一刻経っても動かなかった。――何時の間にやら雨が上って弱々しい月の光が白々と差込んで来た。幽霊のように痩衰えた郵便屋の猿爺さんがジメジメと垢に汚れたネルの単衣を纏うと其処によこたわっていた。

4

腐った魚のそれのような二つの目を、様々の追憶の幻がサラサラと流れ過ぎる。

大きな馬の長面がヌッと浮び出て消える。

「一等春風号、騎手××六分二十秒……配当金三百円……」触男の金切声が途切れ途切れに聞えて来る、爺さんは×号の投票をソッと懐に隠していそいそと、

「勝ったぞ！　勝ったぞ！　俺の奴や彼《あ》れは」と同伴者に囁いた。

不幸であった猿爺さんが×市の勝馬投票に続け様に勝ったと云う噂は、忽《たちま》ち貧しい村に町に拡がった。競馬は四日で終ったが爺さんは儲けた千円足らずの金を資本にして様々の事業に手を出した。そして儲けたぞ儲けたぞと吹聴するのを怠らなかった。無論洞の中の紙幣束はその度に減って行った。爺さんがあらん限りの智慧を絞った巧妙な策戦は図に当って誰一人怪む者はなかった。爺さんは赤い顔を更に赤くして×市で紙幣びらを切っていた。いや切っている筈であったのだ。

しかるに、今小屋に倒れている爺さんは汚れたネルの単衣に帯を締めて居ないではないか、どんな悪運が彼を襲って来たか。どんな道程によって惨めなこの姿になり下ったか。更に判らぬ、判っているのは唯、爺さんが、身も心も粉々に打砕かれて唯一の死場所を今このなつかし

い小屋に求めて帰って来た事のみである。爺さんはやがて微に身を動かして両眼を力なくみはった。悔悟の涙に洗流されたのか歓楽の甘酒に酔潰されたのか殆ど明を失った眼でもって、ほのかな月光りを探り求めた。そして懐し気に撫でるように小屋の内部を眺め始めた。フトその眼は足下に落ちてある白い封筒の上に留った。多分爺さんが警察に行っていた時投込まれたものなんだろう。微かに紫色の版で「ブラジル移民……」と読まれた。

ブラジル移民――爺さんは死期の近付いた朦朧《もうろう》たる頭の中に遠い昔のなつかしい悲しい記憶を呼起した。

――手も足も吹き切れそうな強風の中の桟橋の一端で、小さな子供のような二人の男が泣きながら何時までも話合っていた、血肉を分けた爺さん兄弟が長い別離を惜しんでいたのである――爺さんは手を伸して漸くの思で封筒を拾い上げ歯に当ててビリビリと封を裂いた。がそれ以上、もう何事をなす気力もなくなっていた。爺さんは目の前を過ぎる追憶の走馬燈を追いつつこんこんと深い眠りに落ちていった。

うす青い月の光は紙片の上の文字を何時までも何時までも照している、読む人もないかような文字が行儀よく列んでいた。

――御舎弟××殿去九月×日御病死相成《あいなり》候《そうろう》ニ付《つき》組合規定ニ拠り御所有物一切ヲ競売ニ附シ茲《ここ》ニ其代金一万×千円也ヲ唯一御遺族タル貴君ニ送付致候宜敷《よろしく》御処分被成下度《なされたく》――。

猿爺さんの枯木のような死体は三日目の朝、尼寺の庵主さんによって発見された。

（一九二六年二月号）

いなか、の、じけん

夢野久作

夢野久作（ゆめの・きゅうさく）

一八八九（明治二十二）年、福岡市生まれ。本名・杉山泰道《すぎやまたいどう》。父は国士として知られた杉山茂丸《しげまる》で、近衛師団歩兵少尉、農園経営、謡曲教師、九州日報記者など紆余曲折ののち九州で創作活動にはいる。一九二二（大正十一）年、杉山萠円《ほうえん》名義で童話『白髪小僧』を刊行。二六年、「あやかしの鼓」が「新青年」の懸賞小説に二等入選し、探偵作家としてデビューする。さらに「瓶詰地獄」「押絵の奇蹟」「氷の涯」などのユニークな作品を発表。三五（昭和十）年には、十年余り推敲《すいこう》を重ねた千枚を超す大作『ドグラ・マグラ』を刊行して注目された。幻魔怪奇探偵小説と謳《うた》われていたこの大長編の評価はなかなか容易ではないが、戦前の探偵小説を語るには欠かせない作品である。そのほか『犬神博士』「巡査辞職」「人間腸詰」など多彩な作品を精力的に発表したものの、一九三六年、上京中に急死した。

デビュー直後に「探偵趣味」の同人に加わり、ユニークな短編を執筆したが、なかでも三回に分けて発表された「いなか、の、じけん」は、地方色豊かなエピソードを独特の文体で軽妙に綴《つづ》りつつ、人間の異常性に視点をおき、代表作のひとつとなっている。

一、ぬす人の朝寝《あさね》

村長さんの処《ところ》の米倉《こめぐら》から、白米を四俵盗んで行ったものがある。

あくる朝早く、駐在の巡査さんが来て調べたら、俵を積んで行ったらしい車の輪のあとが、雨あがりの土にハッキリついていた。

そのあとをつけて行くと、町へ出る途中の、とある村外れの一軒家の軒下に、その米俵《こめだわら》を積んだ車が置いてあって、その横の縁台《えんだい》の上に、頬冠《ほおかむ》りをした男が大の字になってグウグウとイビキをかいていた。引っ捕えてみるとそれは、その界隈《かいわい》で持てあまし者の博奕打《ばくちう》ちであった。

博奕打ちは盗んだ米を町へ売りに行く途中《とちゅう》、久し振りに身体を使ってクタビレたので、チョットの積りで休んだのが、思わず寝過ごしたのであった。

腰縄《こしなわ》を打たれたまま車を引っぱってゆく男の、うしろ姿を見送った人々は、ため息して云《い》った。

「わるい事は出来んなあ」

二、按摩の昼火事

五十ばかりになって一人住居《ひとりずまい》をしている後家《ごけ》さんが、昼過ぎに近所まで用足しに行って帰って来ると、開《あ》け放しにしておいた自分の家《うち》の座敷のまん中に、知り合いの按摩《あんま》がランプの石油を撒いて火を放《つ》けながら、煙に噎《む》せて逃げ迷っている……と思う間も無く床柱に行き当って引っくり返ってしまった。

後家さんは、めんくらった。

「按摩さんが火事火事」

と大声をあげて村中を走りまわったので、たちまち人が寄って来て、大事《だいじ》に到《いた》らずに火を消し止めた。気絶した按摩は担《かつ》ぎ出されて、水をぶっかけられるとすぐに蘇生したので、あとから駈けつけた駐在巡査に引渡された。

大勢に取り捲《ま》かれて、巡査の前の地びたに座った按摩は、水洟《みずばな》をこすりこすりこう申し立てた。

「まったくの出来心《できごころ》で御座います。声をかけてみたところが留守だとわかりましたので……」

「それからどうしたか」

と巡査は鉛筆を嘗《な》めながら尋《たず》ねた。皆はシンとなった。

「それで台所から忍び込みまして、ランプを探り当てまして、その石油を撒いて火を放けましたが、思いがけなく、うしろの方からも火が燃え出して熱くなりましたので、うろたえまして……雨戸は閉まって居りますし、出口の方はわからず……」

　きいていた連中がゲラゲラ笑い出したので、按摩は不平らしく白い眼を剝《む》いて睨《にら》みまわした。巡査も吹き出し相になりながら、ヤケに鉛筆を甜《な》めまわした。

「よしよし。わかってるわかってる。ところで、どういうわけで火を放《つ》けたのか」

「ヘイ。それはあの後家めが」

　と按摩は又、そこいらを睨みまわしつつ、土の上で一膝進めた。

「あの後家めが、私に肩を揉《も》ませるたんびに、変なことを云いかけるので御座います。そうしてイザとなると手ひどく振りますので、その返報《へんぽう》に……」

「イイエ、違います。まるでウラハラです……」

　と群集のうしろから後家さんが叫び出した。

　みんなドッと吹き出した。巡査も思わず吹き出した。しまいには按摩までが一所《いっしょ》になって腹を抱えた。

　その時にやっと後家さんは、云い損ないに気が付いたらしく生娘《きむすめ》のように真赤になったが、やがて袖を顔に当てるとワ――ッと泣き出した。

三、夫婦の虚空蔵《こくうぞう》

「あの夫婦は虚空蔵さまの生れがわり……」

という小守娘《こもりむすめ》の話を、新任の若い駐在巡査がきいて、

「それは何という意味か」

と問い訊《ただ》してみたら、

「生んだ子をみんな売りこかして、うまいものを喰って酒を飲んでいるから、コクウゾウサマ……」

と答えた。巡査はその通り手帳につけた。それからその百姓夫婦の家に行って取り調べると、二人とも口を揃えて、

「ハイ。みんな美しい着物を着せてくれる人の処《ところ》へ行き度《た》いと申しますので……」

と済まし返っている。

「フ——ム。それならば売った時の子供の年齢は……」

「ハイ。姉が十四の年で、妹が九つの年。それから、男の子を見世物師に売ったのが五つの年で……。証文がどこぞに御座いましたが……間違いは御座いません。ついこのあいだのことで御座いますから。ハイ……」

巡査はこの夫婦が馬鹿では無いかと疑い始めた。しかも、なおよく気をつけてみると、今一人の子供が女房の腹の中に居るようす……。

巡査は変な気持ちになって帳面を仕舞いながら、

「フーム。まだほかに子供は無いか」

と尋ねると、夫婦はたちまち真青になってひれ俯《ふ》した。

「実は四人ほど堕胎《おろ》しましたので……喰うに困りまして……どうぞ御勘弁《ごかんべん》を……」

巡査は驚いて又帳面を引き出した。

「ウーム不都合じゃ無いか。何故そんな勿体無《もったいな》いことをする」

というと、青くなっていた亭主が、今度はニタニタ笑い出した。

「へへへへへ。それほどでも御座いません。酒さえ飲めばいくらでも出来ますので……」

巡査は気味がわるくなって逃げるようにこの家を飛び出した。

「この事を本署に報告しましたら故参《こさん》の巡査から笑われました。何でも堕胎罪で二度ほど処刑されている評判の夫婦だそうです。二人とも揃って低能らしいので、誰も相手にしなくなっていたのだそうです」

と、その巡査の話。

四、汽車の実力試験

「この石を線路に置いたら、汽車が引っくり返るか返らないか」

「馬鹿な……それ位の石はハネ飛ばして行くにきまっている」

「インニャ……引き割《わ》って行くだろう」

「論より証拠やって見ろよ」

「よし来た」

間も無く来かかった列車は、轟然《ごうぜん》たる音響と共に、その石を粉砕《ふんさい》して停車した。見物していた三人の青年は驚いて逃げ出した。

あくる朝三人が村の床屋で落ち合ってこんな話をした。

「昨日は恐ろしかったな。あんまり大きな音がしたので、おれぁ引っくり返ったかと思ったよ」

「ナァニ。機関車は全部鉄造りだからな。あんな石ぐらい屁《へ》でも無いだろ」

「しかし、引《ひ》き砕《くだ》いてから停まったのは何故だろう。車の歯でも欠けたと思ったんかな」

「ナァニ。人を轢《ひ》いたと思ったんだろ」

こうした話を、頭を刈らせながらきいていた一人の男は、列車妨害の犯人捜索に来ていた刑事だったので、すぐに三人を本署へ引っぱって行った。

その中の一人は署長の前でふるえながらこう白状した。

「三人の中で石を置いたのは私で御座います。けれどもはね飛ばしてゆくとばかり思って居りましたので……罪は一番軽いので……」

と云い終らぬうちに巡査から横面を喰わせられた。

三人は同罪になった。

五、スットントン

漁師の一人娘で生れつきの盲目が居た。色白の丸ポチャで、三味線なら何でも弾《ひ》くのが自慢だったので、方々の寄り合い事《ごと》に、芸者代りに雇われて重宝《ちようほう》がられていた。

　ある時、近くの村の青年の寄り合いに雇われたが、案内に来た青年は馬方《うまかた》で、馬力の荷物のうしろの方に空所を作ってそこに座布団《ざぶとん》を敷いて、女と三味線と、下駄を乗せると、最新流行のスットントン節を唄《うた》いながら、白昼の国道を引いて行った。

　ところがその馬力が、正午過ぎに村へ帰りつくと、荷物のうしろには座布団だけしか残っていないことが発見されたので、たちまち大騒ぎになった。

「途中の松原で畜生が小便した時までは、たしかに女が坐っていた」

　という馬方の言葉をたよりに、村中総出で、そこいらの沿道を探しまわったがそれらしい影も無い。村長や、区長や、校長先生や巡査が青年会場に集まって、いろいろに首をひねったけれども、第一居《い》なくなった原因からしてわからなかった。

　結局、娘の親たちへ知らせなければなるまい……というので、とりあえず青年会員が二人、娘のうちへ、自転車を乗りつけると、晴《は》れ着《ぎ》をホコリダラケにしたその娘が、おやじに引き据《す》えられて、泣きながら打たれている。

　二人の青年は顔を見合わせたが、ともかくも飛び込んで押し止めて、

「これはどうした訳ですか」

　と尋ねると、おやじは面目なさそうに頭を搔いた。

「ナアニ。こいつがこの頃流行《はや》るスットントンという歌を知らんちうて逃げて帰って来たもんですから……どうも申訳ありませんで……」

二人の青年はいよいよ訳がわからなくなった。そこで、なおよく事情をきいてみると、最前女を馬力に乗せて引いて行った青年が、途中でスットントン節をくり返しくり返し唄った。それは娘に初耳であったので、先方で弾かせられては大変と一生懸命に耳を澄《す》ましたが、あいにくその青年が調子外れ（音痴）だったので、歌の節が一々変テコに脱線して、本当の事がよくわからない。これではとても記憶《おぼ》えられぬと思うと、女心のせつなさに、下駄と三味線を両手に持って、死ぬる思いで馬力から飛び降りて逃げ帰ったものと知れた。

青年の一人はこの話をきくと非常に感心したらしく、勢い込んで云った。

「実に立派な心がけです。しかし心配することは無い。私たちと一所に来なさい。これから夜通しがかりで青年会をやり直します。歌は途中で私が唄ってきかせます」

六、花嫁の舌喰い

一集落挙《こぞ》って不動様《ふどうさま》を信心していた。

その中で、夫婦と子供三人の一家が夕食の最中に、主人が箸《はし》をガラリと投げ出して、

「タッタ今おれに不動様が乗り移った」

と云いつつ凄《すご》い顔をして座り直した。お神《かみ》さんは慌てて畳の上にひれ俯した。ビックリして泣き出した三人の子供も叱りつけて拝ました。

この噂が伝わると、そこいらじゅうの信心家が、あとからあとから押しかけて来て「お不動

様」の御利益にあずかろうとしたので、家の中は夜通し寝ることも出来ない様になった。

そのまん中に、木綿の紋付き羽織を引っかけた不動様が坐って、恐ろしい顔で睨みまわしていたが、やがて、うしろの方に座っている、紅《べに》化粧《けしょう》した別嬪《べっぴん》をさし招いた。その女は二三日前近所へ嫁入って来たものであった。

「もそっと前へ出ろ。出て来ぬと金縛《かねしば》りに合わせるぞ。ズッと私の前に来い。怖《こわ》がる事は無い。罪を浄《きよ》めてやるのだ。サァよいか。お前《まえ》は前の生に恐ろしい罪を重ねている。その罪を浄めてやるから舌を出せ。もっと出せ。出さぬと金縛りだぞ……そうだそうだ……」

こう云いつつその舌に顔をさし寄せて、ジッと睨んでいた不動様は、不意にパクリとその舌を頬張《ほおば》ると、ズルリズルリとシャブリ始めた。

女は衆人環視《しゅうじんかんし》の中で舌をさし出したまま、眼を閉じてブルブルふるえていた。すると不動様は何と思ったか突然に、その舌を根元からプッツリと嚙み切って、グルグルと嚥《の》み込んでしまった。

女は悶絶《もんぜつ》したまま息が絶えた。

あとで町から医者や役人が来て取調べた結果、不動様の脳髄がずっと前から梅毒《ばいどく》に犯されていることがわかった。

この事実がわかるとその村の不動様信心がその後パッタリと止《や》んだ。不動様を信仰すると梅毒になるというので……。

七、感違いの感違い

駐在巡査が夜ふけて線路の下の国道を通りかかると、頬冠《ほおかむ》りをした大男が、ガードの上をスタスタと渡って行く。何者だろう……とフト立ち停まると、その男が一生懸命に逃げ出したので、巡査も一生懸命に追跡を始めた。

やがてその男が村の中の、とある物置へ逃げ込んだのですぐに踏み込んで引きずり出してみると、それは村一番の正直者で自分の家の物置に逃げ込んだものであることがわかった。

巡査はガッカリして汗を拭き拭き、

「馬鹿めが。何もしないのに何でおれの姿を見て逃げた」

その男も汗を拭き拭き、

「ハイ。泥棒と間違えられては大変と思いましたので……どうぞ御勘弁《ごかんべん》を……」

八、スイートポテトー

心中のし損ねが駐在所に連れ込まれた……というのでみんな見に行った。

十燭《しょく》の電燈の下の小さな火鉢に消し炭が一パイに盛られている傍《そば》に、男と女が寄り添うようにして蹲《うずく》まって、濡れくたれた着物の袖を焙《あぶ》っている。どちらも都の者らしく男は学生式のオールバックで、女は下町風の桃割《ももわ》れに結《ゆ》っていた。硝子戸《ガラスど》の外からのぞき込む人間の顔がふえて来るにつれて二人はいよいよくっつき合って頭を下げた。

やがて四十四五に見える駐在巡査が、ドテラがけで悠然《ゆうぜん》と出て来た。一パイ飲んだらしく、赤い顔をピカピカ光らして二人の前の椅子にドタリと腰をかけると、身体をグラグラさせながら、いろんな事を尋ねては帳面につけた。そのあげく、こう云った。

「つまりお前達二人はスイートポテトーであったのじゃナ」

硝子戸の外の暗の中で二三人クスクスと笑った。

すると、うつむいていた若い男が、濡れた髪毛を右手でパッとうしろへはね返しながら、キッと顔をあげて巡査を仰いだ。異常に興奮したらしく、白い唇をわななかして、キッパリと云った。

「……違います……スイートハートです……」

「フフ――ウム」

と巡査は冷やかに笑いながらヒゲをひねった。

「フ――ム。ハートとポテトーはどう違うかナ」

「ハートは心臓で、ポテトーは芋です」

と若い男はタタキつけるように云ったが、硝子戸の外でゲラゲラ笑い出した顔をチラリと見まわすと、又グッタリとうなだれた。

巡査はいよいよ上機嫌らしくヒゲを撫でまわした。

「フフフフ。そうかな。しかしドッチにしても似たもんじゃないかナ」

若い男は怪訝《けげん》な顔をあげた。硝子戸の外の笑い声も同時に止《や》んだ。巡査は得意らしく反り身《そみ》になった。

「ドッチもいらざるところで芽を吹いたり、くっつき合うて腐れ合うたりするではないか……アーーン」

人が居なくなったかと思う静かさ……と思う間も無く、硝子戸の外でドット笑いの爆発……。

若い男はハッと両手を顔にあてて、ブルブルと身をふるわした。初めから嘲弄《ちょうろう》されていたことがわかって……同時に、横に居た桃割れも、ワッとばかり男の膝に泣き俯《ふ》した。

硝子戸の外の笑い声が止め度《ど》も無く高まった。

巡査も腕を組んだまま天井をあおいだ。

「アァハァハァハァ。馬鹿なやつどもじゃ。アアハァァァハア……」

いなか、の、じけん　備考

みんな、私の郷里、北九州の某地方の出来事で、私が見聞致しましたことばかりです。五六行程の豆記事として新聞に載ったのもありますが、間の抜けたところが、却《かえ》って都に住む方々の興味を惹くかも知れぬと存じまして、記憶しているだけ書いてみました。場所の事もありますので、場所と名前を抜きにいたしましたことをお許し下さい。

九、空家《あきや》の傀儡踊《あやつり》

みんな田の草を取りに行っていたし、留守番の女子供も午睡《ひるね》の真最中《まっさいちゅう》であったので、たださえ寂《さ》びれた町全体が空ッポのようにヒッソリしていた。その出外《ではず》れの裏表二間もあけ放した百姓家の土間に一人の眼のわるい乞食爺《じい》が突立って、見る人も無く、聞く人も無いのにアヤツリ人形を踊らせている。

人形は鼻の欠《か》けた振り袖姿で、色のさめた赤い鹿《か》の子《こ》を頭からブラ下げていた。

「観音シャマをかこイつゥけェて——。会いに——来たンやンら。みンなンみンやンら。……振りィ——の——たンもンとンにィ——北ンしよぐゥれェ。晴れン間も——。さンら——にィ……。な——かァ……」

歯の抜けた爺さんの義太夫《ぎだゆう》はすこぶる怪しかったが、それでも可《か》なり得意らしく、時々霞《かす》んだ眼を天井に向けては人形と入れ違いに首をふり立てた。

「へ——イ。このたびは二の替《かわ》りといたしまして朝顔《あさがお》日記《にっき》大井川《おおいがわ》の段《だん》……テテテテ天道《てんとう》シャマァ……きこえまシェぬ〱〱……チン……きこえまシェぬわいニョ——チッ〱〱〱」

「妻ァ——ウウア。なンみンだンにィ——。か——き——くンるえ——テへへへ。ショレみたんまよ……光《みつ》ゥ秀《ひで》ェどンの……」

振り袖の人形が何の外題《げだい》でも自由自在《じざい》に次から次へ踊って行くにつれて、爺さんのチョボもだんだんと切れ切れに怪しくなって行った。

しかし爺さんはどうしたものがナカナカ止めなかった。ヒッソリした家の中で汗を拭き拭きシャ嗄《が》れた声を絞りつづけたので、人通りのすくない時刻ではあったが一人立ち止まり二人引っ返ししているうちに近所界隈《かいわい》の女子供や、近まわりの田に出ていた連中で表口が一パイになって来た。

「狂人だろう」

と小声で云うものもあった。

そのうちに誰かが知らせたものと見えてこの家の若い主人が帰って来た。手足を泥だらけにした野良着《のらぎ》のままであったが肩を聳《そび》やかして土間に這入《はい》ると、イキナリ、人形をさし上げている爺さんの襟首《えりくび》に手をかけてグイと引いた。振袖人形がハッと仰天《ぎょうてん》した。そうして次の瞬間にはガックリと死んでしまった。

見物は片唾《かたず》をのんだ。どうなることか……と眼を瞠《みは》りながら……。

「……ヤイ。キ……貴様は誰にことわって俺の家へ這入った……こんな人寄せをした……」

爺さんは白い眼を一パイに見開いた。口をアングリとあけて呆然《ぼうぜん》となったが、やがて震える手で傍《かたわら》の大きな信玄袋《しんげんぶくろ》の口を拡げて、生命《いのち》よりも大切相に人形を抱え上げて落し込んだ。

それから両手をさしのべて破れた麦稈帽子《むぎわらぼうし》と竹の杖を探りまわし始めた。

これを見ていた若い主人は表に立っている人々をふり返ってニヤリと笑った。人形を入れた信玄袋をソッと取り上げてうしろ手に隠しながらわざと声を大きくして怒鳴《どな》った。

「サァ云え。何でこんな事をした。云わないと人形を返さないぞ」

　何かボソボソ云いかけていた見物人が又ヒッソリとなった。

　麦稈帽を阿弥陀《あみだ》に冠《かぶ》った爺さんは竹の杖を持ったままガタガタとふるえ出した。ペッタリと土間に座りながら片手をあげて拝む真似をした。

「……ど……どうぞお助け……御勘弁《ごかんべん》を……」

「助けてやる。勘弁してやるから申し上げろ。何が為めにこの家に這入ったか。何の必要があれば……最前からアヤツリを使ってコンナに大勢の人を寄せたのか。ここを公会堂とばし思ってしたことか」

　爺さんは見えぬ眼で次の間をふり返って指した。

「……サ……最前……私が……このお家に這入りまして……人形を使い始めますと……ア……あそこに居られたどこかの旦那様《だんなさま》が……イ……一円……ク下さいまして……ヘイ……おれが飯《めし》を喰っている間に……貴様が知っているだけ踊らせてみよ……トト、……おっしゃいましたので……ヘイ……オタスケを……」

「ナニ……飯を喰ったァ……一円くれたァ……」

　若い主人はメンクラッたらしく眼を白黒さしていたが、惣《たちま》ち青くなって信玄袋を投げ出すと、次の間の上り框《かまち》に馳け寄った。そこにひろげられた枕屏風《まくらびょうぶ》の蔭に空《から》っぽの飯櫃《めしびつ》がころがって、無残に喰い荒らされた漬物の鉢と土瓶と箸とが、飯粒にまみれたまま散らばっている。そんなものをチラリと見た若い主人の眼は、すぐに仏壇の下に移ったが、泥足《どろあし》の儘《まま》かけ上って、半分開いたままの小抽出《こひきだ》しを両手でかきまわした。

「ヤラレタ……」

と云ううちに見る見る青くなってドッカリと尻餅《しりもち》を突いた。頭を抱えて縮《ちぢ》み込んだ。表の見物人はまん丸にした眼を見交わした。

「……マァ……可哀相に……留守番役《るすばんやく》のおふくろが死んだもんじゃけん」

「キット流れ渡りの坑夫のワルサじゃろ……」

その囁やきを押しわけてこの家の若い妻君《さいくん》が帰って来た。やはり野良行きの姿であったが、信玄袋を探し当てて出て行く乞食爺の姿を見かえりもせずに、泥足のままツカツカと畳の上にあがると若い主人の前にペッタリと座り込んだ。頭の手拭いを取って鬢《びん》のほつれを掻き上げた。無理に押しつけたような声で云った。

「お前さんは……お前さんは……この小抽出しに何を入れて居んなさったのかぇ……妾《わたし》に隠して……一口も云わないで……」

若い主人はアグラを掻いて頭を抱えたまま返事をしなかった。やがて濡れた筒《つつ》ッポウの袖口で涙を拭いた。

下唇を噛んだまま、ジッとこの様子をながめていた妻君の血相が見る見る変って来た。不意に主人の胸倉《むなぐら》を取ると猛烈に小突きまわし始めた。

「……えエッ。口惜《くや》しいッ。おおかた大浜《おおはま》（白首街《しろくびまち》）のアンチキショウの処へ持って行く金じやったろ。畜生畜生……二人で夜の眼を寝ずに働いた養蚕《ようさん》の売り上げをば……いつまでも渡らぬと思うて居ったれば……エエッ……クヤシイ、クヤシイ」

しかしいくら小突かれても若い主人はアヤツリのようにうなだれて、首をグラグラさせるばかりであった。

二三人見兼ねて止めに這入って来たが、一番うしろの男は表の人だかりをふり返って、ペロリと赤い舌を出した。

「これがホンマのアヤツリ芝居じゃ」

みんなゲラゲラ笑い出した。

妻君が主人の胸倉を取ったままワアッと泣き出した。

十、一服三杯

お安《やす》さんという独身者《ひとりもの》で、村一番の吝《けち》ン坊《ぼう》の六十婆さんが鎮守様のお祭りの晩に不思議な死にようをした。

……たった一人で寝起きをしている村外れの茶屋の竈《かま》の前で、瘠《や》せ枯《か》れた小さな身体が虚空《こくう》を摑んで悶絶《もんぜつ》していた。平生腰帯にしていた絹のボロボロの打ち紐《ひも》が、皺《しわ》だらけの首に三廻りほど捲《ま》かれて、ノドボトケの処《ところ》で唐結《からむす》びになったままシッカリと肉に喰い込んでいたが、その結び目の近まわりが血だらけになるほど搔《か》き挘《むし》られている。しかし何も盗まれたもようは無く外から人の這入った形跡も無い。法印《ほういん》さんの処から貰って帰ったお重詰《じゅうづ》めは箸をつけないまま煎餅《せんべい》布団《ぶとん》の枕元に置いてあった。貯金の通い帳は方々探しまわったあげく竈《かまど》の灰の下の落し穴から発見された。その遺産を受け継ぐべき婆さんのたった一人の娘と、その婿になっている電工夫は目下東京に居るが、急報によって帰郷の途中である。婆さんの屍体は解剖することになった……近来の怪事件……というので新聞に大きく出た。

お安婆さんの茶店は鉄道のガードの横から海を見晴らしたところにあった。古ぼけた葭簀張《よしずば》りの下にすこしばかりの駄菓子《だがし》とラムネ。柴茶《しばちゃ》を煮出した真黒な土瓶。剝《は》げた八寸膳の上に薄《うす》汚《ぎた》ない茶碗が七ツ八ツ……それでも夏は海から吹き通しだし、冬は日向きがよかったのでよく人が休んだ。

主人公の婆さんは三十いくつかの年に罹《かか》った熱病以来、腰が抜けて立ち居が不自由になると、生れて間も無い娘を置き去りにして亭主が逃げてしまったので、田畠を売り払ってここで茶店を開いた。その娘がまたなかなかの別嬪《べっぴん》の利発《りはつ》もので、十九の春に、村一番の働き者の電工夫を婿養子に取ったが、今は夫婦とも東京の会社につとめて月給を貰っているとか。

「その娘夫婦が東京に孫を見に来い来いと云いますけれども、まあ成るたけ若い者の足手まといになるまいと思うてこの通りどうやらこうやらして居ります。自分の身のまわりの事ぐらいは足腰が立ちますので……娘夫婦もこの頃はワタシに負けて、そのうちに孫を見せに帰って来ると云うて居りますが……」

と云いながら婆さんは、青白い頬をヒクツカセて、さも得意そうにニヤリとするのであった。

「……フフン。それでも独りで淋しかろ……」

と聞き役になったお客が云うと婆さんは又オキマリの様にこう答えた。

「ヘエあなた。二度ばかり泥棒が這入って貴様は金を溜めているに違い無いと申しましたけれども、ワタシは働いたお金をみんな東京の娘の処に送って居ります。それでもあると思うならワタシを殺すなりどうなりしてユックリと探しなさいと云いましたので茶を飲んで帰りました」

しかしこの婆さんが千円の通い帳を二ツ持っているという噂を本当にしないものは村中で一人も居なかった。それ位にこの婆さんの吝ン坊は有名で、ほとんど喰うものも喰わずに溜めていると云ってもいい位であった。そんな評判がいろいろある中にも小学校の生徒まで知っているのは「お安さん婆さんの一服三杯《いっぷくさんばい》」という話で……

「フフン。その一服三杯というのは飯のことかね……」

と村の者の云うことをきいていた巡査は手帳から眼を離した。

「ヘエ。それはソノ……とても旦那方にお話し致しましても本当になさらないお話で……しかしあの婆さんが死にましたのはソノ一服三杯のおかげに違い無いと皆申して居りますが……」

「フフン。まあ話してみろ。参考になるかもしれん」

「ヘエ。それじゃァまァお話ししてみますが、あの婆サンは毎月一度宛《ずつ》駅の前の郵便局へ金を預けに行く時のほかは滅多《めった》に家を出ません。いつもたった一人であの茶店に居るので御座いますが、それでも村の寄り合いとか何とかいう御馳走ごとにはキット出てまいります。それも前の晩あたりから飯を喰わずに腹をペコペコにしておいて、あくる日は早くから店を閉めて、松葉杖《まつばづえ》を突張って出て来るので御座いますが、いよいよ酒の座となりますとまず猪口《ちょこ》で一パイ飲んであの青い顔を真赤にしてしまいます。それから飯ばっかりを喰い始めて時々お汁《したじ》をチュッチュッと吸います。漬け物をすこしは喰べますが大抵《たいてい》六七八杯は請け合いのようで……それからいよいよ喰えぬとなりますと煙草を二三服吸うて一息入れてから又始めますのでアラカタ二三杯位は詰めこみます。それからあとのお平や煮つけなぞを飯と一緒に重箱《じゅうばこ》に一パイ詰めて帰ってその日は何もせずにあくる日の夕方近くまで寝ます。それからポツポツ起きて重箱の中のものを突ついて夕飯にする。御承知の通りこの辺の御馳走ごとの寄り合いは大抵時候《じこう》のよい頃に多いので、どうかすると重箱の中のものがその又あくる日の夕方までありますそうで……つまるところ一度の御馳走が十ペン位の飯にかけ合うことに……」

「ウ――ム。しかしよく食傷《しょくしょう》して死なぬものだな」

「まったくで御座います旦那様。あの痩せこけた小さな身体にどうして這入るかと思うくらいで……」

「ウ――ム。しかしよく考えてみるとそれは理屈に合わんじゃ無いか。そんなにして二日も三日も店を閉めたらつまるところ損が行きはせんかな」

「ヘエ。それがです旦那様。最前お話し申上げましたその娘夫婦も、それを恥しがって東京へ逃げたのだそうで御座いますが、お安さん婆さんに云わせますと……『自分で作ったものは腹一パイ喰べられぬ』というのだそうで……ちょうどあの婆さんが死にました日がここいらのお祭りで御座いましたが、法印さんの処で振舞いがありましたので、あの婆さんが又『一服三杯』をやらかしました。それが夜中になって口から出そうになったので勿体《もったい》なさに、紐でノド首を縛ったものに違い無い。そうして息が詰まって狂い死にをしたのだろう……とみんな申して居りますが……」

「アハハハハハ。そんな馬鹿な……いくら吝ン坊でも……アッハッハッハッ」

巡査は笑い笑い手帳と鉛筆を仕舞って帰った。

しかしお安さん婆さんの屍体解剖の結果はこの話とピッタリ一致したのであった。

十一、蟻と蠅

山の麓に村一番の金持ちのお邸《やしき》があって、そのまわりを十軒ばかりの小作人《こさくにん》の家が取り巻いて一集落を作っていた。

お邸の裏手から山へ這入るところに柿の樹と桑の畑があったが、梅雨があけてから小作人の一人が山へ行きかかると、そこの一番大きい柿の樹の根方から赤ん坊の足が一本洗い出されて、蟻と蠅が一パイにたかっているのを発見したので真青になって飛んで帰った。

やがて駐在所から新しい自転車に乗った若い巡査がやって来て掘り出さしてみると、六カ月位の胎児で死後一週間を経過していると推定されたので、その集落の中の女が一人一人に取り調べられたが怪しい者は居なかった。結局残るところの嫌疑者《けんぎしゃ》はこの頃都《みやこ》の高等女学校から帰省《きせい》して御座るお邸のお嬢さんただ一人……しかもすこぶるつきのハイカラサンで、大旦那が遠方行きの留守中を幸いにゴロゴロ寝てばかり御座る様子がどうも怪しいということになった。

若い巡査は或る朝サァベルをガチャガチャ云わせてそのお邸の門を潜《くぐ》った。

「ソラ御座った。イヨイヨお嬢さんが調べられさっしゃる」

と家中のものが鳴りを静めた。野良からこの様子を見て走って来るものもあった。

玄関に巡査を出迎えて来意《らいい》をきいた娘の母親が、血の気の無くなった顔をして隠居部屋《いんきょべや》に来てみると、細帯《ほそおび》一つで寝そべって雑誌を読んでいた娘は、白粉《おしろい》の残った顔を撫でまわしながら蓬々《ぼうぼう》たる顔を擡《もた》げた。

「何ですって……妾《わたし》が堕胎したかどうか巡査が調べに来ているんですって……ホホホホホ生意気な巡査だわネエ。アリバイも知らないで……」

玄関に近いので母親はハラハラした。眼顔で制しながら恐る恐る問うた。

「……ナ……何だえ。その蟻とか……蝿とか云うのは……アノ胎児の足にたかっていた虫のことかぇ……」

「ホホホホホそんなものじゃ無いわよ。何でもいいから巡査さんにそう云って頂戴《ちょうだい》……妾にはチャンとしたアリバイがありますから心配しないでお帰んなさいッテ……」

母親はオロオロしながら玄関に引返した。

しかし巡査は娘の声をきいていたらしかった。少々興奮の体で仁王立ちになって、ポケットから手帳を出しかけていたが、母親の顔を見るとまだ何も云わぬ先にグッと睨みつけた。

「そのアリバイとは何ですか」

母親はふるえ上った。よろめきたおれんばかりに娘のところへ馳け込むと、雑誌の続きを読みかけていた娘は眉根を寄せてふり返った。

「ウルサイわねぇ。ホントニ。そんなに妾が疑わしいのなら妾の処女膜を調べて御覧なさいッて……そウおっしゃい……失礼な……」

母親はヘタヘタと座り込んだ。巡査も真赤になって自転車に飛び乗りながら逃げるように立ち去った。

それ以来この集落ではアリバイという言葉が全く別の意味で流行している。

十二、赤い松原

海岸沿いの国有防風林の松原の中に、托鉢坊主《たくはつぼうず》とチョンガレ夫婦とが、向い合わせの蒲鉾《かまぼこ》小《ご》舎《や》を作って住んでいた。

三人は極めて仲がいいらしく、毎朝一緒に松原を出て、一里ばかり離れた都会に貰《もら》いに行く。そうして帰りには又何処《どこ》かで落ち合って何かしら機嫌《きげん》よく語り合いながら帰って来るのであった。月のいい晩なぞは、よくその松原から浮き上るような面白い音がきこえるので、村の若い者が物好きに覗《のぞ》いてみると蒲鉾小舎の横の空地で、チョンガレ夫婦のペコペコ三味線と四ツ竹（肉の厚い竹片を二枚宛《ずつ》両手に持って打ち合わせながら囃《はや》すもの）の拍子に合わせて向う鉢巻《はちまき》の坊主が踊っていたりした。横には焚火《たきび》と一升徳利《どくり》なぞがあった。

そのうちに世間が不景気になるにつれて坊主の方には格別の影響も無い様子であるが、チョンガレ夫婦の貰いが非常に減った模様で、松原へ帰る途中でも、そんな事かららしく、夫婦で口論《いさかい》をしていることが珍らしくなくなった。或る時なぞは村外れで摑み合いかけているのを坊主が止めていたという。

ところがそのうちに三人の連れ立った姿が街道に見られなくなって、その代りに頭を青々と丸めたチョンガレの托鉢姿だけが村の人の眼につくようになった。

……コレは可怪《おか》しい。和尚の方は一体何をしているのか……と例によってオセッカイな若い者が覗きに行ってみると、坊主はチョンガレの女房を自分の蒲鉾小舎に引きずり込んで魚なぞを釣って納まり返っている。夕方にチョンガレが帰って来ても女房は平気で坊主のところにくっ付いているし、チョンガレも独りで煮タキして独りで寝る……おおかた法衣《ころも》と女房の取り換えっこをしたのだろう……というのが村の者の解釈であった。

ところが又その後になるとチョンガレの托鉢姿が何時からともなく松原の中に見えなくなった。しかし蒲鉾小舎は以前のままで、チョンガレの古巣は物置みたように枯れ葉や古材木が詰め込まれていた。そうして坊主がもとの木阿弥《もくあみ》の托鉢姿に帰って松原から出て行くと、女房は女房で坊主と別々にペコペコ三味線を抱えて都の方へ出かける。夜は一緒に寝ているのであった。

「坊主も遊んで居られなくなったらしい」

と村の者は笑った。

そのうちに冬になった。

或る夜ケタタマシク村の半鐘が鳴り出したので人々が起きてみるとその松原が大《だい》火焔《かえん》を噴き出している。アレヨアレヨというちに西北の烈風に煽《あお》られて見る間に数十町歩を烏有《うゆう》に帰したので、都の消防が残らず馳けつけるなぞ一時は大変な騒ぎであったが幸いに人畜の被害も無く夜明け方に鎮火した。火元は無論その蒲鉾小舎で、二軒とも引き崩《くず》して積み重ねて焼いたらしい灰の下から半焼けの女房の絞殺《こうさつ》屍体《したい》と、その下の土饅頭《どまんじゅう》みたようなものの中から、半分骸骨になったチョンガレの屍体があらわれた。しかもそのチョンガレの頭蓋骨が掘り出されると、嚙み締めた白い歯が自然と開いて、中から使いさしの猫イラズのチューブがコロガリ出たので皆ゾッとさせられた。

十三、郵便局

鎮守の森の入口に村の共同浴場と、青年会の道場が並んで建っていた。夏になるとその辺で、撃剣《げきけん》の稽古を済ました青年たちが、歌を唄ったり、湯の中で騒ぎまわったりする声が毎晩のように田圃越しの本村まで聞こえた。

ところが或る晩の十時過の事、お面お小手の声が止むと間もなく、道場の電燈がフッと消えて人声一つしなくなった。……と思うとそれから暫《しばら》くして、提灯《ちょうちん》の光りが一つ森の奥からあらわれて、共同浴場の方に近づいて来た。

「来たぞ来たぞ」「シッシッ聞こえるぞ」「ナァニ大丈夫だ。相手は耳が遠いから……」

と云ったような囁やきが浴場の周囲の物蔭から聞こえた。ピシャリと蚊をたたく音だの、ヒッヒッと忍び笑いをする声だのが続いて起って又消えた。

提灯の主は元五郎《げんごろう》と云って、この道場と浴場の番人と、それから役場の使い番という三ツの役目を村から受け持たせられて、森の奥の廃屋に住んでいる親爺で、年の頃はもう六十四五であったろうか。それが天にも地にもたった一人の身よりであるお八重《やえ》という白痴の娘を連れて仕舞湯《しまいゆ》に入りに来たのであった。

親爺は湯殿に這入ると、天井からブラ下がっている針金を探って、今日買って来たばかりの五分芯の石油ランプを吊して火を灯《つ》けた。それから提灯を消して傍の壁にかけて、ボロボロの浴衣を脱ぐと、くの字なりに歪《ゆが》んだ右足に膏薬をベタベタと貼りつけたのを、さも痛そうにランプの下に突き出して撫でまわした。

その横で今年十八になったばかりのお八重も着物を脱いだが、村一等の別嬪《べっぴん》という評判だけに美しいには美しかった。しかし、どうしたわけか、その下腹が、奇妙な恰好にムックリと膨《ふく》らんでいるために、親爺の曲りくねった足と並んで、一種異形《いよう》な対照を作っているのであった。

「ホントウダホントウダ」「ふくれているふくれている」「ドレドレ俺にも見せろよ」「フーン誰の子だろう」「わかるものか」「俺ァ知らんぞ嘘吐《つ》け……お前の女だろうが」「馬鹿云えコン畜生」「シッシッ」

　というようなボソボソ話が、又も浴場のまわりで起った。しかし親爺は気がつかないらしく、黙って曲った右足を湯の中に突込んだ。お八重もそのあとから真似をするように右足をあげて這入りかけたが、フイと思い出したようにその足を引っこめると、流し湯へ踞《かが》んでシャーシャーと小便をし始めた。

　元五郎親爺はその姿を霞《かす》んだ眼で見下したまま妙な顔をしていたが、やがてノッソリと湯から出て来て、小便を仕舞ったばかりの娘の首すじを摑むと、その膨れた腹をグット押えつけた。

「これは何じゃえ」

「あたしの腹じゃがな」

　と娘は顔を上げてニコニコと笑った。クスクスという笑い声が又、そこここから起った。

「それはわかっとる……けんどナ……この膨れとるのは何じゃエ……これは……」

「知らんがな……あたしは……」

「知らんちうことがあるものか……いつから膨れたのじゃエこの腹はコンゲニ……今夜初めて気が付いたが……」

　と親爺は物凄い顔をしてランプをふりかえった。

「知らんがナ……」

「知らんちうて……お前だれかと寝やせんかな。おれが用達しに行っとる留守の間に……エエコレ……」

「知らんがナ……」

と云い云いふり仰ぐお八重の笑顔は、女神のように美しく無邪気であった。

親爺は困惑した顔になった。そこいらをオドオド見まわしては新らしいランプの光りと、娘の膨れた腹とを、さも恨めしげに何遍も何遍も見比べた。

「オラ知っとる……」「ヒッヒッヒッヒッ」

という小さな笑い声がその時に入口の方から聞こえた。

その聞《こえ》が耳に這入ったかして、元五郎親爺はサッと血相《けっそう》をかえた。素裸体《すっぱだか》のまま曲った足を突張って、一足飛びに入口の辺まで来た。すると同時に、

「ワ——ッ」「逃げろッ」

という声が一時に浴場のまわりから起って、ガヤガヤガヤと笑いながら、八方に散った。そのあとから薪割用《まきわりよう》の古鉈《ふるなた》を下げた元五郎親爺が、跛引き引き駆け出したがこれも森の中の闇に吸い込まれて、足音一つ聞こえなくなった。

その翌る朝の事。元五郎親爺は素裸体に鉈をしっかりと摑んだままの死体になって、鎮守さまのうしろの井戸から引き上げられた。又娘のお八重は、そんな騒ぎをちっとも知らずに廃屋の台所の板張りの上でグーグー睡《ねむ》っていたが、親爺の死体が担《かつ》ぎ込まれても起き上る力も無い

ようす……そのうちにそこいらが変に臭いので、よく調べてみると、お八重は叱るものが居なくなったせいか、昨夜の残りの冷飯の全部と糠《ぬか》味噌の中の大根や菜っ葉を糠だらけのまま残らず平らげた為に、烈《はげ》しく下痢を起して腰を抜かしていることがわかった。

そのうちに警察から人が来て色々と取調べの結果昨夜からの事が判明したので、元五郎親爺の死因は過失から来た急劇脳濫蕩《のうらんとう》ということに決定したが、一方にお八重の胎児の父はどうしてもわからなかった。

初めはみんな、撃剣を使いに行く青年たちのイタズラであろうと疑っていたが、八《や》釜《かま》し屋《や》の区長さんが主任みたようになって、一青年を呼びつけて手厳しく調べてみると、この村の青年ばかりで無く、近所の村々からもお八重をヒヤカシに来ていた者があるらしい。それでお八重には郵便局という綽名《あだな》がついていることまで判明したので、区長さんは開いた口が塞《ふさ》がらなくなった。

すると、その区長さんの長男で医科大学に行している駒吉《こまきち》というのが、ちょうどその時に帰省していて、この話をきくと恐ろしく同情してしまった。実地経験にもなるというので、すぐに学生服を着て、お八重の居る廃屋へやって来て、新しい聴診《ちょうしん》器《き》をふりまわしながら親切に世話をし始めた。母親に頼んで三度三度お粥を運ばせたり、自身、下痢止めの薬を買って来て飲ませたりしたので「サテは駒吉さんの種であったか」という噂がパッと立った。しかし駒吉はそんな事を耳にもかけずに、休暇中毎日のようにやって来て診察していると、今度はその駒吉が、お八重の裸体の写真を何枚か撮って机の曳出しに入れていることが誰云うとなく評判になったので流石《さすが》の駒吉も閉口したらしく、休暇もそこそこに大学に逃げ返った。そうすると又、あとからこの事をきいた区長さんがカンカンに怒り出して、母親がお八重の処へ出入りするのを厳重にさし止めてしまった。

「お八重が子供を生みかけて死んでいる」という通知が村長と区長と駐在巡査の家へ同時に来たのはそれから二三日経っての事であった。それは鎮守の森一パイに蟬の声の大波が打始めた朝の間の事であったが、その森蔭の廃屋へ馳けつけた人は皆、お八重の姿が別人のように変っているのに驚いた。誰も喰い物を与えなかったせいか、美しかった肉付きがスッカリ落ちこけて骸骨のようになって仰臥《ぎょうが》していたが、死んだ赤子の片足を半分ばかり生み出したまま苦悶しいしい絶息したらしく、両手の爪をボロ畳に掘り立てて、全身を反り橋のように強直させていた。その中でも取りわけて恐ろしかったのは、蓬々と乱れかかった髪毛の中から、真白くグワッと見開いている両眼であったという。

「お八重の婿《むこ》どん誰かいナ
阿《あ》呆《ほう》鴉《からす》か　梟《ふくろう》　かァ
お宮の森のくら闇で
ホ――イホ――イと啼《な》いている。
ホイ、ホイ、ホ――イヨ――」

という子守唄が今でもそこいらの村々で唄われている。

十四、赤玉

「ナニ……兼吉《かねきち》が貴様を毒殺しようとした？……」

と巡査部長が眼を光らすと、その前に突立った坑夫体《てい》の男が、両手を縛られたまま、うなだれていた顔をキッと擡《もた》げた。

「へイ……そんで……兼吉をやっつけましたので……」

と吐き出すように云って、眼の前の机に横たえてある鶴嘴《つるはし》を睨みつけた。その尖端の一方にまだ生々しく血の磈《かた》まりが粘りついている。

巡査部長は意外という面もちで、威儀を正すかのように坐り直した。

「フーム。それはどうして……何で毒殺しようとしたんか……」

「ヘイそれはこうなので……」

と坑夫体の男は唾を呑み込みながら、入口のタタキの上に筵《むしろ》を着せて横たえてある被害者の死骸をかえりみた。

「私が一昨日から風邪を引きまして納屋に寝残って居りますと、あの兼の野郎が仕事を早仕舞いにして帰って来て工合はどうだと訊《き》きました……そこで旦那……これはもう破れカブレでぶちまけますが、大体あの兼の野郎と私との間には六百ケンで十円ばかりのイキサツがありますので……もっとも私が彼奴《あいつ》に十円貸したのか……向うから私が十円借りたのか……そこんところが、あんまり古い話なので忘れてしまいまして……チッポケナ金ですからどうでも構わんと思って居ても兼の顔さえ見ると奇妙にその事が気にかかってしょうがなくなりますので……けんど、そのうちに兼が何とか云って来たらわかるだろうと思って黙って居たんですが……そんで……私は見舞いを云いに来た兼の顔を見ると又その事を思い出しました。そうして……どうも熱が出たようで苦しくて仕様が無い。こんな事は生れて初めてだから事に依《よ》ると俺は死ぬんかもしれない……と云いますと兼の野郎が……そんだら俺が医者を呼んで来て遣ろうと云って出て行きましたが、待っても待っても帰って来ません。私は兼の野郎が唾を引っかけて行き居ったに違い無いと思ってムカムカして居りましたが、そのうちに十二時の汽笛が鳴りますと、どこかで喰らって真赤になった兼が、雨にズブ濡れになって帰って来て私の枕元にドン座ると大声でわめきました。何でも……事務所の医者（炭坑医）は二三日前から女郎買いに失せ居って、事務所を開けてケツカル……今度出会ったら向う脛《ずね》をぶち折ってくれるというので……」

「……フム……不都合だなそれは……」

「ネエ旦那……あいつらァ矢っ張り洋服を着たケダモノなんで……」

「ウムウム。それから兼はどうした」

「それから山の向うの村の医者ン所へ言ったら此奴《こいつ》も朝から鰻取りに出かけて……」

「ナニ鰻取り……」

「ヘエ。そうなんで……この頃は毎日毎時鰻取りにかかり切りで家には滅多にうせ居らんそうで……よくきいてみるとその医者は、本職よりも鰻取りの方が名人なんで……」

「プッ……馬鹿な……余計な事を喋舌《しゃべ》るな」

「ヘイ……でも兼の野郎がそう吐《ぬ》かしましたので……」

「フーム。ナルホド。それからどうした」

「それから兼は、その村の荒物屋を探し出して風邪引きの薬は無いかちうて聞きますと……この頃風邪引きが大バヤリで売り切れてしまったが馬の熱さましで赤玉ちうのならある。馬の熱が取れる位なら人間の熱にも利《き》くだろうが……とその荒物屋の親仁が云うので買って来た……しかし畜生は薬がよく利くから分量が少くてよいという事を俺はきいている。だから人間は余計に服《の》まなければ利くまいと思ってその赤玉ちうのを二つ買って来た。これを一時に飲んだら大抵利くだろう。金は要《い》らぬから、とにかく服んで見イ……と云ううちに兼は白湯《さゆ》を汲んで来て、薬の袋と一所に私の枕元へ並べました。私は兼の親切に涙がこぼれました。このアンバイでは俺が兼に十円借りていたに違い無いと思い思い薬の袋を破ってみますと、赤玉だというのに青い黴《かび》が一パイに生えて居りまして、さし渡しが一寸近くもありましたろうか……それを一ツ宛《ずつ》白湯で丸呑みにしたんですがトテも骨が折れて、息が詰まりそうで、汗をビッショリかいてしまいました」

「……フーム。それで風邪は治ったか」

「ヘイ……今朝になりますと、まだすこしフラフラしますが熱は取れた様ですから景気つけに一パイやって居りますところへ、昨日兼からの言伝《ことづて》をきいたと云って鰻取りの医者が自転車でやって来ました。五十位の汚いオヤジでしたが、そいつを見ると私は無性《むしょう》に腹が立ちましたので……この泥掘り野郎……貴様みたいな藪医者に用は無い。憚《はばか》りながら俺の腹の中には赤玉が二つ納まっているんだぞ……と怒鳴つけて遣りましたら、その医者は青くなって逃げ出すかと思いの外……ジーッと私の顔を見て動こうとしません」

「フーム。それは又何故か」

「その爺は暫《しばら》く私の顔を見居りましたが……それじゃお前は二ツの赤玉を何時飲んだのか……と云ううちにブルブル震え出した様子なので私も気味が悪くなりまして……ナニ赤玉には違い無いが青い黴の生えた奴を昨夜十二時過に白湯で呑んだんだ、そのおかげで今朝はこの通り熱がとれたんだが、それがどうしたんか……とききますと医者の爺はホッとしたようすで……それは運が強かった。青い黴が生えていたんで薬の利き目が弱っていたに違い無い。あの赤玉の一粒に使ってある熱さましは人間に使う分量の何層倍にも当るのだから、若《も》し本当に利いたら心臓がシビレて死んで終《しま》う筈だ……どっちにしても今酒を呑むのはケンノンだから止めろと云って私の手を押えました」

「フーム。そんなもんかな」

「この話をきくと私はすぐに納屋を出まして坑《まぶ》へ降りて、仕事をしている兼を探し出して、うしろから脳天を喰わしてやりました。そうして旦那の処《ところ》へ御厄介を願いに来ましたので……逃げも隠れも致しません。ヘイ……」

「フーム。しかしわからんナ。どうも……その兼をやっつけてしまったんだ？」

「わかりませんか旦那……兼の野郎は私が病気しているのにつけ込んで私を毒殺して、十両ゴマ化《か》そうとしたに違い無いのですぜ。あいつはもとから物識りなのですからね。ネエ旦那そうでしょう。一ツ考えておくんなさい」

「ウップ……たったそれだけの理由か」

「それだけって旦那……これだけでも沢山じゃありませんか」

「……バ……馬鹿だナァ貴様は……それじゃ貴様が兼に十円貸したのは間違い無い事実だと云うんだナ」

「ヘエ。ソレに違い無いと思うので……そればっかりではありません。兼の野郎が私を馬と間違えたと思うと矢鱈《やたら》に腹が立ちましたので……」

「アハハハハ……イヨイヨ馬鹿だナ貴様は……」

「ヘイ……でも私は恥を掻《か》かされると承知出来ない性分《しょうぶん》で……」

「ウーン。それはそうかも知れんが……しかし、それにしても貴様の云うことはちっとも訳が解《わ》からんじゃ無いか」

「何故ですか……旦那……」

「何故というて考えてみろ。兼のそぶりで金の貸し借りを判断するちう事からして間違って居るし……」

「間違って居りません……あいつは……ワ……私を毒殺しようとしたんです……旦那の方が無理です」

「黙れッ……」

と巡査部長は不意に眼を怒らして大喝《だいかつ》した。坑夫の云い草が機嫌に触ったらしく真赤になって青筋を立てた。

「黙れ……不埒な奴だ。第一貴様はその証拠に、その薬で風邪が治っているじゃ無いか」

「ヘイ……」

と坑夫は毒気を抜かれたように口をポカンと開いた。そこいらを見まわしながら眼を白黒さしていたが、やがてグッタリとうなだれると床の上にペタリと坐り込んだ。涙をポトポト落してひれ伏した。

「……兼……済まない事をした……旦那……私を死刑にして下さい」

十五、古鍋

「金貸し後家」と言えば界隈《かいわい》で知らぬ者は無い……五十前後の筋骨逞《たく》ましい二タ目と見られぬ黒アバタで……腕の節なら男よりも強い強慾者で……三味線が上手で声が美しいという……それが一人娘のお加代《かよ》というのとたった二人切りで家倉の立ち並んだ大きな家に住んでいた。しかし娘のお加代というのは死んだ親爺似かして、母親とは正反対の優しい物ごしで、色が幽霊のように白くて、縫物が上手という評判であった。

そのお加代のところへ、隣り村の畳屋の次男坊で、中学まで行った勇作《ゆうさく》というのが、この頃毎晩のように通って来るというので、兼ねてからお加代に思いをかけていた村の青年たちは非常に憤慨《ふんがい》して寄り寄り相談を始めた。そのあげく五月雨《さみだれ》の降る或る夕方のこと、手に手に棒千切を持った十四五人が「金貸し後家」の家のまわりを取り囲むと、強がりの青年が三人代表となって中に這入って、後家さんに直接談判を開始した。

「今夜この家に隣り村の勇作が這入ったのを慥《たし》かに見届けた。尋常に引渡せばよし、あいまいな事を云うなら踏み込んで家探しをするぞ……」

　という風に……

　奥から出て来た後家さんは、浴衣を両方の肩へまくり上げて、黒光りする右の手でランプを……左手には団扇《うちわ》を持っていたが、上《あが》り框《かまち》に仁王立ちに突立ったまま平気の平左で三人の青年を見下した。

「アイヨ……来ていることは間違い無いよ……だけんど……それを引渡せばどうなるんだぇ」

「半殺しにして仕払《しはら》うので。この村の娘にはほかの村の奴の指一本指させないのが昔からの仕来りだ。お前さんも知っているだろう」

「アイヨ……知っているよ。それ位の事はホホホホホ。けんどそれはホントにお生憎《あいにく》だったネエ。そんな用なら黙ってお帰り！」

「ナニッ……何だと……」

「何でも無いよ。勇作さんは私の娘の処へ通っているのじゃ無いよ」

「嘘を吐け。それでなくて何で毎晩この家に……」

「へへへへへ。妾《わたし》が用があるから呼びつけているのさ……」

「エッ……お前さんが……」

「そうだよ。へへへへへ。大事な用があってね……」

「……その用事というのは……」

「それは云うに云われぬ用事だよ……けんど……いずれそのうちにはわかる事だよ……ヘッヘッヘッヘッ」

青年たちは顔を見合わせた。白い歯を剝き出してニタニタ笑っているアバタ面を見ているうちに、皆気味がわるくなったらしかったが、やがてその中の一人が勿体《もったい》らしく、咳払いをした。

「……ようし……わかった……そんなら今夜は勘弁《かんべん》して遣る。しかし約束を違えると承知しないぞ」

と云う、変梃《へんてこ》な捨科白《すてぜりふ》を残しながら三人は無理に肩を聳《そびやか》して出て行った。

勇作はそれから後公々然とこの家に入浸りになった。

ところが、やがて五六カ月経って秋の収穫期になると、後家さんの下ッ腹が約束の通りにムクムクとセリ出して来たのでドエライ評判になった。どこの稲扱《いねこ》き場《ば》でもこの噂《うわさ》で持ち切った。しかもその評判が最高度に達した頃に村役場へ「勇作を娘の婿養子にする」という正式の届出が後家さんの手で差し出されたので、その評判は一層輪に輪をかけることになった。

「これは、どうもこの村の風儀上面白くない」と小学校の校長さんが抗議を申込んだ為めに村長さんがその届を握り潰している……とか……村の青年が近いうちに暴れ込む手筈になっている……とか……町の警察でも内々で事実を調べにかかっている……とかいう穿《うが》った噂まで立ったが、そのせいか「金持ち後家」の一家三人は、裏表の戸をピッタリと閉め切って、醤油買いにも油買いにも出なくなった。いつもだと後家さんは収穫後の金取り立てで忙がしいのであったが、今年はそんなもようが無いので借りのある連中は皆喜んだ。

　ところが又そのうちに、収穫が一通り済んで村中がお祭り気分になると、後家さんの家がいつまでも閉め込んだ切り煙一つ立てない事にみんなの気が付き始めた。初めのうちは「後家さんが、どこかへ子供を生みに行ったんだろう」なぞと呑気なことを云っていたが、あんまり様子が変なので、とうとう駐在所の旦那がやって来て、区長さんの立ち会いの上で裏口の南京錠をコジ離して這入ってみると中は人ッ子一人居ない。そうして家具家財はチャンとしているようであるが、その中で唯一つ金庫の蓋が開いて現金と通い帳が無くなっているようす……その前に男文字の手紙が一通読みさしの儘放り出してあるのを取り上げて読んでみると、あらかたこんな意味の事が書いてあった。

「お母さん。あなたがあの時に勇作さんを助けて下すった御恩は忘れません。けれども、それから後のあなたの勇作さんに対する恩着せがましい横暴な仕うちはイクラ恨んでも恨み切れません。妾《わたし》はもう我慢できなくなりましたから、勇作さんと一所にどこか遠い所へ行ってスイートホームを作ります。私たちは当然私たちのものになっている財産の一部を持って行きます。さようなら、どうぞ幸福に暮して下さい。

　　月　日

勇　吉

妻　加　代

母上　様」

それでは後家さんは何処《どこ》へ行ったのだろうと、家中を探しまわると、物置の梁から、半腐りの縊《い》死《し》体《たい》となってブラ下っているのが発見された。その足下にはボロ切れに包んだ古鍋が投げ棄《す》ててあった。

（一九二七年六、十二月号、一九二八年六月号）

煙突奇談

地味井平造

地味井平造（じみい・へいぞう）

一九〇五（明治三十八）年、北海道函館《はこだて》生まれ。本名・長谷川《はせがわ》潾《りん》二郎《じろう》。長兄は牧逸馬《まきいつま》、末弟は長谷川四郎《しろう》。幼少期から画家を志し、洋画家として作品を発表、フランスに一年ほど滞在したこともある。中学時代に親交のあった水谷《みずたに》準《じゅん》に勧められ、二六（大正十五）年六月、「煙突奇談」を、準が編集をしていた「探偵趣味」に発表する。つづいて同誌に「二人の会話」「X氏と或る紳士」を、翌年には「新青年」に幻想的な「魔」を発表した。「煙突奇談」は、のちに江戸川乱歩が「その印象は驚く程永く読者の心に残っている」と評したほどだが、創作活動は一年にも満たなかった。三九（昭和十四）年、「新青年」の編集長だった準に再び小説執筆を求められ、同誌に「顔」「不思議な庭園」「水色の目の女」を発表する。だが、このときも作家活動は短期間に終わった。七五年、「幻影城」に「水色の目の女」の新稿を発表、翌年には長く筐底《きょうてい》に眠っていたという「人攫い」を同誌に発表している。一九八八年死去。九〇年に岩崎美術社から画集が刊行された。

　デビューの場が「探偵趣味」で、前述の三作のほかに、煙草をテーマとした掌編を連ねての「童話三つ」を発表している。

私はこの話の実在を聴き手に信じさせようとする努力に厭《あ》きて仕舞った。まったくそれは、多くの嘘がこの話は実話ですと言う言葉で始まる為らしい。だが、それはいずれでも宜《よろ》しい。

諸君は去年の七月に起きたあの不思議な事件を知ってる事と思う。今、朝日新聞縮刷版を開いて十二日の記事を見れば、大体次のような事が書いてある。――その日は日曜日で日本晴れの上天気であった。一人の巡査が銀座《ぎんざ》通りを巡廻して二丁目を歩いて居た。ふと空を見上げると、キラキラ光る青空にＫＢ製菓工場の煙突が黒い棒を引いたように聳《そび》えて居た。煙突はかなり遠距離にあったのだが、その日はすぐ近所にあるように見えた。そして巡査は煙突の上に何か黒い物――煙で無しに――物体が乗ってるような気がしたが、別に気に留めず、太陽の方へ目を転じた。そして人込みをゆっくり歩いて行った。

もっとも彼はチラリと空を見た瞬間に、これらのものが目に入っただけなのだ。銀座通りで空をしげしげ眺めて歩く事などは、とても出来ない。それに余り美しい晴天であったので彼は何方《どちら》かと言えば巡査であるよりも、飾窓《かざりまど》に気を取られる日曜日の散歩者の一人であった。暫《しばら》くして巡査がこの街路を引き返して来た時、ペーヴメントの上に三四人の人が立ち停って空を仰《あお》いでるのを見た。彼は何気なしに彼等の顔の方向を眺めた時、そこに先刻の通りＫＢ製菓会社の煙突が聳えて、そして先刻の通りその上に黒い物体を認めた。彼も思わず立ち停って空を仰いだ。するとたちまち又二三人の通行人が立ち停った。巡査が一所《いっしょ》に空を見てるのが人々の注意を引いたのである。常に群集の中では巡査は好奇心の的なのだ。ある想像力の発達した人々は、巡査が少し永く家裏を眺めただけで、重大な殺人事件を考える。そしてつまらない珈琲店の喧嘩でも巡査が登場する事で、一層劇的な刺戟を人々に与え、又実際に事柄も複雑になるのである。さて、ペーヴメントに、八、九人の人溜りが出来たら最後、人数はたちまち殖えて行った。人々は皆、巡査の顔と空を眺めた。「どうしたんです。飛行機が落ちたんですか？」「おや、煙突の上に黒い物が見えますよ」「活動写真の戸外撮影だ」そんな声が、がやがや聞えた。人溜りの前の店の小僧が、望遠鏡を持ち出して見て居るうちに突然叫んだ。「人だ人だ、さかさまに足が見える！」

巡査は慌《あわ》てて小僧の望遠鏡を借りて眺めた。すると、太い煙突の上にズボンを穿《は》いた二本の足がさかさまにささって角のように空中に突き出てて居るのが見えた。

それからの大騒動は諸君も想像出来るだろう。又、諸君は知って居るかも判らない。ペーヴメントの上は黒山のような人集《ひとだか》りで一杯になった。東京中の通行人が銀座へ集って来たように。銀座中の人が空を一斉《いっせい》に仰いだ。敏捷な掏摸《すり》が群集の中を歩き廻ってその被害は大したものであった。電車も自動車も皆止った。群集の為め道路が埋ったばかりで無く、運転手等も職務を忘れる程好奇心が強かったので。日曜日で多くの事務所が休みだったのでその方面は良かったが、多くの商店やカフェの損害は又莫大であった。何故と言えば、買物中のお客も品物の包みを持ったまま、或いはお菓子を喰べたまま金も払わずに戸外へ出て仕舞った。いかなる大事件が街路で起きたのかと驚いたままで。それに、たとえお金を払おうと思っても、金銭係もボーイも番頭も誰一人居なかった。飾窓の人形や自動計算機や棕櫚《しゅろ》の植木鉢や柱時計が店番であった。そればかりでなく、こそ泥棒がポケットを脹《ふく》らませて空家の店を出入した。

多数の巡査と在郷軍人の出動で、市街の騒動が鎮まったのは午後二時頃であった。

翌日の朝刊新聞には二号活字で以下のような記事が出た。

ＫＢ製菓工場煙突上の死体？

白昼銀座の大騒動

十一日午前八時二十分、銀座二丁目巡廻中の一巡査はＫＢ製菓工場の煙突上に一個の死体らしい物を発見し、直ちに警視庁の出動を見たが、目下ＫＢ製菓は争議中で作業中止の有様であり、大煙突の鉄梯子《てつばしご》は中部破損の為め、先端へ登る事は不可能であり、今数名の工夫が修繕中である。会社側の話に拠《よ》れば大争議の始まる前に梯子の一部の破損を発見したが、争議の為め二週間の間も修繕しなかったのが五日前の暴風雨で完《まった》く破壊されたと言う。又、怪しき死体は煙突の高さの為め、近所では好く見る事は出来ず、工場に一番近いＳＳビルディングの屋上より望遠鏡にて見た所に拠れば、確かに人体の一部の如く望見される。鉄梯子の修繕と共にこの秘密は解かれるべく、云々……

以下には銀座の騒ぎが大袈裟《おおげさ》に報道されて居る。そして人々は、争議中の職工等の悪戯ではないか、煙突の上からはズボンを穿いた二本の棒切れが出てるのでは無いか、古いにしろどうして丈夫な鉄の梯子が一体破壊したのか、と考えたものだが、二三日後の新聞は煙突の上から人間の死体を降した事を報じた。死体は恐ろしい力で煙突内へ押し込んだような位置にあり、顔面は甚しく傷つき、又数日来の暑気の為め腐敗して人相は判らなかった。そして身元不明の外国人である事が市民に探偵小説的興味を与えたのである。何の手掛りも無かった。警視庁は非常な苦心で探偵したのだが、皆目判らなかった。死体の男が何んと言う名でどこの国籍で、何んの職業で何んの理由で登れもしない煙突の上で死んだか？　誰一人彼の証人も目撃者も死体引き取り人すらも出て来なかった。探偵は事件の前日、横浜のホテルで一人の西洋人が行方不明になったのを聞いて大いに乗気になって捜索したが、その男はホテル代を払わずに上海《シャンハイ》へ逃げたのだと判ってがっかりした。又、丁度その頃、アメリカから二人泥棒の逮捕依頼状が日本へ来て居たので、恐らくこの悪漢等は東京に潜伏して居る間に仲間割れがして、一人が他を殺害し、死体の処置に困って大胆にも（恐らく強力な）悪漢は死体を背負ってＫＢ製菓の煙突上へ深夜に登り、かかる芸当を演じてから、下りる時には計画通り梯子を巧みにも破壊して、さて市民や探偵等の大騒ぎに乗じて海外へ逃走したのでは無いか。そう言えば二人は行方を晦《くらま》す為めに別々に住んで居たに相違ないから、前の上海へ逃げた西洋人こそ怪しい、と探偵は考えたのだがその時もう彼の西洋人は行方不明であった。

さて以上のような事で、事件はムニャムニャに終ったわけである。そして探偵の最後の判断が最も正しいとて新聞は報じ（ある新聞紙は、煙突の中に誰れにも気付かない宝石類の隠し場所があり、二人の悪漢が宝石の事で喧嘩をして月下の煙突上で劇しく格闘した、などと活動写真を見たような記事を書いた）人々も半ばそれを信じた。信ぜざるを得なかったのだ。信じないとしたら、皆は不可説を信じなければならなかった。そして二三カ月経って行った。やがて人々はＫＢ製菓の煙突を眺めるのに厭《あ》きて仕舞った。又その頃はもう煙突は一切不思議を煙りにでもしたように、常の通り黒々と煙りを吐き出して居た。稀に煙突を仰ぐ人があっても、煙りの出具合で時間を当てようと言う物好きに過ぎなかった。

――この事件はこれで終ったのである。人々は以上の事の次第で、不思議だが有り得る事として信じて居た。私も又同じくそう信じた。不思議だが有り得る事だ、と。そして、この事件の真相を知って居るのは、或いは私一人では無いか、と考えるのである。

＊　＊　＊　＊

私の散歩癖はもう癒《なお》る見込みは無かった。私はその頃東京中を歩き廻ったものだ。しかし最も多く歩いたのは銀座近辺であった。日中は勤めの為めに散歩は出来ないが、夜は必らず戸外へ飛び出した。その散歩の最中で、やがて私は一軒の好ましいカフェを発見した。そのカフェは、ＳＳビルディングの一番上の八階にあり、昼は殆《ほと》んど建物内の会社の社員等のものであるが、その惰性のように夜間も開店して居た。ビルディング全体が眠り始めるのは十時過ぎであった。街路で八階の明るい燈火を見上げてもカフェだと気の付く人は稀れであったので、夜の客は極めて少数であった。私は静かな明るい室が気に入って散歩の休憩室として毎夜出掛けたものだ。そこで私は一人のどこかリファインされた感じと人目を忍ぶとでも言ったような物静かな態度の大部《だいぶ》年配の西洋人と知り合いになった。
一所に同じテーブルに坐った事から会話を始めたのである。もっとも私の方から喋《しゃべ》り出したのだ。私は少々英語が得意であったので。

　それから二三日続けて逢った。彼もこのカフェを好んでるように見えた。私は彼のつつましい話ぶりと思い掛けなかった彼の皮肉な観察眼と悪戯気と静けさを愛する気持が好きになった。だが一方に好奇心のあったのも白状しなければならない。一体この老年期に入り掛けた西洋人は誰れであるか。私はあれこれと考えた。探偵のように験《しら》べるのも出来たに相違ないが、私はもちろんそんな事をする気は無かった。只、心の中で想像するのが面白かった。彼は昼間、電気工場へ出て居る技師長ではないか。又息子の仕送りで、永い間の貯金で、郊外の外国人村に住んでいる独身の気楽な身の上ではないか。いや、彼は実は大金持ちであり、そして金持ちぶるのが一番嫌いな爺さんで、莫大な金を持って世界中を一人で静かに老後の道楽として、漫遊してるのでは無いか。私はどうも後者が（たとえ富豪ではないにしろ）本当の事のように思われた。彼は東京の市街を良く知らず、又、世界のいろいろな場所を知ってるようであったから。

　ある晩、私は彼の愉快な話を聞く為めに、例のカフェへ出掛けた。そして常のように窓の側のテーブルで彼を発見した。

彼が永い時間、東京の近頃の気候とニュー・ヨークやシカゴや他のアメリカの町との相違を喋った後であった。私は立って側の大きな窓を開いた。その日は又珍らしく誰一人カフェには居なかった。下の市街は未だ賑やかな雑踏なのだけれど、この室は空中に吊るされたように静かであった。私はこれらの感じの為めか、妙に圧迫された、沈んだ気持になって来た。私はこの時間と場所を忘れたような空気の部屋から出て、戸外の爽々《すがすが》しい気分を吸い込みたいものだと思った。それに、どうしてか、今夜は彼が全然知らない不気味な西洋人だと言う感じがしてならなかったのだ。窓外には星がたくさん光る美しい夜空が一枚拡った。私はこの夜空をじっと見入って居るうちに、余り美しく思われたので何気なく言った。

「もし、あの夜空を自由に飛び廻れたらどうでしょう」

「この窓から飛び出して見給え」

その言葉は真面目そうに聞えたので、びっくりして彼を見た。すると彼は例の如く微笑しながら揶揄《からか》うように言うのだ。

「ねえ君、人類の空中征服欲も随分永い間のものさ。漸《ようや》く近頃飛行機や飛行船が発明された。(君が望むなら、航空機発達史を精しく話して上げてもいい)だがそれで目的は達せられたろうか。いや、それは人類の『鳥の如く空を翔《か》りたい』と言う遠大な願いに対しては、実に幼稚なものだと言うのを君も知ってるでしょう。永い年月と数多の人命に依って発達した現代の航空術も、実に多くの制限がある。航空機その物がすでに制限とも見られる。速度、確実度、安《あん》慰《い》、この三つの条件で申し分ない所は無いのです。そしてこの機械の子供にとっては広大な空中の国土は恐ろしい外敵だ。欧州戦争以来、どんなに飛行機が航続力、速度、上昇力、空中停止、夜間飛行などに跳躍的に進歩したと言え、要するに義足のような機械的飛行《メカニカルフライト》に過ぎないです。発動機、翼、胴、体機脚について人間の無限大の欲望から見れば、数限りない不平が出て来ます。無発動機飛行機だってユンカー会社の最新式だって何んだって皆似たものです。暫く前の事だが米国海軍の大硬式飛行船シェナンドア号が、暴風圏内に突入した為めに墜落破壊してしまった。こんな事を一々君に言わなくとも、いかに航空機なる物が不完全であり、貧弱だか判るでしょう。第一、手軽でない、容積が大きい、何時でも又どこでも、君が今、夜空へ飛び出したいと思ったようには行かない。靴のようには決して普遍的で無い。そう考えれば、私等が高い十階の窓から向い側の窓へ行こうとか、自分の手から空中へ舞い上った紙幣を捉まえようとか、その他の場合にも於ける飛行、つまり人が地面を歩くように空中を飛ぶ事は不可能であり、又、かかる方面の飛行術の発達は、とても現代の航空機に望む事は出来ないような気がします。この方面から見れば今の所飛行機に吾らは絶望しなければなりません。所で人類何百年間の願望、『鳥の様に翔りたい』と言う空中征服を神様はお許しにならないのでしょうか。

さて次ぎに、君に告げなければならないのはこの宇宙が大半、吾等の想像外の物で充ちてる事だ。例えば昆虫学でも天文学でも、その広大な面積に於いて、どんなに多く処女地があるか判りませんよ。一つの定理の反対をも同じく想像しなければならない。霧のかかった山は、そこに山があるとは決して思われないが、霧のはれた時、私等は山を見出して驚くでしょう。それのみでは無い。私等は自分自身のうちにすら不可解な秘密を沢山見出すのです。もちろん、君はこんな事は知ってるだろうが、次ぎのように言ったら君は驚くかしら、人間は自由に飛行する能力を持ってるのだ。と、まあ、いいですから聞き給え。千万年の昔中古に於て人類は鳥のように自由自在に空中を飛び廻ったのです。それはもちろん、強敵から身を守る為めに神様が付与して下さった本能であった。何故かと言えば、君も想像画で見て居るでしょう、その頃の地球と言ったら、恐竜類、つまり雷竜、梁竜、クラオサウルス、単角竜、蛇頸竜、翼手竜よりも恐ろしい動物が地球を支配して居たものです。それから恐ろしく永く経て、プライストシーン期も過ぎてから、段々、人類は飛翔の本能を忘れかけた。何故かと言えば、人類が地上に殖《ふ》え新らしく地球の支配者として安全に地上に住むようになったからです。色々の伝説が人類には未だ飛翔の本能に記憶があった事を示してますよ。やがて人類は現世代に於て完全にそれを忘れて仕舞った。だが、その本能の潜在意識が、人々の空中飛行の願いとなり、航空機の発達となったのを、君も否定しないでしょう。新時代の人類で航空機の発明を工夫した第一番目の男が、鳥の翼に似た物を背中へ付けて空中を飛行しようとして物笑いになったのだが、私はもっともな事だと考える。だが翼は不必要であった。大昔の祖先等は翼なしで飛んだのですから。さて、今から幾千年か、幾万年か過ぎた時代の人類は、きっとこの貴重な便利で実用的な本能を覚醒されると信じます。その時代の人々は、昔の祖先は機械で空を飛ぼうとしたものだと笑い話にするかも知れません。けれども又、現在に於て、人々がその本能を持つ事は十分出来、神様ももちろんお許しになると君は思いませんか。だが、人々はそれについて考えようとしないようです。……しかしですね、偶然の機会で神様がそれをある特別な人間に与えて下さる時があるのです。人々はそれを奇蹟と呼びますが……それには大昔の人類を襲った大恐怖があればいいのです。例えばですね、私が紐育《ニューヨーク》のビルディングの六十階上の一室で恐ろしい敵に見舞われます。敵は私の生命を取る目的で室内へ入って来る。そして私は逃げ口と言っては窓より他に持って居ない。私は敵によって死ぬか、その前に窓から飛んで自殺するか、この二つの道より外に無く、そして命はもう出来得る限り助かりたいと祈って居る。その時です。私は突然、おや！　と思う間も無く六十階の窓からペーヴメントへ向けて墜落して行ったのです。その気持と言ったら、もう恐怖や何かを通り越して、すでに死んだようなものでした。だが脳髄のどこかにはっきりとした意識があったらしい。私は落ちる瞬間に、向いのホテルの星条旗や、いやそれのみで無い、普段は見えないような遠方の建物の頂で働いて居る陽に照らされた職工の姿を、レンズのように明らかに見た。私は観念の目を閉じて、ただ耳のそばの、物音を一切消す風のひゅうひゅう言うのを聞いて居ました。次の瞬間に突発する街路の騒ぎ、自分の死体を頭の中に描いて。すると耳の側の風がぴたりと止った。私は六十階がいかに高いと言え、歩道へ落ちる時間が少々長すぎると感じて思わず目を開くと、不思議や、私は帽子の群れや自動車の急流や街燈や標準時計を見る代りに、紐育の高層建築の市街を絨毯《じゅうたん》の如く見下ろして空高く飛んで居るのです。その時の驚きは生涯で一番大きいものでした。ふとすれば、私が落ちた時の姿勢が人類飛行術の型、微妙なバランスを偶然にとって居た為めかも知れません。――私は自分の姿をつくづく眺めたのです。私は神様に心から感謝しながらも、もし、自分が一匹の鳥に変化して居るとしたら大変だと思いました。まったく、目下の市街では誰一人仰ぐ人もなく平穏な常の光景であったからです。所が私は、窓から落ちた時の背広姿であり、今朝とり替えたネクタイも上着の胸に差した花も何一つ変って居ない。ポケットにはちゃんと金入れとシガレット・ケースが入って居ました。もちろん、天使等のような鳩の羽も生えては居ません。

そこで、私は空中停止をして、ネクタイとカフス・ボタンを直してから、一時間二百キロメートル位の速力でサンフランシスコへ飛んだのです。……」

私はうつらうつらとして、窓外のウルサ・ミノルの星を眺め夢の中のように彼の長話を聞いて居た。暫くしても彼は話を続けないので何気なしに彼の座席を眺めた時、思わずはっ！とした。彼が今まで居た筈の、今の今まで喋った筈の椅子には人影もなく、ただ、煙草の煙の輪が二つばかり空中に浮んで居た。見る間に二つの輪は戸外の気流に吸われてか、ゆっくりと窓の方へ動き、たちまち闇の星空の中へ消えて行った。

――「何をびっくりしてるのです」と言う彼の声で、私は驚いて後ろを向いた。すると彼は私と同じ並びの椅子に、何時の間かちゃんと座ってにやにや笑って居た。

「貴君は今まで向い側に居たと思ったが」

「そうです。だが少し前、話中にここへ移ったんです。君が眠ったように外ばかり見てるので、ちょっと悪戯をしてびっくりさせようと考えて」

「僕は又……」

「何に？　はっはっはっはっ」彼は目に涙をためてから言った。

「今晩は大分遅くなりましたね。もうビルディングの出入口の扉が閉じますよ。それこそ、窓から飛び出さなくてはならないことになりましょう。さあ帰りませんか。それに君は又大変睡《ねむ》そうに見えます」

彼と別れてから、私は青い星月夜の空を仰いでぶらぶら歩いて家へ帰った。

その翌晩もその次ぎの晩も、私はＳＳビルディングのカフェで彼を待ったが、どうしたわけか、彼の姿を見る事は出来なかった。私の好奇心はますます大きくなったものである。彼は実際に、自由に飛行する偉大な才能を大自然から恵まれて居るのではないか。そしてどうやら、それが本当の事の如く思われて来た。そう考えれば、彼の痩《や》せた、ステッキのような体格は、鳥類に似てるようにも思われる。彼がぽっかりと煙草の煙のように空へ浮んでも、少しの不思議もないように思われる。そして彼は、この東京へ太平洋の空を飛んで来たのでは無かろうか。

私は又、人類飛行の本能に就いて毎日考えたものだ。昼は事務所の窓硝子へノートのペンをとめて空想を描いた。それはすべての人間がその本能を自覚した時の光景だ。鳥のように自由自在に、人々が高く低く空中を飛び交す。老人等はゆっくりと鳶《とび》のように、幼子は鬼ごっこや走りっくらをして雀のように元気よく飛ぶだろう。恋人等は楽しく鳩のように静かに舞い上る。空中に靡《なび》くリボンや衣裳こそ、衣服の美で最も変化に富み、すべての要素を持った新芸術である。ある人々は一家族爺さんから子供まで一団となって、友人等はパイプをふかしながら放談に耽《ふけ》って、ゆっくりと空中散歩をするだろう。この素晴しい風景よりもこの世に美しい眺めがあろうとは思われなかった。この空中征服が出現した時は、現今の人々が頭を抱えて考え込んで居るすべての問題、人口問題、社会政策、食糧問題、プロレタリアとブルジョア。移民問題、その他、小作人争議から密輸入事件、交通整理までの答案がたちまち解決するように思われた。美術、演劇、音楽、科学、文学、政治の上に想像も出来ない大革命が自然に起きて来る。そして空間国土の発見で人類の生活は立体的に、跳躍的に目醒《めざま》しい進歩をするだろう。もちろん、この小さな一遊星、地球は、彼等にとって一着陸場に過ぎないのだ。その壮麗雄大な文明は……。

「A君、書き終ったら持って来て下さい」という部長の声で気がついて見れば、目の前には紙とペンがあり、窓下の街路には飛行本能を忘れた愚かな群集共がうようよと歩き廻って居る。それを見れば、とても三四世紀の間では、空中生活は実現されそうにも想像出来ない。まして現代で、私の一生のうちに、などと言う事は夢にも考えられなくなった。しかしそうだ、もし彼の言ったように大恐怖が、現代の地球に襲来すれば、もし先年の大地震のような奴が世界中に五週間続いたら、などと考えて、突然、同僚の言葉で地上へ舞い戻った。夜は毎晩、エッフェル塔を掠《かす》めたり、白雲の峰に登ったり、地中海を糸のように見下ろす飛行の夢を見た。又、支那仙人伝や西洋中世古伝や魔法史やファウスト本の飛行、アラビアンナイトの類まで読んだ。雲間に遊んでる天使等の画を眺めた。だが一番、マルク・シャガールの画が私を喜ばした。殊にその中で「恋人」、「回想」と題した絵が私を引き付けたのである。それは恋人等がロシアの村落を見下ろして高く飛んで居る画であった。

数日後、小雨の降る夜、私は尾張町《おわりまち》停留所に立って電車を待って居た。ぼんやりと数寄屋橋《すきやばし》の方の道路にある、明るい雨に濡れた飾窓を斜めに見つめて居た。すると突然、大きな飾窓の前へ、蝙蝠傘《こうもりがさ》の広告のように、傘をさした男のシルエットが浮び上った。見ると男の足の下一尺位地面を離れて、明るい熱した電気の光りが、姿全部を包んで居る。シルエットは硝子に吸い付いたように、しかも落ち着いてゆっくりとこっちへ向って空間を歩み出した。と思ったらその影は隣家の暗い壁の中へ消えて仕舞った。私はびっくりしてその方へ向って歩み出した。そしてなお驚いた事には、私の目の前へかの西洋人が忽然《こつぜん》と人込みの中から現われたのである。

「しばらくお逢いしませんでしたね。私は少々忙しくて、と言うのはもうじき、東京にさよならしなければならないのです。京都、大阪方面を歩いてから、支那へ行こうと思ってるのです。で、久しぶりで例のカフェへ行こうとしてるのだが、どうです、一所に参りませんか」

私は彼に随《したが》った。先刻のシルエットと彼が同一人である事を私は信じた。蝙蝠傘や背恰好に少しの相違も無かった。

「どちらからおいでです?」と私は思わず言い出した。

「え?……私は今、ロンドン館から出て来たんです。ちょっと買物を整えましてね。だがどうしてです?」

「僕は飾窓の前を歩いてる貴君を見たような気がしたので」

「見たんですか。あんな所を歩いてるのを。いや、何、あの飾窓の下に少しばかりセメントの段が出て居るのを知ってましょう？　あの上を渡れるかしら、と思って歩いて見たんです。子供のような道草の悪戯が僕の病気でしてね、この旅行癖ももちろん、その現われらしいです」

「遠くから見れば、地面を離れて歩いて居るように見えましたよ」と私は思わず言った。

　すると彼は私の顔を見てから、大笑いを始めた。「一体、どうしたんです。君は未だ例の僕の笑談《しょうだん》を忘れないと見えますね。しっかりし給え。僕が魔法使いのように空中を歩く、とでも考えてるんですか。はっはっはっはっ。しかし、どうして君の視覚にそう映ったか疑問ですね。……きっとそうです。向い側に止った自動車か何かがあったんですね。そして頭光《ヘッドライト》が地面を照して居た。その強い光線の一部か反射かが、私の歩いた石段の側面を明るく光らせて、飾窓と続けて仕舞ったに違いない。きっとそうですよ。もし何んなら行って御覧なさい。自動車が走り去ったとしたら、飾窓は先刻よりも地面から高くなって居るでしょう」

　その翌日の黄昏《たそがれ》に、私は会社から出て数寄屋橋の方へぶらぶら歩いて居た。到頭《とうとう》、かの西洋人は、私に名も国籍も職業も告げずに、天候の話や、世界大都市や地理学上の話、とりとめない笑談や、それからかの飛行術を語っただけで、昨夜、さよならをして仕舞った。或いは今もう東京に居ないかも知れない。彼は自分でちょっと私へ語ったように物好きなツウリストに過ぎず、今頃は東海道線の喫煙室列車で誰れかを捉えて例の調子で話し込んでるのでは無かろうか。すると私の鼻へぷんと彼の飲んだ煙草の匂いがする。気がつけば、私は彼の置土産に呉れたポールモールに火を付けて居た。

私に自分の名や国籍を告げないのも、通行人とでも早速友人になる彼のコスモポリタニズムの為めでは無いか。

だが、彼は又実際に飛行術、彼の不思議な神通力を持って居て、今夜あたり、SSビルディングの八階からでも、そっと飛び出すのでは無いか。私は後者を第一に信じなければならない事に思われた。そう言えば今夜は、いつかの日のような群青色の晴天であり、少しの風もなく、飛行には持って来いの日であった。私は空を仰いだ。そして黄昏の空の上を、黒い一点になってステッキとトランクを持ち、胸を張って、鶴のように足を揃えて飛んで行く彼の姿が、はっきり見えるような気がした。——ふと気が付けば私は銀座の裏通りを歩いて居た。もうトワイライトが夜に入り掛けた頃で、人通りは少なかった。表通りと比べてここは暗く静かにひそまり返って居た。ここ等の道路は皆似て居るので、どこらに当るか見当がつかなかった。向い側の家並を見ると、明るい長方形の玄関が一つ暗《やみ》を切りぬいて居た。中は硝子箱へ金剛石を一杯詰め込んだように、キラキラ燈火が光ってるので何があるかよく見えなかった。二階には三つ程の窓が輝いて居た。隣り近所は倉庫か何からしく真暗な為め、又暗が建物の壁を周囲へ溶《とか》して仕舞ったので、これらの窓と玄関は空から吊されてる角燈とも思われるのであった。暗に馴れた目に、玄関は爽々しく又美しく映ったので、私は向い側で立ち留って暫く眺めて居た。すると玄関の真中へ黒い形が現れ、見る間に人間の姿になった。そしてその男は硝子戸へ向って歩いて来る。見ると彼の足は正しく空中に浮び、姿はこの玄関の額縁の中央にあるのだ。水族館の珍奇な魚のように見えるのだ。たちまち男は大きくなった、その時玄関の硝子がチラリと光って男は外へ飛び出した。そして左手へ大急ぎで歩いて行く。私は思わず跡をつけた。彼はどんどん歩いて行く、そして、後ろ姿がかの西洋人に似てるのが、私をびっくりさせた。私は彼を追い越してぜひ顔を見たいと思って小走りに歩いた。もしもかの西洋人であるならば、色々な疑問を今度こそはっきりと問い質《ただ》して見ようと考えて。すると前方の彼も足を早めるような気がするのだ。二人は同じ位の間隔を保って、暗の道路に縞を描いてる電燈の光りの流れを幾つも横切って、思い掛けなく京橋《きょうばし》へ出た。彼は明るい街路を横切って行く。その時、困った事に電車と自動車の為め私は暫く向う側へ渡るのを待たねばならなかった。そして明るみで見た彼の姿は確かに西洋人であり、正しく私の知って居るかのツウリストだと思われた。私は又遠い彼の影を追って桜橋《さくらばし》の方へ走った。新富町《しんとみちょう》停留所へ曲ったのをチラリと見て、私は電車通りへ出たが、その時分には彼の姿は私を小馬鹿にしたように消え失せて居た。そして、今目の前を通り過ぎた明るい電車の窓に彼の帽子を見つけたように思われるのであった。がっかりして私は本願寺《ほんがんじ》の方へ歩み出した。

　翌朝、私は昨夜の出来事が馬鹿馬鹿しくてならなかったのである。と言うのは、あの裏通りの家の玄関口にすぐ二階へ登る階段があって、白っぽい絨毯《じゅうたん》が敷いてあった為めに、人が空間を歩むように見えたのだろうと気が付いたからだ。つまり絨毯の階段は欧州戦時に大西洋航行船に施したカムフラージュの如き役目をなしたのだ。それにあの西洋人は人違いに相違ない。何んの理由で彼が東京にうろうろして居るか、彼は京都か大阪の空を（ふとすれば）飛翔して、珈琲店へでも下りようと物色して居るのかも知れない。――その日の午休《ひるやす》みに私は昨夜の銀座裏の家を捜して見たが判らなかった。第一、場所をよく覚えて居なかったばかりで無く、同じような所に同じような家を沢山発見した。そしてどの家も昨夜感じたように美しい建物ではなく、有りふれた平凡な事務所に過ぎなかった。

　さて、それから二日経ってから、この物語りの初めに記した大事件が続いて突発したのだ。私は丁度、日曜日の事で、書店へ行った帰り、銀座のＳＳビルディングのカフェの一室で、又とても、飛行術やかの西洋人の事を考えて居たものである。その時、突然、ボーイが飛び込んで言った。

「大変です。ＫＢ製菓の煙突の上に人が死んでます」私ははっ！　として椅子から電気人形のように立ち上った。街路を見下ろせば、お祭りか示威運動か市街戦のような騒ぎだ。私は早速、カフェの屋上へ出た。そして煙突の上の二本の足を認めたのである。私がいかに驚愕したか、諸君も想像出来るだろう。私はじっと立ち尽して、立ち騒ぐ人々の中で事件の真相を感知し、かの不運な老人の西洋人の冥福《めいふく》を秘かに祈った。何故かと言えばかの二本の足こそかの西洋人の足に間違いないと思われたからである。誰れが鳥（又彼）以外に、煙突へ飛び込んで死ぬものか。想像すれば、彼は何かの忘れ物か、又東京に住む決心か、で昨夜関西から引き返して来て又、実は銀座裏通りで見た西洋人は彼であって、彼は私に別れを告げてからも東京に留って居て昨夜、秘かに関西へ向けて飛び上り、偶然にKB製菓の煙突に衝突し、倒《さか》しまに身体が刺った為めに起上る事も出来ず、この不幸な友人は死んだのでは無かろうか。やはり、空中を飛んでも、地面を歩いて道路修繕の穴へ落下して死ぬ人もあるように、不慮の死があるに相違ない。……或いは又自殺ではあるまいか、或は又……などと彼の死因について考えて居た。だが彼の空中の死は地上で死ぬよりも彼にとって応《ふさ》わしい事にも思われた。

　私は人類飛行術の最初の犠牲者、彼に対して尊敬と愛惜の心がわくのを禁じられなかった。見ればKB製菓の煙突の周囲を、高く低く白鳩が四五羽舞い飛んで居た。彼（この場合、名前を知らないのが残念であった）の魂は、恐らく無事に天国へ飛行しただろう。

　その後、新聞記事は私の確信に裏書した。だが、彼が悪漢であり、上海へ逃げた男か、殺害された男かのうちの一人だ、などと言う話は私を笑わせた。それは要するに、この不思議な事件を、本当らしく巧みに解決したように見せかけた探偵の創作に過ぎない。もっともそれは無理も無いやり方ではあるが。

＊　＊　＊　＊

　私は彼についての話、事件の真相を、人に語ろうか、語るまいか、について随分考え込んだのである。恐らく誰一人信じないばかりでなく、私は無理に狂人病院へ送られはしまいかと思ったからだ。そしてその当座は誰れにも打ち開けず、人々が勝手に憶説を立てるのを一人でそっと微笑しながら聞いて居た。真相を知ってるのは、この世に私一人なのだ、と自分自身に語って、この秘密について色々と又、空想したものである。大部日数が過ぎてからの事、私は恐らく以上の物語りを信ずるだろうと思う親友に話して聞かせた。その友は私の長広舌《ちょうこうぜつ》を静かに聞き終ってから言った。

「面白い話だね。だが、まあ聞き給え、僕は君の話を聞きながら、も一つ事件の真相を、或いは発見したかも判らないと思うよ。君の知り合いになった外国人こそ、探偵等が捜したアメリカから来た二人連れの泥棒に相違ない。煙突の上の死体の方か、上海へ逃げた方か、どっちかは今判らないが。風変りとは言え、どうしてツウリストが一人で毎日、あんなつまらないカフェへ行くと思うか。気の利いた便利な甘い物を喰せる店は外に沢山あるではないか。所でだが、目的があって来たとしたら、どうだ。ふと先刻思い出したが、僕も知ってるがあのカフェの窓からKB製菓の煙突が見えたよ。それは右手の壁の窓より外に見えないのだ。僕は君がその外国人が右手の窓の側にばかり座って居たと言ったので思い出したのだが。ね、君、判ったろう。彼はその煙突に必要があったのだ。新聞の想像は正しかった。彼は煙突の隠し場所を見張り、或いは彼の相棒の信号を煙突の上から、人に知れない方法で読んで居たのかも知れない。彼等専門的悪漢は馬鹿げて用心深いものだ。そこへ君が現われたわけだが、彼は君が何者であるかを知るために友人になった。誰れだって君と友人になれば安心する。彼は君に彼の専門的立場からで無しに友情を感じたものと思われる。彼等は東京を飛び出す事に決めた。と言うのは逮捕依頼状が日本へ廻って来てるのを知ったからだ。彼等はこれから二人で歩く事の危険を覚って、二人の金銭や宝石を山分けにする事にした。そこでおきまりの喧嘩さ。そして煙突上の怪死体と言う理由《わけ》さ。上手なトリックだね。僕も探偵のように上海に逃げた男こそ、すべての真相を精しく知ってると考える。又君が夕方に跡をつけた男は、きっと君の友人、悪漢の一人、そして君の言う空中歩行発明家さ。彼は誰れかにつけられるのを知って上手に逃げて仕舞ったのだ。もっとも君をまくのなら僕でも出来るが。きっとその時は彼等の間に新らしい犯罪か、それとも例の殺人があったのだ。——或いはこうも言える。そして僕はこれを一番信じたい。行方不明の西洋人は二人ではなく実は三人なんだ。誰も気付かないその一人は、つまり煙突上の死体は、実は、上海へ逃げた筈の男、横浜のホテルで行方不明になった男では無いか？　と。二人のアメリカから来た悪漢はもちろん、仲間喧嘩などもせず、逃げがけの駄賃《だちん》に横浜のホテルに止宿してる金持を誘《おび》き出して金目の物を奪い、死体はＫＢ製菓の煙突へのせ、一人は上手にその金持に扮装して二人別々に支那方面へ高飛びしたのだ。どうだい、これが一番確かに思わないか。もし僕が君であったら、きっと二人を逮捕する事が出来たのになあ。——だが君の友人の泥棒は面白そうな奴だね。はっはっはっはっ、空中歩行か。彼等に空中歩行などされては堪らないね。もっとも、あんなに巧みに、証拠一つ残さずに世界中を逃げて歩くのが空中歩行なのかも知れない。ふとすれば、彼は、元は大学の先生でもあったものさ。探偵小説によく出て来て、読者を喜ばせるアルルカンの一人なのだ。

　それにしても、君が何一つ被害がないのを僕は喜ぶよ。だが、君から貰う物は一つも無かったのかも知れないと推察する。しかし、考えれば、君の空中飛行熱が君の最大の被害かも判らない。……さあ、又散歩に出ようじゃないか。そして君が先刻言いかけた、その『人類飛行欲の歴史』を拝聴しよう」

二人は初秋の涼しい夜の銀座を歩んで居た。果てしない群集の川の流れに交って。両側の店には燈火の花束が美しく開いた。人々は花粉にまみれた蜜蜂とも見えるのである。そして、この電気の魔術は、いつかの日の如く、又女等を美しく化粧して居た。ＳＳビルディングの下に偶然来た時、彼は仰いで笑いながら言った。「上って見ようじゃないか」私も仰いで高い明るいカフェの窓を見た。そして、その窓から、今、かの西洋人が黒い背広服の蝶型のネクタイをして、煙草の輪を吐きながらゆっくりと飛び出してゆくような気がしてならなかった。私は目を転じて、彼が消えて行くであろう初秋の深い夜空を仰いだ。そこに夜目にもはっきりと一抹の白雲が浮んでいた。私は高い塔の上に立って居るように何か、他の天体に対する幽かな郷愁を感じたのである。

（一九二六年六月号）

或る検事の遺書

織田清七（小栗虫太郎）

織田清七（おだ・せいしち）＝小栗虫太郎（おぐり・むしたろう）

一九〇一（明治三十四）年、東京生まれ。本名・栄次郎《えいじろう》。二二（大正十一）年から四年ほど印刷所を経営するが、仕事がたちゆかなくなって小説を書きはじめた。当時執筆した作品には『紅殻駱駝の秘密』『魔童子』などがあるが、二七（昭和二）年、織田清七名義で「或る検事の遺書」を「探偵趣味」に投稿、十月に掲載される。さらに、乱歩作品を意識した「極楽」を投稿するが、これは掲載されなかった。

三三年、甲賀三郎の推薦で、「新青年」に密室殺人の「完全犯罪」を小栗名義で発表してデビュー。翌三四年に同誌に連載した『黒死館殺人事件』は、異様な館での連続殺人もので、ペダントリーで飾られた独特の探偵小説として大きな話題を呼び、いまなお愛読者が多い。犯罪心理小説『白蟻』や異国情緒溢《あふ》れる『二十世紀鉄仮面』を経て、「有尾人」「地軸二万哩」ほか、没後に『人外魔境』として一冊にまとめられた、海外の秘境を舞台とする探検冒険小説に意欲をみせた。終戦直後の四六年、社会主義探偵小説を意図した長編「悪霊」を執筆するものの、二月に死去したため、連載第一回が雑誌に発表されただけにとどまった。

一

十三年十一月二十日の日誌

昨日あれ程の争をして二度と来るものかと決心した木元吉次《きもときちじ》の門を、今日はまるで異った感情を抱いてくぐったのは、彼の急死が他殺らしいと云うY署の申告からであった。

死体は奥の八畳の寝室に横《よこたわ》っていて、友禅模様《ゆうぜんもよう》のメリンス抱巻《かいまき》に額の辺まで埋っていた。

署長は私の顔を見るなり口を切った。

「どうも自然死じゃないらしいですな」

「自然死でないとしても」私は反発した「何も他殺と断定するのは早計じゃありませんか」Y署長と私とは永年の顔馴染で、それも屢《しばしば》私の敵役を務めてくれる、いわば憎さも憎し又懐かしいと云う底《てい》の言葉敵《ことばがたき》の一人である。側の机の上で何やら罫紙に認《したた》めていた若い警察医は、私に検案書を差出しながら、遠慮深い調子で云った。

「死後約九時間を経過しております。やはり、解剖せにゃいけませんな。外部に表れた徴候から推してみると、塩基性毒物《えんきせいどくぶつ》の中毒だとは思いますが」枕元の痰壺の中に浮いている血痰を指して「この男は肺結核の余程進んだ処の患者で、極く少量のもので参ったんですな。致死因《ちしいん》は横隔膜麻痺《おうかくまくまひ》による窒息です。今の処自殺か他殺か分りません。何しろ可笑しいですよ。自殺とすりゃ、使った薬品や容物位ありそうなもんですが、何にもないですよ」

巡査が薬瓶様なものを二三持ってきたが、それには苦味丁幾《にがみちんき》とか、ヨヂーム丁幾とかありふれた家庭用のものばかりで目ぼしいものは一つもなかった。私は巡査に抱巻をはぐように命じて置いて、署長に尋《たず》ねた。

「誰です。最初の発見者は」

「ここの妻君なんで、坂下の交番へ駈け込んだのですよ。夫が殺されましたってね」

「妻君はどこにいますか」

「連れて参りましょうか」巡査が側から口を出した。私はそれにうなずいたので、巡査は茶の間の方に去ったが、私には静子《しずこ》の驚きを見るに忍びないので、態《わざ》と入口に背を向けて、木元の死体に向ってかがんだ。

紫藍色に変って既《すで》に硬直を起した四肢を見ると、極く月並な言葉だが、人間の生命の果敢《はか》なさをつくづく考えさせられる。どうせ死ぬなら、と私は思った。もっと早く死んでくれたらどれ丈利息が助かったろう。

木元は私の同郷人で、以前からの知合であるが、近頃あまりしっくり往《い》かないのは、やはり世間並の金の問題で、それも毎月かなり高い利息を取られるので、遂滞《とどこお》り勝ちになるからであった。実は昨日も言訳《いいわけ》に行ったので、私は司法官が安給料でかなり見栄を張らねばならない窮状を説いて、相当下手に出て頼んでみたが、言下《げんか》に斥《しりぞ》けられた。それのみか、いつもの彼に似合わなく口を極めて罵倒するので、私も遂昂奮《こうふん》してお互いに悪罵の交換を始めた。とどのつまりは腕力で、妻君でも居たらまさかあんな真似をしなかったろうが、私は持っていた本で彼の口辺を殴りつけた。

病身の彼は、息を喘々《ぜいぜい》させながら、敢て反抗《さから》うでもなかったが、それでも「きっと貴様を破滅させてやる」と嗄《しゃが》れ声で唸《うめ》き続けた。

それから二十四時間経つか経たないかのうちに、彼は醜い死体となって、私の目の前に転《ころが》っているではないか。

不意に夢から呼醒《よびさま》されたように、私は空洞な響と女の肝高い声を聞いた。

「ハッ参りました」続いて「マア森田《もりた》さん」

静子は私の姿を見ると、恥かしさに耐えないらしく、顔を両手で覆って、ダダ広い署長の肩の蔭にかくれた。

「ホウ、あんた知ってるんですな」

署長始め皆は、サモ意外と云う顔付きで私を眺めたが、私は殊更《ことさら》平気を装って、

「知ってますよ、無論木元も私の友人です」

静子は、昨夜八時頃まで外出していたことや、外出から戻ると木元がスヤスヤ眠っていたこと等、オドオドした調子で云ったが、

「何か自殺の原因にでもなることで、心付いたことがありますか」

私がこう自殺説を持ち出すと、彼女の眼が急に燃え、その利発な瞳が鋭く私に迫った。

「いいえ、別に、でも病が病ですから。それを考えつめたのではないでしょうか」

しかし、それは朝露に似た一瞬時の輝きで、次の瞬間では彼女は最初の被疑者であった。

「それから、貴女は何故交番へ行ったのです。どう考えたって医者へ行くのが順序ですよ。それに夫が殺されましたって云ったそうですが、何も木元君が他殺だか、自殺だか、それとも病死であるか、貴女に分る筈がないじゃありませんか」

静子は見る見る真蒼《まっさお》になって、失心したようにボンヤリしていたが、やがてシクシク啜泣《すすりなき》を始めた。室の中は異様に緊張して空気は重く息苦しかった。私は窓を明けた。ヒヤリとする晩秋の朝風が流れ込んできて熱した空気と不愉快な屍臭とを洗い去って行った。

静子の失言は云わば千慮の一失とでも云うもので、それがなければ、やはり自殺としてこのまま葬ってしまうより、方法はなかったのだ。そして有力になった他殺説は、次に起った新らしい発見によって益々強固なものとなった。

窓の下は、大きな八ツ手の葉に妨《さまた》げられて、全く日の当らないジメジメした二坪程の庭になっていて、それが隣の眼科医の台所に続いている。首を延ばして覗《のぞ》き込んだ署長は、たちまち奇声を発して飛び上った。

「足跡、森田さん、足跡ですよ」

それは七寸程の扁平な小判型で、スリッパの跡らしい。拡大鏡を取出してみると、二重に外縁がとられて、ローマ字でコミヤ商会と製造所が押されてある。ことに著しい特徴は前の方の破れを細い針金様のもので繕《つくろ》ったらしく土面に強く二つの線が印せられていた。窓下の二三カ所は力を入れたとみえて、深く窪んでいるが、その外はスリ足で歩いたとみえて、ボンヤリしていた。でも私達はドン詰りまで追うことができた。実に、その足跡は眼科医の台所から始っているのである。

　間もなく、巡査に連れられて、年の頃三十五六の小柄な男が現われてきた。佐藤治三郎《さとうじさぶろう》と云う隣の眼科医である。

「君は昨晩、しかも夜中にここの窓側に来やしなかったかね」

　佐藤は窓越しにチラリと何物か見たようであったがたちまち鼻先に冷笑を浮べて、

「成程、そこには僕のスリッパの跡がありますな。しかし夜中に来たと云う証拠にはならんでしょう。来る事は来ましたが、昨日の朝早くで、木元さんと世間話をした丈ですよ」

　私は関《かま》わずに、静子を顧りみた。

「奥さん、何時《いっ》しましたか、裏庭の掃除は」

「ハア、昨日お午を一寸過ぎました頃、確か一時頃で御座いましたが」

　私は更に佐藤に向って畳《たた》みかけた。

「ねえ、君、僕がスッカリ説明して上げよう。この団栗《どんぐり》を見給え。昨日大風が始ったのは夜の十時過だよ。それ迄は風のカの字もなかったから、団栗がそれ以前に落ちる訳はない。しかも君のスリッパはこんなに沢山の団栗を踏み潰しているじゃないか」

　それから間もなく私は、勝ち誇った足取りで木元の家を出た。が、蚊の鳴く様に囁くものがあった、「恥知らずの大泥棒め」私は黒鞄を叩いてそれに答えた。「呉れるものは貰わなければ損だよ」何時の間にか私の鞄の中には、木元に宛てた借用証書が辷《す》べり込んでいた。

二

十四年二月一日の日誌

今日は、木元事件の公判が行われた。が、それは扨置《さてお》いて、事件発生から引き続いての不思議な事実を記《しる》すことにする。

その翌日の夕方であったが、大学から届いた木元の死体鑑定書には驚くべき事柄が記載されてあった。それは大学で木元の死体を伏臥させると、口からドロドロした硫酸アトロピンの水溶液が流れ出したのであった。して見ると、木元がアトロピンを嚥下出来なかったのは、その以前に死んでいた為めではなかろうか。こう断定するのが聊《いささ》か早計であるのは、胃の残留物中に極く稀薄であるがアトロピン様毒物の存在があるからである。それからその中から蝿の頭と、二本の肢が発見されたことには誰も注意するものもなかった。一体木元の様な衰弱した肉体には、いくら外面に毒死の徴候があっても、それが死因の全部だとは云えない。其《それ》は佐藤の自白が明かにしている。

佐藤と静子とは五年間も情交を続けていたが、それと云うのも木元の死が近きにあると信じていたからだ。所が肺病やみの例として、木元がいつ迄も生き永えているので、遂々《とうとう》凶行を演ずる決心になったのである。

　予審廷《よしんてい》では、佐藤は小軀を懸命に動かして、その夜の光景を陳述した。

「あの晩は猛烈な風で、団栗がトタン屋根に叩きつけられて大変な音を立てているので、易々《やすやす》と入ることができました。静子は茶の間の長火鉢の前で泣いていましたが、私を見ると何も云わずに次の間を指しました。木元は緩慢《かんまん》な呼吸をして口を半ば開いたまま眠っていたが、何だか痙攣《けいれん》を起している様に思われました。私は用意の注射器を取出して歯の間から口の中へ差入れようとすると、どうした機《はずみ》か、手許が狂って、木元の唇をイヤと云う程刺してしまったのです。私はどうしてよいか分らなくなって、ウロウロしていましたが、十秒、二十秒、木元の様子は依然として変りません。今度は私も糞《くそ》度胸《どきょう》が据って、とうとう目的を達することが出来ました。それは非常な忍耐を要する仕事でした。何しろ注射針から極く少しずつ落して往くのですからね。それから暫く敷居の上に立って様子を窺っていましたが、木元の死んだのを確かめると、静子の側に行きました。そして二人は一晩中抱き合って、何か悪夢に襲われたように、半睡半覚のまま過しました。

　しかし、私が今になって考えてみて、いかにも不審なのは木元のことです。いくら病人でも意識のあるものなら、唇を刺されりゃ、飛び上ってしまいます。それを木元は昏々と睡っていたではありませんか。ああ、あの時少しでも落着きが欲しかった。木元の容態に気がつく程の冷静さが私にあったら、よもやこんなことにはならなかったでしょう。総ての点から云って、あの晩の木元は確かに或る特異の状態にあったことは疑う余地がありません」

　しかし、それから、二三日経つと、佐藤は私に遇いたいと云い出した。早速《さっそく》彼の檻房を訪れると、彼は急に予審廷の陳述を翻《ひるがえ》して、木元の事に就《つい》ては思い違いであったと云うのであった。結局、死体鑑定書にある「胃中残留物中の稀薄なる塩基性毒物の存在」と云う文句が最後の切り札となって、予審調書が決定された。従って、今日の公判でも彼等は一々予審調書を承認して、少しの手数も掛けなかった。そして佐藤が死刑、静子が八年を求刑されても、更に動ずる色もなく、そのまま服罪してしまった。

やっと重荷を下した庭で、二三日ゆっくり寛《くつろ》ぎたいと思う。それよりも喜ばしいのはこの年になって結婚できることだ。木元から永年苦しめられた債務からやっと逃れて、経済的に独立出来たからだ。良心よ。笑わば笑え。

三

S兄!!

この手紙を読む前に、是非、同封した過去の日誌の断片を読んでくれ給え。ことに去年の十一月二十日分の終り頃の、私と木元吉次との関係は、私を不幸な破滅に導いた口火なのだから、よく玩味《がんみ》して頂き度《た》い。では書き始めることにする。十月三十日払暁《ふつぎょう》の出来事で、静子はC監獄の独房で縊死《いし》を遂げたのである。それから半月許り経った今朝八時、佐藤治三郎はI監獄内の絞首台に登った。彼は最初何だかソワソワしていたが、私がソッと静子の死を告げると、満足そうに幾度も点頭《うなずい》て、最後は平和と幸福そのものの様であった。

私には、初めて、何故彼が予審の陳述を翻したか。その理由がハッキリ分る様な気がした。監獄を出ると、足が那古《なこ》の家に向った。君の知っている昆虫山人《こんちゆうさんじん》だ。ところが、不思議なことには那古の家は木元の家の縁からよく見える高台にあって、一町程しか離れていない。今にして思えば、見えざる糸《いと》に引き寄せられたとでも云うのであろう。

S兄

後僅かな時間しかない。では簡単にお話しする。那古は網を張った大きな硝子瓶の中で蠅が二十匹程飛んで居るのを眺めている。

「此奴はナタール蠅て云ってね。ブラジルの蛆病《うじびょう》の成虫なんだ。去年こいつにゃ酷い目にあったよ。十一月十九日の朝だ。こいつがどこから飛出たか、純河豚毒《ふぐどく》を入れた瓶の中で暴れているんだ。僕がピンセットを持ってマゴついているうちにブーンとおさらばさ。何、虫はなんでもないんだが、河豚が怖いんだ。サア心配し始めてね。宜い加減に寿命を縮めたよ」

那古の家にいる頃から妙に頭が重くなり、それからどこをどう廻ったのだか、家へ帰ったのは、風が吹き出した夕方だった。

とうとう運命は訪れてきた。八時頃、私の眼は本立の後に落ちた一冊の本にとまった。それは「捜索用心理学《そうさくようしんりがく》」で、木元の唇を殴りつけて以来一年間も塵に埋っていたのだった。で、何気なく背を返すと、私の全身は凍りついた様に固くなった。そこには、頭をもぎとられた昆虫の死体が、カサカサになって張りついていた。まぎれもなく、那古の家でみたナタール蠅、しかも河豚毒をつけて飛出した唯一の一匹なのである。

S兄《くん》

偶然とは云え、何と云う貧乏籤《びんぼうくじ》を引いたものであろう。木元吉次の殺害者が、自ら探し出した二人の人間に死刑を執行した検事自身であろうとは。

解剖鑑定書と佐藤の陳述には、検事として全く尊敬を払わずには居られない。事実佐藤がアトロピンを注入した時は、木元は嚥下《えんか》する力もなく、すでに胃中の河豚毒は、腐り切った彼の肺臓の死を促していたのである。

兄よ、私は今、光風霽月《こうふうせいげつ》とも云うべき、快い空虚さを感じている。それにも増しての喜びは運命の約束を逃れることである。

後十分で神戸行の終列車が土堤下を通る筈だ。劇薬の手に入らない私は、いつまでも待つ訳には往かない。一分一秒でも生き永えることは、何よりの苦痛なのだ。

外は風が吹き募《つの》って、前の白塀を、団栗が宮守《やもり》の様に走ってゆく。

さらば、兄よ、現世に恵あれ。

（一九二七年十月号）

手摺の理《ことわり》

土呂八郎

土呂八郎（どろ・はちろう）

生年ほか経歴は不詳。「探偵趣味」にはたびたび投稿していたが、掲載されたのは「手摺の理」だけだった。この作品も、もともと五十枚あったものを、編集の水谷準が手を入れたという。一九三三（昭和八）年に創刊された「ぷろふいる」に、何度か随筆を寄せているので、戦前に長く同人誌活動を続けていたようだ。

生れながらの貧乏や、妻を失って一層怒りっぽくなった父などのせいもあったのでしょう。私は変にいじけた子供のままに生長して行きました。

私は父と一緒に電気工場の職工なのでしたが、地獄もかくやと思われる工場の中で、まるで腰の曲った老人のように黙々として働いていたのです。

私はあらゆる人間に対して、自分の父に対してまでも、呪詛を持っていました。それは説明のできないような心持であって、いわば生れながらにして私の胸には、気味の悪い虫が巣喰っているのでもありましょうか。しかし、私の性質は今云った風ですから、表立ってはそんな気振りもなく、ただむっつりと不機嫌だったものでした。

けれど皆さんが私の働いている工場に来て私の傍らにやって来たなら、天も地も一緒くたになってしまったような喧騒の中で、私が何やらぶつぶつ呟いているのを感じはしないかと思います。その呟きは私がこの世で最上の悦楽でありました。呟きとは云え機械の音が轟々《ごうごう》たる中で、私は声を限りに叫んでいるのです。工場監督の悪口、社会に対する嘲罵《ちょうば》、朋輩《ほうばい》への呪い、ありとあらゆる悪魔の言葉を、私は流れるがままに吐きだすのですが、誰一人としてその言葉を聞きとるものがないとは、何という痛快なことでありましょう。私は日に日にこの性癖が深くなって行って、眼に見えていながらもそれとは解らぬ秘密、群衆の注視に逢いながらも発見のされぬ秘密へのひどく変態的な好みに熱中し始めるようになったのです。

丁度《ちょうど》こうした時なのです。或る日、不機嫌な父が一層不機嫌だと思っていると、実は父が火夫の職を解雇されるかも知れぬとの事なのです。父の失職は直ちに収入の半分以上を失うことであり、我々の食事が半減することとなのです。父が語るには、同じように地下室で働いている源公《げんこう》という仲間が、日頃から監督などに取入ることが巧いところから、まんまと首をつないでいることができるとの事なのでした。

私はそれを聞いて、何とも云えない憎悪の念を源公に感じました。私のような男は、他人の何層倍にも簡単に憎しみを心に刻みつけることができると見えます。ですから、私がやがて、源公が居なくなれば親父の首は大丈夫な筈だ、できるものなら彼奴《きゃつ》を殺してやればいいのだ、殺してやれ。殺してやれ。私は例の癖で、機械の音の喧騒な中でこう叫んでいたのでした。

私のこういう考えは、口に出せば出す程に何だかひどく楽しいもののように思われて来るのでした。それで、暇さえあれば源公を殺すことばかり夢想しているうちに、いつかそれが私の生活上無くてはならぬものに思われて来て、その思いがなかったならば、私の機械いじりは何等の理由もないようにさえ思われて来たのです。ですから、源公を殺すにはどういう方法がいいかとなれば、私の癖で、ねちねちと鼻唄を唄うが如《ごと》くに思いつめて行ったものです。その殺人というのも私の考えでは、私がいつも沢山の人間達に囲まれていながら轟々たる音の中なので、何を叫んでもちっとも注意を引かないことから、私の殺人は絶対に安全な条件を狙い、かつそれを果し得る自信を持つようになったのです。そしてそれとは知らず私はいつか具体的な方法へと向ったわけでした。

　私は殺人法の研究をここでして居るのではありませぬから、筋道の関係上、最後に選んだ方法に到達する迄の事は極《ご》く、大略《あらまし》を言うに止め様と思います。

　地下室の源公の何時も坐って居る席それは又私の坐る席でもあるのですが、その上の方には水管が通って居たのです。それを通って居る水が何の為に使用されるものであるかそんな事は私の一向知らぬ事ではありましたが、とに角、直径の二尺もあろうかと思われる太い管が、天井を横切って居ました。

　若《も》し私がその水管に何等かの方法で、相当大きな穴を穿《うが》ち、そしてその穴の口を私の通じた紐により、思う時に開く事が出来るようにして置き、予《あらかじ》め一階より地下室へ通じる扉を閉めて下から開けられぬ様に仕掛けて置いて、適当な時期、例えば竈《かまど》の扉を石炭投入の為に開いていない様な時を見計って、紐を引いたとしたならば、その結果はどんな事になるでしょう。

　一階の人々が少しも知らぬ間に、源公は溺死するに相違ありません。その為に竈が直ちに冷却してしまう様な事もないでしょう。そしてこの計画では水管の割目を特に鉄管の割目の様な所に撰《えら》び、その破裂を自然らしくする事によって必《きっ》と成功する可能性はあるのです。紐の始末位は、水が洩れ始めて、源公が溺れ、地下室に満ちた水が一階に溢れ出るのに、上の人達が気付く迄に、除き去る事も充分出来るのです。

又、地下室に炭酸瓦斯《がす》を満す方法も考えました。それから又彼が幾許《いくばく》かの時間をおいて、石炭を竈に投入する為に鉄の扉を開ける時、その彼自身が加えた力で開く戸の運動により、予《かね》て装置されて居た鉄板の様なものが、突然、転落《てんらく》して来て彼は脳天を打ち砕かれて即死すると言う趣向も面白いではありませんか。

これらの方法の一つ一つを考えて見るに、いずれも皆、大丈夫実行出来るもの許《ばか》りである事に私は確信をもって居たのです。けれども結局私はそれ等の何《いず》れをも実際には応用はしなかったのです。

というのは成程これらは皆、源公を殺害するに成功出来るかも知れません。そして殺人に成功した場合には、証拠物件の除去も完全に行われましょう。けれども、企てられた犯罪はその欠陥を露《あらわ》すでしょう。

たとえどの様に巧妙な方法で私がやってのけたとしても、犯人嫌疑者の捜査が進められると、結局落ちるところは私に来るでしょう。それは「死んだ」という結果が、あまりにも明確な事実だからです。

この様な色々な考慮の結果、最後に取った方法——と言うのはこの火力の変電所にふさわしい、電力応用であったのです。

こう言うと、「なあんだ」とお考えの方もあるかも知れません。けれども、私とても、特別な理由なくして、何を好んでその様なおろかな真似をしましょうか。とも角、先を読んで戴くことにしましょう。

ここに申し上げて置かねばならないのは、私の計画の最初から最後迄が、この工場故に、可能であったと言うことです。

さて私は「手摺の理」と仮りに自身でそう呼んだ所の一の法則めいたものに気が付いたのです。それは手摺とても、百貨店とか旅館、学校と言う様な傾斜の緩かで、そして幅も広く、昇降に何等の危険がない許りでなく、それか又建物の装飾とすらなって居る様なものではなくて、よく工場とか船舶それも貨物船なんかに単なる実務用として設備せられて居る粗末な急傾斜の梯子段で、ただ片側だけに多くは金属の棒位を簡易にあてがってある手摺なのです。手摺の助けなくしては梯子段を昇降する事が意識的には不可能でないにしても、それをわざわざ自分の習慣とする様な馬鹿げた人間はまず皆無として、人々がそれを昇降する時に、一体どの様な部分に、無意識的な、習慣で、最も多く触れるものでありましょうか、更に進んで若しも人々が触れて、力を入れる幾らかの部分点の中で、万人の人が万人迄、確かに触れると見做《みな》して差支えのない点があるものとしたら、どの様な箇所であるか？

私の注意した所では、私自身がそうである許りでなく、他の同僚のすべても昇る時にはその最後の部分、すなわちその最高端に、そして、降りる時にも又その最後の部分、すなわち、最下端の部分に、比較的強い一握りを与えるものであるという事を発見したのであります。これを「手摺の理」と名付ける事に決めたのです。

皆さんは家庭用の電燈に故障でもあって、点滅器をいじくったり、球の接着点をなぶったりして、突然、ビリビリと電気を身体に感じて、アッと驚いた場合に、思わず反射運動的に、電気を伝わらせまいと電燈から手を離すに違いありません。仮りにも、じっと電気の身体に流れ入るのを、好い気になって居る様な人のない事だけは、確かな事だと思うのであります。私はこのささやかな事実を殺害の基礎としました。

さて私の工場では職工の交代時間に正確に労働者に示す為の電鈴等は勿論、人命にかかわる恐れのない弱いものであったのでした。

この電鈴が地下室内で仕事をして居る火夫達には極めて効果の薄いものだった事は、お分りの事だろうと思うのです。けれども、仕事の最後を今か今かと待ち構えて居る火夫達は――私もその一人であったのですが、――それを感知する事が決して不可能ではありませんでした。音で聴くのでは無くて、その振動を触感によって直接感じ、それを眼で見て、察知するからでありました。

「ジー」とかすかな音が眼の前に感ぜられるや、地下室の働いて居る者は、支度も早々に、五米もあろうかと思われる梯子の一段一段を左側だけの手摺の助けに、一遍一遍、体重の全体量を左腕にかけながら、駆け上って行くのです。そして最後には手摺の最上端部に、グッと力を入れて、「ヤットコサ」そう言った様な気持ちで、地上に躍り出るのです。そしてその建物の外に出て失《しま》った時、鳴り始めてから三分間続く電鈴の音が、一寸、別な気分のする余韻《よいん》を残して、最後の一弾きを、ジリーン――とこう響かせる、その音をもうすっかり暗くなった晩方の星空に耳にするのは、人々の一日の労働の終極を画するかの様に思われそれにこの最後の鳴りの止みを建物の外で聴く為には、少し急いで、飛び出して来なければならなかったものですから、それが又、一種異様な快感を人々に与えたものです。そして、監督に仕事票を手渡しすれば最早、彼は帰路の人の群に、投じて、いいわけなのです。何故ならばその日の夜分の従業者はその仕事票を監督からもらって、直ちに三時間許された夜業を続行する筈なのですから。

私の方法は皆さんの頭の中にはすでに、「多分こうだろう」と浮び出て居るそのものと、全く一致して居る事であるかも知れません。

源公が、一日の労働の疲れを早く帰って、楽しき我が家に癒《い》やさん為に何時もの様に、屋外で電鈴の最後の唸りを聞かんものと、それの劇しい振動をチラリと感ずるや否や、仕事を一先ずさて置き、身をはずませながら、梯子段の段階の一つ一つを昇りつめ、私の所謂《いわゆる》「手摺の理」によって正に地上階に出ようと、手摺の最高端にふれた刹那、その時――かねて私がそこに仕組んでおいた電流の裸線にふれたとしたら、アッと声をあげる間も無くその惨劇そしてその電流はこの場合高圧線であってはならない。何故なら、それをそこへ導く事に私自身の危険が存在する。そして、それを取りはずす事に一方ならぬ困難を感じると言うのです――けれどもこの場合それは、高圧線である必要は毫《ごう》も無い、単なる驚きを彼に与えるだけで充分であるのです。弱い電流であろうとも、驚きの瞬間に彼の身体が重心だけを失ったり、仰向けになって転落する下には五米の空間と硬いコンクリートの地下面がある――一たまりもあろう筈がないのです。

しかも、好都合な事には、その電流には、彼の通過の前後僅かに三分間電流の流れて居る電鈴用の電線を、手摺の最高端に導いて置く事によって、この装置は従業中、他の人々が仮りにここを通過して触れたとしても、何等の害もなさず、取付、取はずしは極く簡単であり、それが人々の注目を引く様な事はまずないではありましょうが仮りに事件前に発見せられたとしても、この戯れが深く企てられた殺人方法であるとか又私が企てたものであると言う様な事を誰が疑い出すでありましょう。万が一にも、それにふれずに源公が来たとしても、これを源公の為に、何度も何度も企てたならば、必ず成功するに違いないのであります。

　私はいよいよからくりをその手摺の最上端にあてがう前日の事、源公が梯子段をのぼりつめた最後にその、古いペンキが全くとれた部分に、事実手をふれるかどうか何だか疑われて来たものですから、午前の自分の労働を終えて、一旦帰宅してから、更に、三時間の夜業の為に、晩に出勤した時に、その時間を五分許り繰りあげて工場に着き、何気なく地上階より地下室に通ずる戸口の許に佇《たたず》んで、源公が電鈴の鳴って居る間に、果してそこを通過するであろうか又、その重要な箇所に確かにふれるであろうかを、いたましくも実地踏査しかつ安心したのでありました。

　いよいよ当日の事、私は昼に、自分の午前の労働を終え、そして、私の仕事が、源公によって継続されたのを見とどけて、帰りしなに、手早くかねての簡単な仕事を終ったのでした。

　その晩の事、私と父とは何時もの様に一所に家を出たのです。私は三時間の夜業による割増金の為に、又は夜分の勤務に従事する様な事になって居たのでした。もっともこの場合は仕事は異って居ましたが、――

待合所と言った様な溜り場では、やっと人の顔を判別出来る位な薄暗い電燈の傍でこれからの仕事の為に、遅れて門を閉められては一大事と規帳面《きちょうめん》に出かけて来て居た多勢が、皆で、ベルの鳴るのを雑談の中に待って居たのでした。

「ジリ　ジリ　リ　リリ………」

と電鈴の音、遽《にわ》かにどよめく一座の景色、仕事票を得た夜業従事者が雪崩《なだ》れ込んだ。父もすでに入って行きました。

だが私の仕事票は、――ベルの音はもう終った。――しかし源公は未だ出て来ない。――出て来ないのも道理だ。彼は――たちまち私の頭の中には、源公が、転落して、頭を割り、腕を折って、タタキの上に、のた打ち廻って、あえなく縡切《ことき》れて居る姿が、浮んでは消え、消えては浮ぶのでありました。

私は恐しさで一杯で身動きもならず、ジッと立ち続けて居たのです。

「お前の票は未だ来ねえのか。誰なんだい一体……」

そう言う監督の声に、ハッと吾に帰ったのでした。

「……ゲ、源公……」

辛うじてこの二語。

けれども、私の理性は不思議と落着いていてじッとしていました。

「儂《わし》が行って見て来てやろう――」

その監督の言葉、瞬間、私は、「さあ、〆《し》めたぞ、〆めたぞ。もう大丈夫だぞ」と何度繰り返して、心に叫んだ事でしょう。けれども、その様な素振りはおくびにも出さずに「すみません、監督さん……」

とあっけなく答えた事でありました。

× × × × ×

たちまち、時ならず、行き交う人々のあわただしい気配、素振り、次に、こっちへと飛んで来る監督の姿、——

「大変だ!! 大変なことになった」

喚くその声に、予期せぬ驚きに出合わしたかの驚きを取繕いながら、駆け付けた数名の人々と共に私は急ぎ地下室へと下りて行ったのでありました。けれども地下室に足を入れた瞬間に、ああ、私は何と言う怖いものをマザマザと見せつけられた事でしょう。

数人の人々に囲まれた輪の中には、顔と言わず、頭と言わず手と言わず血みどろになった源公が、薄暗い足下に横《よこた》わって居て、時々、衝動的なけいれんを身体の随所に見せて居たのでありました。私達はその半死半生の——或はもう緈《こと》切《き》れて居たかも知れない、身体を、どうやらこうやら地上階に運び出しますと、直ちに遽《にわ》か造りの担架にのせて、近くの病院へと駆け付けたのでありました。

この世の中にこれほど、皮肉な事がありましょうか、現在の殺人犯人がその被害者を一生懸命になって、介抱する、——けれどもそれは反面、私の計画の完全に近い成功を意味しても居るのです。私が主に立ち働いて世話する事を適当と認めたらしい監督は私の夜業を免除する代りに、私の父の夜業を免除して、すてておけない私の夜業に当らしめる事を許す旨、私に通知して呉れました。私は、愈々《いよいよ》私の大事業の完成を確信したのです。

それから病院に着いてからの事なのですがそこには最早万が一にも、源公恢復の恐れはありませんでした。何故なら私は彼が次第に生色を失って行くのを運ぶ途中で見たからなのです。悪くいえば病院は謂わば、形式なのでした。

果して、医師による応急手当も効なく、彼、源公は時間にして、二時間許りもたったでしょうか、その頃に私の手を握らせた儘、最後の息を引き取ったのでありました。

私は不図、左手の腕巻時計に一瞥《いちべつ》を呉れました。源公の臨終《りんじゅう》、——言い換れば私の一大事業の完成を記憶する価値ある正確な時刻を、知り度く思ったからなのでした。

十時四十五分、

——と、その瞬間、私は、私は名状し難い強い、衝動を、心にうけたのでありました。——それは長い間、身も心も打ち込んだ若手の私にとっては、不可能とさえ考えられた大事業の成功に対する歓喜であったに違いない——とお考えになりますか、——それなれば宜かったのでした。所がそうでは無かったのです。私は恐しい事に気が付いたのです。

十一時、——それは夜業の最終時間なのです。しかも今しがた、一人の人間を完全に殺した私の殺人用具は未だ完全にその儘になって居るのです。十一時のベルがなったら再びあの恐るべき機能を発揮し始めるに相違ありません、今度は——ああ、今度は、私自身の父の番ではありませんか。——

あと十五分、

間に合うか、間に合わないか、どうでもいい。とに角、ジッとしては居られない、もう無我夢中であったのです。病院をぬけ出ると私は先程の凱旋気分はどこへやら、人々の誰何《すいか》の間もあらばこそ、一散に、工場へ工場へ駈けたのです。

駈けて居る間にも、劇しい自責の念を起して因果の恐しさにともすれば、その儘、一層自殺をしてしまおうか、そんな風にさえ思えてくるのでありました。一度、汽車の踏切を越えた時等は、若し、その時、列車さえ進行して来て居たら、多分、否、確かに、飛び込んでいったに相違なかったのです。一生懸命に走って居るのですが、余りに距離がせばめられて行かなく思われて、不図、今しがた、自分の為に殺されて行った源公の新らしい霊魂に、夢中の自分は全く反対の方向に導かれて居るのでは無かろうかと、幾度か無気味な悪寒にもおそわれて、頭を地面に打ちつけ、遮二無二地面を掻きむしりたい様な衝動にかられながら、うろ覚えの工場街を突き進んだ事でありました。

「神様、私達の為に、奇蹟を現わしになって下さい。私の父なのです。父に若しもの事でもありましたならば、私の水ももらさぬ計画の遂行は丸っ切り何の為にやったのか訳がわからないじゃありませんか。神様、お願いですほんとうに——」

「お父さん、お詫びします、お詫びします。お父さんにだけ奇蹟を祈る事の無理な事は、よく分って居るのです。けれどもお父さん。お父さんが、これが為に万一の事があっても、私を責めては下さいますな、私それでなくとも私の胸は張りさけそうです。私は、お父さんと私達一身の為に、手に残る仕事を企て、遂にやってしまったのでした。それの成功を眼の前に見たと思ったのも束の間、お父さん、私はお父さんにだけ打ち明けて置けばよかったのでしたのに――」

私は生涯に初めてのような父に対する思慕を感じました。

私はもう息も切れ切れ、喘ぎ喘ぎ工場の通用門を潜ったのです。おお鳴って居る、鳴って居る。魔のベルが鳴って居る。そして、辺りには、すでに、戸外に出た人も大分居る。私の父は、――

その時、――

三時間前の源公のむごい姿が、歴々と再び頭の中に画かれて、そしてそれが直ちに父の姿に変じボーッと映ったのでした。

私が地下室へ通じる梯子段の降り口に差しかかった時、私は依然かすかなベルの響きを耳にしました。

私の身体が殆ど蹴球の転ぶがごとく地下室に落下して行った時、「お前の父許りではないお前自身も、すでに新らしい霊の為に呪われて居るのだ。見よ、お前自身もその自らの殺人用具に触れたではないか、自縄自縛、――いい気味の限りだ、――遂にこの夜工場は三つの死者を出したのだ、二度ある事は三度だ、態《ざま》を見ろ――」それ切り脳髄は思考力を失って、後はただ、ジンジンと響く、建物の内部の爆音がスーッと遠ざかって行くのが最後であったのでした。

× × × ×

「おい、コラ、お前と云うのに、——一体どうしたんだ？　俺だよ、判らんのか。——」

どこやらで、かすかに響く父らしい声、これがあの世とやら言う所なのだろうか、そして、父の後に続いて自分もまた、新しい仏の仲間入りをしたのであろうか、それにしても自分はどうあっても父に合わす顔がない、父に対してすまない。先刻迄の幽明の境を距《へだ》てたすべての出来事は丸で夢の様な気がする。そして実際夢であって呉れればいいのだが——

「オイ、俺だよ。——」

「分って居ます、分って居ます」

「何を言ってるのだ、お前は」

「エッ!!」

「——」

「どこです、どこです。ここは？　アッ、お父さん、お父さんは——」

「とぼけるな、儂《わし》が帰ろうと思って、ソロソロ梯子段をあがりかけたら、いきなり、ぶつかって来て、どうしたのだい、早く帰ろうよ。それより、源公さんは一体どうなったえ、多分あかんとは思ったが、——」

では、今のが夢だったのかそして私は、気がついたのか。有難度い事。父は老人だったのでした。そして、ベルの鳴って居る間に、この上階に出る勢力を、最早失って居たのでした。私は、では私もあの手摺の最高端にふれたと思ったのは幻想だったのらしい。「手摺の理」は降る時には、最後の部分即ち最下端に確かに一にぎりをないとのみ教えて居るのです。

私はがっくりとくず折れたまま、赤ん坊のように泣きだしました。

（一九二八年六月号）

怪人

龍悠吉

龍　悠吉（りゅう・ゆうきち）

生年ほか経歴は不明。このほかに「探偵趣味」には、「新人創作集」と銘打った一九二七（昭和二）年十月の第二十四輯に、「断崖」を発表したのみである。選者の水谷準が「さびれはてた空気のにじみ出たいい作だった」と評したこの小説も海に関係したものなので、その方面に仕事を持っていたかもしれない。また、他誌にこの名で小説を発表した形跡はない。

事件

誰も、すぐ眼の前の未来が解らない。幸福の後ろにも、真黒な影坊子が居ると見える。

それは十月のある夜の事だった。瀬戸《せと》内海《ないかい》の港、P市の山の手で、安藤《あんどう》士郎《しろう》と私とで企てた音楽会が、予想外な聴衆を呼んで進行しつつあった。素人音楽会というのが人気を煽《あお》ったか、冷かし半分の聴衆も混って、会場に入り切れずに、廊下にも立つ人があった。

私は勿論《もちろん》半分酔ったような気分だったが、一日以上の練習やら、出演者の狩り立てやら、プログラムの印刷に迄奔走《ほんそう》しなくてはならなかった安藤も、さすがにすっかり興奮して了《しま》い、顔色が青白く緊張して、彼のピアノ演奏も、いつも程の落着きを見せなかったものだから、私は少し心配になって、気分が悪いのではないかと、彼の耳に囁いた。彼は初めて私の存在に気付いたかのように、神経質な笑顔を作りながら、首を振ったのである。

「ううん、何でもないんだ。ただ一つ心配なのは、幹子《みきこ》さんが今夜どうしても出られぬらしいのだよ。今電話が掛って来てね、歯が猛烈に痛むんだ相だ。ほら、もう七時半だろう？　それで困り切ってるんだ」

「それは困ったな。何しろあの人の独唱が、今夜の呼び物なのに。――だがそれも仕方が無い。

これ程の盛況だからねえ」

私は安藤を慰めるつもりで云ったが、彼の眼は、盛況であればこそ残念だ、と語っていた。そうだ、そうだ、安藤は幹子さんの伴奏をする筈だったし、私の見る所では、幹子さんを恋してさえも居るらしいのだから、二人で晴の舞台に出られないのは、心残りな事に相違ないのだ。

併《しか》し、プログラムは流れるように進んだ。見渡せば、まるで沼の蓮花《れんげ》が、ゆらゆらゆれてるのかと思われる聴衆から、演奏毎に起る割れるような拍手、数個の目とも見えるシャンデリヤ、それぞれに興奮しながら順番を待っている演奏者達、それは活動写真でよく見る所の、パラマウントのあのけばけばしく明るい場面であった。

だから、――やがて閉会と同時には、それ等の華やかな夢が一時に掻き消えて、立去った聴衆の跡には、屍のような椅子が置き去りとなって、味気《あじけ》ない現実が我々に返って来たのである。

九時半。安藤と私は、一番最後に会場の門を出た。二人共拍子抜けがした様な態《かたち》だった。薄ぼんやりな月が、雲の後ろで淡い光を放って居て、暗闇の草叢《くさむら》では、独り楽しむような虫の音、それが私の心に、皮肉にも不思議な声のように沁み透るのであった。

突然安藤が立停った。

「僕は……」と云って、彼は云い淀んだ。

「心配だから、一寸幹子さんを訪ねようと思う。君もどうだい？」

「え？　ああそうか」

私はそう答えたものの、こんな晩《おそ》い時刻に、わざわざ訪ねたりする程の事もあるまいと考えた。幹子は兄と一緒に住んでいるのだったが、話で聞けば、兄という人は二三日前、九州地方に出張していて不在という事なのだ。女気一人だけの所に、我々が乗り込むのは、なんだか変な具合だ。安藤が訪ねるという気持には、恋心が全部を占めているから、それでいいかも知れないけれど……。そして私が行ったならば、さぞかし彼等の恋の場面の邪魔となる事だろう。そんな犬に食われるような事は……止した方がいい。止した方がましだ。

「行って見よう。僕一人じゃつまらないから」

安藤は私の躊躇を見抜いて、おっ被せた。本当の私の気持では、今夜の会の模様を、二人でもっともっと話し合わねばならぬように考えられて居たので、その儘別れて寝てしまうのは厭な事だったし、彼の奨《すす》めに従う事にした。

山の手の夜道に、殆ど通る人は稀であった。実に静かだ。港で汽船が鳴らす十時の点鐘。まるで遠いあの世からの鐘だ。

幹子の家は、山の手でも端っこの方だったから、我々は淋しい道を、三十分程も辿《たど》らなくてはならなかった。安藤は私の先に立って、悠々と歩いて行くが、何を考えているのだろうか。今夜の感激と、幹子の出演できなかった無念と、その恋心が、走馬燈《そうまとう》のように、ぐるぐる廻って居る事であろう。

だらだら坂を登って、幹子の家に近くなって来ると、街燈も軒燈も影をひそめて、唯真暗闇であった。闇の底に、はたとぶつかったら、それが幹子の家の塀だった。

「一寸待ってて呉れ」

安藤は私を立たして置いて、すたすた歩いて行った。待ちながら、あまり面識の深くない私は、再び何だか来なければよかった様な心持に責められた。が、決心して安藤の呼ぶ声を待つ事にしたが、どうしたのか、いくら待っても物音さえしないのであった。私は少しずつ不安と焦燥を覚えて、なおかすかな憤慨《ふんがい》も交って来た。仕方が無い。で私は、音楽会で唱った自分の歌を、小声で口誦《くちずさ》んだりしたものだが、馬鹿らしくてすぐ止めた。ものの十分、私は待ち切れなくなって、ずかずかと幹子の家の方に歩きだした時、あわてて跳び出て来る安藤とぶつかったのである。

「どうしたんだ」

――馬鹿に待たせるんだなあ、という不平を吐こうとしてふっと口を噤《つぐ》んだ。何故なら、安藤は白紙のような顔色をして、眼を据え、何か云おうと焦ってるのだったから。

「大変だ。死んでるんだ」彼はやっと云った。

「誰が?」

「幹子……さんだ」

私は何故か、その瞬間逃げ腰になった。がすぐさま思い返して、前に進んだ。二人は玄関に躍り込んだ。と云うよりは何者かに引摺《ひきず》り込まれたと云った方がいいだろう。先に立った安藤は、無言で八畳間の一隅を指した。そこには電燈の光を受けて、映え返るメリンスの着物の女が、しぼんだ花のように打倒れていた。

血は? 私の眼は第一に血の痕を求めたが、派手なバラの花模様以外には、眼に入らなかった。恐々《きょうきょう》の思いで近寄って見ると、彼女の首には、朱色のしごきが巻かれてあった。

「僕が来た時、あの釘に……」

と云って、安藤は不安げに、部屋の隅を見つめた。私も彼の視線を追って見ると、壁の上方に、黒いとび出た蟹《かに》の眼のような、大きな釘があった。

「机に箱を重ねて昇って、すぐ紐を外したんだ。でも、駄目だった。死んで居た……」

彼は呟くように云ってから、室内をじろじろ眺めた。その顔色と云ったら無かったが、恐らく私自身も、彼と同じような顔色だったに違いない。だが、あまりな意外に衝突した私は、腰が抜けたような落着き具合を、自分で意識した。

私は再び幹子の屍体にすりよって、じいっと見下した。死んでいるその姿は、日頃の美しい印象を、その儘に残していた。ふっくらと丸味を帯びた頬、睫毛《まつげ》の長い閉じた眼、彼女は何か幸福な夢でも見ているのかと思われる。今にも起き上って来て、「ああ、誰《どなた》かと思ったら、人が悪い。ついうとうととしてしまって……」などと云うのではないか。が、濃く塗られた白粉や、私が日頃見ていた頬紅の赤い下に、何とまあ既《すで》に生きてはいない皮膚が、気味悪く青い事であろう。

「安藤、君は疲れてる。僕は警察に知らせよう」私はこの儘じっとしていられずに云った。

「ああ」

安藤は、恋人の変り果てた姿に出逢って、訳が解らなくなった揚句に、自身をさえ打忘れたらしく、物倦《ものう》げに云った。家を跳び出す際に、ふと後ろを振り返って見た私は、安藤の凝視してる瞳に出遇《であ》って、我知らずぶるぶるとしたものである。

　私が電話を掛けるのに、三十分も掛って帰って来ると、安藤は幹子の顔に半巾《ハンカチ》を掛けて、部屋のそこここを歩き廻っていた。何を探して居るのだろう。

　彼は私の姿を見るなり、

「何故自殺したんだ」と怒鳴った。

「え？　そんな事が解るか？　君こそ、事情を知っている筈だ」

「僕だって同じ事だ。昨日迄笑っていた」

「探し物が見つかったかい？」

「いや、何にも。遺書もないのだ」

　結局、我々にとっては、不可解な謎であった。眼まぐるしい音楽会の幕切れとしては、余りに思い掛けない椿事《ちんじ》ではないか。

　安藤が八畳の間を、ポケットに手を突込んで、畳を見つめながら、何事かを思い耽《ふけ》る様子で、暫らくぐるぐると歩き続けていたが、ふと私に近寄って来た。彼はまったく異《ちが》った小さい声音で、私の耳に囁いた。

「君。何だか幹子さんは、自殺したようではないよ。僕にはどうも不審でならない点がある。いずれその点を明諒《めいりよう》にしたいが、君は今警察の人々が来ても、絶対に沈黙を守って、問われた以外の事は話さぬようにして呉れ。ね、いいかい？」

　私は驚いてその理由《わけ》を尋ねようとすると、彼は邪慳に手を振った。そして丁度その時、警察からの人々が、どやどやと入って来たのである。私は犯罪者ででもあるかのように、どきんと胸を躍らせたものだ。

　制服が三人、背広が二人、ずらりと我々を取囲んだ。

「報知したのは君達ですか？」制服の一人が、我々の内の孰方《どちら》にともなく訊ねた。

「そうです」

　安藤はそう答えて、今夜の音楽会の事から、ここ迄来た順序を、てきぱきと述べ立てた。

　その間に、警察医らしい男が、幹子の屍体を仔細《しさい》に検べていた。

「やっぱり自殺ですよ。ははあ、あの釘からなんだね？」

　男は一言云って立上り、壁の釘を見つめた。

　安藤の話を聞いていた制服は、一々手帳に書き留めていたが、これが司法主任と云うのであろう。彼は鷹揚な調子で、安藤の話に耳を傾けていた。

　その内に、初め来た時から、我々を意地の悪相《わるそう》な眼付きで、眺めていた、一人の刑事らしい男が、型ばかりの捜査をやり始めた。事実その模様は、我々の眼にもなげやりに見える程だった。案外専門的な智識が働いているのかは知らないが、私は彼を軽蔑したくなった。

「別に異状を認めません。だが、遺書位はありそうなものですがね」と男は呟いた。

「僕も実は探して見たんですけれど、体中にも、何処《どこ》にも見えなかったのです」安藤は彼に向って云った。

「何、君が探したんだって？　我々が来る前に、そんな余計な事をしては、いかんじゃないか」

　刑事は罵《のの》しる様な乱暴な調子だった。

「何ですって？」感情家の安藤は一足踏みでた。「友達がこんな姿をしているのを見て、放って置けとでも云うのですか、君は」

　刑事は冷やかな眼で、じろりと見返した。

「ふん、友達が聞いてあきれるじゃないか。女の友達って、つまり、何の事だね？」

「何をっ」

　安藤は場所柄を弁《わきま》えずに、拳を震わせて、喧嘩腰となった。私は思わず、彼の服を押えたものだ。

「止し給え」司法主任は、厳かな調子で二人を制した。そして、刑事に向って、「君がよくない。無益な言葉は慎しまなくてはいけん」と叱った。刑事は不服げに傍を向いた。

　実際私も腹が立った。こんなのが探偵と云うのだろうか？　私の頭に住んでいる探偵は、ホオムズのように精悍で、ルコックの様に人間味が深くなければならぬ。

「君もこういう場合には、なるべく元の儘にして居た方がいい。その方が、君のためにも面倒を掛ける場合が少いから。所でこの女の死には、何か恋愛が関係していないかね？　君はこの女性と恋に陥ってはいなかったかね？」

　このやや無遠慮な質問に、安藤は頬を紅らめて、肯定する元気も、否定する勇気もないらしく見えた。

「いいえ、別に……」

「ふむ、まあその事実があったにしても、事ここに到っては仕方がない。若いのに気の毒だが、とも角、その兄というのに、早速電報を打たなくてはなるまい」

自殺であるからには、犯人は彼女自身なのであるし、これ以上の詮議《せんぎ》は無用であった。で、その夜は浅田《あさだ》家に警官の一人が居残って、我々は住所を記され、外出せぬように注意されて、引上げる事となった。

戸外には夜更けが待っていた。そしていつの間に天候が変ったか、静かな夜を、湿気を帯びた風が、横ざまに吹きつけていた。風も彼女の死をば、知ったものと見える。

私は終始安藤に云われた通り、必要以外には物を云わなかったが、安藤が他殺ではないかと云ったのが、気になってたまらなかった。彼は私の存在を忘れた風に、さっさと歩いて行くのだ。

「ああ、誰があんな事をやったんだ。恐ろしい事だ。何者の仕業だ？」

こう突然彼が叫んだ言葉は、今になって見れば、味わいの深い事だが、その時はびくりと驚かされたものだ。

「安藤。君は何を発見したんだい？」

「誰も発見しないものをだ。が、まだ判然としない。鍵だけで錠が見つからないんだ」

「錠を見つける自信があるかい？」

「ある。そんな気がする。おい、君は今晩僕の家へ来て泊る事にしろ。その上で僕は話してやる。第一、君の家は遠すぎる」

それで私も彼の云うなりになった。彼がどんな秘密を嗅ぎつけたか、それが切に知りたかった。が彼は疲れのためか、時々悲しげな息を吐いて、ふと私と見合わす眼は、妙にぎらぎらした光を帯びていた。秘密、それは恋人の秘密か、それとも死の秘密だろうか？

解決第一

安藤の家には、彼のたった一人の母が、まだ寝もやらずに待っていた。彼女は音楽会の模様を訊ね掛けたりしたけれども、安藤は碌すっぽ返事もしないで、難しい顔を見せていた。彼を我儘《わがまま》な駄々っ子に育てあげたお人好しの母親は、それ以上話し掛ける事を止めた。私はそれを気の毒に思って、安藤の代りに、音楽会の模様を報告し始めたものである。安藤はつと立って、自分の書斎に入って行った。

私は幹子の死の事を除いて、一部始終を話したが、その内で一番彼女を喜ばせたのは、我々が「怪人」と仇名《あだな》した名の男だった。

我々が最初音楽会を企てた時に、一番困ったのは、出演者の顔触れだった。我々の友人の一団を除いた外には、女学校の音楽教師やら、活動写真のオーケストラ部員が一流な方なので、それでは見すぼらしくて気が引けた。丁度その時である。我々の催しを伝え聞いて、突然出演を申込んで来た提琴家《バイオリニスト》があったのだ。

「名前は申上げる程の事もないのです。無名氏という奴ですな、はっはっは。私は船員《ふなのり》で、この町に寄港したのを幸い、一寸華やかな気分になろうというわけですよ」

男の態度と云い、口吻《くちぶり》と云い、極めて人を食ったものであったが、何処か人懐こい所があって、感じはそれ程悪くなかったのだが、こうした手合は、大抵知れ切った腕前なので、我々は体よく断ろうとすると、一度だけ試演を聞いて呉れと云うのだ。仕方なしに聞いて見たら、実に驚かされてしまった。我々の音楽会には惜しい程の腕を持って居た。で、我々は滑稽にも大いに出演して貰う事を頼み込んだのである。彼は我々の驚嘆《きょうたん》を、知ってか知らずか、相変らず人でなしな笑顔で「物になりそうですか？　ではやらして貰いますよ」と云った儘、名や所も知らせずに立去ったものだ。彼はその後、二度程安藤のピアノと合わせただけで、それでもう充分だったので、会当夜に来て貰う事としたのだった。

所が六時迄に来る約束が、――「ええ、よござんすとも。約束を破るのは嫌いな方ですからな」とあれ程自分で云った癖に、――やっと八時近くになって、やきもきしている我々の前に現われたのであった。彼は散々遅刻を詫びたが、笑顔は相変らずだった。

そして、さすがに平常服の汚い服を、さっぱりした背広に着換えていたが、六尺豊かな彼の様子のどこか知れず、外国人のようなゼスチュアがあって、舞台へ出た時には、ひどく押《おし》が利くのであった。それ許《ばか》りか、以前聞いた試演と比較して、何とその技が冴えていたか！　それはあながちに、我々が有頂天《うちょうてん》な音楽会気分で聞いたからでないのだ。

私は安藤と二人で、彼が奥底知れぬ変な男なので、「怪人」と仇名したのだが、この男は事によると中央の都で、名の知られた名提琴家《バイオリニスト》で、旅行中の気まぐれな悪戯を思いついたのではないか、と私はしきりに思い耽ったものであった。だが彼をよく見ると、いかにも船員らしい皮膚の色と身のこなしがあるので、云う事に嘘はないらしいのだ。いずれにした所で怪人には相違ない。

「又どっかで逢う事もありましょうなあ。私は今夜の二時頃には、広い広い海に出ていますよ。え、どこへ行くんですって？　さあ、北はアラスカ、南はジャバよ……なのです。皆さん、では、さようなら」

　こう云って、影のように消えた彼は、事実亡霊の姿に似ていたものだ。

「どうです。おかしな男もあったもんですね」私は語り終って、安藤の母の好奇に満ちた驚嘆を眺めやった。安藤と同じく、この母も物好きな点は人一倍なのだ。

　やがて彼女は、自分の息子の安藤を、我儘者で手が付けられぬ、なぞとこぼし始めた時、噂の主がからりと襖《ふすま》を開けて私に眼交《めま》ぜで「来い」と合図した。

「やっぱり自殺は疑わしいかい？」

　私は坐るなりに訊ねた。安藤の様子を見ると、彼は先刻《さっき》とは違って、ひどく浮々してるようだった。

「うん。釘にぶらさがっていたって、あながち自殺とは限らない。僕も初めは自殺だと思い込んだが、遺書の無い点を考え、又幹子さんに死ぬ原因もない事を併せ考えると、突然の自殺が疑わしくなって来た。警察では、始終こんな事件に出遇っているから、習慣的に鈍感になるんだ。僕は僅かな時間で、実に精細に検《しら》べて見た。君は僕の発見が、あまりに細かしいのに驚くだろうけれども、ああした際には、人間の注意力なんてものは、異常な能力を発揮するものなのだ。

精神的に幹子さんを見て見給え。人が死ぬ決心をするのは必ず生きていたくはないからか、生きていたくても、事情がそれを免《ゆる》さない時に限っている筈だ。ね、僕の見る所、幹子さんに生きたくない理由はどこにも無いのだ。君だから云うが幹子さんは僕と恋……仲だったんだ。それは君も薄々気付いていた事だったろうが、僕はすでに一年も前から、愛し続けている。幹子さんは、恋を恐ろしい獣の様に思っている型の一人ではあったけれど、やがて僕を認めて呉れたんだよ。つまり、僕を恋して呉れたのだ。恋仲の一人が、何もかも打明くべきお互いが、たといどんな障害が起きたにした所で、心の悩みを打明けもせず、勝手に死んで行くなどと云う事は、君にした所で、想像できまいよ。

それに第一、今夜の七時半頃に、幹子さんから電話が掛かって来たのだぜ。歯が痛いから、とあれ程云ったのだよ。それが君、突然自殺するなんて事が、在り得るか？

いやいや、死の影は、突然襲いかかる蝙蝠《こうもり》のようなものだ、と云う仮定が成立つなら、僕の論理も当てにはならない。女には自分以外の人間に、たとえ恋人にでも、絶対に知らせぬ秘密があるのだ、とも云えるのだから、幹子さんにだってそれが無かったとは云えない。何かの事情で急激な衝動が来たとも思って思えぬ事はない。

精神分析は僕にとって、暗中模索だから、次に僕の発見した物的証拠を聞いて呉れ。いいかい？

　君は幹子さんをよく見もしなかっただろうが、その腕と手とを一眼でも見るべきだった。腕の部分には、見るも生々しい爪跡があったのだ。白い皮膚に、誰かの爪が刺《ささ》り込んだのだ。そこから血が噴きでて、白い襦袢《じゅばん》に汚点《しみ》を作っていた。自分の体に爪をたてるものが無い以上、幹子さんは誰かと相争ったのだよ。そして一層恐ろしい事には、ああ——左手の薬指が折れて居るのだよ。ぶらぶらと骨が離れてしまったのだ。誰が、あの白魚のようにデリケエトな指を、そんな風にしたか。それ程のむごい事を、敢《あえ》てするのは、普通の心掛の者ではない筈だ。

　医者は之等《これら》の点に全く気付かなかったようだ。注意して検査したら、幹子さんの首の部分にだって、正確な縊死の形跡が無かった筈なのに、彼はそれをも見逃がしたんだ。

　薬指。これは君、指輪の指だよ。誰の指輪がはまって居たと思う？　僕があの指輪を買いに行って、どれ程選み出すのに苦心したか、君は知るまいが、幹子さんは恋の印に薬指にはめていたのだ。誰かがその指輪を取ろうとしたのだ。そして、指がポキンと音を立てて折れたんだ。君、折れてしまったんだよ。

　僕は今、縊死の形跡が無かった筈、と云ったが、では何故幹子さんが死に到ったか。

　Murderだ。惨死だ。僕は幹子さんの頭を検べて見たんだ。そして、恐ろしいものを見た。銀色のピンが、端には美しい珠が飾られていたが、頭蓋にざっくりささり込んでいるんだ。きっと格闘の際に、はずみを受けて倒れる時にか、刺ったピンが急所を突いたのに違いない。ああ、殺すつもりではなかったのが、こんな結末になったんだ。このピンが誰にも気付かれなかったのに不思議はない。それはまるで何事も無かったかのように、髪間に輝いていて、血は一滴もこぼれてはいなかったのだから。

　では一体誰が首に紐を巻いたか。その上に釘に迄もぶら下げたか。其奴さ、殺した人間が、自殺に見せかけようと思ったんだ。

　所で君は、あの壁の釘迄の高さを見たか。僕は机に箱をのせて、やっと届く程だった。幹子さんは五尺足らず、僕等は五尺三四寸なのだ。机の上に立って、釘に届くためには、五尺七寸以上なくてはならない。これだけでも、犯人の見当が狭《せば》まれたのだが、僕はもっと大切なものを発見したんだ」

「え、君は犯人さえも云い当てようとするのかい？」私は安藤が恐くなった。

「できる。これだけ解ったら、君にもできるだろう。――まあ、こいつを見て呉れ」

　彼は私の眼の前に、ぐっと手を差しだした。掌《てのひら》には一本のマッチが、何の変哲もないマッチの軸木があった。

「何だい、それがどうかしたのかい？」

「これは幹子さんの家で拾ったものだよ。畳の目に、たった一本だけ、はさまって居たんだ。まだ使っていない。君は之を見て、何の気も起さないだろう。多分幹子さんが、マッチ箱をいじった時に、一本取り落したのだ位に思うだろう。僕も初めはそう思ったが、何気なく手に取り上げて、見守っている内に、このマッチが特別なものだと解ったのだ」

「黄燐《おうりん》マッチかい？」

「そうじゃない。今時《いまどき》そんなものは一般に使わない。君はこの軸が、普通のマッチよりも太い事には気付くだろう。そして、そうだ、これは実験して見るのが一番早い」

　安藤はこう云って、ポケットから自分のマッチ箱を出してぱっと火を点《とも》した。可笑《おか》しい事に、それは普通のマッチのように癇高《かんだか》い音をたてないで、低い音と一所に、大きな焔を出した。火が途中迄行った頃、安藤は息を吹掛けて消してから消えた軸木を長い事見つめていた。

「どうだ、解ったかい？」彼は云った。

「なるほど大きな焔で、気持がいいね」

「それだけか、駄目だな。ほら、燃え残りをよく見給え」

「変ってはいないよ、――別に」

「じゃ、普通のマッチを擦《す》ろう」

　安藤は自分のマッチを点して、同じように燃え残りを見つめるのであった。

「あっ、解ったよ。普通のマッチは、燃えた後で、首を落してしまうが、そいつはいつまでも首が残ってるじゃないか」

「そうだ、その事だ」安藤は嬉しそうな顔をした。

「この種の軸木は、首が落ちないのを特色とするんだ。君はどうしてこんなマッチがあるか、それを知ってるか。知らないだろうね。これは船で使うマッチだよ。船では極端に火の用心を重んじるし、それにいい部屋には高価な敷物が布いてあるし、マッチの首が落ちたりしては、火事にならぬ迄も、敷物を焦したりする場合がある。それを慮《おもん》ぱかって、大きな船会社では、こんな特別のマッチを使うのだ。幹子さんの家は、船に関係がないから、これを持って居た人間は、船員か何かという事になるだろう？　ね、つまり幹子さんの死には船員が関係しているのではないか、という事にならずには居まい。犯人はその男かも知れない。――君は、五尺七寸もある船員を知らないか」

「え？」と云った私の驚きは、非常なものであった。「君、君はあの男の事を云っているのではないか。あれが殺したのか？」

「そうだ。あいつだ、『怪人』だ」

「……何故殺した？」

「それが僕にも、はっきりとは解らないのだ。『怪人』がどうして、幹子さんに近付いて行くようになったか、それも解らない。尤《もっと》も彼は、時々立話に、何か云い掛けた位の事はある。それ以上の交渉は無い筈なんだ。何故なら、彼が現われて以来、僕は大抵幹子さんと一所に居たんだから。が、思うに、恐らくは幹子さんの指輪に心を引かれたか、でなければその美しさに悪い心を起したのだ。幹子さんは勿論彼を以前から知っていなかったのだし、乱暴な行為に出られたから、反抗したのだが、あんな事になったんだ。殺したあとで、自殺に見せかける。何という悪魔だ。

　だがどうして幹子さんの家の所在や、在宅の事を知っているのだろう。不思議な奴だ。君はあの男の、会場へ来てからの太々《ふてぶて》しい空とぼけ振りを見ただろう。何もかも犯跡を残さなかったと自信していたのに、釘の高さと、恐らくはあわてて取り落したマッチの拾い残しとから、こんなに云い当てられるとは知るまい。
だが、今頃は、あの奴め、数哩《マイル》もの沖に出て、空嘯《うそぶ》いて居るんだ、あいつは、あいつは」

私は云う所を知らなかった。あの天才的な腕前を持った「怪人」が、こんな恐ろしい殺人をやったのだろうか。彼が約束の時間より二時間も遅れて来たと云うのは、その間に惨酷なMurderを行っていたからだろうか。それにしても、磊落《らいらく》そのもののような「怪人」が、人もあろうに、何が故に幹子さんを殺すに到ったか。名前も所も語らなかったのは、計画してやった殺害である事を証明すると見るべきだろうか。人はどんなに生れつきの殺人鬼ではあっても、あれ程の惨殺を敢てした後で、人を恍惚《うっとり》させる音楽をやり得るものだとは考えられない。が、彼の云う所は、余りにも明白な事実を指している。

「大丈夫だ。無線電信があるじゃないか。船を寄び戻して、捕える事ができる」

「駄目だよ、駄目だよ」安藤は言下に云った。「僕が先刻、現場で君に頼んだのも、つまりはそこなのだ。僕はあの男を捕えたりしたくはないんだ。憎んでも余りある奴だが、僕は今更あの男の口から、殺害動機を聞いたり、――それは僕を気狂いにするだろう――又、幹子さんの神聖な体が、色々な手で隈《くま》なく検べられたり、それらを堪える勇気がない。それよりは、幹子さんが自殺したのだとして置いた方が、幹子さんの為にも、僕にして見た所で、どんなに静かな心で居られるか知れやしない。――ね、だからこの僕の発見も、君だから話すのだ。絶対にぶちまけるような事があっては困るんだよ」

云い終った安藤は、燃えさしのマッチを見つめ乍《なが》ら、その眼を涙でうるませた。夜が白々と明けかかった。めまぐるしい夜が去ろうとするが、私は全く圧《お》しつぶされたような重い心で、「怪人」の姿を絶えず頭に画きだした。それは微笑を湛えている顔である。今に、ガラリと鬼の面になるかと、尚も見すますけれども、いつ迄たっても、微笑を湛えている顔なのだ。真実を知った安藤の苦しみもさる事乍ら、第三者の私は、どうか幹子の死が、自殺であって呉れればいい、とさえ思ったものである。

解決第二

さて、話は以上で終ったのではない。寧《むし》ろこれからが、一番重要なのである。

幹子は驚いて帰って来た兄の手によって、基督《きりすと》教の葬いを受け、死んだ当時の儘の姿で、土の下に埋められた。彼女の兄も自殺の原因は知らないと云った。が何人《なんぴと》も真を知ろうとしなかった。若い娘の自殺はあまりにも頻々の事で、その真実を探ったら、意外な醜さが現われることを、誰しも恐れているのだった。

安藤と私は、其後も相変らずの交際を続けていたが、彼は幹子の死によって極端に元気がなくなり、果ては気が少し変になって来て、ある日突然遺書と共に自殺してしまった。奇怪な事には、その遺書が死んだ幹子に宛てられていたので、我子思いの母親は、内容を開けて見る事をせずに、それを幹子の墓の土に埋めた。私は異様な神経を持った一人の友を失ってから、P市もつまらなくなり、死後暫らくして大都会東京の土を踏んだ。

そして、つい一週間も前の事だ。私がS公園のベンチに腰を下していると、ひょっこりと昔覚えの顔に出逢ったのである。が、私はその人の名を思い出せずに、ただ見た事のある顔だと思って、まじまじと眺めていると、向うの人間も――鬚を蓄えた立派な紳士だったが――私に気付いて注視してるのだ。

「やあ、此の頃は音楽の方、どうです？」と、彼は突然云ったものである。

そうだ、名前を思い出せなかったのには、無理もない事だ。「怪人」「怪人」だったんだ。

「ああ、あなたは……」

と思わず立上った私は、直様《すぐさま》幹子さんの死を思いだし、その犯人が眼の前に居る事を、はっきりと意識した。

「怪人」は私を避けると思いの外、いかにも懐しそうに歩み寄って、私のベンチに腰を下した。その手には高価なステッキさえも握られているのだった。

「いつ頃から、こっちに？　ははあ、なる程。私も船員《ふなのり》は止めましたよ。所で何て方でしたっけ、あなたのお友達、そうそう、安藤君はどうしました？」

彼は調子も昔通りの声音で、故意かは知らないが、安藤の事を尋ねたものである。

私は安藤の死を知らせる順序として、幹子の死を話さなくてはならなかった。それは恐しい事であると同時に、聞いてる「怪人」がどんな表情をするか、それも知りたかったのである。が「怪人」は、幹子の死を聞いても、格別顔色を変えるような事はなかった。幹子の後を追って、安藤も死んだと聞いた時、彼は同情に堪えないという風に、溜息をついたものである。

「そうですか。気の毒な人ですな。まだ前途のあった人でしたがな」

――何を云ってやがるんだ。貴様が幹子を殺し、それ許《ばか》りか安藤迄をも殺したんじゃあないか。私はすっかり腹が立った。思い切って、安藤の発見した真実を知らしてやろうか。で、私は何の思案もせずに云ったのである。

「所がですね、安藤は幹子さんの死の真相を、完全に突きとめたのですよ。その犯人をさえ、名差す事ができたんです」

「え、犯人をですって？　ははあ安藤さんが探したんですか、それは素晴らしい。一体誰だったんです」

――貴様だ――と云いたい所を、私は我慢しなくてはならなかった。

「犯人は解って居たのですが、捕える事ができなかったんです。気付いた頃には、逃げていたのですよ」

「ほう、それは又、残念」

「犯人は船に乗って逃げたのです」

私はこう云って、じっと「怪人」の態度に気を付けた。が彼は案外平気なのである。少なくとも、平気を装って居るのだった。

私は早口に安藤の説明した通りを伝えようと思った。

「今云いました通り、犯人は船員なのです。それも、六尺近い大男なのです」

私は、手を挙げて合図をすればすぐ解る程の場所に、巡査が立っているのを知っていたので、大胆になって、安藤の推理を語った。

「幹子さんを殺して自殺に見せかけておいて、その足で音楽会に行き、バイオリンを弾いたんです。だが、――何故殺したのか、それは安藤もはっきり解りませんでしたよ」

私は「怪人」が、今にも立上って、私に跳びかかるか、さもなくば逃げだすだろうと思って居た。が彼は一寸押し黙って、その後でびっくりする程の大声で、笑いだしたものである。通り掛りの人々でさえも、驚いて足を停めた程に。

「はっはっはっは。僕ですな。私がやったという訳ですな。なる程、それは実に立派な推理だ。驚くべきものだ。実際幹子氏の首に紐を巻きつけて、壁の釘にぶらさげたのは、この私に違いないのですからな。それを見透《みとお》した力は、恐しいものです」

私は立ち上ろうとした。そして片手をあげて、巡査を呼ぼうとしたのである。

「待ちたまえ。落着くんですよ。私の話をもう少し聞いて下さい。さ、坐った、坐った」「怪人」も驚いて、私の袖をひっぱった。

「幹子氏を釘にぶら下げたのは私だけれども、殺したのも私だという訳ではない。私は殺されている幹子氏を発見したにすぎんのです。殺されてからすぐの事でしょう。

何故私が幹子氏の家を訪うたか、それを不当に思うでしょうから、説明しましょう。まあお聞き下さい。

全く別な事になるんですがね、私の乗っていた船に、三等運転士の若い男が居ました。その男と私とは、仲々話が合うので、いつも会談するのでしたが、ある日の話に、その男には云い換わした女性があって、今度二等運転士の免状を取ったら、早速世帯を持ちたいが、ただその女性には厳格な兄貴が居て、承知しないので困る、という事なのです。その女性の所在を尋ねて見ると、P市だと云うではありませんか。P港なら今度寄港するのだから、その際上陸して、よく談じ込んだらいい、と云うと、彼もその心意《つもり》だったのですが、不幸な事にP港に船が入ると同時に、彼は病気になってしまったのです。で、簡単には逢えなくなった訳ですが、と云って手紙で呼び寄せる事も出来ず、私も気の毒になって、何とかしてやらねばならぬと考えていた矢先、新聞を見ると、あなた方の音楽会記事が出ていて、それにはその男の恋人が出演する事になっていました。で、私は自分のバイオリンを利用してその女性――つまり幹子氏に近づいて、そっと船に来て貰う事にしようと考えたものですよ。尤もそれ程な策《さく》を弄《ろう》しなくっても済む事だったんですが、バイオリンも弾いて見たい誘惑がありましてね、はっはっは。私は幹子氏に逢って、男の指輪――それは上海で求めた随分高価なものでした――を差し上げたものです。だが幹子氏には、常に安藤さんがついている。簡単に来て貰ったり、思う様に話す事さえも出来なかったのです。安藤さんは余程幹子氏を思いつめていたと見えますが、幹子氏は嫌い、と云うよりは恐がっていたんですよ。

　そうこうしている内に、到頭音楽会当日が来たのですが、僕の友人は業を煮やしたものと見え、少し病気の軽くなったのを利用して、無理に上陸したもんです。私はそれを発見して、きっと友人が短気を起したものと早合点しました。で、音楽会に行く前に、心覚えの幹子氏の家を訪ねて見た。所で、私が何を発見したか？　実にひどい光景だったのですよ」

「やっぱりその三等運転士がやったんですね」

「私もすぐそう思いました。彼は殺した揚句に逐電《ちくでん》したのだろうと思ったのです。それだから、彼に追手が掛るのを可哀想に思って、私は幹子氏の首にしごきを巻きつけ、自殺のように釘へさげたのです。が、友人がやったのではなかったのです。彼は上陸した事はしたが、途中で急激に病気が重くなって倒れ、病院に担ぎ込まれたのでした」

「じゃ、あなたでもなく、運転士でもなく、では誰でしょう。まさか……？」

「いや、そのまさかなのです。まさかが殺したのです。そうだ、先ずこれを御覧なさい」

「怪人」は胸間をまさぐって、時計の鎖につけたメタルを示した。

「あっ、それは安藤のですよ。中学校の音楽部のです。どうしてあなたは、それを？」

「安藤さんが、マッチを拾ったように、私はこれを現場で拾ったのです。だが今迄、安藤さんのだとは、判然と解っていませんでした。

所であなたは、安藤さんがそのような短時間で、よくも凡《あら》ゆる事実を発見し得たのを聞いて、驚くと云うよりは、疑いの心を起しはしませんでしたか？　全く釘の高さから私の背を、マッチの軸木で船の事を、明確に云い当てたのは驚くべき事です。だが警官さえ見逃した事実を、よくまあ発見するような落着きがあったものです。恋人の死に際して、人はそれ程悠然と頭を働かせ得るでしょうかね？

第一安藤さんは、一つの矛盾をやっています。音楽会の当夜、七時半頃、幹子氏から電話が掛って、出演を見合わせると云ったと云うが、何事ぞ、私が幹子氏の気の毒な姿を発見したのは、六時頃なのですよ。屍体が電話を掛ける、それは怪談ですからな」

「でも、誰かが偽って掛けられます」

「僕が女の声で掛けたのですか？　君も信念が強い。いいですか、幹子氏は安藤さんを嫌っていた許りか、思っている他の男性があるのですよ。薬指に指輪をはめるという事は、その指輪を呉れた人に、恋を捧げているという証《あかし》です。でなければ、大抵中指にはめるのが本当なんですからね。で、幹子さんは私の手渡しした友人の指輪を薬指にはめたのです。安藤さんは恐らく、幹子氏と一所に連れ立って、晴の舞台に乗り込もうと、誘いに行ったものでしょうが、何かの機会で幹子氏の秘密を悟り、おまけに指輪の事実も知ったので、感情家のあの人は、かっと上《のぼ》せてしまって、指輪をとろうとしては指を折り、到頭思い掛けなく殺してしまう事になったのです。殺してからは恐らく茫然としたのでしょうが、その儘逃げだして、兎も角会だけを済ましたが、心配でたまらない。大きな失敗を残して来た気もするし、それに幹子氏には済まない後悔の念もある。そこで自分を信じ切っているあなたを連れて現場に行った所が、いつの間にか、幹子氏が自殺をした形となっている。どんなに驚いた事でしょう。誰かが自分の犯罪に手を付けたのを知って、極力その人間を探そうと思い、結局私を発見したんです。と同時に私が最早《もはや》土地に居ない事実に感付いて、安藤さんは実に際どい芝居を演じたのです。自殺と認められたものなら、その儘にしとけば安全なものを、敢て私を犯人にしなくてはならなかった所に、あの人の極めて異常な性格が現われて居やしませんか。誰も一寸発見できない他殺の証拠を、眼に見えるように指示したのは、現にあの人が見もし、感じもした事実だったからなのです」

「怪人」は語り終って、まじまじと私を見守った。

「安藤……」私は呟いた。

「気の毒な人です。若し私の言葉に不審があるならば、あなたは幹子氏の墓場に行って、安藤さんの遺書を掘り返したらいいでしょう」

「いや、いや、そんな事はできません」

「そうです。私もしたくはないですね」

それから私は、一種の不思議な尊敬で以て、「怪人」を眺めたものである。

「あなたはまだ名無しの権兵衛なんですか」

「え？」彼は其時立上っていた。「あはははは。相変らずですよ」

私も立ち上った。

「僕と安藤とで、あなたの事を『怪人』と仇名したものでした」

「何です、『怪人』？」

やがて彼は心からこみ上げる微笑と共に、帽子に手をやって答えた。

「なるほど、なるほど。打ってつけの仇名かも知れませんね。魁人というだけですよ。は、は、は」

（一九二八年七月号）

兵士と女優

オン・ワタナベ（渡辺温）

オン・ワタナベ＝渡辺温（わたなべ・おん）

一九〇二（明治三十五）年、北海道に生まれ、東京や茨城で育つ。探偵作家の啓助《けいすけ》は次兄。その影響で水戸中学時代には校友会誌に作品を発表した。慶應義塾大学高等部在学中の二四（大正十三）年、プラトン社の映画筋書き募集に投稿した「影」が一等入選し、翌年、「苦楽」「女性」に掲載される。その縁で小山内薫《おさないかおる》に師事し、渡辺祐《ゆう》、オン・ワタナベの筆名で短編や評論、映画シナリオなどを発表。二七（昭和二）年一月、博文館に入社し「新青年」の編集に携わった。そのかたわら本格的に小説を書きはじめ、「嘘」「可哀相な姉」が「新青年」に掲載される。二八年七月に退社して文筆生活に入り、「勝敗」「アンドロギュノスの裔」ほかを発表するも、翌年十一月、博文館に再入社、同じ「新青年」の編集に携わった。同月、改造社の日本探偵小説全集の一冊として『国枝史郎　渡辺温集』を刊行。一九三〇年二月十日、谷崎潤一郎《たにざきじゅんいちろう》のもとを訪れたあとに鉄道事故で急逝する。没後の作品集として、『アンドロギュノスの裔』（薔薇十字社）と『叢書「新青年」渡辺温』（博文館新社）がある。抒情的な掌編が多い。

「探偵趣味」には渡辺温名義で代表作「兵隊の死」「父を失う話」を発表した。

オング君は戦争から帰って、久し振りで街を歩きました。軒並のハイカラな飾窓の硝子《ガラス》に、日やけして鳶色《とびいろ》に光っている顔をうつしてみました。高価なネクタイだのチェッコスロバキヤの硝子細工だのを売る店の様子は戦争に行く前とちっとも変っていませんでした。

「ちょいと、ちょいとってば！」

　顔に黄色い粉をはたきつけた派手な様子の娘が、オング君をうしろから呼びとめました。

「おや、ハルちゃんじゃないか。これはよいところで！」オング君は嬉しくなって、そう云いました。

「どうしたの？」と娘は訊きました。

「どうしたのって」――オング君はそこで娘の身なりをよく見ました。「君、いま、ホノルル・カフェにはいないのかい？　僕の手紙見てくれなかったのかい？」

「うん、見た。けれど、ホノルルは夙《つと》の昔に辞職しちゃった。知らないのかい？」と娘は云うのです。

「知るもんかさ」

「いやだなあ、ほら、そこのエハガキ屋をごらんなさい。あたしの写真が一っぱい飾ってあるぜ」

「なんだ。キネマの女優になったのか」

「うん。知らないなんて、じゃ、やっぱり戦争に行ってたのは本当だったのね」

娘は大袈裟《おおげさ》に首をふって、感心したような溜息を吐《つ》きました。

「本当とも。だから、戦地で態々《わざわざ》写真まで撮《うつ》して送ってやったじゃないか。それに、こんなに真黒になっちゃった」オング君は、まともに娘の鼻さきへ顔をつきつけながら、そう云って笑いました。

オング君と娘とは、それから何とか云う喫茶店でコーヒーを飲んで腰を据えました。

「活動女優って面白いかい？」とオング君はききました。

「だめさ。お金がないんだもの」と娘は答えました。

「だって、なかなか豪勢なきもの着てるじゃないか」

「盗んだも同然だよ。毎日いろんな奴を欺してばかりいるんだからね。いいきものを着てない女優なんてありっこないの」

「なぜ、スターに月給どっさり出さないのかね。まさか、みんなそう云うわけでもないだろう？」

「お金なんか沢山出さなくたって、女優はめいめいで稼ぐからいいと、会社じゃそう思っているんだもの、お話にならない」

「馬鹿だなあ」

「役者が、馬鹿なのよ」

「じゃあ、なんだって、そんな馬鹿なものになったんだい？」

「それぁ、仕方がないわ。それじゃ、あんたは、また何だって戦《いくさ》になんか行ったの？」

「おとなりのマメリューク・スルタンの国でパルチザン共がストライキを起こして暴れるので鎮めに行ったのさ」

「よけいなことじゃなくって？」

「そんなこと云うと叱られるよ。パルチザンは山賊も同然だから、もしあんまり増長してそのストライキが蔓延でもしようものなら、あの近所にはセシル・ロードだの山上《やまがみ》権《ごん》左《ざ》衛門《えもん》なんて世界中の金満家の会社や山などがあるし、飛んだ迷惑を受けないとも限らぬと云うので、征伐する必要があったんだ」

「金満家が迷惑すれば、あんた方まで戦に行かなければならないの？」

「知らないよ。大将か提督《ていとく》かに聞いておくれ」

オング君が、そう鰾膠《にべ》もなく云って、お菓子を喰べてコーヒーを飲むのを、娘は少しばかり慍《いきどお》ったような顔で眺めていましたが、やがて、ふと思いついたように、反りかえった鼻のさきに皺を寄せて薄笑いを浮かべました。

「あんたグレンブルク原作と称する『時は過ぎ行く』見た？　カラコラム映画——そんなのあるかな」

「いや、兵隊は活動写真なぞ見ている暇はない。それが、どうかしたのかい？」

「ううん、ただその活動はね、お客へ向って戦争へ行け行けって、やたらに進軍ラッパを吹いたり太鼓鳴らしたりしているの。そしてね、戦場ってものは、みんなが考えてるような悲惨な苦しいものではなくて、案外平和で楽でしかも時々は小唄まじりのローマンスだってあると云うことを説明しているの」

「はてね？」

「それでね、その癖、何のために戦争をするんだか、正義のためにとは云うんだけど、何が正義なんだかちっとも判らないし、第一敵が何処《どこ》の国やら皆目《かいもく》見当がつかないんだから嫌になっちゃうんだよ」

「そいつは、愉快だね。僕だって、今度の戦争ならば全くそうに違いないと思ったぜ」

「そう。そう云えば、あんたから送って来た戦地のスナップショット、どれもこれも、とてもお天気がいいね。それに塹壕《ざんごう》の中には柔かそうな草が生えているし、原っぱはまるで芝生のように平かだし、砲煙弾雨だって全く芝焼位しかないし、あたい兵隊が敵に鉄砲向けているところ、ちょっと見たら、中学生の昼寝じゃないかと思ったわ」

「敵の軍勢がいないんだよ」

「敵がいない戦争なんてあって？」

「本当は、兵隊どもは自分たちの敵を見つけることが出来ないのだとも云える。もっとも、たった一度、我軍のタンクを草むらの中から覘《ねら》っている野砲があったので、一人の勇士がタンクを乗り捨てて手擲弾《しゆてきだん》でその野砲を退治してみたところが、それもやっぱり敵ではなくて我々と同じようなヘルメットをかぶった味方の兵士だった。それでね、大騒ぎになって、いろいろ調べてみると、莫迦《ばか》げた話じゃないか、それは何でもトルキスタンあたりの或る活動会社が金儲けのために仕組んだ芝居だったのだ」

「カラコラム映画会社に違いないわ」

「そうかも知れない。つまり、そうすると我々神聖義勇軍たるものは最初から、他人《ひと》のストライキつぶしと、そんな映画会社の金儲けのために、だしに使われていたのも同然なんだ。キャメラは始終草の茂った塹壕の中や、人の逃げてしまった民家の戸口の蔭なぞにかくれて、我々の行動を撮影していたらしい。そして、時々そんな思い切った出鱈目《でたらめ》な芝居をしては『敵兵の暴虐《ぼうぎゃく》』とか何とかタイトルをつけて、しこたま興行価値を上げようとたくらんだんだ」

「つまんねえなあ」と、そこで娘は口を尖らすと、紅棒《リップスティック》を出してその唇を染めながら、ハンドバッグの鏡を横目で睨みました。

「戦争が世界の流行だから、そう云うことになるんだ」オング君も肩をすぼめて見せました。

「みんなみんな金さえ儲ければいいんだよ。悪い世の中じゃないか。……その紅、何てんだい？」

「ブルジュワ・ルージュ。あら、洒落じゃないのよ。本当にそう書いてあるんだもの……それで可哀想に、あんたみたいな、お母さん子までが、そんなに真黒になって、戦に行くなんて、堪《たま》らないね」

「義勇軍だから、僕は自ら進んで行ったんだ。ひどい迷信さ」

「あたい、『ビッグ・パレード』だの『ウイングス』で随分教養のある青年達が、ただ兵士募集の触れ太鼓を聞いただけで、理由もわからず暗雲《やみくも》に感動して出征するのを見て、男って野蛮人だなあと思って呆れかえっちゃった」

「それで大入満員だから困る。世界中の一番兵隊に行きそうな何百何千万と云う見物を煽動したり、金を儲けたりするのは、その大勢の見物を陥穽《おとしあな》にかけた上、膏血《こうけつ》を絞りとるもので、最も不埒な悪徳と云うべきだ」

「活動写真は何よりも容易《やす》くて人気のある見せ物だから、活動を見る程の人の大部分は一等戦争やなんかに係りがあるわけだわね」

「うん、だから、そうなると最早や、芸術的価値なぞは問題ではなくて、その製作者こそ本当に見物の敵に他ならなくなるのだ」

「あたし、よく判らないけど、とにかく戦争だけを売物にする映画なんて、その根性が考えられないわ、それだのに、あとからあとから、幾つでも戦争映画ばかりが世の中に出て来るんだもの、そして、到頭、カラコラム映画なんかまでが、真似して『時勢は移る』とか何とかベカベカな偽物をこしらえるんだから助らねえな」

「『時世は移る』と云う自然の道理が解らないのだよ。地球がどんなに規則正しく、決してスピードなんかかけやしないけど、きつきつとして廻っているか、本当に気がついていないのだね」


（一九二八年七月号）

頭と足

平林初之輔

平林初之輔（ひらばやし・はつのすけ）

一八九二（明治二十五）年、京都生まれ。早稲田大学を卒業してやまと新聞社に入社、文芸時評を担当する。さらに社会主義の研究に進み、理論家として活躍した。しかし、健康を害してからは現実の闘争からは離脱していく。一九二六（大正十五）年、博文館に入って「太陽」の編集主幹となる。二八（昭和三）年に同誌が廃刊されると退社、三一年に早稲田大学助教授に。その論理性や科学性から探偵小説を愛読し、二四年の「新青年」に随筆「私の要求する探偵小説」を発表。二六年の「探偵小説壇の諸傾向」では、当時の探偵文壇があまりに不健全すぎると批判した。その後、探偵小説は独自の基準で判断すべきと主張したが、勃興期の探偵文壇においてその緻密な評論は貴重である。二六年に「予審調書」を発表して創作にも意欲を見せ、「犠牲者」「山吹町の殺人」「動物園の一夜」といった、自らの理論を実践するような短編を二十編ほど発表した。ヴァン・ダインの初期作品など、翻訳も手掛けている。一九三一年、留学先のパリで客死《かくし》。

「探偵趣味の会」にも設立当初から参加しているが、短い随筆数編と掌編「頭と足」を発表したに止まった。

一

船が港へ近づくにつれて、船の中で起った先刻の悲劇よりも何よりも、新聞記者である里村《さとむら》の心を支配したのは、如何にしてこの事件をいち早く本社に報道するかという職業意識であった。

彼は、社へ発送すべき電文の原稿はもうしたためている。しかし、同じ船の中に、自分の社とふだんから競争の地位にたっているA新聞の記者田中《たなか》がちゃんと乗りあわせて、矢張り電文の原稿は書いてしまって現に自分のそばに、何げない様子をして自分と話をしている。その様子は如何にも自信に満ちた様子である。港には郵便局は一つしかない、従って送信機も一つしかない勘定だ。どちらかさきに郵便局へ着いた方がそれを何分間でも何時間でも独占できるのだ。郵便局は波止場から十町もはなれているという。して見れば体力のすぐれている田中がさきにゆきつくことは必定だ。

里村は気が気でなかった、波止場はすでに向うに見えている。彼はいても立ってもいられなかった。ことに、自分の体力に信頼しきって悠然とかまえている田中のそばにいるのがもう辛棒できなかった。彼はふらふらとデッキのベンチをたち上って船室へ降りていった。

田中は安心しきっていた。彼は靴のひもを結びなおし、腰のバンドをしらべ、帽子を眉深《まぶか》にかぶり直し、万が一にも手ぬかりのないように、いざといったらすぐに駈けだすことのできるように用意していた。三四分もたつと里村が船室にもいたたまらぬと見えて、矢張り浮かぬ顔付をしてデッキへ上って来た。競争が切迫するにつれて二人は緊張しきってもう一言ものを言わなかった。

二

船はいよいよ波止場へついた。人夫が船を岩壁へひきよせる間も、デッキから波止場へ厚い板でブリッジがかけられる間も二人は、気が気でなかった。

やがて船客は降船しはじめた。田中は第一に船を降りて、韋駄天《いだてん》のように駈け出した。里村はそれにつづいた。

田中が郵便局へ息を切らしてついた時には生憎《あいにく》、町の労働者風の男が、電報取扱口へ、十枚ばかりの頼信紙を出しているところであった。その男は、何か不幸な事件でもあったと見えて、あとからあとからと頼信紙へ同文の電文をつけている様子だった。

田中は、まだかまだかと督促《とくそく》してもどかしがった。

「親戚に急な不幸がありましてな」件《くだん》の労働者は気の毒そうに田中にわびた。

里村がそこへ息せききってかけつけた。

二人はものの四十分もまちぼうけをくった。里村はもうあきらめているらしかったが、田中はしきりに時計を出して見て、「ちえっ」夕刊の締切に間にあわん。としきりに舌打ちした。

やっとのことで労働者は二人に恐縮そうにお叩頭《じぎ》して出ていった。

田中は入れかわって電報取扱口にたった。

里村は田中の原稿を見て、「たっぷり二十分はかかるね」ともうあきらめながら言った。「一寸その間に用たしをして来るよ、どうせ僕の方は夕刊にまにあいっこはないのだから」と云いながら彼は出ていった。

道の二町もいった頃彼はさっきの労働者にあった。

「どうも有《あ》り難《がと》う、お蔭で僕の方は夕刊にまにあった、これは少しだが」

彼は十円札をつつんでわたした。

「どうも相すみません」まださっきのつりものこっておりますが、あなたの電報の分が至急報で五円三十銭と、それにわっちゃあ、親類じゅうへ合計十三本も用もない電報をうちましたぜ」

「そりゃどうも有り難う、おかげであの男の方は夕刊に間にあいっこなしだ、なにつりはとっときたまえ」

×　　×　　×　　×

「要するにあの場合、船から一番先きに降りるものは誰かってことに気がついたのは吾ながら感心だて、船員のうちには必ず船客より先へ降りる者があるってことに気がつくなんざ頭のいいもんだなあ。お蔭で来月あたりは昇給かな。田中の奴、おれが息せききってかけつけたと思っているが、豈《あに》計らんや、俺は、煙草をふかしながら見物のつもりでやって来たのだ。あんまり気の毒だから局の前でちょっと駈足のまねをして見たがね。気の毒といえば、このことをすぐに奴に知らせるのもあんまり気の毒すぎるから、一つあいつの女房のとこへでも電報を打って俺の頭のよさを自慢してやろうかな」

里村は途々《みちみち》ひとり考えて悦に入った。

（一九二六年二月号）

戯曲

谷音《こだま》巡査（一幕）

長谷川伸

長谷川伸（はせがわ・しん）

一八八四（明治十七）年、横浜市生まれ。本名・伸二郎。のちに戸籍も伸に改名。父の破産で小学校にも満足に通えず、自活のためさまざまな職業に就《つ》く。英字新聞のジャパン・ガゼットを最初に、横浜毎朝新聞、都新聞に勤め、そのかたわらさまざまな筆名で小説を発表。一九二四（大正十三）年、長谷川伸名義で「夜もすがら検校」を発表して注目される。翌年、作家専業となり、白《しら》井《い》喬《きょう》二《じ》らと大衆文芸作家の集まりとして「二十一日会」を結成。二六年に「大衆文芸」を創刊する。二八（昭和三）年に発表した戯曲「沓掛時次郎」は、沢《さわ》田《だ》正《しょう》二《じ》郎《ろう》によって上演された。これが話題となって劇作家としても知られるようになり、「瞼の母」「一本刀土俵入」ほかのいわゆる股旅《またたび》もので人気を得る。その後は、『荒木又右衛門』のような歴史小説的な作品を経て、『日本捕虜志』や『日本敵討ち異相』といった史実をベースとする作品を戦後に発表。「十五日会」（小説）や「二十六日会」（戯曲）といった研究会を主宰して、後進の育成にも力を注いだ。一九六三年死去。

「二十一日会」で江戸川乱歩と知己を得、のちに耽綺社を結成して合作小説を発表している。「探偵趣味」には現代小説や随筆を多数寄稿した。

百円の家賃を裕に支払い得る会社員　鵲《かささぎ》一《いち》太郎《たろう》の家の内部坪庭に沿いたる濡れ縁見ゆ、その先に惨事のありたる座敷あれど見えず、母屋《おもや》の座敷は火鉢など片寄せ、家内の混雑に伴い、頻繁《ひんぱん》なる人の出入に便する為、一太郎妻百合子《ゆりこ》（二十七八）主人の弟次郎《じろう》（十七八）と壁の隅に怯《おび》えながら浮腰になりいる。

次郎　姉さん、静《しい》ちゃんは

百合子　学校へ行ったわ

次郎　そう。——知ってるかね。こんな事があったってのを

百合子　いい按配《あんばい》に知らないらしいわ。でも、お姉ちゃんは何故、いつものように静ちゃんお早うって、来ないのと、二度も三度も聞いていたわ

次郎　知ってるのじゃないかね

百合子　病気だっていい聞かせたのだけど、ただの病気とは違うからねえ。小供心にも気がついてるかも知れないわ

次郎　国では今頃電報をみてお父さんが驚いているだろうなあ

百合子　次郎さん（悲しませるなという風に手で制し落涙する）

　濡れ縁を伝って制服若き巡査谷音《こだま》逸喜《いちき》（二十五六）と私服の巡査とが、囁き合いつつ来り、座敷を抜けて出て行く、次郎、その後を追わんとす。

百合子　次郎さん

次郎　今の人に聞いてみようかと思うのです。お由美《ゆみ》姉さんが、袋井《ふくろい》君を殺したのだというらしいのですから

百合子　そんな事が。（と強く否定し）あたしそうは思えない。袋井さんが由美さんを殺して、それからご自分で死んだのに違いないわ。あ、袋井さんひどい事をする人だ（と涙を拭う）

次郎　お由美姉さんはあんな気の弱い優しい人なんだ。袋井君を殺すなんて出来る事じゃない。それだのに警察の人の話している断片を継ぎ合すと、袋井君は被害者でお由美姉さんが加害者らしいのです。馬鹿な判断をしたものです

百合子　そ、そんな間違った事。心配しないでもいいわ。兄さんが（濡れ縁の先の座敷を指し）あっちで立会っていらっしゃるから、そんな間違った判断を通させっこないわ

次郎　兄さん大丈夫でしょうかね。けさから兄さんは、いつもの落着を失って、まるで病人より蒼い顔をしているんだけど

百合子　可愛がってた妹が、尋常《じんじょう》でない死に方をしたのですもの、兄さんだって、そりゃあ胸のうちは（と泣く）

　前の私服巡査と谷音巡査。引き返し来たる。少し遅れて新聞通信員入り来たる。

官服　君は

私服　いつも署へくる新聞社の人だよ。（通信員に）もう少しだ。待ってい給え、事件は単純なのだ、もう検視もすむころだよ

二巡査、濡れ縁を通って入る。

通信員　（百合子に）奥さんですね。どうも飛んだ事でお察しします。それで由美子さんは今度の相手の袋井発《はつ》身《み》の外に愛人でも

百合子　（答えんとする）

次郎　袋井の奴なんか愛しているものですか

通信員　すると許婚の方が別にあったのですね

次郎　そんな者はありゃしないや

通信員　それでは

警察署長、警察医、制私服巡査、谷音巡査遅れて巡査部長など濡れ縁を通って来たる。

署長　君（谷音巡査に低声で命ずる。巡査元の座敷へ引返す）奥さん。ご迷惑でしょうが、もう少し手間どります。検事局からどういうて参りますか、それに拠《よ》って。ま、成るべく事を速《すみやか》にはこぶようにはいたしますが

巡査部長、警察医に追いつき問答をつづけながら出て行く。署長、私服巡査に囁く。

私服　（通信員に）君、外へ出てくれ給え、署長さんが諸君に発表するといわれるから

通信員、百合子等に一礼して出て行く。

署長　現場には巡査を残してありますが、もう暫くの間、あのまま手を付けずに置いていただきたいものです。では

署長一礼して出て行く、私服巡査も続いて去る。

次郎　検事局から来てまた調べるのかなあ

百合子　あっあっ、こんな悪い事は早く過ぎてくれるといいのに、静子が学校から帰ってくるまでに片付かないと困るわ。せめてそれまでに棺へ納めたい。いつまであんな酷たらしい姿で置かせるのだろう。由美さんが可哀そうだね

女中およし、急いで来たる。

およし　椙崎《すぎさき》様で、今晩は静子ちゃまをお預りいたします。学校の方へは奥さんがお迎えに行くと仰《おっ》しゃってでございました

百合子　そう。ご苦労様。これで少し安心した。静子にこんな事を聞かせたり見せたりしたくない。それから電話は

およし　木村《きむら》様では大変びっくり遊ばして、会社へ電話をかけて直ぐ主人を伺わせますと仰しゃいました。奥様も直ぐ伺うと仰しゃいました。それから木村様の奥様が、奥様に気を丈夫に持つようにと

百合子　そう

およし　大層お案じ遊ばされて、奥様の事や旦那様の事をいろいろお尋《たず》ねでございました

百合子　ご苦労だったわね。お前も当分は用が立てこむから気の毒だけれど、こんな事になっ

てしまったのだから、やっておくれよ

およし　ええよくわかっております。奥様、由美子様は、息をお吹き返しなさいました？

百合子　（頭をふる）

およし　（泣き伏す）

百合子　お前まで泣いてくれては

次郎　泣くなよ。僕まででまた泣くじゃないか

三人悲しむ処《ところ》へ。死せる由美子の兄鵲一太郎（三十四五）と死せる袋井発身の兄袋井親蔵《ちかぞう》（四十二三）の激論の声聞ゆ。

親蔵　何、もう一度いって見ろ

一太郎　いうとも、何度でもいってやる。貴様の弟は怪《け》しからん奴だ

親蔵　何を。貴様の妹こそ怪しからん、前途のある若者を倒してしまった

一太郎　無礼な事をいうな

親蔵　何が無礼だ、一体貴様の監督が不十分なのだ

一太郎　貴様こそその責任は多分に負うべき筈だ

親蔵　何

一太郎　何だ

百合子等立つ。一太郎、親蔵、座敷に入り睨み合う。

百合子　あなた。静かにしてね。ね。由美さんはまだ、あの姿で置かれてるのですわ。ね。腹

の立つ事があっても。今は我慢してね

一太郎　うむ（と座に就《つ》く）

百合子　（袋井に）あなたもどうぞ

親蔵　お騒がせしてすみません（と座に就く）

　およし去る。次郎、親蔵に敵意を持ち傍より睨む。

親蔵　鵲さん。私は弟を失い、あなたは妹さんを失ったのだから、悲む事に於《おい》ては甲乙はないのだ。しかし、あなたの妹さんが私の弟を殺したのだとすれば、悲みは私の方がずっと深い、悲みばかりか怨みにさえ思います

次郎　馬鹿な事をいってらあ。袋井君がお由美姉さんを殺したのだ

親蔵　どうしてそういえるのだ

次郎　袋井君はスポーツをあんなにやっていた人だ。女に殺されるなんて

親蔵　短刀はだれが持って死んでいた。由美子さんではないか。年少者は黙っていてくれ給え

次郎　何だ（と飛びかかりかける。百合子、止める）

一太郎　次郎、黙っていろ

次郎　だって、こいつ怪しからんから

百合子　次郎さん兄さんのいう事、お聞きなさい

　およし、花を持ってくる。

およし　奥様。お庭から折って参りました。これをお嬢様のお枕許へ

次郎　およし。有難う。僕があげてくる

百合子　よく気がついておくれだった

およし（硝子の一輪ざしを一つ出す）もう一つ何かありますとよろしいのですけど

次郎　一つでいいのだよ。お由美姉さんだけだ。袋井君なんかにあげるものか。あの人は敵だ

　次郎。花を持って濡れ縁を通って去る。およしも去る。

一太郎（百合子に）袋井さんはね。由美子が加害者だというのだ。そして責任は一切僕にあるというのだ

百合子　そんな間違った事を、あなた黙って聞いていらっしゃるのですか、そんな風にいわれては由美さんが可哀そうです

一太郎　だれがそんな暴論を承認するものか。こっちからいえば、被害者は妹だ

親蔵　短刀はだれが持っていたのだ

一太郎　由美子が握っていた。それに違いはなかった。しかし

親蔵　それ見ろ。動し難い事実は雄弁だ。現に警察の人も、弟が殺害されたと見ているではないか。あなたの妹さんは自殺したから免かれたのだ。さもなければ死刑に相当する殺人犯人だ

一太郎　黙れ、こいつ

親蔵　それに違いないではないか

一太郎　黙らないか。貴様は妹の屍を鞭《う》つのだな。死者に侮辱を与えるのだな

親蔵　結果がそうなるのではどうも仕方がない。私は好んで由美子さんを鞭ったり侮辱する意志はない。しかし、弟の死を正当に判断して決定を与える為にはやむを得ない事だ。私は愛する弟の死を明確にしたい。事実を事実としたいだけだ

一太郎　事実はわからないのではないか。双方が死んでいるから事実を語るべき肝腎《かんじん》の口は開かれないのだ。我々は事実を推《お》しはかっているだけだ。どっちが加害者か、被害者か、わからないのが事実なのだ。ただ前後の事情から推定して、袋井発身君に妹が殺害されたと信ずるだけだ

親蔵　どういう事情がある

一太郎　由美子は発身君を愛していなかった。しかし、発身君は由美子の愛を得ようとして、百方力をつくしていた。その為にゆうべも次郎と友人なのを幸い、泊ったのではないか。そして、短刀は由美子の物ではない、また、この家のだれのものでもない、そうすると発身君が持ってきたものだと思う外はない。あの短刀は多分あなたの家にあったものだろう

親蔵　そうすると、何の為に弟が短刀を持ってきたというのだ

一太郎　それは本人が死んでいるから、聞くべくもなくなっている。ただ、こういう推定は下される。発身君は短刀で妹を脅迫しようとした

親蔵　そんな弟ではない。あなたは弟の性格を知らず、平素を知らぬのだ。私は飽《あ》くまで由美子さんが弟を殺したと思う

一太郎　仕様がない。あなたと僕とは見解がまるで一致しないのだ。いくら争っても仕方がな

い。とても真相はわからない

親蔵　そんな事があるものか。これがわからないでどうするものか。私はどうしたって、被害者は弟であると主張する

一太郎　そういう議論からいえば、僕は断然として妹こそ殺されたのだと主張する

次郎、制服の若き巡査谷音逸喜の手を曳き、腰を押し、極力押し進める。谷音巡査はそれを半ば拒みつつ、濡れ縁を通り座敷に近づく。

次郎　姉さん、障子を開けてください

百合子　どうしたの次郎さん（障子を開き）まあ

一太郎、親蔵、それを顧みず、憎悪し合って対座す。

次郎　兄さん、この方が、よく知っているのです。僕は中学生のものだから笑っていってくれないのです。大人が聞いたらきっと話してくれるでしょう

一太郎（希望を感じ）どうぞ、こちらへ

谷音　いや。駄目ですよ。僕は教習所から出てきたばかりのひよッ子です。経験のない巡査ですから

親蔵　あなた。どうかご判断を聞かせてください。私は死んだ袋井発身の兄です

谷音　え、わかっています

一太郎　一体どうなんでしょうか。だれにもわからないのです。その為にこの方と私とが争っているのです

谷音　そうらしゅうございました。声だけは聞いていました
親蔵　一方が殺し一方は自殺した。これは確実です
谷音　無理心中だというのですか
一太郎　違いますか
谷音　さあ
親蔵　遠慮なくいってください
谷音　別段遠慮はしません。こんな時には神経が冷たく冴えていないと、判断を誤りますよ。
　先入観念などは誤りを招きやすいものですからね
一太郎　すると、あなたは別に確乎《かくこ》たる判断がもうついておられるのですな
谷音　きっぱりと解決がつくまでは、確乎たる判断は決してありますまい。いつでも仮りの判断でしょう
次郎　兄さん。この方は兄さん達とは全く違う見方をしているのだ
親蔵　違うというと。どういうのでしょう
谷音　短刀の柄には四種以上の指紋があります。しかし、鞘《さや》には三種の指紋しかありません。その三種の指紋のうち、もっともはっきりした指紋は二種だけです。その二種の指紋のうちの一つは短刀の柄にも発見されています。だから、柄と鞘とに一貫した指紋は一種なのです。短刀の持主の指紋でしょうな

一太郎、親蔵、百合子、次郎の眼が谷音巡査にそそがれ一言するものもない。

谷音　それから、同じ指紋をどこかに発見しようとしましたがありませんでした。わずかに入口の障子の一部に一つだけありました

一太郎　その指紋は女ですか

親蔵　まさか弟ではあるまい

谷音　縁の下の極く浅い処に、多分風が吹き込んだのでしょう。紙屑が一つありました。手にとってみると紙ではない寒冷紗《かんれいしゃ》の切れ端です。指紋が残るのを恐れて、指を包んだのでしょう。でなくば事件に直接関係はなくてもとに角も遺留品なのでしょう

親蔵　（巡査に）あなた。それでは別に犯人があるというのですか

谷音　あなた方は、何故、無理心中だとばかり極《き》めているのですか

一太郎　と——犯人は何者でしょう

谷音　その解決は今いいました寒冷紗と、現場と廊下との他で発見された、極く少しばかりの固形香料です

親蔵　では、私共の考えはまるで違うのだ

　谷音巡査の微笑する前へ、一同膝をすすめる。巡査は低声に犯跡推理を語る。一太郎、親蔵の昂奮加わる。

　およしあらわる。手に名刺を持つ。

およし　この方がお目にかかりたいからと申しておりますが、葬儀屋さんなのです

　百合子、名刺を受取り、一太郎に渡さんとする、谷音巡査、横合より素早く奪いとる。

次郎　兄さん、僕が追っ払いましょう。こんな時を付け込みやがって

谷音　向うも商売ですよ。そう怒らないでもいいでしょう

　次郎、立ち淀む、谷音巡査は名刺を持って後を向く。

葬儀屋　（声ばかり）ご免ください

　葬儀屋の店員赤神甚吉《あかかみじんきち》（二十八九）紙をかけたる線香箱を持って、悪丁寧《わるていねい》な態度にて入り来たる。

およし　まあ、取次の返事も待たないで

甚吉　どうも相すみません。（一太郎夫婦の方に）この度はまあ飛んだ事で、さぞかしご愁傷の事と存じあげます。手前は決してこういう折柄に商売をというような、そんな心は毛頭《もうとう》ございません。同じ町内に住みます処から、主人のいいつけでございまして（線香箱をそっと出し）これはホンの心ばかりでございまして

一太郎　どうも有難うございます。ご主人によろしく

甚吉　何でございますかな。（いい渋りいい渋り）いろいろ町内では取沙汰いたしておりますが

親蔵　（憤然と）無理心中だといっているのかね

甚吉　そうではございませんので

親蔵　何とでもいうがいいさ

甚吉　専《もつぱら》の評判では、まあ、そういったように申しておりますが、私はそんな事はあるまい

と申しますので

谷音巡査、突如として起《た》ち、甚吉の手首を摑み

谷音　指紋をとらせろ

甚吉は巡査の手を振り払い、凄く冷たき顔をする。ものいわんとすれど口吃《くちごも》っていえず。

谷音　犯人はこの男です

甚吉、逃げかかる。

次郎　畜生ッ

柔道の手で投げる。甚吉、起きあがりながら内懐に手を入れる

谷音　短刀ならゆうべ置いてきたろう

甚吉、はッとして逃げて行く。次郎、追って行く。谷音巡査、口へ指を入れ素早く口笛を高く吹く。

谷音　逃げられはしません。大丈夫捉《つかま》ります。それではお話をいたしましょう。今の男はこちらの由美子さんに恋をしていたのです。けれ共とてもかなわない事を知っているので昨夜、まだ宵のうちに玄関から忍び込んだのです。さっき申しあげた少しばかりの香料とは、線香のかけらです。玄関にも落ちていました。人の寝静まるまで隠れていた場所は、（濡れ縁の方を指し）あすこの押入れでしょう。あすこに葬儀用の菓子の食い残りが、指の頭程ありました。食事を用意していたものと思います。それから夜更になるのをかなり隠忍して待ち、由美子さんの部屋へ行きました。障子の引手に指紋が一つしかないのは、その時のものと思

います。凶行の後はさきに申しました寒冷紗を指にかぶせたものでしょう。指紋がどこにも残っていません、で、由美子さんを脅迫している最中に、便所に行かれてそういう出来事が起っているのを知ったのが袋井発身君です。何故そう判断出来るかは誠に容易な事です。必要なら後にお話をいたしましょう。犯人は発身君のくるのを知って、身を免がるる手段として、愚《おろか》にも殺意を起したものです。詳しく申すまでもなく、現場はご存じなのですから、第一に殺害されたのは発身君、第二に殺害されたのは由美子さんです。由美子さんを殺害する時の犯人の意志は、恋愛よりも自分の安全をはかる方が急務だったので、つまり、犯人は恋愛第一主義という程の男ではない、あり触れた肉を中心にして考えた卑劣な恋愛をしていた者でしょう。そこで短刀ですが

親蔵　何故、由美子さんが持っていたのですか

谷音　犯人が由美子さんの死後に握らせたものです。という事は（手で握る真似をして）把握《はあく》が違っているから一見してわかります

　私服巡査、甚吉を捉え捕縛をかけつつ入り来たる。次郎それにつづく。制服巡査の姿ちらと見ゆ。

私服　いやあ君のいう通りだったよ。この野郎ゆうべから行方不明で、けさからまだ一度も主人の家へ帰らないのだ。（甚吉に）おい、貴様どこで線香を仕入れてきた、何。（甚吉に顔を寄せ）主人の同業者から借りてきたんだと。馬鹿野郎め。その時からここの家の前まで、尾《つ》行《け》てきていたのを知らなかったな貴様は

一太郎夫婦、次郎、親蔵、憎悪して甚吉を睨む。甚吉うなだれつづける。

私服　君。こいつを署へつれて行くぜ

谷音　どうぞ。僕は検事閣下の見えるまで、現場を監守する任務があったのだ。では

私服巡査、甚吉をつれて行く。およし、浪の花の瓶を持ち出し、後からつづく。

一太郎、親蔵、顔見合せ同時にいう。

一太郎、親蔵　名探偵だ

谷音　僕の事ですか。飛んでもない。僕位のものはこの頃の警察界にはいくらもいます。僕は巡査としては、こんな事をするよりも、往来に立っていて土地不案内の人に道を教える時の方が、どの位、巡査としての愉快を味うか知れません。僕は交通係を志願しました、ですが

一太郎　私が署長なら許可しません

谷音　署長はあなた方と同じ考えでした。だから、いずれまた僕が働く時がくるのでしょう。しかし、僕は街頭に立ちたい。生きた道しるべになりたい。その方が愉快なのだ

自動車の音。およし、座敷へ入り来たる。

谷音　検事閣下が見えたらしい

一太郎等出迎えに立つ。谷音巡査口笛を吹きつつポケットに両手を入れて奥に去る

——幕——

（一九二八年一月号）

助五郎余罪

牧逸馬

牧逸馬（まき・いつま）

一九〇〇（明治三十三）年、新潟県に生まれ、北海道函館に育つ。本名・長谷川海太郎。弟に地味井平造。中学校を中退して渡米し、働きながら学ぶ。二三（大正十二）年、帰国して松本《まつもと》泰《たい》を知り、「探偵文芸」の編集に携わる。二五年から谷《たに》譲次《じょうじ》の筆名で「新青年」にアメリカの日系移民を主人公にした「めりけんじゃっぷ」物を発表、新鮮なスタイルで好評を得た。探偵小説の翻訳も手掛ける一方、林《はやし》不《ふ》忘《ぼう》名義の時代小説『丹下左膳』で注目される。また、牧名義では「上海された男」「神々の笑い」「都会冒険」「第七の天」「白仙境」など、モダンなものから伝奇性の濃い題材まで、幅広い探偵小説を発表した。「一人三人」といった趣《おもむき》で旺盛な筆力を見せるなか、二八（昭和三）年から翌年にかけてヨーロッパを旅行している。その成果に、谷名義のユニークな旅行記『踊る地平線』や、欧米の猟奇事件を題材とした牧名義の『世界怪奇実話』があった。人気絶頂のさなか、一九三五年死去。

まだ人気作家となる前だったせいか、初期にはよく「探偵趣味」に寄稿していて、第十輯の編集を担当した。林不忘名義でも芝居にまつわる随筆を連載している。

一

慶応《けいおう》生れの江戸《えど》っ児《こ》天下の助五郎《すけごろう》は寄席《よせ》の下足番《げそくばん》だが、頼まれれば何でもする。一番好きなのは選挙と俠客《きょうかく》だ。だからちょぼ一仲間では相当な顔役にもなっているし、怖い団体にも二つ三つ属している。

「一つ心配しやしょう」

天下の助五郎がこう言ったが最後、大概《たいがい》の掛合いは勝ちになる。始めから棄身なんだから暴力団取締の法律なんか助五郎老の金儲けにはすこしも影響しない。その助五郎が明治湯《めいじゆ》の流し場に大胡座《おおあぐら》をかいて、二の腕へ刺《ほ》った自慢の天狗の面を豆絞《まめしぼ》りで擦りながら、さっきから兎のように聞き耳を立てているんだから事は穏かでない。正午近い銭湯はすいていた。ただ濛々《もうもう》と湯気の罩《こ》めた湯槽《ゆぶね》に腰かけて坊主頭の若造と白髪の老人とが、何かしきりに饒舌《しゃべ》りあっている。

「それで何かえ」と老人は湯をじゃぶじゃぶいわせながら、「豊住《とよずみ》さんの傷は大きいのかえ？」

「投げられた拍子に石ころで肋《あばら》を打ちやしてね、おまけに溝板《どぶいた》を蹴上げて頤《あご》を叩いたもんでげすから、今見舞いに寄ってみたら、あの気丈なお師匠さんが蒲団をかぶってうんうん唸ってやしたよ。通り魔だか何だか知らねえけど、隠居の前だが、はずみってものあ怖えもんさ。師匠も今年ゃ丁度だからなあに、あれで落したってわけでげしょう、なんてね、あっしぁお内儀に気休みを言って来ましたのさ」

「四二《やく》かい？」

「お手の筋でさあ。だがね、東京の真ん中でせえこう物騒な世の中になっちゃあ、大きな声じゃ言われもしねえが、ねえ、ご隠居、現内閣ももうあんまり長えこたあるめえと、こうあっしゃ白眼《にら》みますよ。いえ、まったく」

「国乱れて乱臣出ず、なかと言うてな」と老人は妙な古言を一つ引いてから、「箱根《はこね》から彼方《むこう》の化物が、大かたこっちへ移《す》みかえたものじゃろうて」

「違えねえ」

　坊主頭は大きく頷《うなず》いた。湯水の音が一《ひ》としきり話しを消す。助五郎は軽石を探すような様子をしてふいと立ち上った。二人の遣り取りが続く。

「宵の口に町を歩いてる人間が、いきなり取って投げられるなんて――」

「まず妖怪変化《ようかいへんげ》の業《わざ》じゃろうな」

「なにさ、それが厄《やく》でさあ。もっとも、相手は確かに人間さまだったってますがね、さて、そいつが何処《どこ》のどいつだか皆目判らねえてんでげすから、世話ぁねえ」

「師匠は何かい、身に恨みでも受ける覚えがあるのかえ？」

　老人はこう言いながら湯槽へ沈んだ。

「お熱かござんせんか」と若造が訊いた。つづいて背後の破目板の銓を捻った。そして、

「なにしろ、これだからね」
と両の拳を鼻さきへ積んで見せた。

二三人這入って来た。湯を打つ水音に吞まれて、二人の声はもう助五郎の耳へは入らなかった。

助五郎も聞こうとはしなかった。自暴《やけ》のように陸湯《おかゆ》を浴びた彼は、眼をぎょろりと光らせたまま板の間へ上って行って籠の中から着たきり雀の浴衣を振って引っ掛けると、蠅の浮いている河鹿《かじか》の水盤を横眼で白眼みながら、ぶらりと明治湯の暖簾を潜り出た。

助五郎は金儲けのにおいを嗅いだ。張るの殴るの取って投げたという以上、これは明らかに彼の領分である。詳しいことを聞き出して手繰《たぐ》って行けば案外な仕事になるかも知れない。夏のことだから氷屋がある。その店頭へ腰を下ろした助五郎は、一本道の明治湯の方へしっかり気を配りながら坊主頭の若い衆を待ち受けた。

二

坊主頭の話というのはこうだった。一昨日の暮れ方、乗物町《のりものちょう》の師匠として聞えている笛の名人豊住又七《とよずみまたしち》が、用達しの帰り、自宅の近くまで差しかかった時、手拭いで顔を包んだ屈強な男が一人矢庭《やにわ》に陰から飛び出して来て、物をもいわずに又七を、それも、まるで猫の児かなんそのように溝の中へ投げつけるが早いか、何処ともなく風のように消えてしまったというのである。又七師匠はどちらかと言えば小柄な方だけれど、とも角大人の人間をああ軽々と抛《ほう》り出したところから見ると、曲者は非常な大力《たいりき》でことによると、お狐さんの仕業ではあるまいか——そう言えば横丁の稲荷の前で、一度師匠が酔っぱらって小便をしたことがある。が、多くの世の名人上手がそうであるように、師匠も芸にかけては恐しく傲岸《ごうがん》で、人を人とも思わず、時には意地の悪い、眼に余るような仕打ちもあったそうだから、そこらから案外他人の恨みを買ったのではないかとも思われる。何しろ、四二の厄だから——。

助五郎を刑事とでも思ったものか、若い衆はこうべらべら饒舌り立てた。

助五郎は面白くなった。そうして刑事になった気で歩き出した。助五郎は江戸っ児だ。寄席の飯を食って来ている。刑事に化けるくらいの茶気と器用さは何時《いつ》でも持ち合わせている。

三

「師匠、在宅《うち》かえ？ 署の者だ」

艶拭きのかかった上 框《あがりがまち》へ、助五郎は気易に腰をかけて、縁日物の煙草入れの鞘をぽうんと抜く。

「あの、署の方と仰言《おっしゃ》いますと——刑事さんで、まあ、このお暑いのに——」

一眼で前身の判る又七女房おろくが、楽屋模様の中形《ちゅうがた》の前を繕いながら、老刑事助五郎へ煙草盆を斜めに押しやる。

「いや、もう、お構いなく」と助五郎は一服つけて、「おや、今日は稽古は？」

と、初めて気が付いたように六畳の茶の間を見廻す。権現《ごんげん》様と猿田彦《さるたひこ》を祭った神棚の真下に風呂敷を掛けて積んである弟子達の付届《つけとど》けの中から、上物の白羽二重《はぶたえ》が覗いているのが何となく助五郎の眼に留まった。おろくは少し狼狽《あわ》て気味に、

「旦那さんは何ぞ御用の筋があんなすって、どこぞへのお戻りでもござんすか」

と話の向きを変えようとする。

「なあにね」助五郎は笑った。「ついそこのお稲荷さんまでお詣りに来やしたよ。あんまり御無沙汰するてえと、何時こちとらも溝水を呑まされねえもんでもねえから」

「あら、旦那――」おろくはちょっと奥へ眼を遣った。

「お内儀《ないぎ》、とんだ災難だったのう」

「あの、もう御存じ――」

「商売商売、蛇の道ゃ蛇さ」と、助五郎は洋銀の延べを器用に廻しながら「人気稼業の芸人衆だ。なあ、誰しも嫌な口の端あ御免だからのう、お前さんがひた隠しなさろうてなぁもっともだけれど、眷族さまにしちゃちっと仕事が荒っぽいぜ。時に、御病人は如何《いかが》ですい？」

「おろく」襖の彼方から又七の嗄れ声がした。

「何誰《どなた》だえ？」

「あの、警察の――」とおろくが言いかけるのを、

「者でがす」と引き取って、

「お眼にかかってお見舞《みめ》えしやしょう」

ずいと上り込むとがらり境いの唐紙《からかみ》を開けて、

「ま、師匠、その儘《まま》で、そのままで」

笛の名人豊住又七は麻の夜具から頭だけ出して、面映《おもは》ゆそうにちょっと会釈した。あの晩から熱が出たと言って、枕もとにはオポピリンの入った湯呑茶碗なぞが置いてあった。肝腎《かんじん》の咽喉を痛めているので、笛の稽古は休んでいるとのことだったが、それでも秘蔵の名笛が古代錦の袋に包まれて手近く飾られてあるのが、いかにもその道の巧者らしく、助五郎にさえ何となく床しく感じられた。


事件の性質が稚気を帯びているのと、何しろ「乗物町さん」の名前に関することなので、はじめのうちは又七も苦り切っているばかりで容易に口を開こうとはしなかったが、次第に由《よ》っては握り潰さないものでもないという助五郎の言葉に釣られて、やがてその夜のことを逐一話し出した。

が、すでに若造の口から引き出して来たこと以外、そこには何らの新しい事実もなかった。下谷《したや》七軒町《しちけんちょう》の親戚の法事へ行った帰り、この先きの四つ角へ差しかかると、自働電話の傍に立っていた男が突然躍《おど》り掛《かか》って来て、はっと思う間に自分の身体は、板を跳ね返して溝へ落ち込んでいた。と同時に、狼藉者《ろうぜきもの》は雲を霞と逃げ失せて、肋と頤へ怪我をした又七は、ようよう溝から這い出して、折柄通りかかったあの若造に助けられて自宅《うち》へ帰り着いたというのである。弟子や近所の手前は急病ということにして置いて、又七はそれからずうっと床に就いている。

傷は大したことはないがその時受けた驚きとあとから体熱が出たのとで、見るから衰えているようだった。一歩も人に譲らない体《てい》の人物だけに、この出来事が彼の自負心に及ぼしたところは大きかったとみえて、てんで何処の何者の仕業とも判らないのが実に残念で耐《たま》らないと彼は幾度も口に出した。けれども直ぐその後から、

「痩せても枯れても笛の又七でございます。やくざめいたこんな間違えでお上へお手数を掛けようなんて、そんなけちな了見はこれっぽちもございません」

と暗に助五郎の来訪を迷惑がるような口吻を洩らして、それとなく逃げを張るだけの用心も忘れなかった。

助五郎は黙っていた。脚を二つに折って、きちんと揃えた膝頭へ叱られる時のように両の手を置いた儘、彼は外見だけはいかにもしんみりと控えていた。が、両の眼を何げなさそうに走らせて、部屋の造作《ぞうさく》や置物、調度、さては手廻りの小道具へまで鋭い評価と観察を下すのに忙しかった。おろくが茶を持って這入って来た。

豊住又七というこの笛の師匠が、その芸に対する賞讃と同じ程度に人間として、色々悪い評判のあることは、助五郎も以前以前《まえまえ》から聞き込んでいた。自信が強過ぎるとでも言おうか、万事につけて傍若無人の振舞いが多く、この点でも充分遺恨《うらみ》を含まれるだけのことはあったろうが、その上に、又七は有名な吝嗇家《けちんぼう》なばかりか、蓄財のためにはかなり悪辣な手段を執ることをも敢て辞さないと言ったようなところがある、とは専《もっぱ》らの噂であった。

「道理で」と助五郎は考える。「普請こそ小せえが、木口《こぐち》と言い道具と言い——何のこたあね

え、鴻《こう》の池《いけ》又七とでも言いたげな、ふうん、こいつぁちっと臭ぇわい」

ふとおろくと話す男の声が、茶の間の方から助五郎の鼓膜へ響いて来た。又七はつくねんと蒲団の上に腕組みしている。助五郎は耳をすました。

「ええ、もう大分好いんでござんすけど――」と答えているのはおろくの声、男は見舞いに来たものらしい。

「へっへ、それゃ何よりの恐悦で」と、頭でも叩くらしい扇子の音。つづいて、

「でもね、お師匠さんの竹《ちく》が暫らく聞かれねぇかと思うと、へっへ、あっしゃこれで食も通りませんのさ、いや、本心。へっへっへ」

「まあ、望月《もちづき》さんのお上手なことったら」

「いや、本心でげす。何しろ、久し振りで此方《こちら》の師匠が雛段《ひなだん》へ据ったのが、あれが、こうっと――四日前の大浚《さら》えでげしたから、未だ耳の底に残っていやすよ。へっへっへ、和泉屋《いずみや》の若旦那も、あれでまあ何《ど》うやらこうやら名取りになったようなわけで、まずあの人が肩を入れたからこそ、へっへ、あれだけの顔が揃ったというもの、そこへお師匠さんまで出張《でば》って呉んなすったんでげすから、若旦那も冥加《みょうが》に尽きるなかと申してな、へっへ、下方衆《したかたしゅう》はもう寄ると触るとその噂で――いや、本心、へへへへへ」

望月、さては長唄下方《ながうたしたかた》の望月だな、と助五郎は小膝を打ちながら、それにしても和泉屋の若旦那というのは？　四日前の大浚えとは？――さりげなく又七へ視線を向けると、又七は煙たそうに眼を伏せて、出もしない咳を一つした。

饒舌《しゃべ》る丈《だ》け喋《しゃべ》って終ったらしく、表の男はなおも見舞いの言葉を繰り返しながら、そそくさと出て行った。と、急に気が付いたように、助五郎も立ち上った。鬼瓦《おにがわら》のような顔が、彼の姿をちょっと滑稽に見せていた。又七もおろくも別に止めようとはしなかった。それどころか、却って内心ほっとしているらしかった。別れの座なりを二つ三つ交わした後上り口まで行った助五郎は、ずかずかと引っ返して来て、何を思ったものか矢庭にお神棚の下の風呂敷を撥《は》ね退けた。

「ほほう、お内儀、見事な羽二重が――和泉屋さんから届きやしたのう」

　おろくは格子戸の方へ眼をやって、取って付けたように叫んだ。

「あれ、また俥屋《くるまや》の黒猫《くろ》が！　しいっ！」

「はっはっは」笑い声を残して助五郎はぶらりと戸外へ出た。「ははは、何もああまで誤魔化そうとするにも当るめぇに」

四

「望月の旦那ぇ」

「へぇ――おや、お見それ申しやして、へっへ、何誰《どなた》さまでげしたかな」

「いや、年は老《と》り度《た》くねえだよ。俺はそれ、和泉屋の――」

「おっと、皆迄言わせやせん。あ、そうそう、和泉屋さんの男衆久《きゅう》さん――へっへ」

「その久さんでごぜえますだ」洗い晒した浴衣の襟を掻き合わせながら、又七の門を出た助五郎は足早やに下方の望月に追い着いて、

「家元さん、そこまでお供致しますべえ」

眼でも悪いのか、しょぼしょぼした目蓋を忙《せわ》しなく顫《ふる》わせながら、小鼓《つづみ》の望月は二三歩先に立って道を拾う。

「お店へはこの方が近道かね？」

相手を出入り先の下男とばかり思い込んで、望月は言葉遣いさえも一段下げる。

「へえ」助五郎は朴訥らしくもじもじした。

「ああ、これから美倉《みくら》へ出て――」

「へえ、美倉橋を渡りますだ」

と言いながらさては浅草の和泉屋かと、助五郎は釣り出しを掛けて置いて後を待った。望月は好い気で、「橋を右へ折れて蔵前《くらまえ》か、へっへっへ」

蔵前の和泉屋、すると、あの質屋看板の物持和泉屋に相違ないが、そこの道楽息子が最近長唄の名取りになったところで、それが杵屋《きねや》であろうと岡安《おかやす》であろうと、別に天下の助五郎の興味を惹くだけの問題でもなかった。

決して物盗りではなく、又単なる力試しでもないことは大勢の通行人の中から又七だけを選んだことで充分解るとしても、要するにこれは芸人仲間の紛糾《いざこざ》から根を引いての意趣晴しに過ぎないかも知れない。若《も》しそうとすれば、わざわざ出て来た助五郎は、正にとんだ見込み外れ

をしたわけで、ここらであっさり手を離した方が案外利口な遣り方でもあろう――が、ともすれば、瓢簞《ひょうたん》から鯰《なまず》の出度《でた》がる世の中である。それに、ここまで来て手ぶらであばよは助五郎の世話役趣味がどうしても許さなかった。何よりも、あの不自然な又七夫婦の態度、すこし過分な、羽二重の熨斗《のし》、四日前の大浚え、それから暗打《やみう》ち――助五郎はにやりと笑った。一つの糸口が頭の中で見付かりかけた証拠である。足を早めて望月と並びながら、ずいと一本突っ込んだ助五郎には、もう持前の江戸っ児肌が返っていた。

「のう、家元さん、四日前にゃよく切れやしたの、え、おう？」

「――」望月は眼をぱちくりさせて立竦《たちすく》んだ。

「いやさ、絃がよく切れたということさ」

と助五郎は重ねて鎌を掛けた。

「え？」

「まあさ」と助五郎は微笑んで、「竪三味線《たてじゃみせん》は杵屋の誰だったっけ？」

「雷門《かみなりもん》。へへへへ」望月は明らかに度を呑まれていた。

「雷門、てえと竹二郎《たけじろう》師匠かえ？」

「へえ」

「蔵前へ近えな」

「へへへ、和泉屋さんの掛り師匠でげす、へえ」

「ふうん」助五郎はやぞうで口を隠しながら、

「のっけから切れたろう――一番目は？」

「八重九重《やえここのえ》桜花姿絵《はなのすがたえ》」

「五郎時宗《ごろうときむね》、お定《きま》りだ。こうっ、ぶっつり来たろう」

「恐れ入りやす、へっへ、何せ最初《はな》からあの仕末なんで、下方連中は気を腐らすわ、雷門は頭《つむじ》を曲げるわ、和泉屋さんはおろおろするばかり、へっへっへ、仲へ立った私のお開きまでの苦労と言ったら――して、あなた様は何誰《どなた》で？」

「誰でもええやな」

　助五郎は空を仰いで笑った。が、直ぐ、

「家元、大薩摩《おおさつま》紛《まげ》えのあの調子で、一体何処が引っ切れたのか、そいつがあっしにゃ合点が行かねえ」

「へっへ、御尤《ごもっと》もで」望月は伴《つ》れの人柄をもう読んだらしく苦しそうに扇子を使いながら、

「へえ、切れやしたの何のって、へっへ、先ずあの」と一つ咳払いをして、「里の初《しょ》あけのほだされやすくたれにひと筆雁《ふでかり》のって、そのかりいので、へっへ、ぶっつりとね、へえ、雷門の糸が――どうも嫌な顔をしましてな」

「それやそうだろう」

「それからまあ高調子《たかちょうし》でどうやらこうやらずうっと押して行きやしたがな、二上《にあが》りへ変って、やぶうの――う、うぐう――いいす、のとこで又遣りやした。へっへ、それからのべつに」

「切れたのけえ」

「へえ」

「笛は？」

「御存じでげしょう」

「乗物町か」

「へえ」

「何故入れた？」

「他にござんせん」

「うん、して和泉屋の咽喉《のど》は？」

「お眼がお高い――へっへ、あれからこっち円潰《まるつぶ》れでさあ、いや、本心」

それを聞くと助五郎はくるりと踵《きびす》を廻らして、元来た方へすたすた歩き出した。喫驚《びっくり》して後見送っている望月を振り返りもせずに――。

「こりゃ乗物町の細工が利いたて」

助五郎は思わず独り言を洩らした。「昔なら十両からは笠の台が飛ぶんだ。へん、あんまり業突張《ごうつくば》りが過ぎらあな」

五

和泉屋の晴れの披露目《ひろめ》とあって、槙町亀屋《まきちょうかめや》の大浚えには例《いつ》もの通り望月が心配して下方連を集めて来たまでは好かったが、笛を勤めるのが乗物町の名人又七と聞いて、思い掛けない光栄に悦んだのが事情《わけ》知らずのその日の新名取《しんなと》り和泉屋の若旦那。又かと眉を顰《ひそ》めた者も多かったなかに、度々同じ段に座って又七の意地の悪い高調《たかちょう》に悩まされた覚えのある雷門の杵屋竹二郎は、自分の弟子の地《じ》ではあり、これは困ったことになったとは思ったものの、取替えて貰うわけには行かず第一あれ丈の吹手には代りもなし、仕方のないところから和泉屋を説き伏せて白羽二重一匹に金子《なま》を若干、その日の朝のうちに乗物町へ届けさせたのだった。笛に調子を破られては手も足も出ないので、又七の普段を識っている相下方の連中は、吾も吾もと付届けを運ぶことを忘れなかった。するだけのことを済ませば宜かろうと、竹二郎はおっかな喫驚《びっくり》のうちにも幾分の安心をもって舞台へ上ったのだったが、和泉屋からの贈りはそれで好いとしても、彼自身の名前で何も行っていないことに、竹二郎は気が付かなかったのである。

これが豊住又七をこじらしたものとみえて、その夜の笛は出からして調子が高かった。付いて行くためには、他の下方は勿論《もちろん》、唄の和泉屋まで急に加減を上げなければならなかった程、それほど約束を無視したものだった。が、それは未だよかった。はらはらしながら竹二郎が、撥《ばち》を合せて行くうちに、一調一高《いっちょういっこう》、又七の笛は彼の三味を仇敵《かたき》にしていることが解って来た。そして、満座の中で何度となく彼は糸を切らせられたのである。しかも、新しい名取りの声は、早《ひで》りの後の古沼のように惨めにも嗄《か》れて終《しま》った——。

それから四日経って又七の遭難。

こんなことには慣れているだけ、助五郎にはすべてが判った。和泉屋だって雷門だって世間態もあれば警察もこわい。で又七代理と偽って和泉屋と雷門の二軒へ据わりこんだ助五郎は大枚の金にありついて、一と月程は豪気に鼻息が荒かった。

あとから小博奕で揚げられた時の、これは天下の助五郎脅喝余罪の一つである。

（一九二六年十二月号）

段梯子の恐怖

小酒井不木

小酒井不木（こさかい・ふぼく）

一八九〇（明治二十三）年、愛知県生まれ。本名・光次《みつじ》。東京帝大医学部を卒業して東北医大助教授となり、海外留学をするが、ロンドンで喀血《かっけつ》、帰国しても赴任できず退職した。のちに結核療養者のため『闘病術』をまとめている。大学院生時代の一九一五（大正四）年、本名で『生命神秘論』を刊行。二一年より「新青年」に医学や犯罪学の随筆を多数執筆し、勃興期の探偵文壇に大きな刺激を与えた。かたわら、ドーゼ『スミルノ博士の日記』『夜の冒険』など翻訳も手掛けている。二五年には「画家の罪？」ほかの小説を発表、「人工心臓」や「恋愛曲線」など、医学知識を織り込み、神秘と科学の融合した異色作で注目される。長編に『疑問の黒枠』など。江戸川乱歩らと耽綺社を結成し、『空中紳士』ほかの合作を発表した。一九二九（昭和四）年死去。病気がちであったにもかかわらず、没後に改造社から刊行された全集が翻訳を含めて全十七巻になるほど、精力的に作家活動をつづけた。

名古屋在住とあって会合には参加できなかったが、「探偵趣味の会」には最初から参加し、「探偵趣味」の第三輯では編集当番を務めている。だが、発表したのは随筆がほとんどで、創作は掌編「段梯子の恐怖」だけであった。

「探偵趣味」第四号の配達された日、私を訪ねた友人Fは、室にはいるなり、

「もう来たかね？」といって、机の上にあった雑誌を、いきなり取り上げて、ページを繰り始めた。彼はことし三十七歳の独身の弁護士である。

「その十四ページを見給え、編集当番のNさんが、段梯子の恐怖ということを書いて居るから……」

「え？」と彼は雑誌をまるめ、びっくりしたような顔をして私を見つめた。

「何だい、馬鹿に真面目な顔になったじゃないか、……僕もかねて段梯子の恐怖を取り扱った小説を書いて見たいと思って居たのだが、みしり、みしり、と降りて来る深夜の足音《あしおと》などは、聊《いささ》か材料が古いから、もっと、現実的な恐怖はないものかと思って居るんだ。……おや、君どうした？　何をそんなにぼんやりして居るんだ？」

　こう言われてFははっと我に返ったらしかった。

「いや、実は、段梯子の恐怖と聞いて一寸思い当ったことがあるのだ。小説の題材になるかならぬかは知らぬが、ついでだから話して見ようか」

これはG市の話だがね？　市立高等女学校にSという三十越した女教師があったのだ。姉妹二人暮しで、早く両親を失ったため、妹より十二も年上なSさんは、母の代りになって妹を育て、独身で稼いで、遂に芽出度く女学校を卒業させることが出来たのだ。妹は姉さんよりも遥かに美しかったので校長が大へん力を入れて、お聟《むこ》さんを捜し、遂に某青年に白羽の矢が立って、いよいよ見あいする迄に事が進んだのだ。

青年は校長夫人に連れられて、Sさんの家をたずね、すぐさま二階へ通されたのだ。先ずSさんが来て挨拶する、それから本人がお茶を運んで来る、双方チラと……いやいけないね、僕は描写がまずいから、とに角、その場の空気から察して二人は互いに気に入ったらしい。それからお菓子が出る、果物が出る、姉さんもかなりに喜んだらしいが、青年の観察したところによると、長年育てた妹を奪われる悲哀に似たものがその顔に浮んで見えたということだよ。ことに校長の媒酌《ばいしゃく》といえば文句もいえぬしね。

一時間ばかり過ぎて、盛装した娘は林檎の食いあましの皿を持って階下へ行こうとしたが、段々を二つ三つ降りたかと思うと、足をふみ辷《すべ》らせたと見え、「ドドドン」という音が家内中に響き渡ったので、青年も校長夫人も、思わず立ち上がって階段の降り口へ駈けつけたそうだ。

「ハハハハハ」私は思わず笑った。

しかしFは真面目顔だった。「君もやっぱり笑っちまったね。しかしだ。その娘が、落ちた拍子に林檎を剝くナイフの先で頬を傷つけ、それから丹毒症に罹《かか》って五日目に死に、妹の死んだ晩に姉さんが縊死したときいたら、あまり笑えないだろう」

「え？　本当か？　なぜ姉さんは自殺したのだ？」

「書置がなかったからわからぬが、子のように育てた妹に死なれた悲哀の結果か、或いはだね、姉さんが段梯子に椿油でも塗って……」

「まさか？」

「そうでないかも知れんさ、そこは、君の腕次第でどうにでも書けるじゃないか？　僕はただ題材を提供しただけだ、実は、その見あいをした青年というのが僕自身で、爾来《じらい》十年、僕は、段梯子に恐怖を感ずるばかりか、見あいそのものにも一種の恐怖を感ずるようになったよ。……」


（一九二六年二月号）

嵐と砂金の因果率

甲賀三郎

甲賀三郎（こうが・さぶろう）

一八九三（明治二十六）年、滋賀県生まれ。本名・春田《はるた》能為《よしため》。東京帝大工学部卒。染料会社を経て農商務省臨時窒素研究所の技師となった。一九二三（大正十二）年、「新趣味」の探偵小説募集に「真珠塔の秘密」が入選する。理化学トリックの新鮮な「琥珀のパイプ」「ニッケルの文鎮」などの短編で注目された。いわゆる「本格」と呼ばれる探偵小説のジャンルを提唱した作家と言われている。気早《きばや》の惣太《そうた》や弁護士の手塚龍太《てづかりゅうた》などシリーズ・キャラクターにも意欲をみせた。二八（昭和三）年に作家専業となってからは、人気作家として多くの作品を発表した。長編では『妖魔の哄笑』『乳のない女』『姿なき怪盗』など通俗的なサスペンスが多く、新聞記者の獅子内俊次《ししうちとしじ》がたびたび活躍している。そのほか、実話に題材を得た『支倉事件』や時代小説『怪奇連判状』があり、探偵戯曲も試みた。一九四五年死去。

「探偵趣味」の第五輯を編集した頃から同人の中心的存在となり、第十二輯からは江戸川乱歩や小酒井不木《こさかいふぼく》とともに責任編集者となった。短編や多くの随筆を発表し、投稿作品のセレクトにも携わっている。終刊号には、春陽堂発売となった経緯を中心とする「『探偵趣味』の回顧」を寄稿した。

一、暴風雨の夜

広漠たる荒野の絶端が大洋の上に突出た低い小さな岬、両腹は抉《えぐ》り取られたように凹《くぼ》んで、片腹は僅に狭い荒浜に続いている、その岬の上にポツンと立てられた、今は住む人もない一つ家、漆黒《しっこく》の天地を荒狂っている嵐の目標はこの家よりない。怒濤は三方から岬に噛みついて、たださえ痩せた腹へ穴を開けようとし、風は恐ろしい叫声を挙げて、腐れ落ちそうな壁を一挙に屠《ほふ》ろうとする。槍のような雨は半ば崩れた屋根から、喚声と共に闖入《ちんにゅう》している。そうしてこの廃屋の中には懐中電燈の一筋の光を頼りに二人の旅人が不安と恐怖に包まれて蹲《うずくま》っているのだ。

　瀕死とも云うべき廃屋が、この物凄い嵐に抵抗しているのは奇蹟だ（だが、その廃屋の中に、しかもこの嵐の夜に、二人も人間が居るなんて、もっと奇蹟だ！）。柱は腐って壁は哀れな骨をむき出しにしている。床板はほとんど崩れ落ちて、名もない草がその間からスクスク生えている。奥の一間に僅に残った畳はブクブク脹れて、怪物の巣のようだ。屋内は異様な臭気、しめっぽい陰惨な臭が充ち満ちている。それに外には嵐が荒狂うており、雨と共に風は凄じく吹き込んで来る。二人の旅人は雨装束《しょうぞく》のまま蹲《しゃが》んでいるのだが、雨と風に追いすくめられて、だんだん身体を寄せながら、比較的安全な一隅に喘いでいる。

二人の旅人はこの暴風雨の夜にこの崩れかかった一つ家で偶然落合ったのだ。二人とも厳重に身拵《みごしら》えをして、日に焼けた赤黒い顔に鋭い眼をギロリと光らして、一癖ありそうな、年の頃はどっちも三十五六だろうか、風雨に曝《さら》された面構えは四十を越したかとも見える。この二人の男をようやく区別の出来る特徴は、天井に向けた懐中電燈の薄暗い反射でようやく認められる通り、一人は額に大きな打疵《うちきず》らしい痕があり、一人は頬にこれは切疵らしい痕がある事だ。暴風雨《あらし》の夜、海岸の廃屋、顔に傷痕のある二人の旅人、彼等は何の為にこんな所へ来たのだろう。

額に傷痕のある男が一足先きにここへ来たのだった。それからしばらくして頬に傷痕のある男がやって来た。彼等の向い合った時の驚駭《きょうがい》、探るような眼つき、彼等は申合わせたように右手を着物の胸に突込んだ。そこにはピカピカ光る短刀がお互に秘めてあるのだ。だが、やがて二人は隔意《かくい》のないように打解けて、暴風雨をかこちながら、世間話を始めたのだった。

「じゃ、何かい、お前さんは三年前の、そうさ、矢張こんな嵐の夜だったが、この家で人殺しのあったのを知らねえと云うのかい」頬に傷痕のある男はギロリと眼を光らす。さっきからの続き話である。

「知らねえ」向疵の男はふんと云ったように受流す。

「そうかい。三年前によ、時候も秋口の丁度今時分だ。こんな嵐の晩だっけ、この家の主の年寄夫婦が絞め殺されたのさ」

「で、殺した奴は捕ったのか」

「いや、捕らねいのだ。現場にゃ、そうさ丁度お前さんの坐っている辺だ」頬傷の男は薄気味の悪い笑を浮べながら、「血がポタポタ垂れていたのさ。夫婦は絞められたのだから、血は出る筈がねえ。殺った奴が何かの拍子に血を出したらしいのだが、その外何の証拠になるものはなし、それにこんな人里離れた一つ家だ。とうとう分らず終《じま》いさ」

「ふん、で、お前さんはそんな気味の悪い所と知りながら、暴風雨の晩に何だってここへ来なすったのだ」

「犯人に遭《あ》いにさ」

「え？」

「人殺しをした奴はきっと現場へ戻って来るものだからねえ」

「だが、お前さんの話だと、その人殺しと云うのは三年前の事だぜ」

「そうさ。三年前の丁度今晩だ。俺は三年目と云い、この暴風雨と云い、屹度《きっと》きゃつは舞戻って来ると思ったのさ」

「そんなものかなあ」額に傷痕のある男は詰《つま》らなそう。

「所で、お前さんは一体何用あって、ここへ来なすったんだ」頬傷の問いは鋭い。

「わっしかい。ちったあ訳があるのさ。と云うのは今から六年前、そうさ、さっきのお前さんの話が三年前だから、それから又三年前やっぱり今頃で、しかも今日のような暴風雨の晩さ。ぷっ――」

折柄、巨獣の吠えるような音と共に、岩を嚙む怒濤と、恐ろしい疾風《はやて》が、大地震のように廃屋を揺り動かしたのである。

「魂消《たまげ》させやがった、ひどい嵐だ」向疵の男は話を杜絶《とぎ》らした。

「なに、六年前？」頬傷の男は膝を進めるように聞く。

「うん、六年前の嵐の晩の事なんだ」

「そう云えば、六年前にもこんな嵐があった」頬傷の男は独言《ひとりごと》のように云う。

「おお、お前さんもあの嵐を覚えているかい。あの頃にゃ、さっきお話の殺されたとか云うお爺さん婆さんは未だ達者よ。その嵐の晩に起った出来事、こいつあ、お前さん知るめいな」

「この家にかい」

「そうだ」

「知らねえ」頬傷の男は吐き出すように云う。

「そうだろう」

「どう云う出来事だか、一つ話して貰いたいな」

「話そうとも、事によったらお前さんの話と何か関係があるかも知れねえ」

嵐は絶間《たえま》なく吹き荒《すさ》んでいる。廃屋の中にしょんぼりと蹲った二怪人の姿は、いよいよ怪しく、薄暗い懐中電燈の反射光に、照らし出されているのだった。向疵の男は徐《おもむ》ろに口を切った。

二、最初の暴風雨の夜

（額に傷痕のある男の話）

　その晩の暴風雨はかなり酷かったと云う事だ。だが、家はこんなに腐っちゃいないし、年寄夫婦も達者でいたのだ。今晩ここにこうして、お前さんと一緒にいる程には気味悪くもなかったろうじゃないか。

　然《しか》し人里から大きな荒野を隔てて、しかも海の上に突出た岬の上の一つ家だ。明けても暮れても、爺さんと婆さんとが鼻を突合していたんじゃ、家の空気はどうあっても陽気になりっこはねえ。たいていの若い者も一足家の中へ踏み込むと、じっと気が滅入って終《しま》ったと云うのも、満更嘘じゃねえ。

　一体、何だって爺さん夫婦がこんな所に住《すま》っているのか、後に思い合せば海のむこうに行ったと云う息子を慕って、こんな海の突端に住んで、毎日海を眺めていたのかも知れないが、それとも外《ほか》に訳があるのか、俺は知らねえ。だが、とに角、二人でこんな淋しい所に住っていた事は事実なんだ。

　今云った嵐の晩、爺さん夫婦は沖に難破船でもなきゃ好いがと気遣いながら、真夜中までまんじりともしなかったが、果して夜中過ぎ、裏口を叩いて救いを求める声がしたのだった。爺さんが木戸を開けると、雨と風と一緒に、ひょろひょろと這入って来たのが、重そうな袋を担《かつ》いで、何で怪我をしたのか、額からタラタラ血を流して、半面真紅《あけ》に染った若い男だった。

爺さんも婆さんも永い事こんな所にいて、難破船や、打上げられた半死半生の漁師や船員達は再々見たので、格別驚きもせず、息も絶え絶えになっている、その男を親切に介抱したのさ。男も追々元気を恢復してポツリポツリ話した事は、何でも小さな密漁船に乗込んでいたのが、この沖で嵐の為に難破したと云うのだ。この男は元からの船乗りじゃない。数年前に日本を飛び出して一攫千金《いっかくせんきん》を夢みて、カリフォルニヤ州に密航したのだが、思わしい仕事もなく、ゴロゴロしている中に、偶然、同じ思いの野心に燃えている青年と知合になり、手を取って砂金掘りにアラスカへ出かけたのだ。そこで数年苦労した甲斐あって、大分砂金を溜め込んだので、幸い寄航した密漁船に頼んで乗せて貰って、船の仕事を手伝いながら、遥々《はるばる》懐しい日本へ帰って来たのだった。

所が、もう陸が見えると云う沖合で、暴風雨さ。砂金の袋を背負って、ボートに飛乗ったがたちまち転覆して終った。しかし、幸にもしっかり板片を摑んでいたので、沈みもせず、砂金だけはどんな事があっても放せるものか、山のような荒波に乗りながら、揉みに揉まれていたのだ。

暫くすると板片の端に泳ぎついて摑まる者がある。叫び合うと、それがアラスカの砂金掘りの仲間なんだ。きゃつも砂金の袋を背負《しょい》ながら、必死になって板片に摑ろうとするのだった。

それは悲しい事実だった。

きゃつが板片に摑ると、板片はぶくぶく沈もうとするのだ。お互に砂金の袋を放して終えば、その一枚の板片で、どうやら二人が浮べたかも知れない。だが、袋を見放すのは死ぬより辛い事なのだ。考えて見ると二人は永い間の親友だった。異郷でめぐり合って、それから又極北極寒の地で数年間、危険な目に遭い、苦しい思いをする度に、お互に励まし合い救け合い、文字通り苦楽を共にし、死生の間を潜り抜けて来たのだった。だが、怒濤の間に一枚の板片を争う時に、ああ、たちまち不倶戴天《ふぐたいてん》の仇敵になって終ったのだ。

対手《あいて》を斃《たお》すか、自分が死ぬか、それは真剣な、だが、浅間しい争だった。

闇で見えなかったが、きゃつの顔はきっと悪鬼のようだったろう。俺の――いやその青年の顔も二目とは見られない兇悪なものだったろう。彼等は本能と本能、獣性と獣性とで、飽く事もなく闘った。これが平和な航海だったら、二人は上陸すると相抱いて嬉涙《うれしなみだ》を流しながら、お互の幸運を祝福した事であろうに、漆黒の天地に雄叫《おたけ》びの声を挙げて荒れ狂う、雨伯《うはく》、風師《ふうし》、もろもろの悪魔、妖精、きっとそんな奴が二人の魂に野獣の心を吹込んだに違いない。二人はもう夢中だった。お互に自分の命を奪おうとする妖怪と闘っているとより思わなかった。二人は遂に血を流した。

幾分間かの後、とうとう一方が勝ったのだ。彼は文字通り命懸《いのちが》けて奪った板にしがみついて、額からタラタラ血を流しながら、浜辺に打上げられた。彼は息も絶え絶えになりながら、僅に洩れる燈火を頼りに、ひょろひょろとこの一つ家に辿《たど》りついたと云う訳だった。

彼は何もこんな事を委《くわ》しく喋《しゃべ》らなくても好かったのだ。けれども一つには彼はもうとても助らぬと覚悟した（それ程彼は苦しかったのだ）。一つには良心が蘇って来ると共に、彼の親友を裏切った事が、ひしひしと心を責めた。彼は懺悔《ざんげ》の積りでこの話をしたのだった。所が、老人夫婦は根掘《ねほ》り葉掘《はほ》りきゃつときゃつの友達の事を聞くのだ。きゃつはとうとう自分と友達の名を云わされて終った。

　年寄夫婦がしつこく聞いたのには訳があった。夫婦には一人の息子があったのだ。その息子は十年も前にアメリカへ行って終い、最初の一、二年は便もあったが、それからバッタリ消息がないのだ。人の噂さではアラスカへ行って金掘りをしていると云うので、もしやと思って聞いて見たのだ。

所がどうだ、現在眼の前で自分達夫婦が介抱している男がしかも自分達の住んでいる家の沖合で、愛する一人息子を、しかも成功して帰って来た息子を、無慙にも沈めて終ったと云うのだ！

　夫婦は顔を見合して、あきれる許《ばかり》だった。

　それでも、もしや間違いかと、いろいろ尋ねているうちに、ふと砂金の袋を見ると、そこには彼等の一人息子の名がちゃんと書いてあるではないか。

　これはこうだった。二人の青年は船の沈む騒ぎに、ついお互の砂金袋を取り違えて背負ったのだった。だが、夫婦はそうは思わない。彼等の所へ飛び込んで来た青年は、息子を海へ沈めただけでなく、砂金の袋を奪った、いや事によったら、砂金欲しさに息子の命を奪ったのかも知れないと思ったのだ。これは無理もない推測だった。

　夜明前の一時間、暴風雨の勢はようやく峠を越したが、未だ天地は兇暴に荒狂うていた。その時に、老人夫婦はよろけこんだ男の耳許に、お前は自分達の最愛の息子の生命を奪ったのだと囁いて、砂金の袋の代りに大きな石を背負わして、手取り足取り、この岬の突端から、ドブーンと怒濤の中へ抛込《ほうりこ》んで終った。

それから、噂によると夫婦はすっかり元気がなくなって、一日黙って坐り込み、稀《まれ》に訪ねる付近の里人にさえ、笑顔は愚か、口さえ滅多に利かなくなったと云う事だ。だが、誰だって、こんな出来事のあった事は知らないのだ。

空の凄じい雄叫び、岸を嚙む怒声、砂まじりの雨は依然として衰えなかった。語り終った男は薄気味の悪い笑を浮べていた。額の疵が薄ぼんやりした光線の当り工合だろう、奇怪な爬《は》虫類《ちゅうるい》が這いずっているように見えた。

黙って聞手になっていた頬傷の男はやおら口を切った。

三、二度目の暴風雨の夜
（頬に傷痕のある男の話）

ふん、そう云う事があったのか。そいつは少しも知らなかった。が、そう聞けば大きに思い当る事がある。

お前さんの話から三年目、今から丁度《ちょうど》三年前、度々云った通り、今晩のような大嵐よ。一人の旅人が路に迷った挙句《あげく》、真夜中だった、この一つ家を訪ねたと思いねえ。そいつは何でも元この辺の者だった。久しい前に遠い国へ出稼ぎに出て一度は小金を拵《こしら》えて、故郷を目がけて帰ったが、嵐の為に流されて、どこの沖合だか分らねえ、とうとう船は沈んで終った。それでも不思議に命は助って、或る浜辺に打上げられた。その村の人達のお蔭で、どうやら元の身体になり、暫くはそこで漁師の仲間に入れて貰ったが、異国で酒と女の間を一か八かで通って来た悲しさ、どうでも正業とか云う奴は身につかねえ。だんだん身は持ち崩すし、それに持って生れた漂浪《ひょうろう》性とか云う奴が、黙っていねぇ。又、ひょろひょろと旅に出て、乞食同様あちこちを歩き廻ったが、故郷忘《ぼう》じ難しと云う奴でフラフラこの辺へ舞戻ったが、大きな荒野で路に迷って終って、その上大嵐に遭い、散々の体たらくで、ようやくこの一つ家に辿りついたのだった。

この家に一足踏み入れた時に、随分強情な俺——いや、そいつは随分強情な奴だったけれども、襟元からぞっとしたと云う事だ。何年前に建った家か、太い柱はへんに曲って、がっしりした木組も今はガタガタになって、壁は落ち畳は破れ、襖障子は煤《すす》で真黒になっているし、灯火と云えば小さなランプが吊してある切り、これがあったればこそ、彼もここへ辿りつく事が出来たのだが、ホヤは傾いて油烟《ゆえん》は出放題、それが時々風の為に消えそうになると云う奴で、人の住んでいる所とは思えない。いや、いっそ、人が住んでいなければ未だしもだが、例えば今ここにこうして腐りかかっている家で、嵐の中をお前さんと二人切りで、気味が悪いには悪いが、お互に血気と行かないまでも、まあ力にはなると云うものだが、その時には、この世の人と思えない老人夫婦がしょんぼりと坐っていたのだ。何と凄かろうじゃないか。

老人と云っても後で考えて見りゃ、爺さんは六十そこそこ婆さんは五十少し出た位だったのだが、二人とも骨と皮だ。啞のように黙りこくって坐っているのだ。

爺さんの方はまあ骸骨そっくりだった。頬骨が出て眼が窪んで、何かする度にガチガチと骨が鳴るのだ。いろりの前に坐って、骨張った細長い手をそろそろと蛇の這うように動かして、烟管《きせる》をまさぐっていた。婆さんは渋紙《しぶがみ》のような光沢《つや》のない顔色に、額と頬の皺がくっきりと鮮《あざやか》について、ギロリとした底光りのする眼で、四辺をジロジロ見ながら、真夜中だと云うのに俎《まないた》の上で、庖丁を逆手に持って、何やら料理していた。廃屋同様の一つ家の薄暗い灯火の下で、正視に堪えないような物凄い老婆が庖丁を持っている姿は、人間でも料理しているようで、老婆の口が耳まで裂けているかと見えたと云う。旅人はすぐにこんな家に飛び込んだのを後悔した。だが、外は大荒れだ。広漠たる原野だ。一晩彷徨したって宿るべき所はない。彼は度胸を定《き》めて坐り込んだ。

老婆はいろりにかけた鍋から、どろどろしたものを碗に汲取って、やもりの丸焼のような、しかしそれは何かの魚を燻焼《いぶしやき》にしたものだったが、薄気味の悪い食物を彼に与えた。どうやら腹が出来ると、旅人はいくらか落着いた気になって、いろりの前にいざり寄り、煙草を一服無心した。

快い一服に今朝からの疲れを忘れかけて、ふと爺さんの腰の辺を見るともなしに見やると、黄い小粒がキラリと光る。オヤと見直すと、あちらにもこちらにも、おおよそ一摑み爺さんの坐っている廻りにバラ撒いてある。拾って見る迄もない見事な砂金だ！　この男には懐しい、忘れる事の出来ない砂金なのだ！

「砂金！」思わず彼は声を挙げた。

「砂金よ」唖のように黙っていた爺さんは顎をガチガチ云わせながら、嘲けるように口を利いたものだ。

「砂金！」もう一度彼は叫んで、手を伸ばすと、畳の上を一摑み、十粒あまりを摑み取って、小供が熱望していた玩具《おもちゃ》を与えられたように、右の手から左の手に移し、左から右へ夢中になって楽しんだ。彼にとっては死んだ愛児に巡り遭ったのより嬉しいのだ。彼はこの為に何度死ぬような目に遭ったろう。どんな危険を冒《おか》し、どんな苦痛を忍んで、これを得る為に努力したか。そうして最後に彼は採集した砂金を船と共に海底に沈めて終ったのだ。

猫が鼠に戯れるように砂金を弄《もてあそ》んでいる旅人をじっと見つめながら、爺さんはニヤニヤと薄気味悪い笑を浮べていた。だが、旅人の背後の婆さんの相はみるみる険悪になった。彼がさっきの三年前の話を少しでも知っていれば、何とか要心する所もあったのだろうが、彼は微塵《みじん》もそんな事を知らなかった。その間に老婆は庖丁逆手にジリジリと彼の背後に迫ったのだ。旅人が何かの気配に気づいたか、それとも何の気なしにか、振り向くのと庖丁が飛んで来るのとが同時だった。あっと云う間もなく彼は頬をグサと一刺しやられた。

彼がぱっと飛びしさって、悪鬼のような老婆と相対した時には、もう自分の生命を守るより外の事は考えなかった。彼は老婆の手許に飛込むと両手で頸を絞めた。後ろから飛びついて来た老爺を、忽ち押倒して同じく頸を力委《まか》せに摑んだ。鶏を絞める程の力もいらなかった。もともと彼等二人が生きていたのが不思議な位なのだ。

彼は茫然として二人の犠牲を眺めた。

ああ、すべては砂金のさせた事だ。けれども、誰が彼の立場を認めて呉れるだろうか。牢獄、死刑、彼はぶるっと顫《ふる》えた。

彼はたちまち身を翻《ひるが》えして暴風雨に荒れる外へ逃れ出た。

これがまあ、三年前のこの家に起った夫婦殺しの顛末《てんまつ》さ。

語り終って、頬傷の男はニヤリと笑った。だが、その笑には隠すべからざる悲痛の色があった。

四、最後の暴風雨の夜

二人の男の話が済んでも未だ暴風雨は止まなかった。廃屋は二人の男にそのすべての歴史を語り尽されて、もう敢えて存在する必要もないのだろう、今にも斃れそうに断末魔《だんまつま》の喘ぎをするのだった。

顔を見合した二人の男はまじろぎもせず、お互にじっと見詰めた。

「お前無事でいたのか」額に傷痕のある男は云った。

「お前も無事でいたのか」頬に傷痕のある男は、鸚鵡《おうむ》返《がえ》しに云った。

「六年前にこの岬のとっ端から抛り込まれた時には、もうお終いと観念したが、未だ運が尽きないのか、こうして生きているよ」

「俺も六年前にお前から海の中へつッ放された時にはもう生命はないと覚悟したが、未だ死にもせず生きているよ」

「あの時はお互に危急存亡《ききゅうそんぼう》の秋《とき》だ、悪く思わないで呉れ」

「悪く思いやしないさ。あの時は俺が沈んでいなければお前が沈んでいるのだ。仕方がないさ。それよりもお前がここの夫婦から又海へ抛り込まれたとは、気の毒だった」

「何、それも運とあきらめるよりない。それより、俺の為にここの夫婦が気が変になり、三年後にお前に斬りつけるような事になって、とうとう親を手にかけたとは、何とも云いようない気の毒な事だなあ」

「俺もさっきお前の話を聞いた時に初めて、この家の主人とは切っても切れない親子の仲と知ったのだが、俺はほんとうに腹の中は涙で一杯だった。だが、――だが、今はもう何でもねえ、これも因縁とあきらめるさ」

「もっともだ、どんなにか泣きていだろうなあ」

「な、泣きていさ。だが、その話はもうよして呉れ」

「うん」向疵の男はうなずいて、「それでお前は砂金はどうしたのだ」

「砂金たあ？」頬疵の男は不審顔である。

「お前が夫婦を殺して盗った砂金よ」向疵の男はきっとなった。

嵐は依然として阿修羅《あしゅら》のように荒れ狂い、雨は益々激しく降り込む。廃屋の闇は愈々《いよいよ》濃い。

「冗談云っちゃいけねえ」頬疵の男もきっとなった。

「俺は前にも云う通り、六年前の出来事は少しも知らねえ。知らねえばかりにとんだ間違いをし出かしたのだ。ここの夫婦が俺の現在の親と云う事は元より、砂金を一袋持っている事なぞは夢にも知らなかったのだ。どうしてそんなものを盗るもんか」

「白ばっくれるねえ」向疵の男は声を荒げた。

「お前は砂金の事をどっかで聞き出し、親とは知らずに嵐の晩に忍び込み、夫婦が抵抗するので絞め殺して、砂金を盗んだのに違いない。お前は冒頭《のっけ》に何と云った、犯人はきっと現場を見に来るに違いないと、へん、いけ図々しい野郎だ」

「何をっ！」相手はかっとなった。「そう云うお前こそ、この嵐の晩に砂金を狙ってやって来たのだな」

「そうよ。狙うも何もねえ、砂金は元々俺のものなのだ。だが、三年前にお前に持って行かれた後とは、飛んだどじだった」

「待てよ」頬疵の男は少し語勢を軟げた。「じゃ、砂金はこの家のどっかにあるのだ」

「なにっ！　じゃお前は手をつけなかったんだな」

「疑り深い奴だなあ。俺は砂金の事なんか知るものか。じゃ、何だな、手前が持って逃げた砂金はここにあるのだな」

「そうだ」

「そいつは有難い。早速探すとしよう」

「だが、探しても気の毒ながら俺のもんだぜ」

向疵の男は冷《ひややか》に云った。

「馬鹿を云え、袋には俺の名が書いてあったと云うからには俺のものだ」

「冗談云うな、俺が命懸けで持出したのだ」

「生命を懸けたのはお互様《たがいさま》だ。俺はお前に殺され損ったのだ」

「何と云っても、俺に正当の権利がある」

「そんな事があるものか」

「おい、お前は人殺しの兇状持ちじゃないか、俺が一言喋ればお前の首は飛ぶのだぜ」

「何をっ！　そう云うお前だって、自慢する程潔白じゃあるめい。今云う砂金だって俺が一言滑らしゃ、素直にお前のものになるものか」

「そりゃ又どうしてだ」

「どうしてだと、へん、手前はその砂金をアラスカから正当に持出したのだと云うのか」

「うるせいっ、砂金は何と云っても俺のものだ」

「こう、待て」頬疵の男は仔細らしく云った。「喧嘩は後だ。とに角砂金を探さなくちゃ話にならねえ」

「何探すには及ばねえ」向疵の男は平然と答えた。「俺はさっきから砂金の袋に腰をかけているのだ。俺はお前より一足さきにここへ来て、ちゃんと縁の下から掘り出したのだ」

「なにっ！」

頬疵の男は突然向疵の男を突飛ばした。不意を食って、彼はたちまち転った。その拍子に懐中電燈はふっ飛んで、パッと消えた。

暴風雨はこの汚らわしい廃屋を倒さねば止まぬように吹き荒《すさ》ぶ。降り込む雨に床下は沼である。

闇の中を組《く》んず放《ほぐ》れつ、二人の男は六年前の浅ましい闘争を繰り返すのだった。

翌朝嵐が過去って、真珠色の太陽が金色の光をこの小さい岬に投げかけた時に、廃屋は見る影もなく倒れていた。そうして、その中には一面に撒き散らされた黄金《こがね》の粒の上に、二人の荒くれ男が息も絶え絶えにもがいていた。

二人はやがて死体となり、太陽はいつまでも、その上に輝いているだろう。この倒れた廃屋に再び人の訪れるのは、事によったら、又三年後の暴風雨の晩ではないだろうか。

（一九二六年十月号）

木馬は廻る

江戸川乱歩

江戸川乱歩（えどがわ・らんぽ）

一八九四（明治二十七）年、三重県名張《なばり》町生まれ。早稲田大学在学中にミステリーを研究。卒業後は古本屋などさまざまな職業を経験する。一九二三（大正十二）年、「新青年」に「二銭銅貨」が掲載されてデビューし、「双生児」「D坂の殺人事件」「心理試験」「屋根裏の散歩者」「人間椅子」などの短編で斯《し》界《かい》を大きく刺激した。二六年、「パノラマ島奇談」「一寸法師」などの長編を連載したあと、一時休筆するが、二八（昭和三）年に代表作「陰獣」を発表。「押絵と旅する男」『孤島の鬼』ほかで独自の作品世界を確立する。さらに、『蜘蛛男』『魔術師』といったスリリングな長編でより多くの読者を獲得していく。また、『怪人二十面相』ほかの少年物も好評だった。戦後は研究・評論が主となり、五二年、評論書『幻影城』で探偵作家クラブ賞を受賞する。その探偵作家クラブも自らが中心となって四七年に設立した。五五年には江戸川乱歩賞がスタート。「宝石」の編集長を務めたことも。一九六五年死去。

設立の音頭をとっただけに、第一輯の編集当番になるなど、初期には積極的に執筆したが、後半は休筆したこともあってほとんど関わっていない。小説も「木馬は廻る」だけだった。

「ここはお国を何百里、離れて遠き満州の……」

ガラガラ、ゴットン、ガラガラ、ゴットン、廻転木馬は廻るのだ。

今年五十幾歳の格二郎《かくじろう》は、好きからなったラッパ吹きで、昔はそれでも郷里の町の活動館の、花形音楽師だったのがやがてはやり出した管弦楽というものに、けおされて、「ここはお国」や「風と波と」では、一向雇い手がなく、遂には披露目《ひろめ》やの、徒歩《とほ》楽隊となり下って、十幾年の長の年月を、荒い浮世の波風に洗われながら、日にち毎日、道行く人の嘲笑の的となって、でも、好きなラッパが離されず、仮令《たとい》離そうと思ったところで、外《ほか》にたつきの道とてはなく、一つは好きの道、一つは仕様事《しようこと》なしの、楽隊暮しを続けているのだった。

それが、去年の末、披露目やから差向けられて、この木馬館へやって来たのが縁となり、今では常傭《じょうやと》いの形で、ガラガラ、ゴットン、ガラガラ、ゴットン、廻る木馬の真中の一段高い台の上で、台には紅白の幔幕《まんまく》を張り廻らし、彼等の頭の上からは、四方に万国旗が延びている、そのけばけばしい装飾台の上で、金モールの制服に、赤ラシャの楽隊帽、朝から晩まで、五分毎に、監督さんの合図の笛がピリピリと鳴り響く毎に、「ここはお国を何百里、離れて遠き満州の……」と、彼の自慢のラッパをば、声はり上げて吹き鳴らすのだ。

世の中には、妙な商売もあったものだな。一年三百六十五日、手垢《てあか》で光った十三匹の木馬と、クッションの利かなくなった五台の自動車と、三台の三輪車と、背広服の監督さんと二人の女切符切りと、それが、廻り舞台の様な板の台の上でうまずたゆまず廻っている。すると、嬢《じょ》っちゃんや坊ちゃんが、お父さんやお母さんの手を引っぱって、大人は自動車、子供は木馬、赤ちゃんは三輪車、そして、五分間のピクニックをば、何とまあ楽し相に乗り廻していることか。藪入《やぶい》りの小僧さん、学校帰りの腕白《わんぱく》、中には色気盛りの若い衆までが「ここはお国を何百里」と、喜び勇んで、お馬の背中で躍るのだ。

すると、それを見ているラッパ吹きも、太鼓叩きも、よくもまあ、あんな仏頂面《ぶっちょうづら》がしていられたものだと、よそ目には滑稽にさえ見えているのだけれど、彼等としては、そうして思い切り頬をふくらしてラッパを吹きながら、撥《ばち》を上げて太鼓を叩きながら、いつの間にやら、お客様と一緒《いっしょ》になって、木馬の首を振る通りに楽隊を合せ、無我夢中で、メリイ、メリイ、ゴー、ラウンドと、彼等の心も廻るのだ。廻れ廻れ、時計の針の様に、絶えまなく。お前が廻っている間は、貧乏のことも、古い女房のことも、鼻たれ小僧の泣き声も、南京米《なんきんまい》のお弁当のことも、梅干一つのお菜のことも、一切がっさい忘れている。この世は楽しい木馬の世界だ。そうして今日も暮れるのだ。明日も、あさっても暮れるのだ。

毎朝六時がうつと、長屋の共同水道で顔を洗って、ポンポンと、よく響く柏手で、今日様《こんにちさま》を礼拝して、今年十二歳の、学校行きの姉娘が、まだ台所でごてごてしている時分に、格二郎は、古女房《ふるにようぼう》の作ってくれた弁当箱をさげて、いそいそと木馬館へ出勤する。姉娘がお小遣をねだったり、癇持《かんも》ちの六歳の弟息子《むすこ》が泣きわめいたり、何ということだ、彼にはその下にまだ三歳の小せがれさえあって、それが古女房の背中で鼻をならしたり、そこへ持って来て、当の古女房までが、頼母子講《たのもしこう》の月掛けが払えないといっては、ヒステリイを起したり、そういうもので充たされた、裏長屋《うらながや》の九尺二間をのがれて、木馬館の別天地へ出勤することは、彼にはどんなにか楽しい物であったのだ。そして、その上に、あの青いペンキ塗りの、バラック建ての木馬館には、「ここはお国を何百里」と日ねもす廻る木馬の外に、吹きなれたラッパの外に、もう一つ、彼を慰めるものが、待っていさえしたのである。

　木馬館では、入口に切符売場がなくて、お客様は、勝手に木馬に乗ればよいのだ。そして半分程も木馬や自動車がふさがって了うと、監督さんが笛を吹く、ドンガラガッガと木馬が廻る。すると、二人の青い布の洋服みたいなものを着た女達が、肩から車掌の様な鞄をさげて、お客様の間を廻り歩きお金と引換えに、切符を切って渡すのだ。その女車掌の一方は、もう三十を大分過ぎた、彼の仲間の太鼓叩きの女房で、おさんどんが洋服を着た格好なのだが、もう一方のは十八歳の小娘で、無論《むろん》木馬館へ雇われる程の娘だから、とてもカフェの女給の様に美しくはないけれど、でも女の十八と云えば、やっぱり、どことなく人を惹《ひ》きつける所があるものだ。青い木綿の洋服が、しっくり身について、それの小皺《こじわ》の一つ一つにさえ、豊な肉体のうねりが、艶《なまめ》かしく現れているのだし、青春の肌の薫りが、木綿を通してムッと男の鼻をくすぐるのだし、そして、きりょうはと云えば、美しくはないけれど、どことなくいとしげで、時々は、大人の客が切符を買いながら、からかって見ることもあり、そんな場合には、娘の方でも、ガクンガクンと首を振る、木馬のたてがみに手をかけていくらか嬉し相に、からかわれてもいたのである。名はお冬《ふゆ》といって、それが格二郎の、日毎の出勤を楽しくさせた所の実を云えば、最も主要な原因であったのだ。

年齢がひどく違っている上に、彼の方にはチャンとした女房もあり、三人の子供まで出来ている、それを思えば、「色恋《いろこい》」の沙汰は余りに恥しく、事実また、その様な感情からではなかったのかも知れないけれど、格二郎は、毎朝、煩《わずら》わしい家庭をのがれて、木馬館に出勤して、お冬の顔を一目見ると、妙に気持がはればれしくなり、口を利き合えば、青年の様に胸が躍って、年にも似合わず臆病になって、それ故に一層嬉しく、若《も》し彼女が欠勤でもすれば、どんなに意気込んでラッパを吹いても、何かこう気が抜けた様で、あの賑《にぎや》かな木馬館が、妙にうそ寒く、物淋しく思われるのであった。

どちらかと云えば、みすぼらしい、貧乏娘のお冬を、彼がそんな風に思う様になったのは、一つは己《おの》れの年を顧《かえり》みて、そのみすぼらしい所が、却って、気安く、ふさわしく感じられもしたのであろうが、又一つには、偶然にも、彼とお冬とが同じ方角に家を持っていて、館がはねて帰る時には、いつも道連れになり、口を利き合う機会が多く、お冬の方でも、なついて来れば、彼の方でも、そんな小娘と仲をよくすることを、そう不自然に感じなくても済むという訳であった。

「じゃあ、またあしたね」

そして、ある四つ辻で別れる時には、お冬は極った様に、少し首をかしげて、多少甘ったるい口調で、この様な挨拶をしたのである。

「ああ、あしたね」

すると格二郎も、一寸子供になって、あばよ、しばよ、という様な訳で、弁当箱をガチャガチャ云わせて、手をふりながら挨拶するのだ。そして、お冬のうしろ姿を、それが決して美しい訳ではないのだが、むしろ余りにみすぼらしくさえあるのだが、眺め眺め、幽《かす》かに、甘い気持にもなるのであった。

お冬の家の貧乏も、彼の家のと、大差のないことは、彼女が館から帰る時に、例の青木綿の洋服をぬいで、着換えをする着物からでも、充分に想像することが出来るのだし、又彼と道づれになって、露店の前などを通る時、彼女が目を光らせて、さも欲し相に覗いている装身具の類を見ても、「あれ、いいわねえ」などと、往来の町家《ちょうか》の娘達の身なりを羨望《せんぼう》する言葉を聞いても、可哀相に彼女のお里は、すぐに知れて了うのであった。

だから、格二郎にとって、彼女の歓心を買うことは、彼の軽い財布を以てしても、ある程度まではさして難しい訳でもないのだ。一本の花かんざし、一杯のおしるこ、そんなものにでも、彼女は充分、彼の為に可憐な笑顔を見せて呉れるのであった。

「これ、駄目でしょ」彼女はある時、彼女の肩にかかっている流行おくれのショールを、指の先でもてあそびながら云ったものである。だから、無論それはもう寒くなり始めた頃なのだが

「おとしのですもの、みっともないわね。あたしあんなのを買うんだわ。ね、あれいいでし

よ。あれが今年のはやりなのよ」彼女はそう云って、ある洋品店のショーウインドウの中の立派なのではなくて、軒の下に下っている、値の安い方のを指しながら、「ああ、早く月給日が来ないかな」とため息をついたものである。

成る程、これが今年の流行だな。格二郎は初めてそれに気がついて、お冬の身にしては、さぞ欲しいことであろう。若し安いものなら財布をはたいて買ってやってもいい、そうすれば彼女はまあどんな顔をして喜ぶだろう。と軒下へ近づいて、正札を見たのだが、金七円何十銭というのに、迚《とて》も彼の手に合わないことを悟ると、同時に、彼自身の十二歳の娘のことなども思い出されて、今更ながら、この世が淋しくなるのであった。

その頃から、彼女は、ショールのことを口にせぬ日がない程に、それを彼女自身のものにするのを、つまり月給を貰う日を待ち兼ねていたものだ。ところが、それにも拘らず、さて月給日が来て、二十幾円かの袋を手にして、帰り途《みち》で買うのかと思っていると、そうではなくて、彼女の収入は、一度全部母親に手渡さなければならないらしく、そのまま例の四辻で彼と別れたのだが、それから、今日は新しいショールをして来るか、明日は、かけて来るかと、格二郎にしても、我事の様に待っていたのだけれど、一向その様子がなく、やがて半月程にもなるのに、妙なことには、彼女はその後少しもショールのことを口にしなくなり、あきらめ果てたかの様に、例の流行おくれの品を肩にかけて、でも、しょっちゅう、つつましやかな笑顔を忘れないで、木馬館への通勤を怠らぬのであった。

その可憐な様子を見ると、格二郎は、彼自身の貧乏については、嘗《か》つて抱いたこともない、ある憤りの如きものを感じぬ訳には行かなかった。僅か七円何十銭のおあしが、そうかと云って、彼にもままにならぬことを思うと、一層むしゃくしゃしないではいられなかった。

「やけに、鳴らすね」

彼の隣に席をしめた、若い太鼓叩きが、ニヤニヤしながら彼の顔を見た程も、彼は、滅茶苦茶にラッパを吹いて見た。「どうにでもなれ」というやけくそな気持ちだった。いつもは、クラリネットに合せて、それが節を変えるまでは、同じ唱歌を吹いているのだが、その規則を破って、彼のラッパの方からドシドシ節を変えて行った。

「金比羅《こんぴら》舟々、……おいてに帆かけて、しゅらしゅしゅしゅ」

と彼は首をふりふり、吹き立てた。

「奴さん、どうかしてるぜ」

外の三人の楽隊達が、思わず目を見合せて、この老ラッパ手の、狂燥《きょうそう》を、いぶかしがった程である。

それは、ただ一枚のショールの問題には止まらなかった。日頃のあらゆる憤懣《ふんまん》が、ヒステリイの女房のこと、やくざな子供達のこと、貧乏のこと、老後の不安のこと、も早や帰らぬ青春のこと、それらが、金比羅舟々の節廻しを以て、やけにラッパを鳴らすのであった。

そして、その晩も亦《また》、公園をさまよう若者達が「木馬館のラッパが、馬鹿によく響くではないか。あのラッパ吹き奴、きっと嬉しいことでもあるんだよ」と、笑い交す程も、それ故に、格二郎は、彼とお冬との歎きをこめて、いやいや、そればかりではないのだ、この世のありとある、歎きの数々を一管《ひとくだ》のラッパに託して、公園の隅から隅まで響けとばかり、吹き鳴らしていたのである。

無神経の木馬共は、相変らず時計の針の様に、格二郎達を心棒にして、絶え間もなく廻っていた。それに乗るお客達も、それを取まく見物達も、彼等も亦《また》、あの胸の底には、数々の苦労を秘めているのであろうか、でも、上辺《うわべ》はさも楽し相に、木馬と一緒に首をふり、楽隊の調子に合せて足を踏み、「風と波とに送られて……」と、しばし浮世の波風を、忘れ果てた様である。

だが、その晩は、この何の変化もない、子供と酔っぱらいのお伽の国に、というよりは、老ラッパ手格二郎の心に、少しばかりの風波を、齎《もたら》すものがあったのである。

あれは、公園雑沓の最高潮に達する、夜の八時から九時の間であったかしら、その頃は木馬を取りまく見物も、大げさに云えば黒山の様で、そんな時に限って、生酔《なまよ》いの職人などが、木馬の上で妙な格好をして見せて、見物の間に、なだれの様な笑い声が起るのだが、そのどよめきをかき分けて、決して生酔いではない、一人の若者が、丁度止った木馬台の上へヒョイと飛びのったものである。

仮令《たとい》、その若者の顔が少しばかり青ざめていようと、そぶりがそわそわしていようと、雑沓の中で、誰気づく者もなかったが、ただ一人、装飾台の上の格二郎丈《だ》けは、若者の乗った木馬が丁度彼の目の前にあったのと、乗るがいなや、待兼ねた様に、お冬がそこへ駈けつけて、切符を切ったのとで、つまり半ばねたみ心から、若者の一挙一動を、ラッパを吹きながら正面を切った、その限界の及ぶ限り、謂《い》わば見張っていたのである。どうした訳か、切符を切って、もう用事は済んだ筈なのに、お冬は若者の側から立去らず、そのすぐ前の自動車の凭《もた》れに手をかけて、思わせぶりに身体をくねらせて、じっとしているのが、彼にしては、一層気に懸《かか》りもしたのであろうか。

が、その彼の見張りが、決して無駄でなかったことには、やがて木馬が二廻りもしない間に、木馬の上で、妙な格好で片方の手を懐中に入れていた若者が、その手をスルスルと抜き出して、目は何食わぬ顔で外の方を見ながら、前に立っているお冬の洋服の、お尻のポケットへ、何か白いものを、それが格二郎には、確かに封筒だと思われたのだが、手早くおし込んで、元の姿勢に帰ると、ホッと安心のため息を洩した様に見えたのだ。

「付文《つけぶみ》かな」

ハッと息を呑んで、ラッパを休んで、格二郎の目は、お冬のお尻へ、そこのポケットから封筒らしいものの端が、糸《いと》の様に見えているのだが、それに釘づけにされた形であった。若し彼が、以前の様に冷静であったなら、その若者の、顔は綺麗《きれい》だが、いやに落ちつきのない目の光りだとか、異様にそわそわした様子だとか、それから又、見物の群衆に混って、若者の方を意味ありげに睨んでいる、顔なじみの角袖《かくそで》の姿などに、気づいたでもあろうけれど、彼の心は、もっと外の物で充たされていたものだから、それどころではなく、ただもうねたましさと、云い知れぬ淋しさで、胸が一杯なのだ。だから、若者のつもりでは、角袖の眼をくらまそうとして、さも平気らしく、そばのお冬に声をかけて見たり、はては、からかったりしているのが、格二郎には一層腹立たしくて、悲しくて、それに又、あのお冬奴《め》、いい気になって、いくらか嬉しそうにさえして、からかわれている様子はない。ああ、俺は、どこに取柄があってあんな恥知らずの貧乏娘と仲よしになったのだろう。馬鹿奴《ばかめ》、馬鹿奴、お前は、あのすべた奴に、若し出来れば、七円何十銭のショールを買ってやろうとさえしたではないか。ええ、どいつもこいつも、くたばってしまえ。

「赤い夕日に照らされて、友は野末《のずえ》の石の下」

そして、彼のラッパは益々威勢よく、益々快活に鳴り渡るのである。

さて、暫くして、ふと見ると、もう若者はどこへ行ったか、影もなく、お冬は、外の客の側に立って、何気なく、彼女の勤めの切符切りにいそしんでいる。そして、そのお尻のポケットには、やっぱり糸の様な封筒の端が見えているのだ。彼女は付文されたことなど少しも知らないでいるらしい。それを見ると、格二郎は又しても、未練がましく、そうなると、やっぱり無邪気に見える彼女の様子がいとしくて、あの綺麗な若者と競争をして、打勝つ自信などは毛頭ないのだけれど出来ることなら、せめて一日でも二日でも、彼女との間柄を、今まで通り混り気のないものにして置きたいと思うのである。

若しお冬が付文を読んだなら、そこには、どうせ歯の浮く様な殺し文句が並べてあるのだろうが、世間知らずの彼女にしては、恐らく生れて初めての恋文でもあろうし、それに相手があの若者であって見れば、（その時分外に若い男のお客なぞはなく、殆ど子供と女ばかりだったので、付文の主は立所《たちどころ》に分る筈だ）どんなにか胸躍らせ、顔をほてらせて、甘い気持ちになることであろう。それからは、定めし物思い勝ちになって、彼とも以前の様には口を利いても呉れなかろう。ああ、そうだ、一層のこと、折を見て、彼女があの付文を読まない先に、そっとポケットから引抜いて、破り捨てて了おうかしら。無論、その様な姑息《こそく》な手段で、若い男女の間を裂《さ》き得ようとも思わぬけれど、でも、たった今宵一よさでも、これを名残りに、元のままの清い彼女と言葉が交して置きたかった。

それから、やがて十時頃でもあったろうか。活動館がひけたかして、一しきり館の前の人通りが賑《にぎや》かになったあとは一時にひっそりとして了って、見物達も、公園生え抜きのチンピラ共の外は、大抵帰って了い、お客様も二三人来たかと思うと、あとが途絶える様になった。そうなると、館員達は帰りを急いで、中には、そっと板囲いの中の洗面所へ、帰支度の手を洗いに入ったりするのである。格二郎も、お客の隙を見て、楽隊台を降りて、別に手を洗う積りはなかったけれど、お冬の姿が見えぬので、若しや洗面所ではないかと、その板囲いの中へ入って見た。すると、偶然にも、丁度お冬が洗面台に向うむきになって、一生懸命顔を洗っている、そのムックリとふくらんだお尻の所に、さい前の付文が、半分ばかりもはみ出して、今にも落ち相に見えるのだ。格二郎は、最初からその気で来たのではなかったけれど、それを見ると、ふと抜取る心になって、

「お冬坊、手廻しがいいね」

と云いながら、何気なく彼女の背後に近寄り、手早く封筒を引抜くと、自分のポケットへ落し込んだ。

「アラ、びっくりしたわ。アア、おじさんなの、あたしゃ又、誰かと思った」

するとと彼女は、何か彼がいたずらでもしたのではないかと気を廻して、お尻を撫で廻しながら、ぬれた顔をふり向けるのであった。

「まあ、たんと、おめかしをするがいい」

彼はそう云い捨てて、板囲いを出ると、その隣の機械場の隅に隠れて、抜取った封筒を開いて見た。と、今それをポケットから出す時に、ふと気がついたのだが、手紙にしては何だか少し重味が違う様に思われるのだ。で、急いで封筒の表を見たが、宛名は、妙なことには、お冬ではなくて、四角な文字で、難しい男名前が記され、裏はと見ると、どうしてこれが恋文なものか、活版刷りで、どこかの会社の名前が、所番地、電話番号までも、こまごまと印刷されてあるのだった。そして、中味は、手の切れる様な十円札が、ふるえる指先で勘定して見ると、丁度十枚。外でもない、それは何人かの月給袋なのである。

一瞬間、夢でも見ているか、何か飛んでもない間違いを仕出来《しでか》した感じで、ハッとうろたえたけれど、よくよく考えて見れば、一途に付文だと思い込んだのが彼の誤りで、さっきの若者は、多分スリでもあったのか、そして、巡査に睨まれて、逃げ場に困り、呑気相に木馬に乗ってごまかそうとしたのだけれど、まだ不安なので、スリ取ったこの月給袋を、丁度前にいたお冬のポケットに、そっと入れて置いたものに相違ない、ということが分って来た。

すると、その次の瞬間には、彼は何か大儲けをした様な気持ちになって来るのであった。名前が書いてあるのだから、スラれた人は分っているけれど、どうせ当人はあきらめているだろうし、スリの方にしても、自分の身体の危いことだから、まさか、あれは俺のだと云って、取返しに来ることもなかろう。若し来た所で、知らぬと云えば、何の証拠もないことだ。それに本人のお冬は実際少しも知らないのだから、結局うやむやに終って了うのは知れている。とすると、この金は俺の自由に使ってもいい訳だな。

だが、それでは、今日様に済むまいぞ。勝手な云い訳をつけて見た所で、結局は盗人の上前をはねることだ。今日様は見通しだ。どうしてそのまま済むものか。だが、お前は、そうしてお人好しにビクビクしていたばっかりに、今日が日まで、このみじめな有様を続けているのではないか。天から授《さず》かったこのお金を、むざむざ捨てることがあるものか。済む済まぬは第二として、これだけの金があれば、あの可哀相な、いじらしいお冬の為に、思う存分の買物がしてやれるのだ。いつか見たショーウィンドウの高い方のショールや、あの子の好きな臙脂色《えんじいろ》の半襟《はんえり》や、ヘヤピンや、それから帯だって、着物だって、倹約をすれば一通りは買い揃えることが出来るのだ。

そうして、お冬の喜ぶ顔を見て、真から感謝をされて、一緒に御飯でもたべたら……ああ、今俺には、ただ決心さえすれば、それがなんなく出来るのだ。ああ、どうしよう、どうしよう。

と、格二郎は、その月給袋を胸のポケット深く納めて、その辺をうろうろと行ったり来たりするのであった。

「アラ、いやなおじさん。こんな所で、何をまごまごしてるのよ」

それが仮令安白粉《やすおしろい》にもせよ。のびが悪くて顔がまだらに見えるにもせよ。兎《と》も角《かく》、お冬がお化粧をして、洗面所から出て来たのを見ると、そして、彼にしては、胸の奥をくすぐられる様なその声を聞くと、ハッと妙な気になって、夢の様に、彼はとんでもないことを口走ったのである。

「オオ、お冬坊、今日は帰りに、あのショールを買ってやるぞ。俺は、ちゃんと、そのお金を用意して来ているのだ。どうだ。驚いたか」

だが、それを云って了うと、外の誰にも聞えぬ程の小声ではあったものの、思わずハッとして、口を蓋したい気持だった。

「アラ、そうお、どうも有難う」

ところが、可憐なお冬坊は、外の娘だったら、何とか常談《じょうだん》口の一つも利いて、からかい面をしようものを、すぐ真《ま》に受けて、真から嬉しそうに、少しはにかんで、小腰をかがめさえしたものだ。となると、格二郎も今更後へは引かれぬ訳である。

「いいとも、館がはねたら、いつもの店で、お前のすきなのを買ってやるよ」

でも、格二郎は、さも浮々と、そんなこと受合いながらも、一つには、いい年をした爺さんが、こうして、十八の小娘に夢中になっているかと思うと、消えて了い度い程恥しく、一こと物を云ったあとでは、何とも形容の出来ぬ、胸の悪くなる様な、はかない様な、寂しい様な、変な気持ちに襲われるのと、もう一つは、その恥しい快楽を、自分の金でもあることか、泥棒の上前をはねた、不正の金によって、得ようとしている浅間しさ、みじめさが、じっとしていられぬ程に心を責め、お冬のいとしい姿の向うには、古女房のヒステリイ面、十二を頭に三人の子供達のおもかげ、そんなものが、頭の中を卍巴《まんじともえ》とかけ巡って、最早物事を判断する気力もなく、ままよ、なる様になれとばかり、彼は突如として大声に叫び出すのであった。

「機械場のお父っあん、一つ景気よく馬を廻しておくんなさい。俺あ一度こいつに乗って見たくなった。お冬坊、手がすいているなら、お前も乗んな。そっちのおばさん、いや失敬失敬、お梅《うめ》さんも、乗んなさい。ヤア、楽隊屋さん。一つラッパ抜きで、やっつけて貰おうかね」

「馬鹿馬鹿しい。お止しよ。それよか、もう早く片づけて、帰ることにしようじゃないか」

お梅という年増の切符切りが、仏頂面《ぶっちょうづら》をして応じた。

「イヤ、なに、今日はちっとばかり、心嬉しいことがあるんだよ。ヤア、皆さん、あとで一杯ずつおごりますよ。どうです。一つ廻してくれませんか」

「ヒヤヒヤ、よかろう。お父っあん、一廻し廻してやんな。監督さん、合図の笛を願いますぜ」

太鼓叩きが、お調子にのって怒鳴った。

「ラッパさん、今日はどうかしているね。だが余り騒がない様に頼みますぜ」

監督さんが苦笑いをした。

で結局、木馬は廻り出したものだ。

「サア、一廻り、それから、今日は俺がおごりだよ。お冬坊も、お梅さんも、監督さんも、木馬に乗った、木馬に乗った」

酔っぱらいの様になった格二郎の前を、背景の、山や川や海や、木立や、洋館の遠見などが、丁度汽車の窓から見る様に、うしろへ、うしろへと走り過ぎた。

「バンザーイ」

たまらなくなって、格二郎は、木馬の上で両手を拡げると、万歳を連呼《れんこ》した。ラッパ抜きの、変妙な楽隊が、それに和して鳴り響いた。

「ここはお国を何百里、離れて遠き満州の……」

そして、ガラガラ、ゴットン、ガラガラ、ゴットン、廻転木馬は廻るのだ。

作者申す、探偵小説にする積りのが、中途からそうならなくなって、変なものが出来上り、申訳ありません。頁の予定があるので、止むなくこのまま入れて貰います。

（一九二六年十月号）

「探偵趣味」から現在へ

二階堂黎人《にかいどうれいと》
（作家）

私が「探偵趣味」という雑誌の名前を初めて知ったのは、「幻影城」誌の一九七六年十月号の特集を読んだ時だった。

「幻影城」という月刊誌は、横溝正史《よこみぞせいし》ブームの真っ盛りの中、一九七五年の二月に創刊された探偵小説専門誌である。途中に若干の休刊があったが、一九七九年の二月号をもって廃刊になるまで、全部で五十三冊を数えている。さらに本誌とは別に、作家別の特集号という体裁をとった「別冊幻影城」が十六冊ある。本誌の内容は、埋もれてしまった過去の名作の復刻から始まって、作品及び作家の再評価あるいは新評価、評論活動、書誌、新人や新作の発掘など、多岐に渡っていた。あらゆるページに、探偵小説や推理小説（大きく言えばミステリー）に対する愛情が満ち溢れているのがよく解るものだった。

実際、この雑誌からは、泡坂妻夫《あわさかつまお》、栗本薫《くりもとかおる》、連城三紀彦《れんじょうみきひこ》、竹本健治《たけもとけんじ》、田中芳樹《たなかよしき》（李家豊《りのいえゆたか》）など、有力な作家が多数生み出されており、その存在価値は計り知れないものがある。編集長は島崎博《しまざきひろし》という探偵小説マニアで、彼の所蔵していた膨大な探偵小説コレクションと人脈をフルに活用して作られた中身の濃い雑誌だった。世代論的な面でも、新本格推理作家の多くが、この「幻影城」から有形無形の影響を多分に受けていると指摘できる。それほど、ミステリー史においては、非常に重要な役割を担った雑誌だ。

当時、高校生で、ミステリー（特に本格推理）に夢中になりだしたばかりの私も、「幻影城」を毎月、隅から隅までむさぼるように読んだ。日本の推理小説に関する知識や歴史、何が名作であり、どのような作品が名作と呼ぶに相応《ふさわ》しいのか、そうした教養はすべてこの雑誌から学んでいる。また、新人の募集を目にした時には、自分もぜひ応募したいと望み、現在、光文社文庫の鮎川哲也《あゆかわてつや》編『本格推理①』などに収められている「赤死荘の殺人」という、ディクスン・カーの贋作《がんさく》を書いたほどである。

さて、その「幻影城」で、《連続企画　探偵小説55年〈新青年〉創刊から〈幻影城〉創刊までを考える》という巻頭企画が始まったのは、一九七六年七月号からだった。冒頭に述べた《特集〈探偵趣味〉傑作選》には、中島河太郎《なかじまかわたろう》の紹介文（日本探偵小説史ノート・10）と共に、五編の短編が収録されている。選択された作品は次のとおり。

『煙突奇談』地味井平造《じみいへいぞう》
『兵隊の死』渡辺温《わたなべおん》
『或る夜の出来事』本田緒生《ほんだおせい》
『へそくり』春日野緑《かすがのみどり》
『最後の手紙』窪利男《くぼとしお》

いずれもかなり短いものばかりで、枚数的制約からも《本格短編》ではなく、当時の言い方をすれば《変格短編》や《コント》となる。現在であれば、《ショート・ショート》とか《幻想小説》及び《怪奇小説》、《奇妙な味の小説》などに分類されよう。

その他、ハルキ文庫の鮎川哲也編『怪奇探偵小説集』には、『恋人を喰べる話』水谷準《みずたにじゅん》、『父を失う話』渡辺温が収められているのが思い出されるが、やはり概して掌編という印象を拭《ぬぐ》えない。

しかし、それはいたしかたない話で、「探偵趣味」という雑誌の創刊が大正十四年九月（廃刊は昭和三年九月）であったという時勢を考慮しなくてはならない。その頃は中編や長編を発表する方がむずかしく、その上、これがもともと同人誌であったという特殊性を考えると、作家に与えられたページ数が少なかったのは仕方がない。むしろその中で、皆がよくたくさんの作品を書いたものだと賞賛するべきであろう。

ところで、「探偵趣味」という雑誌に関して、私の頭の中で前々から混乱していたことがある。それは、この雑誌が、どこの出版社から出ていたのかということである。

晶文社から刊行された鮎川哲也編『幻の探偵小説コレクション・あやつり裁判』の中に、地味井平造の『煙突奇談』が収められているのだが、解説の所に、「本篇の掲載誌は博文館から出ていた『探偵趣味』」という一節がある。ところが、中島河太郎の『日本推理小説辞典』を見ると、「探偵趣味の会発行」とあり、「はじめは逢坂で印刷したが、第六号から春陽堂が印刷と発売を担当した」とある。「幻影城」における中島河太郎の記述を見れば、「第二年のはじめから春陽堂が発売を引き受けた」とある。とすれば、最初はただの同人誌であり、途中から春陽堂発行というのがどうも正しいようだ（ただし、第一年目に博文館が印刷していた可能性は残っている）。

どちらにしても、そのあたりのことは、今回のこの本に、ミステリー研究家の山前譲の詳細な書誌が付くであろうから、はっきりするだろう。重要なのは、《探偵趣味の会》というのが、日本初の探偵小説愛好家たちの同人（ファンクラブ）であり、「探偵趣味」という雑誌が、日本最初の同人誌であったという事実だ。

ミステリーというのは（特に本格推理の場合）、作家にファン・ライターが多いという点からしても、愛好家の熱の入り方は他の文学と比較して尋常ではない。現在も、インターネットのホームページを検索すると、ミステリー・ファンの作った楽しいサイトが無数に見つかる。書評、評論、作品紹介、リスト作成、作家論、そして、同人活動など、百花繚乱《ひゃっかりょうらん》の有様である。

《探偵趣味の会》の場合、日本ミステリーの黎明期《れいめいき》における興奮と熱気を背景に、ある意味奇異なこの新興文藝に寄せる作家たちの、大いなる期待を背負って結成された感がある。メンバーも、江戸川乱歩《えどがわらんぽ》や横溝正史、甲賀三郎《こうがさぶろう》をはじめとして錚々《そうそう》たるもので、昭和二年に結成された乱歩や国枝史郎《くにえだしろう》らの《耽綺社《たんきしゃ》》——合作によって、より優れた作品を創造しようとした集団——も、この《探偵趣味の会》の野心的な精神を受け継いだものかもしれない。そして、これらの集団や活動が、のちの《探偵作家クラブ》や《日本推理作家協会》の結集へと綿々と繋《つな》がっていったと考えて良いのではないだろうか。
また、それらと並行して小さな同人活動も頻繁に行なわれており、現在の《SRの会》へと発展する《鬼クラブ》、多岐川《たきがわ》恭《きょう》ら戦後の若手作家が集まった《他殺クラブ》、仁木《にき》悦子《えつこ》ら女性作家たちの《霧の会》、名前どおり《江戸川乱歩賞作家の会》、「幻影城」誌から派生した《影の会》や《怪の会》、井沢《いざわ》元彦《もとひこ》らの《雨の会》などがすぐさま思い浮かぶ。それらも、それぞれ独自の活動を繰り広げて、ミステリー界に貢献してきた。そして、私たち新本格推理作家の一部が、本格ミステリーの研究及び実験の目的で集まった《新世紀「謎」倶楽部》も、そうした情熱の一つに数えられる。

つまり――繰り返しになるが――それほどまでに、この分野の作家や読者がミステリーに寄せる愛情というのは、強くて深いということなのだ。プロ・アマ問わず、その学究的な情動こそが、新たなミステリー作品を世に生み出す最良の原動力となっている。

ちなみに、地味井平造の「煙突奇談」に触発されたと思われる「新・煙突奇譚」という作品を、鮎川哲也賞作家の谺《こだま》健二《けんじ》が書いている。これは、角川書店刊行の『新世紀「謎」倶楽部』というアンソロジーに収録されている。それから、つい最近、幻冬舎から出た倉坂《くらさか》鬼《き》一郎《いちろう》の『田舎の事件』というファース（笑劇）長編も、夢野《ゆめの》久作《きゅうさく》の「いなか、の、じけん」を意識したものである。

今回の文庫に収録された懐かしい作品群と合わせて、これらの新作もぜひ読んでいただきたい。

（敬称略）

当時の探偵小説界と世相

1920年(大正9)	「新青年」(博文館)創刊(～50)	国際連盟成立
1921年(大正10)	翻訳物の「探偵傑作叢書」(博文館)発刊	
1922年(大正11)	「新趣味」(博文館)創刊(～23)	
1923年(大正12)	江戸川乱歩、「二銭銅貨」を「新青年」に発表 「秘密探偵雑誌」(奎運社)創刊(～23)	関東大震災
1924年(大正13)		第二次護憲運動発足
1925年(大正14)	「探偵趣味の会」が発足し「探偵趣味」を創刊(～28) 「探偵文芸」(奎運社)創刊(～27)	治安維持法公布 ラジオ放送開始
1926年(大正15)	「創作探偵小説選集」(春陽堂)刊行	円本時代始まる
1927年(昭和2)	「現代大衆文学全集」(平凡社)発刊	
1928年(昭和3)	「猟奇」(猟奇社)創刊(～32)	最初の普通選挙
1929年(昭和4)	「日本探偵小説全集」(改造社)「世界探偵小説全集」(博文館、平凡社)「探偵小説全集」(春陽堂)と全集がブームに 「小酒井不木全集」(改造社)発刊	世界恐慌始まる
1930年(昭和5)		ロンドン海軍軍縮会議
1931年(昭和6)	「江戸川乱歩全集」(平凡社)発刊 「探偵小説」(博文館)創刊(～32) 「探偵」(駿南社)創刊(～31)	満州事変
1932年(昭和7)	「新作探偵小説全集」(新潮社)発刊	上海事変　満州国成立

		五・一五事件
1933年（昭和8）	「ぷろふいる」（ぷろふいる社）創刊（～37）	日本、国際連盟脱退 ヒトラー政権成立
1934年（昭和9）	小栗虫太郎「黒死館殺人事件」が「新青年」に連載	東北地方の冷害・大凶作
1935年（昭和10）	「月刊探偵」（黒白書房）「探偵文学」（探偵文学社）創刊（ともに～36）「世界探偵名作全集」（柳香書院）「世界探偵傑作叢書」（黒白書房）発刊 夢野久作「ドグラ・マグラ」刊行 江戸川乱歩編「日本探偵小説傑作集」刊行	
1936年（昭和11）	「探偵春秋」（春秋社）創刊（～37） 春秋社の書下し長編募集に蒼井雄「船富家の惨劇」入選 「夢野久作全集」（黒白書房）発刊	二・二六事件 日独防共協定
1937年（昭和12）	「探偵文学」が「シュピオ」（古今荘）と改題（～38） 木々高太郎「人生の阿呆」が直木賞を受賞	日中戦争勃発 日独伊三国防共協定
1938年（昭和13）	「江戸川乱歩選集」（新潮社）発刊 「甲賀大下木々傑作選集」（春秋社）発刊	国家総動員法施行
1939年（昭和14）	警視庁検閲課が江戸川乱歩「芋虫」の全編削除を命令	第二次世界大戦勃発 国民徴用令公布
1940年（昭和15）		日独伊三国同盟
1941年（昭和16）		太平洋戦争勃発

「探偵趣味」総目次

山前譲・編

基本的に本文表記に従った。
執筆者名のないものは概ね省略した。

第一輯　編輯当番・江戸川乱歩

1925年9月20日発行　34頁
定価記載なし

十月号につきお願　星野　龍猪
女青鬚　小酒井不木
柳巻楼夜話　鉄田　頓生
ブリユンチエールの言葉について　平林初之輔
夢　甲賀　三郎
幽霊屋敷　横溝　正史
探偵小説としての『マリー・ローヂエ』　井上　爾郎
[追記]　江戸川乱歩
探偵される身　平野　零二
探偵小説のドメスティシティー　上島路之助
映画『ラッフルス』其他　波瀬河　格
無題　本田　緒生
短剣集　蜂　石　生
雑感　江戸川乱歩
チェスタートン研究の一断片　西田　政治
探偵作家の著書と創作
汽車の中から　森下　雨村
探偵小説とは何か?　春日野　緑
解答　西田　政治
探偵問答（アンケート）
小酒井不木、馬場弧蝶、松本泰、楠井乙男、前田河広一郎、細田源吉、国枝史郎、春日野緑、保篠龍緒、甲賀三郎、田中早苗、村島帰之、平野零二、大野木繁太郎、延原謙、巨勢洵一郎、牧逸馬、山下利三郎、本田緒生、水谷準、井上勝喜、横溝正史、江戸川乱歩
会の日誌
勝と負（小説）　水谷　準
温古想題（小説）　山下利三郎

第一回探偵クロスワーヅパズル
編輯当番より　江戸川乱歩

第二輯　編輯当番・春日野緑
１９２５年10月20日発行　40頁　30銭
第三輯号につき御願ひ　小酒井不木
犯罪学のあるペーヂ　阿部真之助
指紋の話　汐見鵬輔
少年の個性鑑別について　佐野甚七
犯罪者の心理　高山義三
鳥滸国、間引国、堕胎国　小酒井不木
完全な贋幣　紅毛生
香具師王国の話　村島帰之
空中の名探偵　平野零二
子供の犯罪　春日野緑
東西作家偶然の一致　馬場孤蝶
女を拾ふ　大野木繁太郎
探偵趣味の映画　寺川信
探偵趣味　緑
秘密室（投稿欄）

『探偵趣味』問答（アンケート）
小酒井不木、吉田小作、高山義三、木下東作、田中仙丈、国枝史郎、甲賀三郎、須古清
暗号記法の分類（一）　江戸川乱歩
探偵小説と実際の探偵　甲賀三郎
愚人饒舌　鈴木英一
夜の家　小流智尼
鈴木八郎氏に呈す　本田緒生
探偵作家匿名由来の事　湊川の狸
湊川の狸氏へ　春日野緑
第一輯を読んで　岡本素貌
くろす・わあど狂（小説）　路之助
呪はれの番号（小説）　山本一郎
ページエントに就て　春日野緑
『幽霊探偵』概要（春日野緑・作）
『秋風行』概要（豊岡佐一郎・作）
会の日誌　馬場孤蝶、森下雨村両氏歓迎会
クロスワードパズル当選者発表
編輯後記　春日野緑

第三輯　編輯当番・小酒井不木

1925年11月20日発行　44頁　30銭

亡霊を追ふ（小説）　甲賀　三郎
或る対話（小説）　本田　緒生
名著のある頁（小説）　斎藤徳太郎
小品二篇（小説）　夏冬　繁緒
或日の記録から（小説）　Ｙ　生
逆理（小説）　前坂欣一郎
報知（小説）　水谷　準
探偵趣味叢書の発行について　春日野　緑
犯罪者の心理　阿部真之助
指紋の話〔Ｂ〕　汐見　鵬輔
老探偵の話　ＴＳ　生
心霊現象と怪談　甲賀　三郎
変装　春日野　緑
ルブランの皮肉　小　倉　生
憎まれ口　ＪＯＸＫ
偶感　田中　仙丈
探偵趣味　不　木
秘密室（投稿欄）
探偵小説寸感　国枝　史郎
怪談奇語　水谷　準
因果　山崎堅一郎
読むだ話、聞いた話　松本　泰
『シベリヤ』薬事件　西田　政治
秋成と八雲　田中　早苗
或る嬰児殺し　紅　毛　生
宿酔語　上島路之助
あらさが誌　本田　緒生
ラジオの悪戯　山下総一郎
弟の話　八重野潮路
上京日誌　江戸川乱歩
会の日誌
私の変名　甲賀　三郎
『探偵趣味』問答（アンケート）
岡本綺堂、菅忠雄、片岡鉄兵、佐々木味津三、牧逸馬、前田河広一郎、細田源吉、小流智尼、江戸川乱歩、喜多村緑郎、横溝正史、寺川信、村島帰之、加藤茂、木

下龍夫、城昌幸、勝佐舞呂、山下利三郎
［詩］　司家　亜緑
編輯後記　不

第四輯　編輯当番・西田政治
1926年1月1日発行　72頁　25銭

ある恐怖　江戸川乱歩
探偵小説の滅亡近し　川口松太郎
『大弓物語』　上島路之助
書かでもの二三　菅　忠雄
探偵文化村　史学会編
探偵小説を作って貰ひ度い人々　国枝　史郎
映画に出来悪いもの一つ　上月　吏
探偵趣味　E・M・N
宿業　小流智尼
作家とその余暇　石橋　蜂石
探偵映画に就て　浜田　格
雑感　春日野　緑
古川柳染　燕家　艶笑
探偵小説の探偵　前田河広一郎
私の死ぬる日　横溝　正史
第三輯を取り上げて　甲賀　三郎
うめ草　本田　緒生
偶感　能勢　登羅
年頭独語集　湊川　の狸
喰はず嫌ひ　丘　虹二
探偵小説の芸術性　井上豊一郎
老刑事の話　T　S　生
作家未来記　探偵局大正二十年調査
芝居に現れた悪と探偵趣味　顕考　与一
つらつら惟記　山下利三郎
探偵小説の映画劇、劇化に就いて
寺川　信
『探偵趣味』問答（アンケート）
森下雨村、白井喬二、諸口十九、長谷川伸、喜多村緑郎、山本惣一郎、小酒井不木、菅忠夫、国枝史郎、上月吏、山下利三郎、深江彦一、村上真紗晴、三好正明、丘虹二、本田緒生、浅川棹歌、川口松太郎、畑耕一、山崎堅一郎、芦田健次、仁

科熊彦、江戸川乱歩、大野木繁太郎、小流智尼、巨勢洵一郎、根津新、春日野緑、水谷準、田中敏男、平山芦江
秘密室（投稿欄）
或る記録（小説）　藤野　守一
崖の上（小説）　水谷　準
巾着切小景（小説）　長谷川　伸
情死（小説）　江戸川乱歩
嘘実（小説）　前坂欣一郎
彼の死（小説）　本田　緒生
編輯便　西田　政治

第五輯（第二年第二号）　編輯当番・甲賀三郎

1926年2月1日発行　61頁　25銭

実験科学探偵法　大下宇陀児
「うなたん」漫談　森下　雨村
偶感二題　小酒井不木
画房雀　山下利三郎
能楽「草紙洗」の探偵味　甲賀　三郎
石を呑む男　田代　栄明
消極的探偵小説への一つのヒント　神原　泰
猫の戯れ跡　夏冬　茂生
スポーツと探偵小説の関係　春日野　緑
一号一人（二）　江戸川乱歩　本田　緒生
愚言二十七箇条　国枝　史郎
宇野浩二式　江戸川乱歩
テーマ大売出し　巨勢洵一郎
我が墓をめぐる　水谷　準
猫と泥棒　園部　緑
探偵五目講談　沙魚川　格
秘密室（投稿欄）
お断り　春日野　緑
記録の中から（小説）　大西　登
「襯衣」（小説）　牧　逸馬
乗合自働車（小説）　川田　功
蒲鉾（小説）　大下宇陀児
段梯子の恐怖（小説）　小酒井不木
頭と足（小説）　平林初之輔
火事と留吉（小説）　水沼　由太
無用の犯罪（小説）　小流　智尼

半時間の出来事（小説）　ジョン・ロオレンス　延原謙・訳

ダラレの秘密（小説）　ペター・モイ　甲賀三郎・訳

編輯後記　三　郎

第六輯（第二年第三号）　編輯当番・村島帰之

1926年3月1日発行　57頁　25銭

性のせり市　国枝　史郎

復讐心理の表れ　千葉　亀雄

困った時代相　谷本　富

女性世界の拡大　柳原　燁子

性的生活の乱れ　小酒井不木

機械文化の所為　久留　弘三

革命前の不安　山本　宣治

金から血へ　高山　義三

問題ではない　松崎　天民

崩壊的現象　新居　格

環境の刺戟から　岩田　豊行

女性犯人は美人　沢田　撫松

踊り子殺害事件（小説）　シャルル・フイリップ

結婚詐欺　小酒井不木

女優志願の女　大竹憲太郎

広東の十姉妹　沢村　幸夫

女問喋　永戸　俊雄

女ゆゑの犯罪　須古　清

犯罪捜査の第一歩　清水　歓平

氏名不詳の殺人事件　佐野　甚七

首斬浅右衛門　石割松太郎

野馬台詩　大野木繁太郎

文学における工芸品　尾関　岩二

「筋」の競進会を開け　平野　零二

一号一人〔二〕　小酒井不木　本田　緒生

社会主義に非ず＝江戸川乱歩氏へ＝国枝　史郎

一束　本田　緒生

出駄羅目草　夏　冬

R夫人の肖像（小説）　斎藤徳太郎

へそくり（小説）　春日野　緑

断崖（小説）　顕考　与一

手袋（小説）　小流　智尼

ピストル強盗（小説）　妹尾　韶夫

切断された右腕（小説）　岡本　素貌

浜のお政（小説）　久山秀子
高見夫人の自白（小説）　園部　緑
盗癖（小説）　鈴木三郎
鏡（小説）　松賀　麗
恐ろしき巴里（小説）　モリス・ルヴェル　水谷準・訳
硝子の足（小説）　アドルヤン・ボンニィ　水谷準・訳
編輯後記　水　谷

第二年第四号（第七輯）　編輯当番・延原謙
1926年4月1日発行　63頁　25銭

雑文一束　平林初之輔
事実と小説　小酒井不木
病中偶感　江戸川乱歩
女性と探偵趣味　水木京太
「うたなん」漫談（二）　森下雨村
アマチユアー・デイテクテイーヴ　井汲清治
限界を突破せよ　能勢登羅
気になること　や　す　し
賊の売名感念　長谷川　伸
「三つ」の問題　甲賀三郎
いがみの権太は可哀そうだ　土師清二
表札　伊藤　靖
綺語漫語　城　昌幸
甲虫の事　稲垣足穂
アツトランドム　小島政二郎
乱橋戯談　牧　逸馬
探偵小説講座（一）　横溝正史
二つの作品　国枝史郎
薄毛の弁　江戸川
オーモニアーに就いて　妹尾アキ夫
スパイと探偵小説　前田河広一郎
詐欺広告　春日野　緑
譫言まぢり　山下利三郎
吉例材木座芝居話　林　不忘
ピス健　瀬頭紫雀
苦労性　小流智尼
一号一人（三）城昌幸　本田緒生
お断りとお願い　春日野　緑
災難（小説）　横溝正史
赤鬼退治（小説）　川田　功

栗盗人（小説）　大下宇陀児
東方見聞（小説）　城　昌幸
編輯後記　延　原

第二年第五号（第八輯）　編輯当番・本田緒生
1926年5月1日発行　64頁　25銭

人を呪はば（小説）　国枝　史郎
偏愛（小説）　生田もとを
記憶術（小説）　甲賀　三郎
「猫の跫音」（一）（連作小説）　会　員
二銭銅貨　江戸川乱歩
自叙伝の一節　甲賀　三郎
旧悪処女作　水谷　準
処女作について　羽志　主水
処女作の思出　大下宇陀児
処女作伝々　横溝　正史
処女作とか　山下利三郎
二つの処女作　本田　緒生
出放題　杜史由樹生
奇抜でない話　土師　清二
禍根を断つ　潮山　長三
或る出来事　稲川勝二郎
探偵難　南　幸夫
吉例材木座芝居話　林　不忘
石塔磨き　大野木繁太郎
古書探偵趣味抄　八重野潮路
探偵作家鏡花　茨木　仲平
探偵無趣味　直木三十五
課題　小酒井不木
ヒントと第六感　田中　仙丈
一筆御免　牧　逸馬
いろいろ　横溝　正史
ソロモンの奇智　春日野　緑
尾行の話　能勢　登羅
記憶の過信　松本　泰
伊豆の国にて　平林初之輔
探偵詭弁　水谷　準
椿荘閑話　牧　逸馬
駄言　K・O・G・A
警察医（小説）　正木不如丘

黒いジョン（小説）　長谷川　伸
Aさんの失敗（小説）　川田　功
六篇（小説）　夏冬　繁緒
編輯後記　緒　生

第二年第六号（第九輯）　編輯当番・巨勢洵一郎

1926年6月1日発行　65頁　25銭

探偵小説に就いて　萩原朔太郎
平林の「探偵小説」　前田河広一郎
秘密通信　大野木繁太郎
探偵小説万能来　梅原　北明
テーマを盗む　小酒井不木
吉例材木座芝居話　林　不忘
あいどるそうと　妹尾アキ夫
不幸にして　伊藤　靖
取留もなく三つ　山下利三郎
空想ひとつ　片岡　鉄平
御存与太話　国枝　史郎
山門雨稿　牧　逸馬
一号一人（四）甲賀三郎　本田　緒生
彼女の前身（小説）　橋爪　健
短刀（小説）　保篠　龍緒
桃色の封筒（小説）　福田　正夫
彼女と彼（小説）　川田　功
保菌者（小説）　正木不如丘
煙突奇談（小説）　地味井平造
死面（小説）　水谷　準
編輯雑記　水谷　準
探偵小説合評（座談会）
甲賀三郎、城昌幸、延原謙、川田功、江戸川乱歩、大下宇陀児、巨勢洵一郎
五月創作界瞥見　山下利三郎
編輯後記　巨　勢

第二年第七号（第十輯）　編輯当番・牧逸馬

1926年7月1日発行　65頁　25銭

判事を刺した犯人（小説）　沢田　撫松
百円紙幣（小説）　谷　君之介
T原の出来事（小説）　須山　道夫
愛を求めて（小説）　川田　功

隼お手伝ひ（小説）　久山　秀子
仮面舞踏会（小説）　城　昌幸
駅夫（小説）　水谷　準
幽霊馬車　匿　名　氏
作家としての私　小酒井不木
お化け人形　江戸川　生
最近、二三　菅　忠雄
探偵小説の隆盛近し　川口松太郎
又復与太話　国枝　史郎
強盗殺人探索　長谷川　伸
目明文吉　井上剣花坊
青い無花果　前田河広一郎
煙草の怪異　畑　耕一
雑言一束　甲賀　三郎
のたべね風五月　橋爪　健
埒もない話　土師　清二
変名をくさす　妹尾アキ夫
寄せ鍋　吉田甲子太郎
旅先きの実話　伊藤　貴麿
掏られた蟇口　福田　辰男
身辺断想　巨勢洵一郎
五百人の妻をもつ男　大野木繁太郎
間と愚痴　山下利三郎
一号一人（五）「銀三十枚」国枝史郎
本田　緒生
編輯後記　牧

第二年第八号（第十一輯） 編輯当番・横溝正史

1926年8月1日発行　66頁　25銭

女秘書（小説）　A・ミウア　延原謙・訳
卵と結婚（小説）　フランス漫画　横溝正史・訳
くらやみ（詩）　Jean Miztanee
チチェツト（小説）　エノス・ボーケイ　甲賀三郎・訳
童話と犯罪心理　小酒井不木
怪奇劇・探偵劇　伊藤　松雄
行文一家銘　林　不忘
もう一分のこと　前田河広一郎に　小牧　近江
川柳殺さぬ人殺し　富田達観〔談〕
旅順開戦館　江戸川乱歩
物語的な雑文　片岡　鉄兵

やけ敬の話―山下利三郎氏への　お答へその他―　荒木十三郎
年給　酒井　真人
逐蝿閑話　山下利三郎
掏摸　額田　六福
二人の会話（小説）　地味井平造
紙片（小説）　宍戸　昌吉
江戸児（小説）　大下宇陀児
夜廻り（小説）　川田　功
狆（小説）　荒木十三郎
編輯後記　横　溝

第二年第九号（第十二輯）

1926年10月1日発行　75頁　25銭

木馬は廻る（小説）　江戸川乱歩
刺青の手（小説）　F・G・ハースト　延原謙・訳
反歯（小説）　伴　太朗
寸感　佐藤　春夫
戯作闇汁会　凡太郎　記
最近感想録　前田河広一郎
最近感想録　潮山　長三
最近感想録　保篠　龍緒
嵐と砂金の因果率（小説）　甲賀　三郎
山と海（小説）　春日野　緑
恋人を喰べる話（小説）　水谷　準
D・S漫談　久米　正雄
奇獄　小酒井不木
『世間は狭い』　山下利三郎
奇術師（小説）　ミツドルトン　田中早苗・訳
名人伍助（小説）　角田喜久雄
無題（小説）　本田　緒生
当番制廃止について　江戸川　生
編輯後記　水　谷

第二年第十号（第十三輯）

1926年11月1日発行　75頁　25銭

X氏と或る紳士（小説）　地味井平造
涙（小説）　アーメッド・ベイ　小酒井不木・訳
涙香随想　千葉　亀雄
おもひで　黒岩　漁郎

涙香の手訳本　延原　謙
涙香余滴　土野　仙八
黒岩涙香のこと　平林初之輔
涙香の思出　羽志　主水
『天人論』の著者　日夏耿之介
人間涙香　田中　早苗
涙香について　宇野　浩二
＊六号並木路
涙香のモナコ行脚　（文責在記者）
涙香と修辞学
涙香作品大凡
「探偵叢話」　来栖　貞
クローズ・アップ（アンケート）
石割松太郎、福田正夫、橋爪健、浅野玄府、吉田甲子太郎、宍戸昌吉、池内祥三、南幸夫、豊岡佐一郎、伊藤貴麿、飯田徳太郎、稲垣足穂
＊喫茶室
唯灸　羽志　主水
四いろの人玉　長谷川　伸
［近況］　白井　喬二
作家といふもの　角　田生
［近況］　横溝　正史
［近況］　山下利三郎
十月号短評　柳　巷楼
［十月号短評］　森下　雨村
［十月号短評］　島田　美彦
力と熱と　甲賀　三郎
［十月号短評］　呑　兵衛
［十月号短評］　本田　緒生
［十月号短評］　ウ　ダ　ル
酔中語　横溝　正史
寄稿創作を読みて　甲賀　三郎
野茨　正木不如丘
悪戯（小説）　ブリットン・オースチン　妹尾韶夫・訳
帰れるお類（小説）　横溝　正史
編輯後記　準

第二年第十一号（第十四輯）
1926年12月1日発行　75頁　25銭

助五郎余罪（小説）　牧　逸馬
隼登場（戯曲）　久山　秀子
下検分（小説）　松賀　麗
此の二人（小説）　城　昌幸
科学的犯人捜索法の進歩　浅田　一
特種　アアル・ジイ・エエ　伊藤松雄・訳
写真漫談　角田喜久雄
童話三つ（小説）　地味井平造
模人（小説）　山下利三郎
ドタ福クタバレ（小説）　夢野　久作
一寸考へると嘘の様な現代の事実談　高田義一郎
＊六号並木路
＊喫茶室
ベスト・ガラス　山本禾太郎
一人角力　土師　清二
有色人種奇聞　ＪＯＫＥ
クローズ・アップ（アンケート）
甲賀三郎、久山秀子、吉田甲子太郎、松本泰、本田緒生、妹尾アキ夫、春日野緑、山下利三郎、浅野玄府、川田功、小酒井不木、城昌幸、大下宇陀児、延原謙、角田喜久雄、田中早苗、牧逸馬、保篠龍緒、水谷準、横溝正史
投稿創作評　甲賀　三郎
運命（戯曲）　キャミ
悪い対手（小説）　大下宇陀児
手套（小説）　平野優一郎
南京街（小説）　小流　智尼
編輯後記　準

第三年第一号（第十五輯）
1927年1月1日発行　89頁　25銭
留針（小説）　ビーストン　妹尾アキ夫・訳
義賊（小説）　窪　利男
浮気封じ（小説）　モーリス・デコブラ　甲賀三郎・訳
喧嘩（小説）　春日野　緑
彼の失敗（小説）　井田　敏行
書かない理由（小説）　本田　緒生
死人の子（小説）　アンリ・ボルドオ　池只一・訳

夕刊（小説）　川田　功
長襦袢（小説）　伴　太郎
迷信　甲賀　三郎
柳巷楼無駄話　西田　政治
怪談にあらず　小流　智尼
老僧の話　島田　美彦
一昔ばかり前　高田義一郎
ある談話家の話　江戸川乱歩
＊六号並木路
クローズ・アップ（アンケート）
江戸川乱歩、大下宇陀児、畑耕一、山下利三郎、雨村生、福田正夫、落合伍一、松野一夫、伊藤松雄、横溝正史、国枝史郎、神部正次、小酒井不木、妹尾アキ夫、土師清二、小流智尼、城昌幸、千葉亀雄、佐々木茂索、水谷準、平林初之輔、久山秀子、島田美彦、春日野緑、井汲清治
＊喫茶室
熊坂長範　土師　清二
直感　本田　緒生
投稿創作評　甲賀　三郎
京都の探偵趣味の会　夏冬　繁緒
探偵趣味同好会二三　水　谷　生
四遊亭幽朝（小説）　久山　秀子
線路（小説）　夢野　久作
幽霊撃退法（小説）　ピエール・ミル　山野三五郎・訳
正体（小説）　山下利三郎
兵隊の死（小説）　渡辺　温
街の抱擁（小説）　水谷　準
鈴木と河越の話（小説）　横溝　正史
編輯後記　準

第三年第二号（第十六輯）
1927年2月1日発行　94頁　25銭

市街自動車（一）（小説）　大下宇陀児
手術（小説）　小日向逸蝶
事件（小説）　福田　正夫
マリエージ・プレゼント（小説）　吉田甲子太郎
迷児札（小説）　宍戸　昌吉
ガラスを飲んでから　中河　与一

断片　延原　謙
怪二三　浅田　一
銀座小景　横溝　正史
レエーニンの昇天　筆者不詳　能勢登羅・訳
＊六号並木路
＊喫茶室
表看板　高田義一郎
古手帳から出た話　土師　清二
改田屋　島田　美彦
乗る人　島田　美彦
お気に召すまま　ジョークスキイヤ
隼の公開状　久山　秀子
投稿創作評（前半）　甲賀　三郎
投稿創作評（後半）　巨勢洵一郎
塞翁苦笑（小説）　橋本　五郎
謎の飛行（小説）　高田義一郎
売物一代記（小説）　長谷川　伸
すべてを知れる（一）（小説）　エドガア・ウオレス　延原謙・訳
編輯後記　準

第三年第三号（第十七輯）

1927年3月1日発行　92頁　25銭

市街自動車（二）（小説）　大下宇陀児
薄暮（小説）　城　昌幸
クロスワーズ・パヅル（小説）　窪　利男
顔（小説）　藤村　英隆
ローマンス（小説）　本田　緒生
偽為痴老漫筆（一）　高田義一郎
予言的中　梅原　北明
探偵小説劇化の一経験　小酒井不木
盗みの記録　吉田甲子太郎
日記帳　角田喜久雄
＊六号並木路
殺人小景　林　次郎
笑話集　本田　緒生
真冬の夜の夢　ジョークスキイヤ
狂者の犯罪／屍体切断　エドモン・ロカアル　瀧右一路・訳
投稿創作評　水谷　準
すべてを知れる（二）（小説）　エドガア・ウオレス　延原謙・訳
黒髪事件（小説）　井上　一男

夫人探索（小説）　夢野　久作
仮面城夜話（小説）　アンドレ・ド・ロルド　山野三五郎・訳
編輯後記　準

第三年第四号（第十八輯）
1927年4月1日発行　91頁　25銭
委託金（小説）　マクス・ハイドラア　浅野玄府・訳
犬功（小説）　エム・ゾシチェンコ　広野昂太郎・訳
人形マリア（小説）　パウル・レッピン　浅野玄府・訳
あるじおもひ（小説）　パブロ・クルス　風間隼人・訳
砲撃（小説）　アカ・ギュンドユス　浅野玄府・訳
とうさん（小説）　エム・ゾシチェンコ　広野昂太郎・訳
甘蔗畑の十字架（小説）　ヴェントウラ・ガルシア・カルデロン　浅野玄府・訳
読者諸氏へ。　浅野　玄府
一寸法師雑記　江戸川乱歩
Phillpottsのことなんど　上島統一郎
探偵小説は何故行き詰まる?　伴　太郎
『恋愛曲線』雑感　田中　早苗
偽為痴老漫筆（二）　高田義一郎
＊六号並木路
じゃじゃうまならし　ジョークスキイヤ
犯罪教科書―初等科―　橋本　五郎
贈物　藤村　英隆
小話　本田　緒生
刺青　E・ロカアル　瀧右一路・訳
京都探偵趣味の会　夏冬　繁緒
投稿創作評　水谷　準
すべてを知れる（三）（小説）　エドガア・ウオレス　延原謙・訳
吹雪の夜（小説）　角田喜久雄
竹田君の失敗（小説）　窪　利男
書斎の庄太郎（小説）　青木　保夫
鉄梯子（小説）　吉田甲子太郎
市街自動車（三）（小説）　大下宇陀児
編輯後記　準

第三年第五号（第十九輯）
1927年5月1日発行　94頁　25銭
家出（小説）　モリス・ルヴェル　山野三五郎・訳
果樹園丘事件（小説）　久原　皎二

飛んでも無い遺産（小説）　エンマ・リンドセイ・スクァイヤァ　伊藤時雄・訳
市街自動車〔四〕（小説）　大下宇陀児
偽為痴老漫筆〔三〕　高田義一郎
奥丹後震災地より帰りて　山下利三郎
直木三十五氏に見参　大林美枝雄
大阪の探偵趣味　春日野　緑
『創作探偵小説選集』断想　石浜　金作
＊六号並木路
クローズ・アップ（アンケート）
小酒井不木、田中早苗、川田功、保篠龍緒、西田政治、長谷川伸、延原謙、山下利三郎、角田喜久雄、久山秀子、福田正夫、城昌幸、高田義一郎、山本禾太郎、本田緒生、国枝史郎、春日野緑、妹尾アキ夫
小舟君のビーストンの研究について　甲賀　三郎
ビーストンの研究〔一〕　小舟　勝二
麻酔剤の窃盗　E・ロカアル　瀧右一路・訳
京都探偵趣味の会　夏冬　繁緒
投稿創作感想　水谷　準
自殺を買ふ話（小説）　橋本　五郎
電話（小説）　ゴッドフレィ・デール　内藤加津男・訳
帰国（小説）　浅川　棹歌
すべてを知れる〔四〕（小説）　エドガア・ウオレス　延原謙・訳
編輯後記　準

第三年第六号（第二十輯）

1927年6月1日発行　94頁　25銭

宝石の中の母〔外一篇〕（小説）　岡田光一郎
鸚鵡（小説）　ギョスタ・チョルネクヴィスト　浅野玄府・訳
女乞食（小説）　園部　緑
女と詩人と毒薬（小説）　藤村　英隆
汁粉代（小説）　英　住江
欧木天平の妖死（小説）　小阪　正敏
市街自動車〔五〕（小説）　大下宇陀児
魔法の酒瓶　南　幸夫
偽為痴老漫筆〔四〕　高田義一郎
ざんげの塔　夢野　久作

ざんげの塔　山本禾太郎
新刊紹介　準
＊六号並木路
抜き書　柴田　良保
エドガワ　ランポオ＝モスクヴア　西比利亜鉄道
京都探偵趣味之会　夏冬　繁緒
江戸の小噺　契　泥
西洋小噺選　P・Q
一方から見たビーストン　妹尾アキ夫
ビーストンの研究〔二〕　小舟　勝二
投稿創作感想　水谷　準
ゆうもりすとによつて説かれた
る彼女にまつはる近代的でた
らめの一典型（小説）　角田喜久雄
水差の中の紙片（小説）　エ・ソーズリヤ　広野昂太郎・訳
呪はれた靴（小説）　宍戸　昌吉
すべてを知れる〔五〕（小説）　エドガア・ウオレス　延原謙・訳
編輯後記　準

第三年第七号（第二十一輯）

1927年7月1日発行　94頁　25銭

父を失ふ話（小説）　渡辺　温
刑事ふんづかまる（小説）　久山　秀子
パイクラフトの秘密（小説）　H・G・ウエルズ　上島統一郎・訳
最後の手紙（小説）　窪　利男
遠眼鏡（小説）　水谷　準
市街自動車〔六〕（小説）　大下宇陀児
言ひ草　牧　逸馬
最近感想　田中　早苗
あ・ら・もうど（投稿欄）
ビーストンの研究〔三〕　小舟　勝二
投稿創作感想　水谷　準
素敵なステッキの話（小説）　横溝　正史
ゐなか、の、じけん（小説）　夢野　久作
ゐなか、の、じけん　備考　夢野　久作
二度目の水死人（小説）　松賀　麗
或る夜の出来事（小説）　本田　緒生
編輯後記　準

第三年第八号（第二十二輯）

1927年8月1日発行　95頁　25銭

死刑囚（小説）　ピエル・ミーユ　小酒井不木・訳
空想の果（小説）　山本禾太郎
夜（小説）　フリードリヒ・ヘッベル　浅野玄府・訳
流転（小説）　山下利三郎
市街自動車〔七〕（小説）　大下宇陀児
東京見物　大林美枝雄
うた（猟奇歌）　夢野　久作
＊六号並木路
殺害全集　高田義一郎
江戸の小話　契　泥
あ・ら・もうど（投稿欄）
ビーストンの研究〔四〕　小舟　勝二
京都の趣味探偵の会　夏　冬　記
東京地方のグループ　水　谷　生
投稿創作感想　水谷　準
譚（小説）　城　昌幸
人非人（小説）　アーサ・モリソン　瀧一路・訳
老婆二態（小説）　X　Y　Z
すべてを知れる〔六〕（小説）　エドガア・ウオレス　延原謙・訳
編輯後記　準

第三年第九号（第二十三輯）

1927年9月1日発行　94頁　25銭

電報（小説）　前田　次郎
作品（小説）　窪　利男
素敵な素人下宿の話（小説）　荒木十三郎
頼みにする弁護士（小説）　チヤアルス・ブロムフィルド　伊藤時雄・訳
老婆二態　続篇（小説）　X　Y　Z
青野大五郎の約束（小説）　春日野　緑
市街自動車〔八〕（小説）　大下宇陀児
偽為痴老漫筆〔五〕　高田義一郎
＊六号並木路
ふもれすけ（小話）
あ・ら・もうど（投稿）
ビーストンの研究〔五〕　小舟　勝二
投稿創作感想　水谷　準

八月探偵小説壇総評　小舟　勝二
平野川殺人事件（小説）　一条　栄子
すべてを知れる〔七〕（小説）　エドガア・ウオレス　延原謙・訳
編輯後記　準

第三年第十号（第二十四輯）
1927年10月1日発行　92頁　25銭

廃園挿話（小説）　秋本晃之介
或る検事の遺書（小説）　織田　清七
千三ツ（小説）　柴田　良保
手記「水宮譚平狂気」（小説）　小阪　正敏
臨終妄想録（小説）　英　住江
艶書事件（小説）　松岡　権平
断崖（小説）　龍　悠吉
女怪　作者の言葉　横溝　正史
探偵小説の不振　甲賀　三郎
馬琴のコント　小酒井不木
偽為痴老漫筆〔六〕　高田義一郎
＊六号並木路
XYZ事件作者推定　伊波　邦三
XYZ事件作者推定　魅川　生
XYZ事件作者推定　逸　名　氏
正解　波多野健歩
あ・ら・もうど（投稿欄）
ビーストンの研究〔六・完結〕　小舟　勝二
投稿創作感想　水谷　準
九月創作総評　小舟　勝二
市街自動車〔九・完結〕（小説）　大下宇陀児
作者付記　大下宇陀児
すべてを知れる〔八〕（小説）　エドガア・ウオレス　延原謙・訳
編輯後記　甲賀、準

第三年第十一号（第二十五輯）
1927年11月1日発行　95頁　25銭

女怪〔一〕（小説）　横溝　正史
第一回分の終に　横溝　正史
頭髪（小説）　スティーフン・リーコック　妹尾アキ夫・訳
黒の礼服（小説）　ジョン・ガルスワシイ　多田武衛・訳
倒影された女（小説）　吉原統一郎
青衣の女（小説）　ユーリイ・スリョースキン　浅野玄府・訳

雑草一束　国枝　史郎
多作家其他　甲賀　三郎
京都みやげ　伊藤　松雄
罪障懺悔のこと　大下宇陀児
迷信と殺人　中村　義正
偽為痴老漫筆〔七〕　高田義一郎
＊六号並木路
のんしやらんす（小話）
江戸の小噺　契　泥
あ・ら・もうど（投稿欄）
じぐす（小話）
探偵映画漫談　大林美枝雄
投稿創作感想　水谷　準
十月創作総評　小舟　勝二
貂の皮　（小説）　オ・ヘンリイ　野山八郎・訳
『死の陰に』（小説）　山根春一郎
拳闘倶楽部物語（小説）　地津　香里
すべてを知れる〔九・完結〕（小説）　エドガア・ウオレス　延原謙・訳
訳者から
編輯後記　三郎、準

第三年第十二号（第二十六輯）

１９２７年12月1日発行　95頁　25銭

運命の抛物線（小説）　城　昌幸
喧嘩（小説）　原田　太朗
トプァール花嫁（一）（小説）　ハンス・ハインツ・エーウエルス　浅野玄府・訳
文士テロ一夫妻（小説）　南　権六
女中難（小説）　フイシェ兄弟　山野三五郎・訳
ゐなか、の、じけん〔続篇〕（小説）　夢野　久作
偽為痴老漫筆〔八〕　高田義一郎
想のまゝ　島田　美彦
模倣性と殺人　中村　義正
作家と生活　甲賀　三郎
＊六号並木路
きやぷりいす（小話）
あ・ら・もうど（投稿欄）
探偵映画外国物　緒方慎太郎

番外探偵映画漫談　柴田良保
本年度印象に残れる作品、来年度
　ある作家への希望（アンケート）
　保篠龍緒、夢野久作、高田義一郎、畑耕一、横溝正史、妹尾アキ夫、久山秀子、角田喜久雄、春日野緑、梶原信一郎、国枝史郎、城昌幸、福田正夫、千葉亀雄、小酒井不木、川口松太郎、長谷川伸、山本禾太郎、小島政二郎、川田功、伊藤松雄、山下利三郎、一条栄子、本田緒生、牧逸馬、森下雨村、渡辺温、小舟勝二、大下宇陀児、江戸川乱歩
投稿創作感想　水谷　準
豆菊（小説）　角田喜久雄
信用も事に拠りけり（小説）　W・マッカアトネイ　伊藤時雄・訳
女怪（二）（小説）　横溝　正史
編輯後記　三郎、準

第四年第一号
1928年1月1日発行　125頁　30銭

運命の罠（小説）　甲賀　三郎
谷音巡査（戯曲）　長谷川　伸
トプアール花嫁（二）（小説）　ハンス・ハインツ・エーウエルス　浅野玄府・訳
疾病の脅威（小説）　高田義一郎
蛇使ひの女（ラジオ・ドラマ）　本郷春台郎
屍を（小説）　江戸川乱歩・小酒井不木
かみなり（小説）　原　辰郎
女怪（三）（小説）　横溝　正史
座談会
　森下雨村、江戸川乱歩、巨勢洵一郎、久山秀子、大下宇陀児、横溝正史、甲賀三郎、水谷準
YAKE漫談　松野　一夫
引伸し　小舟　勝二
探偵小説読本（巻一第一課）　水谷　準
探偵小説と思ひつき外一題　甲賀　三郎
＊遊歩場
　べるめる（小話）
　あ・ら・もうど（投稿欄）

十二月号妄評　名乗らぬ男
翻訳探偵小説一瞥見〔上〕　浅川　棹歌
投稿創作感想　水谷　準
運（小説）　ヱ・テ・ア・ホフマン　秋本晃之介・訳
編輯後記　三郎、乱歩、準

第四年第二号

1928年2月1日発行　94頁　25銭
犯罪倶楽部入会テスト（小説）　瀬下　耽
墓穴（小説）　城　昌幸
難題（小説）　京都探偵趣味の会合作
墓場の母（小説）　森須　留兵
隼のお正月（小説）　久山　秀子
座談会
田中早苗、浅野玄府、吉田甲子太郎、延原謙、横溝正史、甲賀三郎、水谷準
銀座の妖姫　角田喜久雄
偽為痴老漫筆〔九〕　高田義一郎
拾ひ物　小舟　勝二
探偵小説の夕を聴く　田中　早苗

＊遊歩場
女怪解決篇予想　大林美枝雄
おわび　山下利三郎
あ・ら・もうど（投稿欄）
すまいる（小話）　南　方生
翻訳探偵小説一瞥見〔下〕　浅川　棹歌
りいる（小話）
投稿創作感想　大下宇陀児、水谷準
岡引（小説）　国枝　史郎
トプァール花嫁〔三〕（小説）　ハンス・ハインツ・エーウエルス　浅野玄府・訳
編輯後記　準

第四年第三号

1928年3月1日発行　98頁　25銭
『サンプル』の死（小説）　小舟　勝二
日記帳（小説）　鈴木兼一郎
キョクタンスキーの論文（小説）　高田義一郎
風（小説）　マッシモ・ボンテムペリ　緒方慎太郎・訳
トプァール花嫁〔四・完〕（小説）

ハンス・ハインツ・エーウエルス
浅野玄府・訳

創作探偵小説全表　浅川　棹歌
探偵読本〔巻一　第二課〕　大下宇陀児
偽為痴老漫筆〔十〕　高田義一郎
妖異むだ言　国枝　史郎
映画館事故（小説）　山本禾太郎
レーニン遺骸に関する土産話の
訂正及追加　浅田　一
＊遊歩場
翻訳一考　緒方慎太郎
二月号妄評　名乗らぬ男
まくて・あにも（小話）
江戸の小噺　契　泥
金曜会について　浅川　棹歌
投稿創作感想　水谷　準
仇討（小説）　カミ
山野三五郎・窪利男・滝右一・共訳
あ・ら・もうど（投稿欄）
女怪〔四〕（小説）　横溝　正史
編輯後記　準

第四年第四号

１９２８年4月1日発行　95頁　25銭

新月座事件（小説）　沙那亭白痴
手切れ（小説）　梅林　芳郎
二賢人（小説）　大林美枝雄
三勝半七（小説）　た　さ　ん
高窓（小説）　品川　寿夫
「霊の審判」の人血鑑定　浅田　一
偽為痴老漫筆〔十一〕　高田義一郎
エドガ・ポオの墓　伊藤　時雄
探偵読本〔巻の一　第三課〕　小酒井不木
殺人の動機と心理　中村　義正
＊遊歩場
探偵競技　準
口答へ　高田義一郎
あ・ら・もうど（投稿欄）
報告二三　夏　冬　生
投稿創作感想　水谷　準
背広を着た訳並びに（小説）　正木不如丘
ぷらす・まいなす（小説）　宍戸　昌吉

シルクハット（小説）　渡辺温
昏花NO・1（小説）　橋本五郎
やまひ（小説）　グスタフ・マイリンク　上島統一郎・訳
女怪〔五〕（小説）　横溝正史
編輯後記　準

第四年第五号

1928年5月1日　96頁　25銭

常陸山の心臓（小説）　正木不如丘
終りかたり（小説）　長谷川伸
駈落（小説）　ジヨン・ローレンス
千眼禅師（小説）　一条栄子
H神社事件（小説）　原辰郎
王子譚（一）（小説）　モオリス・デコブラ
伏線の敷き方又は筋の配列に就いて〔巻の一　第四課〕　甲賀三郎
法廷小景　山本禾太郎
余談二つ　浅田一
くさぐさ　山下利三郎
偽為痴老漫筆〔十二〕　高田義一郎
ヴェテランの退場　延原謙
独逸探偵、猟奇小説瞥見　浅野玄府
仏蘭西物模索　水谷準
＊遊歩場
こらむ・ぽぷろ（小話）
あ・ら・もうど（投稿欄）
江戸の小噺　契泥
重い忘れ物　伊波那三
ぢやぢ（小話）
投稿創作感想　水谷準
ナフタリンを嗅ぐ女（小説）　松浦美寿一
ヂヤツデスデ（小説）　メレク・ハナム　緒方慎太郎・訳
論文　千三屋の叔父が寝物語の一（小説）　南船子
贅沢　千三屋の叔父が寝物語の二（小説）　南船子
贈物（小説）　ジョルジュ・エフ・カルトル　佐伯準一郎・訳
蜘蛛（小説）　水谷準
編輯後記　準

第四年第六号

1928年6月1日発行　95頁　25銭

手摺の理（小説）　土呂　八郎
ゐなか、の、じけん〔続篇〕（小説）　夢野　久作
秘密（小説）　エルネスト・エロ
美女君（小説）　正木不如丘
私のやり方〔探偵読本　巻一　第五課〕　江戸川乱歩
奇人藤田西湖氏のこと　大下宇陀児
生命保険詐欺の種々相　高田義一郎
彼等三人　田中　早苗
＊遊歩場
差出口　高田義一郎
科学者の解決　国部　景史
こしゆまる（小話）
投稿創作感想　水谷　準
王子譚〔二〕（小説）　モオリス・デコプラ
或る百貨店員の話（小説）　小舟　勝二
女と猫（小説）　マルセル・プレヴォ　多田武衛・訳
リヒテンベルゲル氏の一恋愛（小説）　秋本晃之介
編輯後記　準

第四年第七号

1928年7月1日　94頁　25銭

恥を知れ（小説）　橋本　五郎
猜疑の余地（小説）　城　昌幸
赤電燈（小説）　レイ・カミングス
仔猫と余六（小説）　山下利三郎
怪人（小説）　龍　悠吉
偽為痴老漫筆〔十三〕　高田義一郎
兵士と女優（小説）　オン・ワタナベ
事実小説（小説）　佃　大五郎
＊遊歩場
にる・ですぺらんどむ（小話）
漫語　大林美枝雄
投稿創作感想　水谷　準
人形の片足（小説）　宍戸　昌吉
使命（小説）　P・G・チヤドッヰク

編輯後記　準

第四第八号

未刊

第四年第九号

1928年9月1日発行　94頁　25銭

墓場の秘密　甲賀三郎
秘密（小説）　宍戸昌吉
めくらめあき（小説）　瀬下耽
恋の破滅（小説）　トリスタン・ベルナアル
E公園の殺人（小説）　森須留兵
発行所変更の御知らせ
次号について
「探偵趣味」の回顧　甲賀三郎
つゞいて　水谷準
青い手提袋（小説）　橋本五郎
兄弟殺し（小説）　ジェームス・ペリー　多田武衛・訳
消える妻（小説）　梅林芳朗
死女の家（小説）　グイード・ダ・ヴエローナ
恐ろしき贈物　モーリス・ルヴェル
カフエー・銀鼠（小説）　大下宇陀児
編輯後記　準

「探偵趣味」作者別作品リスト

山前譲・編

漢字を新字体にしたほかは、本文の表記に従った。「探偵問答」「『探偵趣味』問答」「クローズ・アップ」はアンケート。読物ページ、匿名、読者投稿などの一部は紙幅の都合で省略した。[　] はとくに題のないもの。「・」付きは創作以外。→は別名義を示す。作製にあたって、「ミステリー文学資料館」の嶋崎雅子さんの協力を得た。また、一部資料は平井隆太郎氏のご協力を得ました。

アアル・ジイ・エェ
・特殊　1926.12
青木保夫
鉄梯子　1927.4
秋本晃之介
廃園挿話　1927.10
リヒテンベルゲル氏の一恋愛　1928.6
浅川棹歌
・『探偵趣味』問答　1926.1
帰国　1927.5
・翻訳探偵小説一瞥見　1928.1-2
・創作探偵小説全表　1928.3
・金曜会について　1928.3
浅田　一
・科学的犯人捜索法の進歩　1926.12
・怪二三　1927.2
・レーニン遺骸に関する土産話の訂正及追加　1928.3
・「霊の審判」の人血鑑定　1928.4
・余談二つ　1928.5
浅野玄府
・クローズ・アップ　1926.11
・クローズ・アップ　1926.12
・読者諸氏へ。　1927.4
・独逸探偵、猟奇小説瞥見　1928.5
芦田健次
・『探偵趣味』問答　1926.1
阿部真之助
・犯罪学のあるページ　1925.10
・犯罪者の心理　1925.11
新居　格
・崩壊的現象　1926.3
荒木十三郎→橋本五郎
・やけ敬の話―山下利三郎氏へのお答へその他―　1926.8
狆　1926.8
素敵な素人下宿の話　1927.9
飯田徳太郎
・クローズ・アップ　1926.11
生田もとを
偏愛　1926.5
井汲清治
・アマチユアー・デイテクテイーヴ　1926.4
・クローズ・アップ　1927.1
池内祥三

・クローズ・アップ	1926.11
石橋蜂石	
・作家とその余暇	1926.1
石浜金作	
・『創作探偵小説選集』断想	
	1927.5
石割松太郎	
・首斬浅右衛門	1926.3
・クローズ・アップ	1926.11
井田敏行	
彼の失敗	1927.1
一条栄子→小流智尼	
平野川殺人事件	1927.9
・本年度印象に残れる作品、来年度ある作家への希望	1927.12
千眼禅師	1928.5
伊藤貴麿	
・旅先きの実話	1926.7
・クローズ・アップ	1926.11
伊藤時雄	
・エドガ・ポオの墓	1928.4
伊藤松雄	
・怪奇劇・探偵劇	1926.8
・クローズ・アップ	1927.1
・京都みやげ	1927.11
・本年度印象に残れる作品、来年度ある作家への希望	1927.12
伊藤 靖	
・表札	1926.4
・不幸にして	1926.6
稲垣足穂	
・甲虫の事	1926.4
・クローズ・アップ	1926.11
稲川勝二郎	
・或る出来事	1926.5
伊波邦三	

・ＸＹＺ事件作者推定	1927.10
・重い忘れ物	1928.5
井上一男	
黒髪事件	1927.3
井上勝喜	
・探偵問答	1925.9
井上剣花坊	
・目明文吉	1926.7
井上爾郎	
・探偵小説としての『マリー・ローヂェ』	1925.9
井上豊一郎	
・探偵小説の芸術性	1926.1
茨木仲平	
・探偵作家鏡花	1926.5
岩田豊行	
・環境の刺戟から	1926.3
ウエルズ，Ｈ・Ｇ・	
パイクラフトの秘密	1927.7
ウオレス，エドガア・	
すべてを知れる	1927.2-6,8-11
上島統一郎	
・Phillpottsのことなんど	1927.4
・探偵小説のドメスティシティー	
	1925.9
・宿酔語	1925.11
・『大弓物語』	1926.1
宇野浩二	
・涙香について	1926.11
梅林芳郎	
手切れ	1928.4
梅林芳朗	
消える妻	1928.9
梅原北明	
・探偵小説万能来	1926.6
・予言的中	1927.3

エーウエルス，ハンス・ハインツ・
トプァール花嫁　1927.12-1928.3
エロ，エルネスト・
秘密　1928.6
ＸＹＺ→大下宇陀児、木下龍夫
老婆二態　1927.8
老婆二態　続篇　1927.9
江戸川乱歩
・［追記］　1925.9
・雑感　1925.9
・探偵問答　1925.9
・編輯当番より　1925.9
・暗号記法の分類　1925.10
・『探偵趣味』問答　1925.11
・上京日誌　1925.11
・ある恐怖　1926.1
・『探偵趣味』問答　1926.1
情死　1926.1
・宇野浩二式　1926.2
・病中偶感　1926.4
・薄毛の弁　1926.4
・二銭銅貨　1926.5
・お化け人形　1926.7
・旅順開戦館　1926.8
木馬は廻る　1926.10
・当番制廃止について　1926.10
・クローズ・アップ　1927.1
・ある談話家の話　1927.1
・一寸法師雑記　1927.4
・本年度印象に残れる作品、来年度ある作家への希望　1927.12
・編輯後記　1928.1
・私のやり方（探偵読本　巻一　第五課）　1928.6
江戸川乱歩・小酒井不木
屍を　1928.1
燕家艶笑
・古川柳染　1926.1
オースチン，ブリットン・
悪戯（ある男の犯罪告白）　1926.11
大下宇陀児→XYZ、木下龍夫
・実験科学探偵法　1926.2
蒲鉾　1926.2
栗盗人　1926.4
・処女作の思出　1926.5
江戸児　1926.8
・［十月号短評］　1926.11
・クローズ・アップ　1926.12
悪い対手　1926.12
・クローズ・アップ　1927.1
市街自動車　1927 2-10
・作者付記　1927.10
・罪障懺悔のこと　1927.11
・本年度印象に残れる作品、来年度ある作家への希望　1927.12
・探偵読本（巻一　第二課）　1928.3
・奇人藤田西湖氏のこと　1928.6
カフエー・銀鼠　1928.9
大下宇陀児・水谷準
・投稿創作感想　1928.2
大竹憲太郎
・女優志願の女　1926.3
大西　登
記録の中から　1926.2
大野木繁太郎
・探偵問答　1925.9
・女を拾ふ　1925.10
・『探偵趣味』問答　1926.1
・野馬台詩　1926.3
・石塔磨き　1926.5

・秘密通信 1926.6
・五百人の妻をもつ男 1926.7

大林美枝雄

・直木三十五氏に見参（一寸法師を観て） 1927.5
・東京見物 1927.8
・探偵映画漫談 1927.11
・女怪解決篇予想 1928.2
二賢人 1928.4
・漫語 1928.7

丘　虹二

・食はず嫌ひ 1926.1
・『探偵趣味』問答 1926.1

岡田光一郎

宝石の中の母（外一篇） 1927.6

緒方慎太郎

・探偵映画外国物 1927.12
・翻訳一考 1928.3

岡本綺堂

・『探偵趣味』問答 1925.11

岡本素貌

・第一輯を読んで 1925.10
切断された右腕 1926.3

小倉生

・ルブランの皮肉 1925.11

尾関岩二

・文学における工芸品 1926.3

織田清七

或る検事の遺書 1927.10

落合伍一

・クローズ・アップ 1927.1

小流智尼→一条栄子

・夜の家 1925.10
・『探偵趣味』問答 1925.11
・宿業 1926.1
・『探偵趣味』問答 1926.1
無用の犯罪 1926.2
手袋 1926.3
・苦労性 1926.4
南京街 1926.12
・怪談にあらず 1927.1
・クローズ・アップ 1927.1

カミ（キャミ）

運命（戯曲） 1926.12
仇討 1928.3

カミングス，レイ・

赤電燈 1928.7

ガルスワシイ，ジョン・

黒の礼服 1927.11

カルデロン，ヴエントゥラ・ガルシア・

甘蔗畑の十字架 1927.4

カルトル，ジョルジュ・ヱフ・

贈物 1928.5

梶原信一郎

・本年度印象に残れる作品、来年度ある作家への希望 1927.12

春日野　緑→星野龍猪

・探偵小説とは何か？ 1925.9
・探偵問答 1925.9
・編輯後記 1925.10
・子供の犯罪 1925.10
・探偵趣味 1925.10
・湊川の狸氏へ 1925.10
・ページエントに就て 1925.10
・探偵趣味叢書の発行について 1925.11
・変装 1925.11
・雑感 1926.1
・『探偵趣味』問答 1926.1
・スポーツと探偵小説の関係

1926.2
・お断り 1926.2
へそくり 1926.3
・詐欺広告 1926.4
・お断りとお願い 1926.4
・ソロモンの奇智 1926.5
山と海 1926.10
・クローズ・アップ 1926.12
浮気封じ 1927.1
・クローズ・アップ 1927.1
・大阪の探偵趣味 1927.5
・クローズ・アップ 1927.5
青野大五郎の約束 1927.9
・本年度印象に残れる作品、来年度ある作家への希望 1927.12

片岡鉄兵
・『探偵趣味』問答 1925.11
・空想ひとつ 1926.6
・物語的な雑文 1926.8

勝　佐舞呂
・『探偵趣味』問答 1925.11

夏冬繁緒（夏冬繁生）→加藤　茂
小品２篇 1925.11
・猫の戯れ跡 1926.2
・出駄羅目草 1926.3
六篇 1926.5
・京都の探偵趣味の会 1927.1
・京都探偵趣味の会 1927.4
・京都探偵趣味の会 1927.5
・京都探偵趣味之会 1927.6
・京都の趣味探偵の会 1927.8
・報告二三 1928.4

加藤　茂→夏冬繁緒
・『探偵趣味』問答 1925.11

川口松太郎
・探偵小説の滅亡近し 1926.1
・『探偵趣味』問答 1926.1
・探偵小説の隆盛近し 1926.7
・本年度印象に残れる作品、来年度ある作家への希望 1927.12

川田　功
乗合自働車 1926.2
赤鬼退治 1926.4
Ａさんの失敗 1926.5
彼女と彼 1926.6
愛を求めて 1926.7
夜廻り 1926.8
・クローズ・アップ 1926.12
夕刊 1927.1
・クローズ・アップ 1927.5
・本年度印象に残れる作品、来年度ある作家への希望 1927.12

菅　忠雄
・書かでもの二三 1926.1

神原　泰
・消極的探偵小説への一つのヒント 1926.2

神部正次
・クローズ・アップ 1927.1

ギユンドユス，アカ・
砲撃 1927.4

喜多村緑郎
・『探偵趣味』問答 1925.11
・『探偵趣味』問答 1926.1

木下龍夫→XYZ、大下宇陀児
・『探偵趣味』問答 1925.11

木下東作
・『探偵趣味』問答 1925.10

京都探偵趣味の会
難題 1928.2

クルス，パブロ・
あるじおもひ 1927.4

楠井乙男
・探偵問答　1925.9

久留弘三
・機械文化の所為　1926.3

国枝史郎
・探偵問答　1925.9
・『探偵趣味』問答　1925.10
・探偵小説寸感　1925.11
・探偵小説を作って貰ひ度い人々　1926.1
・『探偵趣味』問答　1926.1
・愚言二十七箇条　1926.2
・社会主義に非ず＝江戸川乱歩氏へ＝　1926.3
・性のせ　1926.3
・二つの作品　1926.4
人を呪はば　1926.5
・御存与太話　1926.6
・又復与　1926.7
・クローズ・アップ　1927.1
・クローズ・アップ　1927.5
・雑草一束　1927.11
・本年度印象に残れる作品、来年度ある作家への希望　1927.12
罔引　1928.2
・妖異むだ言　1928.3

国部景史
・科学者の解決　1928.6

久原皎二
果樹園丘事件　1927.5

窪　利男
義賊　1927.1
クロスワーズ・パヅル　1927.3
竹田君の失敗　1927.4
最後の手紙　1927.7
作品　1927.9

久米正雄
・D・S漫談　1926.10

黒岩漁郎
・おもひで　1926.11

来栖　貞
・「探偵叢話」　1926.11

契　泥
・江戸の小噺　1927.6,8,11,1928.3,5

顕考与一
・芝居に現れた悪と探偵趣味　1926.1
断崖　1926.3

甲賀三郎
・小舟君のビーストンの研究について　1927.5
・夢　1925.9
・探偵問答　1925.9
・『探偵趣味』問答　1925.10
・探偵小説と実際の探偵　1925.10
亡霊を追ふ　1925.11
・心霊現象と怪談　1925.11
・私の変名　1925.11
・第三輯を取り上げて　1926.1
・能楽「草紙洗」の探偵味　1926.2
・編輯後記　1926.2,1927.10-1928.1
・「三つ」の問題　1926.4
記憶術　1926.5
・自叙伝の一節　1926.5
・駄言　1926.5
・雑言一束　1926.7
嵐と砂金の因果率　1926.10
・力と熱と　1926.11
・寄稿創作を読みて　1926.11
・クローズ・アップ　1926.12
・投稿創作評　1926.12-1927.1
・迷信　1927.1

・投稿創作評（前半） 1927.2
・探偵小説の不振 1927.10
・多作家其他 1927.11
・作家と生活 1927.12
運命の罠 1928.1
・探偵小説と思ひつき外一題 1928.1
・伏線の敷き方又は筋の配列に就いて（巻一　第四課） 1928.5
・墓場の秘密 1928.9
・「探偵趣味」の回顧 1928.9

上月　吏

・『探偵趣味』問答 1926.1
・映画に出来悪いもの一つ 1926.1

紅毛生

・完全な贋幣 1925.10
・或る嬰児殺し 1925.11

小阪正敏

欧木天平の妖死 1927.6
手記「水宮譚平狂気」 1927.10

小酒井不木

・女青鬚 1925.9
・探偵問答 1925.9
・第 3 輯につき御願ひ 1925.10
・鳥滸国、間引国、堕胎国 1925.10
・『探偵趣味』問答 1925.10
・探偵趣味 1925.11
・編輯後記 1925.11
・『探偵趣味』問答 1926.1
・偶感二題 1926.2
段梯子の恐怖 1926.2
・性的生活の乱れ 1926.3
・結婚詐欺 1926.3
・事実と小説 1926.4
・課題 1926.5
・テーマを盗む 1926.6
・作家としての私 1926.7
・童話と犯罪心理 1926.8
・奇獄 1926.10
・クローズ・アップ 1926.12
・クローズ・アップ 1927.1
・探偵小説劇化の一経験 1927.3
・クローズ・アップ 1927.5
・馬琴のコント 1927.10
・本年度印象に残れる作品、来年度ある作家への希望 1927.12
・探偵読本（巻一　第三課） 1928.4

小島政二郎

・アツトランドム 1926.4
・本年度印象に残れる作品、来年度ある作家への希望 1927.12

巨勢洵一郎

・探偵問答 1925.9
・『探偵趣味』問答 1926.1
・テーマ大売出し 1926.2
・編輯後記 1926.6
・身辺断想 1926.7
・投稿創作評（後半） 1927.2

小日向逸蝶

手術 1927.2

小舟勝二

・ビーストンの研究 1927.5-10
・八月探偵小説壇総評 1927.9
・九月創作総評 1927.10
・十月創作総評 1927.11
・本年度印象に残れる作品、来年度ある作家への希望 1927.12
・引伸し 1928.1
・拾ひ物 1928.2
『サンプル』の死 1928.3

或る百貨店員の話　1928.6
小牧近江
・もう一分のこと　前田河広一郎に　1926.8

斎藤徳太郎
名著のある頁　1925.11
R夫人　1926. 3
沙魚川　格
・探偵五目講談　1926.2
酒井真人
・年給　1926.8
佐々木味津三
・『探偵趣味』問答　1925.11
佐々木茂索
・クローズ・アップ　1927.1
佐藤春夫
・寸感　1926.10
沙那亭白痴
新月座事件　1928.4
佐野甚七
・少年の個性鑑別について　1925.10
・氏名不詳の殺人事件　1926.3
沢田撫松
・女性犯人は美人　1926.3
判事を刺した犯人　1926.7
沢村幸夫
・広東の十姉妹　1926.3
汐見鵬輔
・指紋の話　1925.10-1925.11
潮山長三
・禍根を断つ　1926.5
・最近感想録　1926.10
史学会編
・探偵文化村　1926.1
宍戸昌吉
・クローズ・アップ　1926.11
迷児札　1927.2
呪はれた靴　1927.6
ぷらす・まいなす　1928.4
人形の片足　1928.7
秘密　1928.9
紙片　1926.8
品川寿夫
高窓　1928.4
柴田良保
・抜き書　1927.6
千三ツ　1927.10
・番外探偵映画漫談　1927.12
西比利亜鉄道
・エドガワ　ランポオ＝モスクヴァ　1927.6
島田美彦
・［十月号短評］　1926.11
・老僧の話　1927.1
・クローズ・アップ　1927.1
・改田屋　1927.2
・乗る人　1927.2
・想のまゝ　1927.12
地味井平造
煙突奇談　1926.6
二人の会話　1926.8
X氏と或る紳士　1926.11
童話三つ　1926.12
清水歓平
・犯罪捜査の第一歩　1926.3
司家亜緑
［詩］　1925.11
城　昌幸
・『探偵趣味』問答　1925.11
・綺語漫語　1926.4

東方見聞　1926.4
仮面舞踏会　1926.7
此の二人　1926.12
・クローズ・アップ　1926.12
・クローズ・アップ　1927.1
薄暮　1927.3
・クローズ・アップ　1927.5
譚　1927.8
運命の抛物線　1927.12
・本年度印象に残れる作品、来年度ある作家への希望　1927.12
墓穴　1928.2
猜疑の余地　1928.7

ジョークスキイヤ
・お気に召すまま……　1927.2
・真冬の夜の夢　1927.3
・じゃじゃうまならし……　1927.4

白井喬二
・『探偵趣味』問答　1926.1
・[喫茶室]　1926.11

スクァイヤァ，エンマ・リンドセイ・
飛んでも無い遺産　1927.5

スリョースキン，ユーリイ・
青衣の女　1927 11

菅　忠雄
・『探偵趣味』問答　1925.11
・『探偵趣味』問答　1926.1
・最近、二三　1926.7

須古　清
・『探偵趣味』問答　1925.10
・女ゆゑの犯罪 ＝裁判所の窓から　1926.3

鈴木英一
・愚人饒舌　1925.10

鈴木兼一郎
日記帳　1928.3

鈴木三郎
盗癖　1926.3

須山道夫
T原の出来事　1926.7

瀬下　耽
犯罪倶楽部入会テスト　1928.2
めくらめあき　1928.9

瀬頭紫雀
・ピス健　1926.4

妹尾アキ夫→妹尾韶夫
・オーモニアーに就いて　1926.4
・あいどるそうと　1926.6
・変名をくさす　1926.7
・クローズ・アップ　1926.12
・クローズ・アップ　1927.1
・クローズ・アップ　1927.5
・一方から見たビーストン　1927.6
・本年度印象に残れる作品、来年度ある作家への希望　1927.12

妹尾韶夫→妹尾アキ夫
ピストル強盗　1926.3

ゾーズリヤ，エ・
水差の中の紙片　1927.6

ゾシチェンコ，エム・
犬功　1927.4
とうさん　1927.4

園部　緑
・猫と泥棒　1926.2
高見夫人の自白　1926.3
女乞食　1927.6

高田義一郎
・一寸考へると嘘の様な現代の事実談　1926.12
・一昔ばかり前　1927.1

・表看板　1927.2
謎の飛行　1927.2
・偽為痴老漫筆
1927.3-6,9-12,1928.2-5,7
・クローズ・アップ　1927.5
・殺害全集　1927.8
・本年度印象に残れる作品、来年度ある作家への希望　1927.12
疾病の脅威　1928.1
キョクタンスキーの論文　1928.3
・口答へ　1928.4
・差出口　1928.6
・生命保険詐欺の種々相　1928.6

高山義三

・犯罪者の心理　1925.10
・『探偵趣味』問答　1925.10
・金から血へ　1926.3

たさん

三勝半七　1928.4

田代栄明

・石を呑む男　1926.2

田中早苗

・探偵問答　1925.9
・秋成と八雲　1925.11
・人間涙香　1926.11
・クローズ・アップ　1926.12
・『恋愛曲線』雑感　1927.4
・クローズ・アップ　1927.5
・最近感想　1927.7
・探偵小説の夕を聴く　1928.2
・彼等三人　1928.6

田中仙丈

・『探偵趣味』問答　1925.10
・偶感　1925.11
・ヒントと第六感　1926.5

田中敏男

・『探偵趣味』問答　1926.1

谷　君之介

百円紙幣　1926.7

谷本　富

・困った時代相　1926.3

探偵局大正二十年

・作家未来記　1926.1

チヤドッキク，Ｐ・Ｇ・

使命　1928.7

チョルネクヴィスト，ギョスタ・

鸚鵡　1927.6

地津香里

拳闘倶楽部物語　1927.11

千葉亀雄

・復讐心理の表れ　1926.3
・涙香随想　1926.11
・クローズ・アップ　1927.1
・本年度印象に残れる作品、来年度ある作家への希望　1927.12

佃　大五郎

事実小話　1928.7

土野仙八

・涙香余滴　1926.11

角田喜久雄

名人伍助　1926.10
・作家といふもの　1926.11
・写真漫談　1926.12
・クローズ・アップ　1926.12
・日記帳　1927.3
吹雪の夜　1927.4
・クローズ・アップ　1927.5
ゆうもりすとによつて説かれたる彼女にまつはる近代的でたらめの一典型　1927.6
・本年度印象に残れる作品、来年度ある作家への希望　1927.12

豆菊 1927.12
・銀座の妖姫 1928.2

デール，ゴッドフレィ・
電話 1927.5

デコブラ，モーリス・
（モオリス・デコブラ）
喧嘩 1927.1
王子譚 1928.5-6

鉄田頓生
・柳巻楼夜話 1925.9

寺川　信
・探偵趣味の映画 1925.10
・『探偵趣味』問答 1925.11
・探偵小説の映画劇、劇化に就いて 1926.1

富田達観
・川柳殺さぬ人殺し（談） 1926.8

豊岡佐一郎
・クローズ・アップ 1926.11

土呂八郎
手摺の理 1928.6

直木三十五
・探偵無趣味 1926.5

中河与一
・ガラスを飲んでから 1927.2

永戸俊雄
・女問喋 ＝フランスでの出来事 1926.3

中村義正
・迷信と殺人 1927.11
・模倣性と殺人 1927.12
・殺人の動機と心理 1928.4

名乗らぬ男
・十二月号妄評 1928.1
・二月号妄評 1928.3

南船子
論文　千三屋の伯父が寝物語 1928.5
贅沢　千三屋の伯父が寝物語 1928.5
・すまいる（小話） 1928.2

西田政治→八重野潮路、柳巷楼
・チェスタートン研究の一断片 1925.9
・解答 1925.9
・『シベリヤ』薬事件 1925.11
・編輯便 1926.1
・柳巷楼無駄話 1927.1
・クローズ・アップ 1927.5

仁科熊彦
・『探偵趣味』問答 1926.1

額田六福
・掏摸 1926.8

根津　新
・『探偵趣味』問答 1926.1

能勢登羅
・偶感 1926.1
・限界を突破せよ 1926.4
・尾行の話 1926.5

延原　謙
・探偵問答 1925.9
・編輯後記 1926.4
・涙香の手訳本 1926.11
・クローズ・アップ 1926.12
・断片 1927.2
・クローズ・アップ 1927.5
・訳者から 1927.11
・ヴエテランの退場 1928.5

呑兵衛
・[十月号短評] 1926.11

ハースト，F・G・
刺青の手　1926.10
ハイドラア，マクス・
委託金　1927.4
ハナム，メレク・
ヂヤツデスデ　1928.5
萩原朔太郎
・探偵小説に就いて　1926.6
土師清二
・いがみの権太は可哀そうだ　1926.4
・奇抜でない話　1926.5
・埒もない話　1926.7
・一人角力　1926.12
・クローズ・アップ　1927.1
・熊坂長範　1927.1
・古手帳から出た話　1927.2
羽志主水
・処女作について　1926.5
・唯灸　1926.11
・涙香の思出　1926.11
橋爪　健
彼女の前身　1926.6
・のたべね風五月　1926.7
・クローズ・アップ　1926.11
橋本五郎→荒木十三郎
塞翁苦笑　1927.2
・犯罪教科書―初等科―　1927.4
自殺を買ふ話　1927.5
脣花ＮＯ・１　1928.4
恥を知れ　1928.7
青い手提袋　1928.9
波瀬河　格
・映画『ラツフルス』其他 1925.9
長谷川　伸
・『探偵趣味』問答　1926.1
巾着切小景　1926.1
・賊の売名感念　1926.4
黒いジョン　1926.5
・強盗殺人探索　1926.7
・四いろの人玉　1926.11
売物一代記　1927.2
・クローズ・アップ　1927.5
・本年度印象に残れる作品、来年度ある作家への希望　1927.12
谷音巡査（戯曲）　1928.1
終りかたり　1928.5
畑　耕一
・『探偵趣味』問答　1926.1
・煙草の怪異　1926.7
・クローズ・アップ　1927.1
・本年度印象に残れる作品、来年度ある作家への希望　1927.12
波多野健歩
・正解　1927.10
英　住江
汁粉代　1927.6
臨終妄想録　1927.10
馬場弧蝶
・探偵問答　1925.9
・東西作家偶然の一致　1925.10
浜田　格
・探偵映画に就て　1926.1
林　次郎
・殺人小景　1927.3
林　不忘→牧　逸馬
・吉例材木座芝居話1926.4-1926.6
・行文一家銘　1926.8
原　辰郎
かみなり　1928.1
Ｈ神社事件　1928.5
原田太朗

喧嘩 1927.12

伴　太朗

反歯 1926.10

長襦袢 1927.1

・探偵小説は何故行き詰まる？ 1927.4

ビーストン

留針 1927.1

久山秀子

・本年度印象に残れる作品、来年度ある作家への希望 1927.12

浜のお政 1926.3

隼お手伝ひ 1926.7

隼登場（戯曲） 1926.12

・クローズ・アップ 1926.12

・クローズ・アップ 1927.1

四遊亭幽朝 1927.1

・隼の公開状 1927.2

・クローズ・アップ 1927.5

刑事ふんづかまる 1927.7

隼のお正月 1928.2

日夏耿之介

・『天人論』の著者 1926.11

平野優一郎

手套 1926.12

平野零二

・探偵される身 1925.9

・探偵問答 1925.9

・空中の名探偵 1925.10

・「筋」の競進会を開け 1926.3

平林初之輔

・ブリユンチエールの言葉について 1925.9

頭と足 1926.2

・雑文一束 1926.4

・伊豆の国にて 1926.5

・黒岩涙香のこと 1926.11

・クローズ・アップ 1927.1

平山蘆江

・『探偵趣味』問答 1926.1

フイシェ兄弟

女中難 1927.12

フイリツプ，シヤルル・

踊り子殺害事件 1926.3

プレヴオ，マルセル・

女と猫 1928.6

ブロムフイルド，チヤアルス・

頼みにする弁護士 1927.9

深江彦一

・『探偵趣味』問答 1926.1

福田辰男

・掏られた蟇口 1926.7

福田正夫

桃色の封筒 1926.6

・クローズ・アップ 1926.11

・クローズ・アップ 1927.1

事件 1927.2

・クローズ・アップ 1927.5

・本年度印象に残れる作品、来年度ある作家への希望 1927.12

藤野守一

或る記録 1926.1

藤村英隆

顔 1927.3

・贈物 1927.4

女と詩人と毒薬 1927.6

ベイ，アーメツド・

涙 1926.11

ヴエローナ，グイード・ダ・

死女の家 1928.9

ヘッベル，フリードリヒ・

夜 1927.8

ベリー，ジエームス・
兄弟殺し 1928.9
ベルナアル，トリスタン・
恋の破滅 1928.9
ヘンリイ，オ・
貂の皮 1927.11
ボーケイ，エノス・
チチェツト 1926.8
ホフマン，ヱ・テ・ア・
運 1928.1
ボルドオ，アンリ・
死人の子 1927.1
ボンテムベリ，マツシモ・
風 1928.3
ボンニイ，アドルヤン・
硝子の足 1926.3
蜂石生
・短剣集 1925.9
星野龍猪→春日野　緑
・十月号につきお願 1925.9
保篠龍緒
・探偵問答 1925.9
短刀 1926.6
・最近感想録 1926.10
・クローズ・アップ 1926.12
・クローズ・アップ 1927.5
・本年度印象に残れる作品、来年度ある作家への希望 1927.12
細田源吉
・探偵問答 1925.9
・『探偵趣味』問答 1925.11
凡太郎
・戯作闇汁会 1926.10
本郷春台郎
蛇使ひの女（ラジオ・ドラマ） 1928.1
本田緒生
・無題 1925.9
・探偵問答 1925.9
・鈴木八郎氏に呈す 1925.10
或る対話 1925.11
・あらさが誌 1925.11
・うめ草 1926.1
・『探偵趣味』問答 1926.1
彼の死 1926.1
・一号一人 1926.2-4,6-7
・一束 1926.3
・二つの処女作 1926.5
・編輯後記 1926.5
無題 1926.10
・［十月号短評］ 1926.11
・クローズ・アップ 1926.12
書かない理由 1927.1
・直感 1927.1
ローマンス 1927.3
・笑話集 1927.3
・小話 1927.4
・クローズ・アップ 1927.5
或る夜の出来事 1927.7
・本年度印象に残れる作品、来年度ある作家への希望 1927.12

マイリンク，グスタフ・
やまひ 1928.4
マッカアトネイ，W・
信用も事に拠りけり 1927.12
前坂欣一郎
逆理 1925.11
嘘実 1926.1
前田次郎
電報 1927.9
前田河広一郎

・探偵問答　1925.9
・『探偵趣味』問答　1925.11
・探偵小説の探偵　1926.1
・スパイと探偵小説　1926.4
・平林の「探偵小説」　1926.6
・青い無花果　1926.7
・最近感想録　1926.10

牧　逸馬→林　不忘

・編輯後記　1926.7
・探偵問答　1925.9
・『探偵趣味』問答　1925.11
「襯衣」　1926.2
・乱橋戯談　1926.4
・一筆御免　1926.5
・椿荘閑話　1926.5
・山門雨稿　1926.6
助五郎余罪　1926.12
・クローズ・アップ　1926.12
・言ひ草　1927.7
・本年度印象に残れる作品、来年度ある作家への希望　1927.12

正木不如丘

警察医　1926.5
保菌者　1926.6
・野茨　1926.11
背広を着た訳並びに　1928.4
常陸山の心臓　1928.5
美女君　1928.6

松浦美寿一

ナフタリンを嗅ぐ女　1928.5

松岡権平

艶書事件　1927.10

松賀　麗

鏡　1926.3
下検分　1926.12
二度目の水死人　1927.7

松崎天民

・問題ではない　1926.3

松野一夫

・クローズ・アップ　1927.1
・ＹＡＫＥ漫談　1928.1

松本　泰

・探偵問答　1925.9
・読むだ話、聞いた話　1925.11
・記憶の過信　1926.5
・クローズ・アップ　1926.12

ミーユ，ピエル・

死刑囚　1927.8

ミウア，Ａ・

女秘書　1926.8

ミツドルトン

奇術師　1926.10

ミル，ピエール・

幽霊撃退法　1927.1

魅川生

・ＸＹＺ事件作者推定　1927.10

水木京太

・女性と探偵趣味　1926.4

水谷　準

・探偵問答　1925.9
勝と負　1925.9
報知　1925.11
・怪談奇語　1925.11
・『探偵趣味』問答　1926.1
崖の上　1926.1
・我が墓をめぐる　1926.2
・編輯後記 1926 3,1926.10-1928.9
・旧悪処女作　1926.5
・探偵詭弁　1926.5
死面　1926.6
・編集雑記　1926.6
駅夫　1926.7

くらやみ(Jean Miztanee名義詩)
1926.8
恋人を喰べる話 1926.10
・クローズ・アップ 1926.12
・クローズ・アップ 1927.1
・探偵趣味同好会二三 1927.1
街の抱擁 1927.1
・投稿創作評 1927.3-4
・投稿創作感 1927.5-1928.1,3-7
・新刊紹介 1927.6
遠眼鏡 1927.7
・東京地方のグルウプ 1927.8
・付記 1927.12
・探偵小説読本(巻一　第一課)
1928.1
・探偵競技 1928.4
・仏蘭西物模索 1928.5
蜘蛛 1928.5
・つゞいて 1928.9

水沼由太
火事と留吉 1926.2

路之助
くろす・わあど狂 1925.10

湊川の狸
・探偵作家匿名由来の事 1925.10
・年頭独語集 1926.1

南　権六
文士テロ一夫妻 1927.12

南　幸夫
・魔法の酒瓶 1927.6
・探偵難 1926.5
・クローズ・アップ 1926.11

三好正明
・『探偵趣味』問答 1926.1

村上真紗晴
・『探偵趣味』問答 1926.1

村島帰之
・探偵問答 1925.9
・香具師王国の話 1925.10
・『探偵趣味』問答 1925.11

モイ，ペター・
ダラレの秘密 1926.2

モリソン，アーサ・
人非人 1927.8

杜史由樹生
・出放題 1926.5

森下雨村
・汽車の中から 1925.9
・『探偵趣味』問答 1926.1
・「うなたん」漫談 1926.2,4
・[十月号短評] 1926.11
・クローズ・アップ 1927.1
・本年度印象に残れる作品、来年度ある作家への希望 1927.12

森須留兵
墓場の母 1928.2
E公園の殺人 1928.9

諸口十九
・『探偵趣味』問答 1926.1

八重野潮路→西田政治、柳巷楼
・弟の話 1925.11
・古書探偵趣味抄 1926.5

やすし
・気になること 1926.4

柳原燁子
・女性世界の拡大 1926.3

山崎堅一郎
・因果 1925.11
・『探偵趣味』問答 1926.1

山下総一郎
・ラジオの悪戯 1925.11

山下利三郎
・探偵問答　1925.9
温古想題　1925.9
・『探偵趣味』問答　1925.11
・つらつら惟記　1926.1
・『探偵趣味』問答　1926.1
・画房雀　1926.2
・譫言まぢり　1926.4
・処女作とか　1926.5
・取留もなく三つ　1926.6
・五月創作界瞥見　1926.6
正体　1927.1
・奥丹後震災地より帰りて　1927.5
・クローズ・アップ　1927.5
流転　1927.8
・本年度印象に残れる作品、来年度ある作家への希望　1927.12
・間と愚痴　1926.7
・逐蠅閑話　1926.8
・『世間は狭い』　1926.10
・[喫茶室]　1926.11
模人　1926.12
・クローズ・アップ　1926.12
・クローズ・アップ　1927.1
・おわび　1928.2
・くさぐさ　1928.5
仔猫と余六　1928.7
山根春一郎
『死の陰に』　1927.11
山本一郎
呪はれの番号　1925.10
山本惣一郎
・『探偵趣味』問答　1926.1
山本禾太郎
・クローズ・アップ　1927.5
・ベスト・ガラス　1926.12
・ざんげの塔　1927.6
空想の果　1927.8
・本年度印象に残れる作品、来年度ある作家への希望　1927.12
映画館事故　1928.3
・法廷小景　1928.5
山本宣治
・革命前の不安　1926.3
夢野久作
ドタ福クタバレ　1926.12
線路　1927.1
夫人探索　1927.3
・ざんげの塔　1927.6
ゐなか、の、じけん　1927.7
・ゐなか、の、じけん　備考　1927.7
うた（猟奇歌）　1927.8
ゐなか、の、じけん（続篇）　1927.12
・本年度印象に残れる作品、来年度ある作家への希望　1927.12
ゐなか、の、じけん（続篇）　1928.6
横溝正史
・幽霊屋敷　1925.9
・探偵問答　1925.9
・『探偵趣味』問答　1925.11
・私の死ぬる日　1926.1
・探偵小説講座（一）　1926.4
災難　1926.4
・処女作伝々　1926.5
・いろいろ　1926.5
・編輯後記　1926.8
・[喫茶室]　1926.11
・酔中語　1926.11
帰れるお類　1926.11

・クローズ・アップ　1926.12
・クローズ・アップ　1927.1
鈴木と河越の話　1927.1
・銀座小景　1927.2
素敵なステッキの話　1927.7
・女怪 作者の言葉　1927.10
女怪　1927.11-1928.1,3-4
・第一回分の終に　1927.11
・本年度印象に残れる作品、来年度ある作家への希望　1927.12

吉田甲子太郎
・クローズ・アップ　1926.11
・寄せ鍋　1926.7
・クローズ・アップ　1926.12
マリエージ・プレゼント　1927.2
・盗みの記録　1927.3
書斎の庄太郎　1927.4

吉田小作
・『探偵趣味』問答　1925.10

吉原統一郎
倒影された女　1927.11

リーコツク，スティーフン・
頭髪　1927.11

龍　悠吉
断崖　1927.10
怪人　1928.7

柳巷楼→西田政治、八重野潮路
・十月号短評　1926.11

ルヴエル，モーリス・（モリス・ルヴエル）
恐ろしき贈物　1928.9
恐ろしき巴里　1926.3
家出　1927.5

レッピン，パウル・
人形マリア　1927.4

ロオレンス，ジョン・（ジヨン・ローレンス）
半時間の出来事　1926.2
駈落　1928.5

ロカアル，エドモン・(E・ロカアル)
・狂者の犯罪／屍体切断　1927.3
・刺青　1927.4
・麻酔剤の窃盗　1927.5

ロルド，アンドレ・ド・
仮面城夜話　1927.3

Y生
或日の記録から　1925.11

ワタナベ，オン・→渡辺　温
兵士と女優　1928.7

渡辺　温→ワタナベ・オン
兵隊の死　1927.1
父を失ふ話　1927.7
・本年度印象に残れる作品、来年度ある作家への希望　1927.12
シルクハット　1928.

＊城昌幸氏、春日野緑氏、橋本五郎氏、久山秀子氏、本田緒生氏、土呂八郎氏、龍悠吉氏との連絡がとれませんでした。氏（または著作権者）の消息をご存じの方は、連絡先をお教えくださいますよう、お願いいたします。

＊本文中、今日の観点からみて差別的と思われる表現がありますが、ほとんどの著者が故人であり、また、作品発表当時の時代的背景を考慮し、原典どおりとしました。

〔光文社文庫第一編集部〕

光文社文庫

幻《まぼろし》の探偵雑誌《たんていざつし》2

「探偵趣味《たんていしゆみ》」傑作選《けつさくせん》

編　者　　ミステリー文学資料館《ぶんがくしりようかん》

2000年4月20日　初版1刷発行

発行者　濱　井　　武
印　刷　慶　昌　堂　印　刷
製　本　榎　本　製　本

発行所　株式会社　光　文　社
〒112-8011　東京都文京区音羽1-16-6
電話　(03)5395-8149　編集部
8113　販売部
8125　業務部
振替　00160-3-115347

© Mystery Bungaku Shiryōkan 2000

落丁本・乱丁本は業務部にご連絡くだされば、お取替えいたします。
ISBN4-334-72994-0　Printed in Japan

Ⓡ本書の全部または一部を無断で複写複製(コピー)することは、著作権法上での例外を除き、禁じられています。本書からの複写を希望される場合は、日本複写権センター(03-3401-2382)にご連絡ください。

お願い　光文社文庫をお読みになって、いかがでございましたか。「読後の感想」を編集部あてに、ぜひお送りください。

このほか光文社文庫では、どんな本をお読みになりましたか。これから、どういう本をご希望ですか。どの本も、誤植がないようつとめていますが、もしお気づきの点がございましたら、お教えください。ご職業、ご年齢などもお書きそえいただければ幸いです。

光文社文庫編集部

ミステリー文学資料館ご利用案内

推理小説の発展は、その国の社会的、市民的成熟のバロメーターといわれておりますが、わが国のミステリー文学の隆盛は、日本文化の重要な一翼を担い、その豊かな形成に大きく寄与しているわけです。

その必要性をかんがみ、当館は日本国内のミステリーに関わる書籍・雑誌および作家の資料を蒐集・保存・公開するため、わが国はじめてのミステリー文学専門の図書館として開設いたしました。広くご利用のほど、お願い申し上げます。

●ご利用できる方

当資料館の趣旨に賛同されて会員登録された方ならどなたでもご自由に利用できます。

●閲覧室利用時間

午前10時から午後４時30分（入館は午後４時まで）。

●休館日

土、日、祝日。12月27日～１月５日、５月１日。

●入館料

一般会員　１回300円

●資料の閲覧

資料の閲覧は閲覧室のテーブルでお願いいたします（定員10名）。館外貸出しはしていません。

閲覧中の喫煙、飲食および携帯電話の使用はご遠慮ください。

●コピーサービス

資料の必要箇所は所定の手続きのうえ、コピーできます（1枚50円）。ただし、著作権法の範囲内に限ります。

※１階部分は開架式の図書館の形をとり、会員に開放（閲覧デスク、検索用パソコン、スカイパーフェクTV！・ミステリーチャンネル放映のテレビを設置）しています。また、地下１階の書庫には、電動式の移動書庫を設置し、作家、研究者の便宜を図っています。

【ミステリー文学資料館所在地】

〒171-0014
東京都豊島区池袋3丁目1番2号
光文社ビル1F

地下鉄有楽町線要町駅
5番出口より、徒歩3分
JR池袋駅西口より、徒歩10分

電話 03(3986)3024
FAX 03(5957)0933

財団法人
光文シエラザード文化財団

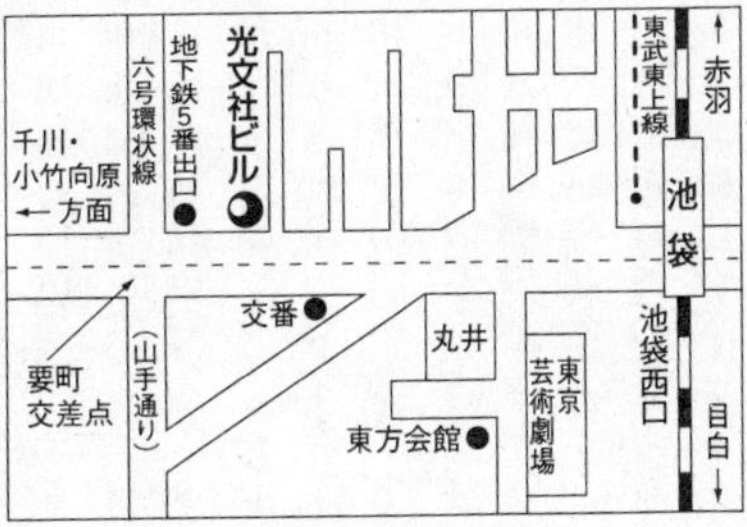

光文社文庫　目録

赤川次郎 三毛猫ホームズの推理
赤川次郎 三毛猫ホームズの追跡
赤川次郎 三毛猫ホームズの怪談
赤川次郎 三毛猫ホームズの狂死曲
赤川次郎 三毛猫ホームズの駈落ち
赤川次郎 三毛猫ホームズの恐怖館
赤川次郎 三毛猫ホームズの運動会
赤川次郎 三毛猫ホームズの騎士道
赤川次郎 三毛猫ホームズのびっくり箱
赤川次郎 三毛猫ホームズのクリスマス
赤川次郎 三毛猫ホームズの幽霊クラブ
赤川次郎 三毛猫ホームズの感傷旅行
赤川次郎 三毛猫ホームズの歌劇場
赤川次郎 三毛猫ホームズの登山列車
赤川次郎 三毛猫ホームズと愛の花束
赤川次郎 三毛猫ホームズの騒霊騒動
赤川次郎 三毛猫ホームズのプリマドンナ
赤川次郎 三毛猫ホームズの四季

赤川次郎 三毛猫ホームズの黄昏ホテル
赤川次郎 三毛猫ホームズの犯罪学講座
赤川次郎 三毛猫ホームズのフーガ
赤川次郎 三毛猫ホームズの傾向と対策
赤川次郎 三毛猫ホームズの家出
赤川次郎 三毛猫ホームズの心中海岸
赤川次郎 三毛猫ホームズの〈卒業〉
赤川次郎 三毛猫ホームズの安息日
赤川次郎 三毛猫ホームズの世紀末
赤川次郎 三毛猫ホームズの正誤表
赤川次郎 三毛猫ホームズの好敵手《ライバル》
赤川次郎 三毛猫ホームズの失楽園
赤川次郎 殺人はそよ風のように
赤川次郎 ひまつぶしの殺人
赤川次郎 やり過ごした殺人
赤川次郎 顔のない十字架
赤川次郎 遅れて来た客
赤川次郎 探偵物語

赤川次郎 ビッグボートα《アルファ》(上・下)
赤川次郎 模範怪盗一年B組
赤川次郎 おやすみ、テディ・ベア(上・下)
赤川次郎 白い雨
赤川次郎 寝過ごした女神
赤川次郎 行き止まりの殺意
赤川次郎 乙女に捧げる犯罪
赤川次郎 若草色のポシェット
赤川次郎 群青色のカンバス
赤川次郎 亜麻色のジャケット
赤川次郎 薄紫のウィークエンド
赤川次郎 琥珀色のダイアリー
赤川次郎 緋色のペンダント
赤川次郎 象牙色のクローゼット
赤川次郎 瑠璃色のステンドグラス
赤川次郎 暗黒のスタートライン
赤川次郎 小豆色のテーブル
赤川次郎 銀色のキーホルダー

光文社文庫　目録

赤川次郎　藤色のカクテルドレス
赤川次郎　禁じられたソナタ(上・下)
赤川次郎　灰の中の悪魔
赤川次郎　寝台車の悪魔
赤川次郎　黒いペンの悪魔
赤川次郎　雪に消えた悪魔
赤川次郎　スクリーンの悪魔
赤川次郎　万有引力の殺意
赤川次郎　おだやかな隣人
赤川次郎　ローレライは口笛で
赤川次郎　キャンパスは深夜営業
赤川次郎　いつもと違う日
赤川次郎　仮面舞踏会
赤川次郎　夜に迷って
浅黄斑　夫婦岩殺人水脈
浅黄斑　人妻小雪奮戦記
浅黄斑　富士六湖殺人水脈
浅黄斑　「金沢・八丈」殺人水脈

浅田次郎　三人の悪党 きんぴか①
浅田次郎　血まみれのマリア きんぴか②
浅田次郎　真夜中の喝采 きんぴか③
梓林太郎　処女山行
梓林太郎　月光の岩稜
梓林太郎　奥入瀬殺人渓流
梓林太郎　大雪・層雲峡殺人事件
梓林太郎　安曇野殺人旅愁
梓林太郎　上高地相克の断崖
梓林太郎　アルプス殺人縦走
梓林太郎　知床・羅臼岳殺人慕情
梓林太郎　殺人山行 穂高岳
阿刀田高　愛の墓標
阿刀田高　夜に聞く歌
阿刀田高選　奇妙にこわい話
阿刀田高選　奇妙にとってもこわい話
阿刀田高編　ブラック・ユーモア傑作選
姉小路祐　特捜弁護士

姉小路祐　非法弁護士
姉小路祐　真実の合奏《アンサンブル》
綾辻行人　殺人方程式
綾辻行人　鳴風荘事件
鮎川哲也編　本格推理1
鮎川哲也編　本格推理2
鮎川哲也編　本格推理3
鮎川哲也編　本格推理4
鮎川哲也編　本格推理5
鮎川哲也編　本格推理6
鮎川哲也編　本格推理7
鮎川哲也編　本格推理8
鮎川哲也編　本格推理9
鮎川哲也編　本格推理10
鮎川哲也編　本格推理11
鮎川哲也編　本格推理12
鮎川哲也編　本格推理13
鮎川哲也編　本格推理14

光文社文庫 目録

鮎川哲也編 本格推理15
鮎川哲也編 孤島の殺人鬼
鮎川哲也編 硝子の家
鮎川哲也編 鯉沼家の悲劇
泡坂妻夫 雨女
泡坂妻夫 夢の密室
家田荘子 ごろつき
五十嵐均 籠の中の女
生島治郎 兇人
生田直親 原発・日本絶滅
井沢元彦 「日本」人民共和国
石川真介 不連続線
井谷昌喜 クライシスF
今邑彩 i（アイ）鏡に消えた殺人者
今邑彩 「裏窓」殺人事件
今邑彩 「死霊」殺人事件
薄井ゆうじ 雨の扉
歌野晶午 死体を買う男

内田康夫 多摩湖畔殺人事件
内田康夫 天城峠殺人事件
内田康夫 遠野殺人事件
内田康夫 倉敷殺人事件
内田康夫 津和野殺人事件
内田康夫 白鳥殺人事件
内田康夫 小樽殺人事件
内田康夫 長崎殺人事件
内田康夫 日光殺人事件
内田康夫 津軽殺人事件
内田康夫 横浜殺人事件
内田康夫 神戸殺人事件
内田康夫 伊香保殺人事件
内田康夫 湯布院殺人事件
内田康夫 博多殺人事件
内田康夫 若狭殺人事件
内田康夫 釧路湿原殺人事件
内田康夫 鬼首殺人事件

内田康夫 札幌殺人事件（上・下）
内田康夫 志摩半島殺人事件
内田康夫 軽井沢殺人事件
内田康夫 城崎殺人事件
内田康夫 金沢殺人事件
内田康夫 姫島殺人事件
内田康夫 熊野古道殺人事件
内田康夫 浅見光彦のミステリー紀行 第1集
内田康夫 浅見光彦のミステリー紀行 第2集
内田康夫 浅見光彦のミステリー紀行 第3集
内田康夫 浅見光彦のミステリー紀行 第4集
内田康夫 浅見光彦のミステリー紀行 第5集
内田康夫 浅見光彦のミステリー紀行 第6集
内田康夫 浅見光彦のミステリー紀行 第7集
内田康夫 浅見光彦のミステリー紀行 番外編1
内田康夫 浅見光彦のミステリー紀行 番外編2
内海隆一郎 鰻のたたき
江波戸哲夫 女たちのオフィス・ウォーズ

光文社文庫　目録

大沢在昌　東京騎士団《ナイト・クラブ》
大沢在昌　新宿鮫
大沢在昌　毒猿　新宿鮫Ⅱ
大沢在昌　屍蘭　新宿鮫Ⅲ
大沢在昌　銀座探偵局
大下英治　銀行喰い
大下英治　ソニー・勝利の法則
大谷羊太郎　殺人予告状は三度くる
太田蘭三　殺人猟域
太田蘭三　夜叉神峠死の起点
太田蘭三　箱根路、殺し連れ
太田蘭三　殺人熊
大藪春彦　砂漠の狩人
大藪春彦　野獣死すべし
大藪春彦　血の来訪者
大藪春彦　諜報局破壊班員
大藪春彦　日銀ダイヤ作戦
大藪春彦　優雅なる野獣

大藪春彦　不屈の野獣
大藪春彦　マンハッタン核作戦
大藪春彦　野獣は甦える
大藪春彦　野獣は、死なず
大藪春彦　復讐の弾道
大藪春彦　狼の追跡
大藪春彦　復讐のシナリオ
大藪春彦　非情の標的
大藪春彦　俺に墓はいらない
大藪春彦　裁くのは俺だ
岡嶋二人　コンピュータの熱い罠
岡嶋二人　殺人者志願
岡嶋二人　殺人！ザ・東京ドーム
小川竜生　天敵
小川竜生　不祥事
小川竜生　崩壊
落合信彦　魔軍《キラー・ウイルス》
折原一　鬼面《おにつら》村の殺人

折原一　猿島館の殺人
折原一　「白鳥」の殺人
折原一　蜃気楼の殺人
折原一　望湖荘の殺人
折原一　黄色館の秘密
笠井潔　哲学者の密室(上・下)
笠原靖　ウルフ街道
笠原靖　影のドーベルマン
勝目梓　密室の狩人
勝目梓　鬼畜の宴
勝目梓　真夜中の使者
勝目梓　霧の殺意
勝目梓　白昼の処刑
勝目梓　イヴたちの神話
勝目梓　消えた女
勝目梓　狂悦の絆
勝目梓　愉悦の扉
勝目梓　破滅の天使

光文社文庫　目録

勝目梓　悪夢の秘蹟
勝目梓　罠
勝目梓　鬼刃
勝目梓　禁じ手
勝目梓　覗くなかれ
勝目梓　甘美な凶器
勝目梓　日蝕の街
勝目梓　闇路
門田泰明　黒豹撃戦
門田泰明　黒豹狙撃
門田泰明　帝王コブラ
門田泰明　黒豹叛撃
門田泰明　帝王コブラ2
門田泰明　黒豹伝説
門田泰明　吼える銀狼
門田泰明　黒豹ゴリラ
門田泰明　黒豹皆殺し
門田泰明　黒豹列島

門田泰明　皇帝陛下の黒豹
門田泰明　黒豹必殺
門田泰明　さらば黒豹
門田泰明　黒豹キルガン
門田泰明　黒豹スペース・コンバット（上・中・下）
門田泰明　黒豹夢想剣
門田泰明　黒豹忍《しのび》殺し
門田泰明　黒豹ダブルダウン（全7巻）
門田泰明　黒豹ラッシュダンシング1
門田泰明　黒豹ラッシュダンシング2
門田泰明　黒豹ラッシュダンシング3
門田泰明　黒豹ラッシュダンシング4
門田泰明　黒豹ラッシュダンシング5
門田泰明　黒豹ラッシュダンシング6
門田泰明　黒豹ラッシュダンシング7
門田泰明　暗殺者村雨龍　魔龍戦鬼編
門田泰明　暗殺者村雨龍　空撃死弾編
門田泰明　暗殺者村雨龍　殺神操作編

門田泰明　修羅王ドラゴン　暗殺者　弘瀬龍
門田泰明　白い密室
門田泰明　白い野望
門田泰明　首領《ドン》たちの欲望
門田泰明　影の軍団
門田泰明　授（じゅかい）戒
門田泰明　残（さんか）華
門田泰明　紅（ぐれん）恋
門田泰明　ガン新薬戦争
門田泰明　白の断層
門田泰明　裏切りの条件
門田泰明　白の重役室
門田泰明　美貌のメス
門田泰明　愛憎のメス
門田泰明　狂瀾のメス
門田泰明　人妻鬼
門田泰明　撃墜
門田泰明　黒の経営参謀

光文社文庫 目録

門田泰明 超獣閃戦 (上・下)
門田泰明 殺人開眼
門田泰明 白の乱舞
門田泰明 火線列島
門田泰明 鬼面坂羅
門田泰明 雀(じゃくら)
門田泰明 魔空戦弾 (上・下)
門田泰明 蒼の病層
門田泰明 無明灯
門田泰明 妖婦鏡
門田泰明 神泣島
門田泰明 擬装重役
門田泰明 妖撃閃弾
門田泰明 暗闇館
門田泰明 負け犬の勲章
門田泰明 成り上がりの勲章
門田泰明 官僚たちの勲章
門田泰明 頭取たちの勲章
門田泰明 重役たちの勲章
門田泰明 粉飾者たちの勲章
神林長平 天国にそっくりな星
かんべむさし 人事部長極秘ファイル
菊地秀行 妖魔淫殿
菊地秀行 妖魔姫 I
菊地秀行 妖魔姫 II
菊地秀行 妖魔姫 III
菊地秀行 狂戦士
菊地秀行 淫魔夫人
菊地秀行 妖美獣ピエール
菊地秀行 淫界伝
菊地秀行 妖獣界紅蓮児 I
菊地秀行 妖獣界紅蓮児 II
菊地秀行 妖獣界紅蓮魔団
菊地秀行 聖杯魔記
菊地秀行 外道邪鬼
菊地秀行 淫邪鬼
菊村 到 野獣の舌
菊村 到 その夜の人妻
北方謙三 錆(さ・び)
北方謙三 標的
北方謙三 雨は心だけ濡らす
北方謙三 風の中の女
北方謙三 不良の木
北方謙三 明日の静かなる時
北方謙三 ガラスの獅子
北方謙三 人妻ですもの
北沢拓也 闇を抱く人妻
北沢拓也 恋とは何か君は知らない
喜多嶋隆 ヨコスカ・ガールに伝言
喜多嶋隆 カモメだけが見ていた
喜多嶋隆 君は、ぼくの灯台だった
喜多嶋隆 サンセット・ビーチで逢おう
喜多嶋隆 ロバートを忘れない
喜多嶋隆 ソルティ・ドッグが嘘をつく
喜多嶋隆 ジュリエットが危ない

光文社文庫 目録

著者	書名
栗本 薫	グルメを料理する十の方法
胡桃沢耕史	美少女探偵事務所
小池真理子	殺意の爪
小池真理子	プワゾンの匂う女
小池真理子	うわさ
小杉健治	犯人のいない犯罪
小松江里子	ママチャリ刑事Ⅰ
小松江里子	ママチャリ刑事Ⅱ
小松左京	日本沈没(上・下)
小松左京	日本アパッチ族
斎藤 栄	日美子2「最後の審判」
斎藤 栄	日美子の帰還
斎藤 栄	二階堂部ゲイタインの謎
斎藤 栄	神戸「五重トリック」殺人
斎藤 栄	二階堂警視の殺人記念日
斎藤 栄	二階堂警視の戦慄
斎藤 栄	函館・江差旅情殺人
斎藤 栄	横浜みなと未来殺人事件
斎藤 栄	殺人源氏物語
斎藤 栄	殺人平家物語
斎藤 栄	「荒城の月」殺人事件
斎藤 栄	日美子受胎殺人の秘密
斎藤 栄	関西国際空港殺人事件
斎藤 栄	名医探偵・柏木院長の推理
斎藤 栄	知床忍路殺人旅行
斎藤 栄	横浜 死の魔方陣
斎藤 栄	香港殺人旅行
斎藤 栄	黒部ルート殺人旅行
斎藤 栄	動く密室
斎藤 栄	水色の密室
斎藤 栄	桂離宮殺人旅情
斎藤 栄	洞爺・王将殺人旅行
笹沢左保	悪魔の部屋
笹沢左保	悪魔の誘惑
笹沢左保	悪魔の処刑
笹沢左保	悪魔の剃刀
笹沢左保	悪魔の階段
笹沢左保	誘う女
笹沢左保	通りすぎた夜
笹沢左保	女の決闘
笹沢左保	取調室 静かなる死闘
笹沢左保	取調室2 死体遺棄現場
笹沢左保	取調室3 敵は鬼畜
笹沢左保	なめられた女
笹沢左保	招かれざる客
笹沢左保	九つの離婚
笹沢左保	すれ違い
佐野洋	胸の遊び
佐野洋	感染性求愛症
佐野洋	盗まれた嘘
佐野洋	別人の旅
佐野洋	情事の事情
佐野洋編	ミステリー総合病院
志賀 貢	女医彩子の炎の研修医